Aria

Progetto grafico e impaginazione a cura di Silvia Bovo
Capilettera a cura di Andrea Parisi

www.ragazzimondadori.it

Prima edizione nella collana Saghe Fantasy aprile 2012

Prima edizione nella collana Saghe Fantasy ottobre 2012

Prima edizione in raccolta aprile 2013
Stampato presso ELCOGRAF S.p.A.
Stabilimento di Cles (TN)
Printed in Italy
ISBN 978-88-04-62746-3

Miriam Dubini

Aria

La trilogia completa

MONDADORI

Messaggio per me

C'è un posto in cui finiscono le lettere mai arrivate,
i regali perduti, i messaggi svaniti nell'etere,
gli oggetti smarriti.
Un luogo invisibile, segnato dai graffi dell'attesa
e dai bagliori della speranza.
C'è qualcuno che può leggere questi segni di luce
e riallacciare le trame spezzate del destino.
E sta venendo da te.

Nubifragio

Greta scrutò le nuvole col fiato corto ed ebbe la certezza che si sarebbero infrante davvero, sbriciolando il cielo e franando su tutti i suoi pensieri con il bagliore di un lampo.

La pioggia l'aveva sorpresa a ridosso di una salita, piccole gocce punteggiavano l'asfalto sotto le ruote della sua bicicletta e pungevano le guance, sferzate da un vento freddo. Si alzò sui pedali e spinse più forte del vento, ogni respiro un pugno contro la pioggia battente. Le gambe bollenti e la schiena tesa a scaldare il gelo degli ultimi giorni d'inverno. Sorrise guardando le pozzanghere riempirsi ai lati della via, annusando l'odore della strada bagnata, ascoltando l'eco del cuore nel collo rovente. La prima volta che aveva affrontato quella salita si era dovuta fermare a metà, con i muscoli doloranti e il fiato spezzato. Aveva percorso parecchi chilometri da quel giorno e la strada le aveva insegnato a non arrendersi alla fatica e ad amare il suo calore. Oggi ci sarebbe riuscita, nonostante il temporale. Un ultimo sforzo e sarebbe arrivata in cima, due curve ed era fatta. Sterzò per imboccarle, quando un'altra bicicletta sfrecciò in direzione opposta, all'improvviso, sollevando un'onda di schizzi. In sella un ragazzo alto e magro, con un cappello da uomo e nessuna paura per la discesa.

Fu travolta dall'acqua. I piedi scivolarono dai pedali e Greta cadde a terra imprecando.

Lui frenò e tornò indietro.

— Scusa, non ti avevo vista. Questa strada è sempre deserta… Ti sei fatta male?

Greta non rispose. Si alzò in piedi e gli puntò addosso due occhi furibondi. Più cupi del cielo in burrasca.

Lui fece un passo indietro, trafitto da quello sguardo.

— Ehi, tutto bene?

La osservò, non sembrava ferita. Solo arrabbiata. — No. Sei in contromano.

— Sì, è vero, sono in contromano — ammise lui con un sorriso.

Da sotto il cappello comparvero due occhi blu, liquidi e distratti come macchie d'inchiostro sfuggite alle parole.

Che idiota. Perché rideva? Non c'era niente da ridere.

— Questa discesa con la pioggia è... non lo so, devi provare.

Idiota e folle.

— No, grazie.

— Perché no?

— Perché piove. Non so se ci hai fatto caso — scattò lei, ormai completamente inzuppata d'acqua.

Lui sorrise ancora di più, inspirando a pieni polmoni l'aria elettrica del temporale.

— Sì, con la pioggia è ancora meglio.

Greta lo osservò senza parole. O gli tirava un pugno su quella faccia beata oppure se ne andava. Decise che era meglio andare. Diede una spinta con il piede destro e pigiò forte con l'altro per rimettersi in moto.

— Peccato però. Io credo che ti sarebbe... — disse lui alle sue spalle. Ma le parole si persero, travolte dallo schianto dall'ultimo tuono di marzo.

Roma

Il giorno in cui arrivò, nessuno era pronto. Chiusi nei propri cappotti, rannicchiati sotto gli ombrelli, i passanti avevano smesso di guardare il cielo di Roma. Era stato un inverno di pioggia e di noia. Malinconico e raro, ma alla fine tutti si erano abituati alla monotona andatura dei giorni.

Poi accadde. Precipitò, squarciando una nuvola con un soffio, sbaragliando gli uccelli in volo, scuotendo i panni stesi e i rami addormentati. Un ombrello volò, un cappotto si spalancò e fu primavera. La città barcollò, investita da uno schiaffo di petali e salsedine, e si ricordò del cielo. Sollevò gli occhi e si ricordò del vento. Quella brezza violenta e bollente che favorisce i germogli, fa largo alle farfalle, sparpaglia i pollini nei prati. Ma nessuno si ricordò il suo nome.

La grande elica di legno montata all'ingresso dell'officina, iniziò a girare piano, mossa dalle raffiche. Il vento scivolò nell'ampio androne, tra le righe di luce disegnate a terra dall'ombra di quattro vetrate macchiate di pioggia. Sul pavimento polveroso erano allineate una trentina di biciclette di misure diverse. Più vicine alla porta quelle da corsa, accanto quelle da passeggio e in un angolo quelle da bambino. Telai senza ruote e cerchioni metallici disegnavano una cornice di cerchi e losanghe sulla parete di fondo. Un mobile di ferro a scaffali conteneva vari pezzi di ricambio allineati con ordine. A sinistra, su un muro di mattoni rossi erano appesi gli attrezzi da lavoro, a destra una tappezzeria fuori catalogo suggeriva l'esistenza di un piccolo salotto per ciclisti affaticati. L'arredamento consisteva in un divano di pelle graffiata, un paralume di un giallo indeciso e una radio. Guido l'accendeva ogni mattino alle ore otto e la spegneva ogni sera alle ore ventuno. Non cambiava mai frequenza e si lavava le mani tutte le volte che doveva toccarla. Non permetteva a nessuno di usarla, neppure a suo figlio. Era l'unica cosa in quel posto che considerava esclusivamente sua. Tutto il resto veniva condiviso con gli altri ciclisti.

Quando il vento di primavera arrivò, Guido stava restaurando una Bianchi verde acqua degli anni Settanta.

Le mani nere di grasso armeggiavano esperte attorno alla morsa dei freni mentre i pensieri si perdevano nel ricordo di una gara ciclistica corsa tanto tempo prima: l'Eroica. Un viaggio fra le colline senesi, tra strade bianche e polverose come sentieri fra le nubi. Aveva tagliato il traguardo per primo, ricoperto di polvere e sudore. La vittoria pizzicava ancora sulla pelle come quel ricordo di un tempo lontanissimo. L'uomo inspirò il vento profumato e chiuse gli occhi. Un sorriso si fece largo tra i baffi grigi e la barba più chiara. Sollevò lo sguardo e camminò verso l'entrata allargando le braccia ad ogni passo, come per accogliere un vecchio amico.

— Favonio — disse chiamando il suo nome.

L'aria s'infilò nelle maniche della sua vecchia camicia da lavoro ricambiando l'abbraccio, mentre l'ultima nota dei violini alla radio vibrò dolce nel vuoto. Una voce cavernosa scandì lentamente: — Allegro, concerto No. 1 in si bemolle maggiore di Tomaso Albinoni.

Il vento si fermò e arrivò una bicicletta color alluminio. Un ragazzo con un cappello da uomo entrò nell'atrio, frenò dolcemente e rimase in bilico sui pedali.

— Ma perché hanno sempre questa voce triste? Non capisco, questa musica è gioia allo stato puro — disse Anselmo a suo padre.

— Ma chi? Quale voce? — domandò Guido.

— Loro, quelli che parlano alla *tua* radio.

Guido si strinse nelle spalle: — Non è triste.

Il ragazzo, per niente soddisfatto della risposta, rimase qualche istante in piedi sulla pedivella, lo sguardo perso in alto a immaginare la donna dietro quella voce. Aveva certamente occhi piccoli e mani nodose.

— Ehi? — lo chiamò il padre.

— Mmm... — fece lui, distratto.

— Hai visto qualcosa?

Anselmo scosse la testa e appoggiò finalmente i piedi per terra.

— No, il vento è ancora troppo debole.

Guido guardò l'elica che si muoveva a scatti, seguendo l'andirivieni delle prime folate.

— Ma stanotte crescerà.

Poche ore prima del buio, Greta uscì dal supermercato con due sacchetti della spesa mezzo vuoti. Fuori, ad aspettarla, c'era Merlina, la sua bicicletta. Una Olmo da uomo, di un azzurro roso dalla ruggine, le ruote massicce e una trombetta viola al posto del campanello. Attaccò le buste al manubrio, una per lato, e sbuffò. Odiava andare in bicicletta con quelle zavorre, le impedivano di pedalare veloce, ma lei era sempre in bici e sua mamma non faceva mai la spesa, quindi non aveva scelta.

Arrancò lungo un grande viale desolato osservando il chiarore arancione dei lampioni di periferia. La fila di luci s'interrompeva bruscamente davanti ad un muro di cemento armato alto nove piani e lungo un chilometro. Il Corviale. A Roma lo chiamano il serpentone e dicono che l'architetto che l'ha progettato, dopo aver visto l'opera compiuta, si sia suicidato. Greta non ci ha mai creduto. Le solite storie che raccontano i ragazzi seduti sui motorini in piazzetta. Bevono, fumano e parlano di cose così. Colpa dei motorini. Se andassero in bicicletta starebbero molto più attenti a non sprecare il fiato.

Comunque eccola, la piazzetta. Coi motorini, i ragazzi, le nuvole di fumo. Le fauci nebbiose del serpentone.

Sterzò, cambiò strada e s'infilò nel suo portone.

Davanti all'ascensore trovò il solito biglietto: FUORI SERVIZIO. Sulla carta ingiallita dai mesi era comparsa una nuova minaccia: VE SE PIJASSE ER TAZZINA.

Er Tazzina era un vecchio del quartiere che aveva perso un orecchio in guerra, o almeno così diceva lui. Diceva un sacco di cose, tutte irripetibili, e viveva al Corviale da sempre. Era burbero e malmostoso e le madri lo usavano spesso per mettere paura ai bambini disobbedienti, un po' come l'uomo nero. Ricorrere a er Tazzina, insomma, era davvero l'ultima risorsa. Come le madri davanti ai capricci dei figli, gli abitanti del condominio sapevano di avere a che fare con un nemico ostinato e indifferente che non avrebbe mai riparato quell'ascensore, ma al contrario dei bambini, l'amministrazione condominiale non aveva fantasia, e senza fantasia er Tazzina non serviva a niente e l'ascensore rimaneva fuori servizio.

Nonostante tutti questi pensieri, a Greta scappò un sorriso, s'immaginò er Tazzina che costringeva gli operai a sistemare l'ascensore imprecando come al suo solito. Poi guardò in alto, verso la tromba delle scale che s'inerpicava tetra nel buio e il sorriso volò via. Sette piani a piedi con le borse della spesa e Merlina a tracolla. Legarla sotto casa equivaleva a regalarla ai ragazzi del quartiere, quindi non aveva scelta.

Arrivò in casa ansimando. L'appartamento vuoto e una vaschetta di allumino sul tavolo a darle il benvenuto. Dentro c'era una palla di riso impanato e fritto e qualche altra cosa giallognola accanto: avanzi del ristorante dove sua madre lavorava ogni sera. Greta prese il riso, aprì la finestra, si rannicchiò sul davanzale e si mise a sbocconcellarlo al buio, guardando Roma immobile ai suoi piedi. C'era sempre vento lassù, ed era l'unica cosa bella di quel posto.

— Questo supplì fa schifo, ne vuoi un po'? — disse al vento.

Il vento rimase in silenzio.

Lo prese per un sì, diede un altro morso e lanciò l'ultimo boccone di sotto, mirando esattamente verso la cupola di San Pietro, azzurra e minuscola all'orizzonte.

Una raffica violenta piombò su di lei e le fece quasi perdere l'equilibrio.

— Vedi, fa schifo — sentenziò tornando in casa, prima di fare la stessa fine del mezzo supplì.

Chiuse la finestra e rimase a guardare la sua immagine riflessa nel vetro. Capelli cortissimi, biondo cenere con una treccia sottile e lunga che scendeva fino alle spalle come una mezza cornice sgangherata sul lato sinistro del volto magro. Occhi verdi, silenziosi e profondi, intrisi della stessa luce dei boschi d'alta montagna. Bocca e naso piccoli, persi nella linea marcata degli zigomi. E poi quel neo, nero e tondo, proprio al centro del mento. Odiava quel neo. Si mise un dito sul mento per coprirlo, immaginando la sua faccia senza quell'orrenda macchia. Niente da fare, non ci riusciva, e poi a che cosa sarebbe servito? Solo un'operazione chirurgica l'avrebbe salvata!

Si lavò i denti e andò a dormire.

Domani altro giorno di scuola. Sveglia all'alba per arrivare dall'altra parte della città al suono della campanella. Sua madre aveva scelto di mandarla a scuola in centro per darle un futuro migliore.

— Che se viviamo qui non è certo colpa mia — ripeteva in continuazione. — È tuo padre che mi ci ha portato.

Nel frattempo le aveva dato una ventina di chilometri da percorrere ogni giorno. Per raggiungere la scuola media Modigliani ci vogliono tre autobus oppure un'ora di bicicletta e, almeno stavolta, Greta può scegliere.

E il vento crebbe.

All'alba era un'onda vorticosa, due ore più tardi piegava le cime degli alberi. Anselmo stava leggendo il giornale fresco di stampa, seduto nel salotto dei ciclisti quando, all'improvviso il vento entrò nella stanza scompigliando le pagine del quotidiano. L'elica davanti alla ciclofficina iniziò a girare sempre più velocemente, finché i contorni delle pale non si confusero in un unico cerchio vibrante. Ne uscì un suono acuto: il segnale.

Anselmo e Guido si scambiarono un'occhiata.

Era il momento.

Guido camminò veloce verso una porta che si apriva sul retro e tornò con una grande borsa da postino. La porse ad Anselmo, che era già montato sulla sua bicicletta e l'aspettava in strada.

— Non durerà molto — avvisò il ragazzo guardando il cielo.

— Allora sbrigati! — rispose il papà.

— Volo!

Anselmo s'infilò la borsa a tracolla e partì veloce in direzione del vento, issandosi sui pedali con un sorriso di gioia pura.

Andare in bicicletta per Roma è una sfida al destino. Il romano non guida per spostarsi da un luogo a un altro in maniera comoda e veloce, il romano guida per ricordare al mondo intero che lui è un abitante della Città Eterna. E quindi ha la precedenza. Rispettare il codice stradale è come bere il cappuccino nel bicchiere di plastica: si può fare, non è che ci sia niente di male, ma vuoi mettere la differenza con una tazza?

— Che differenza c'è? — aveva chiesto una volta Anselmo, perplesso.

A rispondergli era stato Sciagalle, un ragazzo di diciassette anni, come lui, per il resto il suo esatto opposto. Era finito alla ciclofficina perché aveva sfondato la sua bicicletta da cross con un'acrobazia un po' azzardata, soprattutto considerando il fatto che Sciagalle non era esattamente un peso piuma. Poi, come molti, aveva deciso di tornarci. Funzionava sempre così, Guido metteva a disposizione di tutti i suoi attrezzi e la sua esperienza e chiedeva in cambio un'offerta libera per le riparazioni ma raramente faceva lui il lavoro. Ti diceva come fare, ma poi toccava a te. Quando avevi imparato potevi insegnare a qualcun altro, ed era così bello che tornavi.

Sciagalle era tornato anche se la sua bicicletta non aveva niente di rotto e, per ingannare il tempo si era messo a decorare il telaio con piccoli maialini rosa. Aveva talento, e presto gli amici della ciclofficina gli avevano chiesto di decorare anche le loro bici e... gli avevano appioppato il nomignolo di Sciagalle (come il pittore franco russo Chagall, ma più romano). A lui era piaciuto così tanto che aveva iniziato a dipingere su qualsiasi cosa, a cominciare dalle sue magliette. Ne aveva a decine, tutte colorate con soggetti a dir poco bizzarri, ispirati al mondo del ciclismo.

In breve tempo era diventato di casa alla ciclofficina, e i clienti iniziarono a chiedergli di dipingere le loro biciclette. Così adesso le strade di Roma erano piene di capolavori a due ruote. Margherite, puntini colorati, strisce, fiamme, fulmini e saette, Sciagalle realizzava qualsiasi decorazione in cambio di un cappuccino, rigorosamente in tazza.

— Perché è migliore — amava ripetere il pittore di biciclette.

— In che senso migliore? — aveva insistito Anselmo.

Il ragazzo si era guardato intorno confuso, gli altri avevano scosso la testa bonariamente e Anselmo aveva capito di aver fatto una delle sue domande inutili. Come quella delle voci tristi alla radio o mille altre che ogni giorno gli rimbalzavano nella testa. E anche quella volta, non aveva ricevuto nessuna risposta. L'unico momento in cui non pensava a domande inutili era in giornate come quella, spazzate dal vento. In quei giorni lui era perfettamente felice. Sfrecciava schivando ogni ostacolo, su traiettorie precise, guidato da un istinto misterioso, scivolando veloce tra le automobili come l'acqua tra i sassi di un fiume.

Percorse una lunga strada stretta fra mura antiche. Le

macchine grugnivano immobili in coda, con i motori accesi e gli automobilisti annoiati. Non si può stare bene dentro una scatola di lamiera. Non a lungo. Sfilò sulla destra superandole una a una, orgoglioso di non avere altro motore che i suoi muscoli. Sterzò per un viale largo e trafficato dove rimase pochissimo, infilandosi subito in un dedalo di stradine in salita. La salita è faticosa, ma è onesta, perché mantiene le promesse. E, come promesso, arrivò la discesa. La discesa è per chi sa innamorarsi all'improvviso, e non ha paura di cadere.

Rimase qualche secondo in bilico sui pedali, con gli occhi puntati al cielo. Le iridi blu scivolarono lungo il disegno oblungo di una nuvola, poi giù sull'orlo frastagliato dei palazzi, e infine su un prato, fermandosi su una piccola aiuola bordata d'asfalto.

Sterzò e si avvicinò lentamente all'erba, lo sguardo fisso su un cespuglio di fiori gialli.

Scese dalla bicicletta, si chinò accanto alle radici. Rovistò tra i rami cercando qualcosa. Le dita toccarono la superficie liscia di un oggetto rettangolare. Anselmo lo raccolse. Era una lettera, piuttosto voluminosa, di quelle con l'interno pieno di bolle di plastica. Sembrava contenere un foglio molto spesso, rigido, leggero. Qualcosa di fragile e lieve.

Appoggiò i palmi sulla busta, uno sopra e uno sotto, e chiuse gli occhi. Le palpebre ebbero un sussulto improvviso. Spalancò le orbite e osservò il vuoto per un instante.

Affondò le mani nella borsa e prese un diario di pelle

marrone chiuso da un nastro scuro. Appuntò velocemente tre numeri, poi chiuse il taccuino e lo rimise nella borsa insieme alla busta appena trovata.

Il vento era ancora in piena. Anselmo scrutò il cielo, tornò in sella e riprese velocità lasciandosi alle spalle l'antico palazzo dell'agenzia fotografica più prestigiosa di Roma, lo *Studio 77*.

Chi alza gli occhi al cielo cerca tra le nuvole
una risposta, perché sulla terra trova solo domande.
Chi parla al vento crede di essere solo,
che le sue parole non le vuole sentire nessuno,
che tanto non cambierebbe niente.
Chi manda tutto all'aria, ha fiducia nel vento.
Sa che arriverà per spazzar via le cose vuote
e rivelare la verità che giace al fondo.

Verde

Canottiera, felpa, calzoni militari, anfibi. Un bracciale di metallo infilato sull'avambraccio sinistro.

— Amore, perché non ti metti una gonna stamattina? C'è il sole. Fa caldo. E poi tu hai delle gambe così belle.

Greta guardò sua madre accavallare le cosce affusolate sotto la vestaglia. Poi osservò il cielo. Nuvole immobili nell'aria cristallina. Giornata perfetta per pedalare, una gonna avrebbe rovinato tutto. Ma tanto sua madre non l'avrebbe mai capito. Quindi decise di parlare d'altro.

— Come mai sei già sveglia?

— Volevo prepararti la colazione.

— Perché?

— Perché oggi è il primo giorno di primavera — trillò lei come se la cosa dovesse portare la gioia nel mondo.

Greta tuffò un biscotto nel caffèlatte senza rispondere. Quello era un giorno come un altro, anzi era peggio degli altri, perché di solito sua madre si svegliava tardi e lei poteva uscire di casa di soppiatto evitando si sorbirsi i suoi consigli di moda. Invece stamattina le aveva addirittura messo un paio di biscotti in un piatto e adesso se ne stava lì a guardare la sua figlioletta con l'aria della mamma premurosa.

— Che poi ho solo messo i biscotti in un piatto — ammise la donna.

Ecco, appunto.

Greta bevve d'un fiato, tenendo d'occhio il grande orologio appeso alla parete della cucina. Aveva la forma di una mela, dipinta nel legno, le lancette erano due bruchi obesi. Un residuo della sua cameretta di bambina che Serena Bianchi non aveva voluto buttare via. Il bruco giallo segnava le dodici, quello viola le sette. Era ora di muoversi.

— Vai a scuola?

— No, al mare.

— Beata te.

Greta lasciò cadere quella specie di battuta nel silenzio. Spostò il bracciale di metallo dall'avambraccio alla caviglia, stringendo il bordo consumato dei pantaloni attorno al polpaccio. Afferrò la catena della bici e la chiuse sul petto come il guerriero con la tracolla della sua spada. Caricò Merlina sulla schiena e camminò a passi rapidi verso la porta. La mamma osservò il risultato estetico e scosse la testa rassegnata, concentrandosi sui resti della colazione.

— Greta?

— Sì, Serena?

— Stasera torno presto. Possiamo cenare insieme. Compro qualcosa di buono e...

— Lascia stare. Ho già fatto la spesa ieri. C'è un sacco di roba.

Serena aprì il frigo e contemplò gli acquisti di sua figlia. Non c'era molto.

— Non hai nessun desiderio speciale? — chiese la mamma. — Magari un dolce?

Va bene, quello era uno di quei giorni in cui la mamma si era svegliata di buon umore. Capitava raramente, per ragioni che Greta non aveva mai compreso, e passava in fretta. Tanto valeva approfittarne.

— Occhei.

— Occhei! — festeggiò la mamma. — Che cosa preferisci?

Ma l'unica risposta che ricevette fu il rumore della porta di casa che si chiudeva.

Gonna, cerchietto, camicetta con le maniche a sbuffo e scarpe di tela chiuse da un fiocco. Greta osservò Lucia De Martino saltellare sugli scalini d'ingresso della scuola e pensò che sua madre sarebbe stata la donna più felice del mondo, con una figlia così. Due guance morbide create per sorridere, occhi rotondi, lucidi, scuri, una treccia di capelli ricci e neri e tante gonne nell'armadio. Lucia era la figlia che tutti avrebbero desiderato. Perfino la professoressa Moretti, considerata all'unanimità la donna più crudele del pianeta terra, aveva un debole per lei. Quando Lucia entrava in classe, la Moretti cambiava espressione. La sua faccia, immobile in un eterno ghigno, aveva un rapido barlume d'umanità. A scuola girava voce che si fosse rifatta la bocca e che il chirurgo avesse esagerato col silicone lasciandole un paio di salsicce al posto delle labbra. Lei ovviamente non aveva mai smentito né confermato quelle dicerie e nessuno si era mai azzardato a farle una domanda diretta. Si limitava a esibire quel broncio annoiato con il piglio di una diva sulla passerella della notte degli Oscar, dimenticando ogni mattina che non si trovava al Kodak Theatre di Los Angeles ma nell'aula scalcinata della III E. A volte Greta ammirava la sua capacità di estraniarsi completamente dallo squallore di quella scuola, ma non oggi. Oggi la odiava e basta.

— Greta Bianchi, interrogata — dissero le salsicce della Moretti.

Greta aveva una particolare tecnica per affrontare le interrogazioni a sorpresa: non affrontarle. Rimaneva salda al suo banco, incastrando le gambe a quelle della sedia per non cadere nella tentazione di alzarsi in piedi e tentare la sorte. La vita non le aveva mai riservato belle sorprese, quindi aveva smesso di credere nella fortuna già da molti anni.

— Se non esci sarò costretta a metterti un brutto voto.

Di solito quella minaccia funzionava bene, la perfida Moretti ti lusingava con l'idea che se avessi avuto il coraggio di uscire ti avrebbe dato un voto decente, magari non ottimo ma di certo poco distante dalla sufficienza. Ma Greta sapeva che si trattava di una trappola. Non aveva studiato e avrebbe fatto scena muta. Tanto valeva farla comodamente avvinghiata alla sua sedia.

— Neanche una domandina?

Adesso i salsicciotti si muovevano suadenti come serpenti incantatori.

Resisti, Greta.

— Dai, una cosa facile.

Resisti. Adesso la smette.

— Quale fu l'evento che scatenò la prima guerra mondiale?

Ti mette zero e la smette.

— Se non rispondi neppure a una domanda sarò costretta a metterti zero. Non è cattiveria, è matematica.

Ecco, la Moretti aveva quasi finito. Adesso avrebbe sfoderato la penna con l'aria afflitta di una che non vorrebbe fare ciò che fa ma non ha scelta e, in fin dei conti, lo fa per il tuo bene. Poi avrebbe tracciato l'ennesimo zero accanto al suo nome, un segno tondo e definitivo come il cappio per l'impiccato... Ma qualcuno arrivò a interrompere l'esecuzione.

Una ragazza di nome Emma. Comparve sulla porta della

classe incorniciata dagli stipiti come una Venere dipinta su un quadro, la braccia sottili, la pelle di luna, lunghi capelli colore del rame sparpagliati in linee rette e sottili su un abito leggero e molto corto, che sembrava dipinto addosso al suo corpo perfetto con una cascata di acquerelli.

— Scusate, sono in ritardo — sorrise inclinando la testa.

La Moretti la squadrò dalla testa ai piedi con un'espressione indecifrabile. Poi tornò a scrutare il registro arricciando la bocca nel solito broncio.

— Tu devi essere la nuova studentessa. Ti chiami...

— Emma Kildare, dove mi siedo?

La Moretti indicò l'unico banco vuoto, proprio accanto a Greta. Emma sfilò attraverso la classe sotto lo sguardo incantato di tutti i ragazzi e quello infastidito delle ragazze, a parte Lucia, ovviamente, che l'aveva trovata subito molto simpatica. Si sedette accanto a Greta, si voltò verso di lei e le tese la mano lasciando calare i lunghi capelli davanti al viso come il sipario di un teatro. Nascosta da quella cortina sussurrò: — L'assassinio dell'arciduca Franz Ferdinand il 28 giugno del 1914 a Sarajevo.

Poi emerse dalla sua chioma e trillò: — Piacere di conoscerti. Come ti chiami?

Greta disse il proprio nome, abbassò gli occhi e le strinse la mano senza sapere esattamente perché.

— Bene, ora che vi siete presentate, possiamo continuare? — chiese la professoressa.

Emma annuì.

— Allora, Bianchi… dicevamo… ah, sì. Zero.

Greta rimase in silenzio.

— L'assassinio dell'arciduca F… — sibilò Emma riprovando a suggerire la risposta alla sua nuova compagna di banco, ma lei la interruppe immediatamente: — Prof io non voglio avere gente vicino. Lo sa.

La prof non la guardò neppure. Scrisse zero sul registro e commentò serafica: — Bianchi, tu parli quando devi stare zitta e stai zitta quando dovresti parlare.

Poi chiuse il registro e prese il libro di storia dalla sua borsetta di pelle di coccodrillo.

Greta slacciò le gambe dalla sedia e scivolò un poco sotto il banco incrociando le braccia e guardando ostinatamente il cielo fuori da quella stanza. Sarebbe rimasta così fino al suono della campanella, come faceva tutti i giorni, ma la sua compagna di banco sembrava decisa a infrangere la sua bolla di silenzio a qualsiasi costo. Scarabocchiò velocemente un bigliettino e lo lanciò di nascosto sul banco di Greta.

Sul foglietto c'era scritto: LA PROF HA LE TETTE RIFATTE.

Greta non poté fare a meno di leggerlo e di soffocare una risata improvvisa.

— Ti diverti, Bianchi? — la fulminò subito la proprietaria delle tette di plastica.

No, non si divertiva. Quella ragazza coi capelli rossi, al contrario, le dava molto fastidio. Scosse la testa continuando a non rivolgere a Emma neppure uno sguardo.

La Moretti aprì il libro di storia e iniziò a spiegare con

aria annoiata la triste vicenda dell'arciduca Franz Ferdinand.

Passarono cinque minuti. Ed Emma tornò alla carica con un altro bigliettino: ANCHE LA BOCCA E IL NASO. MA FIN LÌ CI ARRIVANO TUTTI. TU TE LO RIFARESTI IL NASO? SÌ - NO

Ok, adesso stava davvero esagerando. Stava passando il limite. Stava invadendo il suo spazio privato. Accartocciò il foglietto e lo lanciò sul banco della ragazza.

— La smetti? — sibilò guardandola dritto in faccia.

Emma scrutò le sue iridi con attenzione: — Ecco di che colore sono i tuoi occhi — sospirò soddisfatta. — Verdi.

— Va ora in onda il secondo movimento del poema sinfonico *La Mer*, il mare, di Claude Debussy — informò la solita voce triste alla radio. Uno sciabordio timido di arpe allagò la ciclofficina, poi arrivarono i fiati e i violini, gonfi di vento, e infine le percussioni con lo schianto dei flutti che s'infrangono sugli scogli.

Guido li lasciò scivolare con gratitudine nelle orecchie, versando un filo d'olio sulla catena della sua Bianchi verde acqua. Mise in moto gli ingranaggi e osservò i meccanismi incastrarsi silenziosi l'uno nell'altro. Aveva finito, quella bici vecchia di trent'anni sembrava risorta. Diede un'ultima occhiata agli accessori: pompa originale attaccata al telaio, set d'emergenza dietro al sellino, luci di segnalazione, rossa dietro, bianca davanti. Gli sembrava di aver fatto un buon lavoro, ma c'era solo un modo per saperlo: mettersi sui pedali.

Si avvicinò al sellino, strinse il manubrio, si chinò in avanti e... iniziò a tremare. Fece un respiro profondo e ci riprovò. Niente da fare. Dal giorno dell'incidente non era più riuscito a salire in sella a una bicicletta. Tutte le volte che ci provava, il panico gli irrigidiva i muscoli. Altri ciclisti, più esperti, gli avevano detto di aspettare, di non pensarci, che sarebbe passato da solo. Ma le cose erano andate diversamente. Scrollò le spalle cercando di levarsi di dosso quel pensiero, poi si volse verso suo figlio.

— Anselmo? Vuoi provarla?

Il ragazzo abbandonò subito la camera d'aria che stava rattoppando e saltò in sella. Aveva seguito tutti i lavori di restauro aspettando quel momento. E adesso che era pronta non vedeva l'ora di fare un giro sulla bicicletta con cui suo padre aveva vinto tante gare. Si chinò sul manubrio da corsa, strinse la mani intorno all'impugnatura con l'aria di un atleta prima di una grande sfida: — Vado a fare un giro. Torno subito — promise.

Ma il vento aveva intenzioni molto diverse per lui...

— Credo che ci fermeremo in Italia per un anno, poi chissà — concluse Emma.

Era seduta su un banco, con le lunghe gambe accavallate senza pudore né malizia. Attorno a lei c'erano una decina di compagni di classe che avevano rinunciato alla focaccia dell'intervallo per ascoltare la storia dei viaggi della famiglia Kildare. Ma arrivati a quel punto, non sapevano che dire. Nessuno di loro aveva avuto una vita tanto avventurosa e si sentivano in imbarazzo. Qualunque commento sarebbe stato banale e allora meglio stare zitti. Fu Lucia a rompere il ghiaccio, con il più banale dei commenti: — Cavoli... Hai viaggiato tantissimo, tu.

— Per forza, mio padre deve cambiare città in continuazione... e noi lo seguiamo.

— Che lavoro fa?

— L'architetto.

Lucia non aveva la minima idea di che cosa facesse un architetto. Corrucciò le sopracciglia scure così tanto che presero la forma sinuosa di due punti interrogativi sdraiati sulle palpebre. Emma se ne accorse e spiegò: — Disegna case, stadi, biblioteche, scuole... cose così. Poi va nelle città dove vengono costruiti per seguire i lavori.

— Cavoli... — commentò ancora Lucia. — Io al massimo sono andata alla spiaggia di Ostia.

— Io non ci sono mai stata. Com'è?

— Bellissimo! C'è il mare! E la spiaggia! — squittì Lucia come se avesse appena menzionato le attrazioni paesaggistiche più stupefacenti del creato. Greta alzò gli occhi al cielo. Ostia era uno dei posti più orrendi che avesse mai visto. L'acqua faceva schifo, la spiaggia faceva schifo e tutta quella storia dei viaggi di Emma faceva ancora più schifo. Adesso stavano parlando di New York, dove la famiglia Kildare aveva vissuto due anni e lei aveva incontrato un ragazzo di colore di cui si era innamorata perdutamente.

— Ma l'ho dovuto lasciare perché mio padre è stato trasferito a Parigi — disse senza tristezza. — Non credo nelle relazioni a distanza. Finisce sempre che ti mandi un sacco di mail, ti vedi ogni tanto sullo schermo di un computer e, invece che divertirti e conoscere nuove persone, soffri e piangi chiuso in camera con il portatile sulle ginocchia. Non ne vale la pena. Meglio chiudere subito.

Lucia pendeva dalle sue labbra, Emma aveva già avuto un ragazzo e l'aveva pure lasciato. Nella sua testa s'immaginò una scena drammatica all'aeroporto, un addio straziante, magari un mazzo di fiori e poi Parigi.

— E com'è Parigi? — chiese la piccola sognatrice.

A quella domanda Emma tentennò.

— Parigi non si può descrivere. Devi andarci.

— Cavoli... — esclamò Lucia un'altra volta.

Greta le aveva contate. Erano venti. Lucia aveva detto "cavoli" per venti volte da quando la sua nuova compagna di banco aveva iniziato a raccontare le sue meravigliose avventure e, a questo punto, lei iniziava a innervosirsi sul serio. Era sicura che non avrebbe sopportato la ventunesima volta. Ma perché non si era ancora alzata dal banco per la solita passeggiata solitaria in corridoio? Perché stava lì a fare capannello intorno alla sua nuova, fastidiosa compagna di banco? Prima che facesse in tempo a trovare una risposta la campanella suonò la fine dell'intervallo e tutti tornarono ai loro posti.

La seconda parte della giornata trascorse lenta e noiosa, Emma non le scrisse nessun bigliettino e non le sibilò nessuna delle sue mirabolanti storie nell'orecchio. Greta pensò di averla scampata, almeno per quel giorno, ma, all'uscita da scuola capì di aver fatto male i propri conti.

— Ehi, ragazze! — strillò la Kildare scendendo le scale d'ingresso.

Lucia si voltò immediatamente verso la voce, Greta invece fece finta di non aver sentito. Inutile. Emma la prese sotto braccio e la trascinò a lato della fila di ragazzi che uscivano da scuola.

— Prima, in classe stavo pensando che magari oggi pomeriggio potremmo vederci noi tre e andare a fare shopping.

Ecco perché era stata zitta tutto quel tempo, era impegnata ad architettare il suo prossimo piano di socializzazione con le nuove ragazze della nuova città dove la sua famiglia si sarebbe fermata un anno e poi chissà.

— Odio lo shopping — affermò Greta.

— Adoro lo shopping! — trillò Lucia nello stesso istante.

Emma si strinse nelle spalle: — Non ci credo. Non esiste una sola ragazza sulla faccia della terra che odia lo shopping.

— Eccone una — affermò Greta. Lo disse quasi con orgoglio. Emma ne fu colpita. Greta tagliava sempre le parole con poche sillabe, incideva la sua impronta senza mediazioni e neppure un'ombra di cortesia e tutto sembrava più vero accanto a lei. Così distante dal salotto di casa Kildare, dove ogni gesto era misurato dalle buone maniere imparate in tanti anni di viaggi e shopping nelle città più civili del mondo.

— D'accordo, allora che cosa ti piace fare? — le chiese sempre più curiosa.

— Più che passare un pomeriggio a stare in fila per comprarmi una maglietta? Un sacco di cose.

— Per esempio?

— Non sono affari tuoi.

— E poi, scusa, chi l'ha detto che voglio comprare una maglietta?!

— Non sono affari miei.

— Le piace molto andare in bicicletta! — intervenne Lucia prima che le altre iniziassero a graffiarsi come gatte imbizzarrite. — Vero, Greta?

— Vero — ammise lei.

Voltò le spalle alle due ragazze e andò dritta verso la sua Merlina. Slegò la catena, l'allacciò sul petto, infilò il bracciale alla caviglia e sciolse i nervi pedalata dopo pedalata, lasciando Emma e le sue chiacchiere sullo sfondo.

— Senti, ma perché insisti? — s'incuriosì Lucia. — Sono due anni che conosco Greta ed è sempre stata così.

— Così come?

— Antipatica.

Emma sorrise divertita: — Non è antipatica, fa finta.

Le sopracciglia di Lucia divennero di nuovo due punti interrogativi, ma questa volta non ricevette nessuna spiegazione a riguardo.

— Per te va bene se ci vediamo alle tre in centro? — propose Emma.

— Sì, possiamo incontrarci a Campo de' Fiori. I miei genitori lavorano lì.

— Perfetto! — approvò Emma, la salutò scuotendo la mano e s'incamminò verso casa.

Lucia infilò i pollici sotto le tracolle dello zaino e prese la direzione opposta, chiedendosi seriamente che senso avesse far finta di essere antipatici. Quando arrivò alla bancarella di mamma e papà non aveva ancora trovato una risposta che la convincesse.

I coniugi De Martino erano proprietari di un banco di frutta e verdura al centro del mercato di Campo de' Fiori. Lavoravano fianco a fianco da una vita e si vantavano di due cose soltanto: i loro pomodori e i loro figli. Li consideravano entrambi frutto del loro amore e della loro dedizione, l'unica differenza era che i pomodori maturavano sempre troppo lentamente mentre i figli crescevano sempre troppo in fretta. I due fratelli maggiori di Lucia erano ormai uomini, il più grande era diventato un vigile e il più piccolo si era appena iscritto all'università. Ma adesso anche la cucciola di casa iniziava a trasformarsi in una giovane donna. Suo papà si ostinava a far finta di niente, continuando a darle nomignoli affettuosi ispirati agli ortaggi di stagione. D'autunno la chiamava zuccherella o fagiolina, in inverno diventava carotina o broccoletta, in primavera papà aveva un'impennata d'ingegno e si lanciava in creazioni di altissimo livello, quali carciofotta, fragoluccia e cetriolina, per culminare con il tripudio estivo in cui Lucia assumeva un solo glorioso nome: pomidora.

— Eccola la mia bella carciofotta! — esultò papà De Martino vedendo sua figlia comparire in fondo al mercato.

— È la più bella della piazza! — gli fece eco la Sora Franca.

La Sora Franca, come la chiamavano tutti i commercianti di Campo de' Fiori, era un'avida vecchiaccia travestita da dolce nonnina. Vendeva olive sott'olio al prezzo di diamanti purissimi e non se ne vergognava neppure un po', anzi lo considerava una specie di diritto, la sua pensione dopo tanti anni di onorato servizio. Le sue vittime preferite erano i turisti. Riusciva a infinocchiarli ogni volta con la stessa subdola tecnica. Mentre riempiva il cartoccio fatto con i vecchi giornali, la Sora Franca distraeva la cliente con una slavina di complimenti in una lingua di sua invenzione a metà tra l'inglese e il romanesco: — *Iu ar so bbella! Iu ar laic la madonna di San Pietro! Bella-quanto-sei-bbbella! Ar iu e top model?*

Lo chiedeva alle svedesi di un metro e novanta e alle giapponesi di un metro e trenta con la stessa, bugiarda curiosità.

La turista sorrideva, ringraziava, gongolava e non badava alla quantità di olive che Franca stava facendo scivolare di soppiatto nel cartoccio. Quando arrivava il momento di pagare era già troppo tardi. L'involto era chiuso e pesava tre volte di più di quanto la bella madonna di San Pietro avesse desiderato.

— E che me lo fai riaprire? Eh no, eh!

La Franca sganciava l'incarto, afferrava il malloppo e tornava a scrutare la piazza in cerca della prossima vittima. Ma quando vedeva comparire Lucia, aveva un momento di tenerezza.

— Fortunato chi se la piglia — sbraitò la Franca con una mano sul cuore.

Lucia la salutò muovendo le dita nell'aria, ma senza sorriso. Tutte le volte che quella donna diceva che chi l'avrebbe amata sarebbe stato felice le veniva una stretta allo stomaco. Dov'era questo fortunato? Perché non si era ancora fatto avanti? L'aveva già incontrato e non lo sapeva o era qualcuno che ancora non conosceva? Quanto tempo avrebbe dovuto aspettarlo? Pensò a Emma. Una come lei di sicuro aveva già avuto mille amori e forse aveva anche dato il primo bacio.

— Le vuoi due olivelle? — gracchiò Franca interrompendo i suoi sogni romantici.

— No, grazie — declinò la ragazzina e filò dritta da mamma e papà.

— Com'è andata a scuola?

— Bene, mamma. Ho una nuova compagna di classe. È nata in Olanda, ma ha vissuto in tutto il mondo perché suo papà disegna le case. Sua mamma è italiana, quindi lei parla perfettamente la nostra lingua, oltre che l'inglese e il francese.

— Dovresti portarla dalla Sora Franca allora, che ha tanto bisogno di imparare le lingue... — ironizzò la mamma.

— Magari dopo passiamo. Viene qui alle tre, mi ha chiesto se volevo andare con lei a fare shopping. Posso andare?

La mamma guardò sua figlia stranita. Non le aveva mai sentito usare una parola come "shopping". Doveva averla imparata da questa nuova amica. La cosa la mise un po' a disagio.

— Ma non devi fare i compiti?

— Ne abbiamo pochissimi, li posso fare quando torno.

— Dove andate?

— Pensavamo di fare un giro qui intorno.

La signora De Martino si sentì subito meglio.

— E va bene, ma prima passate da me che vi do un paio di fragoline fresche. D'accordo?

— Sì! Grazie, mamma!

Lucia rimase a guardarla in attesa.

— Che c'è? — chiese la donna.

La ragazzina rimase in silenzio.

— Con un cestino di fragole non si può fare shopping, vero carciofotta? — indovinò il papà. Aprì la cassa e allungò venti euro alla sua bambina.

— Nino? Che fai?! — si scandalizzò la mamma.

— Eddai, Clara. Una volta ogni tanto...

Clara si rabbuiò: — Io non credo che sia giusto dare alla bambina così tanti soldi senza che...

— Mamma! — la interruppe Lucia. — Posso pulire la cicoria, così me li sono guadagnati!

E accadde un'altra volta, Lucia piantò i suoi occhi vispi in quelli di chi le stava davanti e scacciò ogni malumore.

— E va bene — conciliò la mamma. Prese un'enorme cassetta piena di foglie verde scuro e la mise sotto il naso di sua figlia. Lei afferrò il coltellino, tuffò le mani in quel colore che prometteva un pomeriggio indimenticabile e si mise immediatamente al lavoro. Vedendola così felice in mezzo ai mazzetti di verdura, suo papà non resistette.

— Dai, ti do una mano.

— Nino! Così non vale! — lo sgridò la mamma.

— E così? — chiese suo marito mettendosi a pulire la verdura in piedi su una sedia.

Clara sorrise sconfitta, alzò le mani al cielo in segno di resa e tornò a occuparsi dei passanti distratti di Campo de'Fiori.

Domani

Anselmo pedalava ormai da quasi due ore in sella alla bicicletta di suo papà. Si era allontanato molto dalla ciclofficina, e sarebbe dovuto tornare indietro da un bel pezzo ormai, ma non ne aveva nessuna voglia. Aveva attraversato la periferia, i grandi viali verso sud ed era sceso sulle sponde del Tevere. Accanto al fiume correva una pista ciclabile che s'infilava sotto i ponti di Roma come tra le braccia di un antico gigante di pietra e metallo. Gli edifici barocchi ammiccavano oltre l'argine, col languore delle loro finestre ricurve sotto i decori di marmo, le colline fiorite balzavano oltre le svolte una dopo l'altra in un trionfo di profumi ubriachi e le colonne variegate dei ponti battevano il ritmo della corsa con passi pesanti di pietra e mattoni.

Quello era uno di quei giorni in cui le gambe andavano da sole, senza fatica, scandendo la strada in cerchi sospesi tra caviglie e ginocchia. Un movimento armonico che chiedeva di essere ripetuto a ritmo costante e portava nei muscoli il tepore ipnotico di un camino acceso. Suo padre aveva fatto davvero un ottimo lavoro con quella bicicletta... Quindi era anche un po' colpa sua se Anselmo non voleva più scendere dal sellino.

Certo, avrebbe dovuto dare una mano in negozio. Era questo il patto. Poteva lasciare la scuola superiore solo se iniziava a lavorare. Un mestiere pratico, che sporca le mani e fa venire i calli. Anselmo non chiedeva niente di meglio, la scuola non gli era mai piaciuta, aveva imparato molte più cose guardando il mondo dalla sua bicicletta che in tutte le ore passate tra i banchi. In classe si annoiava a morte e finiva sempre per distrarsi, trascorrendo il tempo a guardare il cielo fuori dalla finestra. E poi non poteva stare fermo. Non più di un quarto d'ora. Anche di notte. Cambiava posizione in continuazione. Insomma, era assolutamente inadeguato alla vita dello studente e, per fortuna, suo padre l'aveva capito in tempo.

Anche quando andava in bici gli capitava di desiderare improvvisamente di cambiare posizione. Prendere una strada traversa, invertire la marcia, svoltare. Come adesso.

Una lunga scalinata comparve alla sua sinistra invitandolo a deviare la retta della sua corsa. Scese dalla bici e se la caricò in spalla. Salì le scale e tornò sulla strada, in direzione del centro.

— Greta, amore, perdonami. Stasera non riesco a tornare a casa per cena. Un'emergenza al ristorante.

La voce di sua madre suonò come una cantilena già sentita mille volte nella cornetta dello stesso telefono.

— Occhei — tagliò corto la ragazzina.

— Avrei anche un favore da chiederti. Potresti portarmi la divisa? Me la sono dimenticata a casa. Fra mezz'ora arrivo al lavoro, sono in centro, dietro Campo de' Fiori. Ti ricordi?

Greta alzò gli occhi al cielo. A volte aveva l'impressione di doversi occupare di sua madre come se fosse una bambina, e non viceversa.

— Mamma, io... — provò a controbattere.

— Tesoro, lo so. Però noi due siamo sole e dobbiamo aiutarci.

Ecco fatto, anche stavolta la conversazione si era risolta così. La nenia continuava senza cambiamenti. Adesso toccava a lei e disse quello che aveva sempre detto, rispettando il copione come una brava attrice: — Non preoccuparti, arrivo.

— Grazie, sei preziosa.

La preziosa Greta attaccò il telefono senza dire altro. Prese la divisa di sua mamma, la infilò nello zaino, impugnò il telaio di Merlina e lo sollevò sulla schiena. Scese le scale del palazzo con un solo pensiero: pedalare velocemente. Molto velocemente.

Alle tre e mezzo Emma non era ancora arrivata e la mamma di Lucia iniziava a spazientirsi.

— Noi dobbiamo smontare alle quattro...

— Adesso arriva, mamma. Anche stamattina era in ritardo, forse è il suo carattere.

— Bel carattere! — sbuffò Clara rigirando tra le mani il cestino di fragole che aveva tenuto da parte per le ragazze.

— Scusate, sono in ritardo! — trillò Emma comparendo all'improvviso alle loro spalle.

Clara fece un salto. Lucia, un sorriso.

— Eccola! Ciao. Questa è mia mamma.

— Buongiorno, signora. Mi chiamo Emma. Abito qui dietro ma mi sono persa per i vicoli, Roma è bellissima, ma tutte queste stradine mi disorientano un po'... — disse lei tendendole la mano.

Clara ci mise dentro le fragole.

Emma le annusò estasiata.

— Mia mamma me l'aveva detto che la frutta italiana è speciale, ma queste sono divine!

Colpita e affondata. Emma conquistò la simpatia della signora De Martino all'istante, fare un complimento alla sua frutta era come farlo a lei. Clara le perdonò il ritardo e perfino quella brutta parola che aveva insegnato a sua figlia.

— Allora noi andiamo a fare shopping — annunciò Lucia.

— D'accordo, io e papà smontiamo e poi ci prendiamo un caffè così avete un po' più di tempo, ma rimanete in zona, intesi?

Lucia le saltò al collo per la felicità e le diede un bel bacio di gratitudine.

— Arrivederci, e grazie per le fragole — salutò Emma.

— Divertiti, carciofotta! — strillò papà.

— Carciofotta?! — si stupì Emma.

— Sì, lascia stare, mio papà mi dà soprannomi assurdi. Dove andiamo?

— A comprare un reggiseno! Ti va?

— Io... veramente... non li uso... — bofonchiò Lucia imbarazzata. Era diventata dello stesso colore dei pomodori di papà.

Emma se ne accorse ma non disse niente.

— Allora mi dai qualche consiglio. Va bene?

— Va bene concordò lei sollevata.

Le due imboccarono una strada più ampia e camminarono una decina di minuti fino a raggiungere il grande magazzino più elegante della città. In vetrina luccicavano donne di plastica ricoperte di specchietti microscopici e abiti ridotti ai minimi termini.

Emma prese impaziente la mano della sua amica: — Attraversiamo!

In quel momento, Greta girò l'angolo trascinandosi appresso la sua bicicletta.

— Greta! — la salutò subito Lucia.

Lei ricambiò con lo sguardo furente e doloroso del bambino che è caduto e si è sbucciato le ginocchia.

— Che cosa ci fai qui? Che ti è successo?

Decise di non rispondere alla prima domanda. Aveva appena consegnato la divisa a sua madre, che era già tornata di pessimo umore e pretendeva che lei rimanesse tutto il pomeriggio al ristorante per aiutarla. Se l'era cavata con la storia dei compiti ed era scappata verso casa, ma si era dovuta fermare quasi subito.

— Ho bucato — disse a testa bassa.

— Cavoli.

Lucia aveva detto "cavoli". L'aveva detto per la ventunesima volta. E nel momento più sbagliato che potesse scegliere. Greta si sentì in diritto di stringere le mani intorno al collo di Lucia De Martino e stritolare tutti quei cavoli prima che uscissero di nuovo dalla sua bocca, sfogando così lo sconforto di dover tornare a casa a piedi.

— E adesso come fai? Dovrai tornare a casa a piedi — infierì Lucia.

Per fortuna, Emma intervenne prontamente: — Magari possiamo fare qualcosa per aiutarti?

— Io non ho bisogno del vostro aiuto.

— Mi pare di sì, invece.

— Ti pare male.

— Greta, non è una tragedia. Entriamo in un negozio di biciclette e compriamo una ruota nuova, no?

— Si chiama camera d'aria. E comunque, vedi un negozio di biciclette nei paraggi?

Emma si guardò intorno desolata.

Il vento spazzò la strada con una raffica violenta e improvvisa. Greta chiuse gli occhi, colpiti dalla polvere. Quando li aprì vide una bicicletta verde acqua frenare accanto a lei. Un ragazzo alto, con un cappello da uomo. Guardò Merlina e le chiese: — Hai bucato?

Era lui, il pazzo della discesa. Ci mancava solo questa. Lo scrutò con la ferma intenzione di consigliargli di girare alla larga, ma lui fu più veloce.

— Tu sei... tu! — esclamò con un'allegria del tutto fuori luogo.

— Vi conoscete? — domandò Lucia.

— No — disse lei.

— Sì — fece lui senza darle retta. — Ce l'hai una camera d'aria di scorta?

Greta scosse la testa per dire di no.

— Stavamo cercando di capire se qui in giro c'è un negozio di ciclismo… tu ne conosci uno? — intervenne Lucia.

Anselmo annuì, scese dalla bicicletta, l'appoggiò a un muro, poi afferrò Merlina e la sollevò da terra. Greta scattò subito, odiava che qualcuno toccasse la sua bici, soprattutto uno sconosciuto. Afferrò il suo braccio, all'altezza del polso.

— Fermati!

E qualcosa si fermò davvero. Interrompendo lo scorrere ordinato del tempo. Anselmo sentì le dita di Greta stringersi accanto alla sua mano e solcare la pelle, l'eco di quel contatto improvviso spargersi in tutto il corpo come un vuoto d'aria. La fissò, disegnando con gli occhi il profilo del suo corpo minuscolo.

Lei se ne accorse e sciolse la morsa imbarazzata. Si guardò la mano come non fosse sua e la nascose immediatamente nella tasca della felpa. Abbassarono gli occhi, in apnea.

— Ho capito! Tu sai riparare le biciclette, vero? — trillò Lucia da un posto lontanissimo.

La sua voce di bimba li riportò su questo pianeta.

— Sì, è il mio lavoro — confermò Anselmo.

Fece scattare una leva al centro dei raggi e liberò la ruota.

— Cavoli, che fortuna! Greta, hai visto?

Greta sollevò le spalle, incapace di dire una sola parola, mentre Anselmo svitava il cerchione dal corpo di Merlina. Le sembrò di essere un po' come la sua bici, e che quel ragazzo stesse smontando dei pezzi del suo corpo nel tentativo di riparare qualcosa che si era rotto. Non sapeva spiegare precisamente che cosa stesse accadendo. Qualcosa ribolliva tra le dita della mano con cui gli aveva afferrato il polso, e quel calore le fece tantissima paura.

— Molto meglio di un negozio, no? — ammiccò ironica Emma osservando quel bellissimo ragazzo piovuto dal cielo. Greta fece finta di non averla sentita.

— Già! Possiamo aiutarti? — propose Lucia.

— Sì — rispose lui. — Vedi quella piccola borsa dietro al sellino della mia bici?

Lucia fece cenno di sì.

— Aprila e portami tutto quello che trovi.

La ragazzina trotterellò felice verso la borsa. Dentro c'erano una camera d'aria nuova e tre piccoli strumenti di metallo disposti a incastro in maniera da occupare il minor spazio possibile. Gli attrezzi avevano la forma di bastoncini dei ghiaccioli, ma più tozzi. Anselmo mise la ruota tra le gambe per tenerla ferma e infilò i bastoncini tra il cerchione e il copertone, facendo leva finché la parte di gomma non saltò fuori da quella metallica. Sfilò la camera d'aria ormai sgonfia e la consegnò ad Emma. La ragazza rimase a contemplare quell'orrendo lombrico di gomma sporco e puzzolente senza muovere un dito.

— Scusa, che cosa dovrei fare?

— Mettila da parte. Si può riparare.

— No, grazie. Non mi interessa — fece Emma, che non aveva nessuna intenzione di toccare quella schifezza. Lucia allora si fece avanti.

— A me sì, molto! — disse prendendo in custodia l'oggetto come fosse un tesoro prezioso. Più lo guardava e più quel ragazzo le sembrava stupendo. Quello che faceva, quello che diceva era tutto stupendo. Ma anche se non avesse fatto niente sarebbe stato comunque stupendo. Emma invece iniziava ad annoiarsi.

— Va bene, se abbiamo finito, io e Lucia avevamo una cosa da fare oggi pomeriggio.

— Ma non abbiamo finito, vero? — chiese speranzosa Lucia.

— Non ancora — confermò il ragazzo.

Sistemò la nuova camera d'aria nell'incavo del copertone dopo averla gonfiata un poco. Infilò la valvola nel piccolo foro del cerchione e fece pressione per fissare la gomma nel ferro. Rimontò la ruota sul telaio e finì di gonfiarla.

— Ecco, adesso sì — affermò restituendo la bici alla sua proprietaria.

— Stupendo — sospirò Lucia.

Greta prese il manubrio di Merlina e ringraziò brevemente.

— Quanto costa la riparazione?

— Niente — disse lui. — Mi devi soltanto una camera d'aria nuova.

— Come?

— Ti ho appena dato la mia, domani potrei averne bisogno.

— Giusto! — esclamò Lucia. — Possiamo venire da te e portarti una ruota nuova. Dove lavori?

Emma era sorpresa, non avrebbe mai immaginato che la tenera Lucia potesse essere così intraprendente.

Lucia invece non si era neppure accorta di quello che stava dicendo. L'unica cosa a cui pensava era che doveva rivedere quel ragazzo a tutti i costi. Fosse stato per lei, sarebbe montata sul manubrio della sua bicicletta all'istante. S'immaginava già di attraversare il mercato di Campo de' Fiori sfrecciando tra le bancarelle stretta tra il manubrio e le sue braccia, frenare davanti alle olive della Sora Franca e confidarle finalmente: — È lui il fortunato!

— Lavoro alla ciclofficina di via Gentilini, al 196 — le informò Anselmo.

— Una ciclochecosa? — domandò Emma.

— Dov'è? — le parlò sopra Lucia, che l'avrebbe raggiunto in qualsiasi posto.

— Conoscete il Corviale?

— No — dissero le due amiche.

— Sì — annuì Greta mentre la paura si trasformava in terrore.

— Allora vi aspetto.

— Sì! Ci vediamo domani! Alla ciclochecosa! — trillò Lucia mentre Anselmo scompariva pedalando nel traffico. Rimase a guardarlo mentre si portava via il suo cuore e sospirò estasiata.

— Qui c'è qualcuno che si è appena preso una cotta... — insinuò Emma.

— Io! — confessò euforica Lucia.

Poi si rese conto di quello che aveva appena detto. E anche di tutto quello che aveva fatto negli ultimi cinque minuti. Ed ebbe il terribile sospetto di avere esagerato.

— Ma lui se ne sarà accorto, secondo te?

— Non è che tu abbia fatto molto per nasconderlo...

— E che cosa dovevo fare?

— Vedi, Lucia. La seduzione è questione di dettagli: sguardi, silenzi, attese. Mistero.

— Lo sapevo che tu te ne intendevi di ragazzi!

— Be', un po'... sì.

— Allora mi devi spiegare tutto perché io invece non ci capisco niente, però lui è stupendo, vero che è stupendo? Come faccio a farlo cadere ai miei piedi?

Ecco, la conversazione iniziava a farsi davvero insostenibile.

— Io vado — annunciò Greta.

— Posso tenere la ruota bucata? Come ricordo...

Insostenibile e molesta.

Greta scappò senza aggiungere altro.

— Ha detto di sì?

— Certo! — la rassicurò Emma. — E adesso andiamo a comprare qualcosa di carino per domani.

Tre

Il giorno dopo, a scuola, Emma e Lucia si scambiarono una tonnellata di bigliettini, confabularono per tutto l'intervallo e scomparvero a turno per più di dieci minuti con la scusa di andare in bagno. Greta le osservò a distanza di sicurezza, sperando che fra di loro fosse nata una grande amicizia da cui avrebbe visto bene di tenersi alla larga. Ma aveva sottovalutato un'altra volta Emma Kildare.

All'uscita infatti la rossa le si fece sotto e disse: — Allora ci vediamo oggi pomeriggio?

— No, perché?

— Devi restituire la camera d'aria a quel ragazzo.

— Pensavo che volesse farlo Lucia.

— Ma sarebbe meglio che andassimo tutte insieme. In fondo non sappiamo neppure chi sia quel tipo... — le fece notare Emma.

— E poi in tre è più divertente! — azzardò Lucia.

Greta allungò il passo verso il cancello e prese le chiavi per slegare Merlina.

— Sentite, secondo me state esagerando. Si tratta soltanto di restituire una camera d'aria. Ci vogliono due minuti. Che cosa può succedere in due minuti?

— Ecco, appunto, non può succedere niente. Questo è il problema — sbuffò Lucia.

— Se invece vieni tu, con la tua bici, magari si trova qualche cosa da riparare, un piccolo guasto e possiamo rimanere nelle ciclofficina un'oretta. Così, a chiacchierare un po'... — propose Emma.

— La mia bici non ha nessun guasto.

— Ma neanche una cosa piccola piccola?

— No.

— Magari potresti togliere tutta quella ruggine e ridipingere questi... tubi di ferro.

— Se state cercando una scusa per trascinarmi in quel posto state perdendo il vostro tempo.

Ciò detto, Greta inforcò Merlina e salutò le due ragazze, scappando il più lontano possibile.

Faceva fatica ad ammetterlo, ma il solo pensiero di rivedere Anselmo le faceva battere il cuore all'impazzata, come alla fine di una discesa troppo pericolosa, e non le piaceva affatto sentirsi così.

— Il tuo piano non ha funzionato molto bene — commentò Lucia.

Silenzio.

— Che facciamo adesso?

Ancora silenzio.

— Emma?

— Mmm?

— Che cosa facciamo adesso?

Emma misurò la sua amica con un lungo sguardo: — Tu hai un fratello vero?

— Ne ho due. Ma cosa c'entrano i miei fratelli, adesso?

— Uno di loro fa il vigile, non è così?

— Sì, ma…

— Credi che sarebbe disposto a farci un favore?

— Io… beh, sì certo.

— Allora chiamalo subito.

Seduto sul divano graffiato, Anselmo scrutava il disegno delle vene dei suoi polsi. Una mano in grembo, l'altra a sfiorare le tracce sottili del sangue sotto la pelle. Premette due dita e ascoltò le pulsazioni attraverso i polpastrelli. Cos'era successo il giorno prima? Cos'era quel vuoto che, improvvisamente, gli aveva rubato un respiro? Dov'era finito quel respiro? Vide gli occhi verdi di quella ragazza arrabbiata schiudersi come una foglia appena germogliata, il suo sguardo aveva creato una spazio che prima non c'era e da dove quegli occhi continuavano a fare domande. Scrollò le dita cercando di levarsi di dosso quel colore, quel vuoto e tutte quelle domande. Niente. Rimaneva tutto lì. Non se ne andava.

— Va ora in onda *Spiegel im Spiegel*, specchio nello specchio. Di Arvo Pärt — disse la voce triste alla radio.

Le note brevi del pianoforte sgocciolarono dal soffitto sul suono terroso di una viola. Ogni goccia uno specchio. In ciascuno il riflesso di lei.

— Hans? Sei vivo?

Sciagalle spolverò il naso di Anselmo con un pennello risvegliandolo dal vortice dei suoi pensieri. Il suo amico si era sempre ostinato a chiamarlo così: Hans. Faceva un po' la voce da tedesco quando diceva il suo nome. Aspirando l'acca con forza.

— Ti stai facendo un'altra di quelle domande inutili tipo il cappuccino nella plastica, dì la verità...

Quello che diceva il suo amico non era del tutto falso. Gli sorrise scuotendo piano la testa, senza rispondere.

— Guarda che non ti fa bene stare tutto il giorno seduto sulla Zeccarola. La Zeccarola intristisce!

Ecco un altro nomignolo di Sciagalle, inventato per definire il divano graffiato. Secondo il pittore, quel mobile orrendo offendeva il buon gusto. Avrebbe voluto dargli un tocco di colore, anche una cosa piccola, due farfalle qua e là, ma Guido si era opposto in tutti i modi. Così Sciagalle aveva iniziato a chiamarlo "La Zeccarola" per dire che solo le zecche ci si sarebbero sedute volentieri. E infatti Anselmo non sembrava affatto felice di stare tra quei cuscini sbiaditi.

— Oh! Che c'hai? Sembri una statua di marmo... Ti faccio un decoro — scherzò l'amico.

— Non oggi — intervenne Guido. — Ora Hans deve andare.

Anselmo si accorse in quel momento che il vento si era sollevato, soffiava oltre le finestre, scuoteva le lenzuola stese al sole e i grovigli di polline per strada. L'elica stava girando, aveva già preso velocità. Il suo fischio acuto risuonava stonato tra le note dolci del piano alla radio. Non aveva nessuna voglia di uscire. Voleva rimanere lì, ad aspettare quella ragazza con gli occhi arrabbiati. Se quel pomeriggio fosse arrivata, non si sarebbero incontrati. E forse non l'avrebbe rivista mai più.

— Per oggi magari potrei rimanere qui, tanto ci posso andare la prossima volta? — propose timido a suo padre.

Guido lo guardò stranito: — Non puoi. Il tempo è adesso.

Era vero, ma per la prima volta nella sua vita Anselmo avrebbe voluto che non fosse così. Tanto valeva fare in fretta allora, se si sbrigava magari avrebbe avuto qualche possibilità di incontrarla al suo ritorno. Appoggiò una mano sulla spalla del pittore e lo salutò.

— Ci vediamo fra un po', amico.

Lui annuì deluso.

— Peccato, però. Ieri ho fatto un telaio con tutti pallini colorati. È venuta un capolavoro. Ora da Sciagalle mi dovete promuovere a Vangogghe. Me lo sono meritato.

Guido si fece una risata, Anselmo invece si rabbuiò. Prese un mazzo di chiavi legate con un laccio di cuoio e s'infilò in una piccola porta sul fondo della stanza. Quando tornò in ciclofficina aveva la borsa da postino a tracolla, carica, pesante e gonfia come una lacrima.

Greta sapeva che era meglio non farlo, ma quando la strada era abbastanza sgombra e l'asfalto abbastanza liscio abbandonava il manubrio e pedalava con le mani appoggiate sulle gambe. Era necessario un rettilineo, con l'asfalto regolare, non troppo trafficato e piuttosto ampio. C'erano pochissime vie così a Roma. La maggior parte avevano buche profonde come crateri, ma proprio accanto a casa sua aveva trovato un posto perfetto: la corsia preferenziale degli autobus. I mezzi pubblici erano scarsi e sempre in ritardo, quindi quel posto era una specie di pista ciclabile involontaria dove Greta poteva sentirsi libera di cavalcare la sua bici come un destriero in un prato sterminato. L'unico problema erano i semafori.

Il rosso scattò e fu costretta a interrompere la sua corsa. Stava osservando il flusso monotono delle auto davanti a sé quando la moto blu di un vigile si accostò con i lampeggianti accesi.

— Andare in bici senza mani è pericoloso — disse l'uomo sotto al casco. — Ed è anche vietato.

— Mi scusi — balbettò Greta colta alla sprovvista. — Non lo sapevo.

— Scenda dal mezzo — ordinò l'uomo — e mi mostri i documenti.

Greta obbedì senza fiatare, anche se la situazione le sembrava surreale. Il vigile controllò la carta d'identità e poi si chinò sulla bicicletta ispezionandola nei minimi dettagli.

— Non ci siamo. I freni vanno cambiati. Sono logori. Quando hai fatto l'ultima revisione?

— Io non credevo che fosse necessario fare la revisione alle biciclette…

— Non solo è necessario, è obbligatorio. Adesso devo farti una multa.

Greta impallidì, la multa no. Che cosa avrebbe raccontato a sua mamma?!

— No, la prego. Le prometto che cambierò i freni.

Il vigile scosse la testa e sfoderò il blocchetto delle contravvenzioni.

— Per favore! Guardi, ci vado oggi. Va bene? C'è un posto qui vicino che ripara biciclette.

— Troppo tardi, dovevi pensarci prima.

— La prego! Ci metto un attimo, guardi è proprio lì.

Greta indicò verso sinistra: — In via Gentilini, al 196.

L'uomo cambiò espressione. Chiuse il blocchetto e se lo mise in tasca.

— E va bene, ma se domani la vedo ancora in giro con il mezzo non revisionato, sarò costretto a farle un multa ancora più salata. Intesi?

— Sì, sì. Non si preoccupi, vado subito.

Il vigile rombò via. Greta tornò in sella con le mani ben piantate sul manubrio e il cuore in subbuglio. Non aveva più scuse, adesso avrebbe dovuto rivedere il ragazzo della ciclofficina. Sentì di nuovo quella sensazione nel palmo. Come il giorno prima, quando gli aveva afferrato il polso per impedirgli di toccare la sua bicicletta, ed ebbe la stessa paura.

Calmati, Greta. Vai lì, gli lasci la bici e torni a prendertela quando è pronta. Non sei tenuta a rimanere in quel posto se non ti va. Te ne puoi andare quando vuoi. Ma più si ripeteva quelle parole, meno si sentiva tranquilla.

— Allora? Che ti ha detto? — chiese Lucia impaziente.

Suo fratello si tolse il casco con il gesto risoluto di un

eroe che brandisce il suo elmo di ritorno da una grande vittoria, e scese dalla moto blu.

— Che andrà alla ciclofficina oggi pomeriggio.

La sorellina gli saltò al collo per la gioia.

— Grazie! Sei il fratello migliore del mondo.

— Poi un giorno mi spiegherai che cosa ho fatto esattamente, perché ancora non l'ho capito.

— Sì, sì. Un giorno, quando sarai grande — ridacchiò Lucia.

Dalla moto arrivò il segnale della ricetrasmittente che comunicava un messaggio dalla centrale dei vigili di Roma.

— Devo andare. Fai la brava.

— Anche tu.

Lucia aspettò che la moto blu fosse abbastanza lontana, poi prese il telefonino e chiamò Emma.

— Sei un genio! Ha funzionato!

— Benissimo, adesso scatta la fase due.

— Sì! La fase due... qual è la fase due?!

— L'appostamento!

— Ah, sì, certo. Come no. Che cos'è l'appostamento?

Emma sbuffò rassegnata.

— Senti, passo a prenderti tra dieci minuti e te lo spiego.

— Va bene, ti aspetto.

Dopo un quarto d'ora Emma arrivò alla bancarella dei signori De Martino con gli occhiali scuri, un miniabito giallo canarino e una cartina di Roma sotto braccio.

— Dove andate? — s'informò la mamma.

— A fare un giro al parco — mentì Emma.

— E la cartina?

— Per imparare le vie... vivo a Roma da così pochi giorni...

La signora la squadrò senza troppa convinzione. Lucia afferrò la mano della sua amica e la trascinò verso l'uscita del mercato.

— Quanto sei bella! Fortunato chi se la piglia — le salutò la Sora Franca.

— Andiamo a prenderci questo fortunato! — commentò Emma a bassa voce.

Lucia scoppiò a ridere, strinse forte la mano della sua amica e si mise a correre verso la fermata dell'autobus emozionata: — Sì, andiamo!

Pedalare controvento è molto faticoso. In salita e controvento ancora peggio. In salita, controvento e col fiato spezzato dal panico è impossibile. Greta abbandonò la sua lotta contro i pedali scendendo sconfitta coi piedi per terra. Spinse la bici oltre la salita sotto gli alberi a bordo strada. I primi fiori rosa spuntavano da rami senza foglie circondati da un cielo azzurro striato di nuvole sottili. Arrivò all'incrocio con via Gentilini con il cuore in gola e le gambe vuote. Stringeva il manubrio di Merlina come il timone di una nave nella burrasca, certa che sarebbe presto arrivata un'onda gigantesca a sommergerla.

E invece ne arrivarono due: Emma e Lucia. Le ragazze erano rimaste appostate dietro l'angolo per una buona mezz'ora, in attesa della loro preda.

— Ciao, Greta. Che coincidenza! — trillò Emma agitando il suo cappellone per attirare l'attenzione della ragazza.

— Ehi, che ci fai qui? — domandò Lucia con aria innocente.

Greta provò uno strano senso di sollievo nel vederle. Per la prima volta, la presenza di quelle due la faceva sentire meglio.

— Devo sistemare i freni. E voi?

Lucia sfoderò una scatolina di cartone che conteneva una nuova camera d'aria, la mostrò orgogliosa alla sua amica ciclista e cinguettò: — Uso una scusa qualsiasi per rivedere quel ragazzo, da quando l'ho incontrato non riesco a pensare ad altro.

— E io penso a tutto il resto — aggiunse Emma.

Greta sorrise. Con le labbra strette e gli occhi bassi, una smorfia che neanche sembrava un sorriso ma lo era, ed era sincero.

— Allora possiamo andare insieme — concluse camminando verso la grande elica all'entrata della ciclofficina.

Lucia la guardò esterrefatta. — Cavoli, pensavo che si sarebbe arrabbiata con noi.

— Te l'avevo detto che faceva finta... — ammiccò Emma.

Bellezza

Quando Guido vide entrare tre ragazzine di tredici anni nella sua officina, pensò subito che si fossero perse, soprattutto perché quella con i capelli rossi era vestita come una star del cinema in vacanza sulle spiagge francesi. Ma poi i suoi occhi caddero su una vecchia Olmo mezzo arrugginita, e capì di trovarsi davanti a un trio molto promettente.

— Buongiorno — esordì la più piccoletta, con la faccia paffuta. — Stavamo cercando un raga...

La rossa le diede una gomitata nello sterno come per impedirle di continuare la frase.

— Un regalo! Stavamo cercando un regalo!

Guido aprì le braccia indicando lo spazio intorno a sé.

— Qui ci sono solo biciclette...

— E infatti volevamo proprio una bicicletta, se no che cosa ci venivamo a fare qui, no?! — improvvisò la rossa.

— Eh già — sorrise quella con la faccia paffuta.

Guido annuì, poi si avvicinò a Merlina.

— Vedo che ne avete già una. Un modello piuttosto raro, molto bella — disse sorridendo verso Greta. — Siete appassionate?

— Molto appassionate! — azzardò Emma.

— Bene — approvò l'uomo. — Allora siete nel posto giusto!

Lucia si guardò attorno delusa.

— Ma lui non c'è... — sbuffò sottovoce.

— Meglio, ne approfitteremo per raccogliere qualche informazione. Così quando tornerà saprai come comportarti — sussurrò Emma.

Le sopracciglia di Lucia si trasformarono in due punti interrogativi. Stava per chiederle che cosa intendesse dire, ma si rese conto che era calato il silenzio più totale.

Guido stava esaminando il telaio di Merlina con grandissima attenzione, come se fosse la cosa più stupefacente che avesse mai visto.

— Devo fare la revisione ai freni — lo informò Greta.

— No — sentenziò secco il meccanico — i freni sono in ottimo stato.

Lei arrossì, non voleva raccontare la storia del vigile,

perché si vergognava, ma le dava più fastidio passare per quella che non capiva niente di bici. Quindi cercò di rimediare: — Lo so, però mi hanno detto di fare una revisione...

— Te l'ha detto un ciclista?

— No, non proprio.

— Chi non pedala non capisce — tagliò corto Guido.

Era vero, l'aveva sempre pensato anche lei. E, per una volta, sentiva di non essere sola. Era una bella sensazione. Molto bella.

— Guarda quanta ruggine! — disse la voce di un ragazzo alle loro spalle. Aveva un pennello in mano e le mani macchiate di rosa.

— Qui c'è da divertirsi parecchio — ammise Sciagalle.
— Prendi la carta vetrata... come ti chiami?

— Greta.

— Piacere, Corrado. Ma qui mi chiamano Sciagalle. Perché sono un artista.

L'artista indicò un grande rotolo di carta vetrata appoggiato alla parete degli attrezzi.

— Dai che la rimettiamo a nuovo questa signorina.

Stava parlando della sua bici, l'aveva chiamata "signorina"... Questa ciclofficina le piaceva sempre di più. Si avvicinò al muro e strappò un pezzo di carta ruvida.

— E adesso?

— E adesso gratta!

— Aspetta — intervenne Guido. — Prima mettiti questi.

Le diede un paio di guanti da lavoro. Greta li infilò e si mise subito all'opera, seguendo tutti i consigli dell'artista. Guido invece si voltò verso Emma e Lucia, con un paio di guanti per ciascuna.

— No, guardi. La ringrazio molto ma io non sono proprio portata per i lavori manuali — declinò Emma.

— Però se si tratta di aiutare un'amica non ci tireremo certo indietro, vero Emma? — fece Lucia con un tono che non ammetteva repliche. Avrebbe fatto di tutto per rimanere in quel posto il più a lungo possibile. Il ragazzo dei suoi sogni non si era ancora fatto vivo, ma magari sarebbe arrivato più tardi. Si infilò i guanti e si mise a grattare la ruggine con grande impegno.

— Ammazza, sei forte! — si complimentò Sciagalle.

— Grazie! — ridacchiò Lucia lusingata.

Emma osservò le braccia cicciotte della sua amica sobbalzare sotto i colpi di carta vetrata e scosse la testa. Non era venuta lì per riparare biciclette, ma per portare avanti le sue indagini su quel misterioso ragazzo. E le era appena venuto in mente un modo per scoprire qualcosa di più.

— E se invece noi due ci occupassimo di quel regalo? — domandò giuliva a Guido.

L'uomo annuì: — A che tipo di bicicletta stavi pensando?

— Un modello da uomo, per un ragazzo sui diciassette anni, alto, magro... non conosco bene i suoi gusti, ma magari a lei è capitato di vendere biciclette a ragazzi così.

— Sì — rispose laconico Guido.

— E che cosa mi suggerisce?

Guido attraversò la stanza, diretto verso la fila di biciclette che aveva appena riparato. Emma schiacciò l'occhio a Lucia e lo seguì come un segugio, alla ricerca di una traccia... Ed eccola, nascosta dietro a una colonna, la Bianchi verde acqua. La stessa bici su cui viaggiava il bersaglio delle sue indagini il giorno in cui si erano incontrati.

— Voglio quella —indicò Emma.

Guido scosse la testa: — Non è in vendita.

— Perchè? Appartiene già a qualcuno? — insinuò.

— È di mio figlio.

Bene, prima informazione recuperata. Ora l'inarrestabile Emma avrebbe messo quell'uomo in un angolo, scoprendo tutto quello che c'era da sapere. Decise di partire con qualche complimento, tanto per rabbonire la preda.

— È veramente bellissima! — disse avvicinandosi al manubrio. — E poi mi sembra in ottimo stato.

— Ho finito di restaurarla pochi giorni fa.

— Sono impressionata... ottimo lavoro!

Emma vide comparire sul volto di Guido un sorriso compiaciuto, il suo piano stava funzionando, ora era arrivato il momento di aggredire. Da tempo aveva capito che il miglior modo per ottenere quello che voleva era fingersi stupida e inoffensiva, così chiese: — E questa scritta sul telaio è per suo figlio?

Guido ridacchiò: — No, quella è la marca.

— Ah, certo, che sciocca e… come si chiama suo figlio?

Guido squadrò la ragazza con sospetto. Emma ebbe la sensazione che avesse capito perfettamente il suo gioco, ma rispose lo stesso.

— Anselmo.

Che nome strano. Antico e raro. Emma cercò di immaginare perché qualcuno volesse dare un nome così a un bambino appena nato, ma non ci riuscì.

— Che nome stupendo! — sospirò Lucia, che aveva origliato tutta la conversazione. Greta sentì qualcosa stringersi nello stomaco ma fece finta di niente, concentrandosi sulla ruggine da grattare. Intanto l'interrogatorio continuava.

— E dov'è Anselmo adesso?

Stavolta, però, Guido non aveva nessuna intenzione di rispondere. — In giro — disse sommariamente.

Afferrò il piccolo manubrio di una Touring rosso amaranto e sfilò la bici dal mucchio.

— Che ne dici di questa? Ci sono alcuni raggi da sostituire, ma non ci vorrà molto lavoro.

— Sono indecisa — temporeggiò Emma — avrei proprio bisogno del consiglio di un ragazzo… suo figlio quando torna?

— Non lo so, dopo la chiusura, credo — rispose vago il padre.

— Nooo… — sussurrò Lucia alle sue spalle.

Emma ebbe la netta sensazione che quell'uomo non volesse parlare né di suo figlio né di quello che stesse facendo quel pomeriggio. La domanda era perché. In ogni caso era inutile aspettarlo ancora, era evidente che quel giorno non l'avrebbero incontrato. Ma prima di andarsene c'era ancora una cosa che voleva fare.

— Guardi, ci devo pensare — disse come se stesse comprando un paio di scarpe.

Guido si accovacciò davanti ai raggi malmessi: — Io inizio a ripararla comunque.

Perfetto, se era distratto dal suo lavoro non avrebbe notato che lei stava per lanciarsi in una perlustrazione minuziosa della ciclofficina alla ricerca di un segno, magari un vestito o una foto o un libro, insomma, qualcosa che le parlasse di Anselmo. Non c'era niente di simile in giro. Però vide la porticina sul fondo della stanza che la incuriosì parecchio. Decise che avrebbe iniziato da lì.

— Il bagno è da questa parte? — chiese.

Guido annuì.

— Aspetta! Vengo anche io! — saltò su Lucia. — Devo lavarmi le mani.

Si era stufata già da un pezzo di grattare la ruggine, e poi Sciagalle continuava a sorriderle e a guardarla con due occhi languidi che la mettevano un po' a disagio. Inoltre era molto curiosa di capire che cosa avesse scoperto Emma e voleva parlare in privato.

Dietro alla porta si apriva un breve corridoio che dava su un cortile interno. A destra la stanza da bagno. Emma la ispezionò brevemente senza trovare nulla di interessante. Decisero quindi di dare un'occhiata in cortile. Un piccolo spiazzo di terra battuta stritolato tra i palazzi grigi. Il cielo come un francobollo azzurro. Tutti i muri erano ciechi, a parte uno in cui si apriva un arco di mattoni chiuso da un portone di ferro scuro. Emma si avvicinò di soppiatto. C'erano una catena con un lucchetto e un paio di chiavi legate da un laccio di cuoio che pendevano dalla serratura. Qualcuno doveva averle dimenticate appese dentro al lucchetto. Un vero colpo di fortuna! Emma ne approfittò subito.

— Aspetta! E se ci scoprono? — si spaventò Lucia.

— Shhh! — la zittì Emma. — Nella vita bisogna correre qualche rischio.

Aprì la porta senza pensarci un secondo di più e s'infilò nella stanza. Quello che videro le lasciò senza fiato. Un'aula gigantesca, con i soffitti a volta e le pareti interamente ricoperte di scaffali. Lettere, cartoline, piccoli pacchetti imballati in carta da regalo o da spedizione riempivano i ripiani a perdita d'occhio. Ogni scaffale era contrassegnato da una targa su cui comparivano alcuni numeri e una parola. I numeri erano date e le parole nomi di vento: Libeccio, Tramontana, Zefiro, Favonio ...

— Dove siamo? Che cos'è questo posto? — chiese Lucia sbalordita.

— Io... non lo so. Sembra un archivio, però non capisco...

Le sue parole furono interrotte da un rumore di passi. Li sentirono rimbombare in cortile.

— Dobbiamo uscire di qui, adesso! — sussurrò terrorizzata Lucia.

Le due sgattaiolarono fuori appena in tempo. Chiusero la porta alle loro spalle e attraversarono il cortile. Dal cono d'ombra del corridoio emerse la figura di Guido.

— Vi siete perse?

— Eh, in effetti sì… non riusciamo a trovare il bagno… — bofonchiò Emma.

Guido allungò una mano e aprì la porta dei servizi.

— È proprio qui.

— Ah, eccolo! Che sbadate! — sorrise Lucia.

Le due s'infilarono nello stanzino sotto lo sguardo perplesso di Guido.

— Non dovevamo entrare in quella stanza! — bisbigliò Lucia agitatissima.

— Non ti preoccupare, non scoprirà mai che siamo state là dentro. Ma adesso è meglio che andiamo via. Tu sei troppo nervosa. Potresti insospettirlo.

— Sì, hai ragione. Mi devo calmare.

Lucia fece un profondo respiro.

— No, non ci riesco!

— Va bene. Tranquilla. Seguimi e basta.

La prese per mano e tornarono nell'androne dove Greta stava ancora grattando la ruggine.

— Noi dobbiamo tornare a casa, è tardi — disse Emma.

— Sì, molto tardi — confermò Lucia.

— Andiamo, Greta?

Lei alzò gli occhi sulle sue amiche con una strana sensazione. Non le andava di lasciare quel posto. Stava bene lì. Poi pensò che presto sarebbe tornato Anselmo e che l'avrebbe trovata lì. Avrebbe pensato che si era fermata per aspettare lui. E questo non doveva succedere. Nessuno doveva sapere che cosa stava succedendo. Neppure lei lo sapeva esattamente, sentiva soltanto una grande confusione nella testa. Meglio andare via. Magari sarebbe tornata un altro giorno. Magari no. Meglio andare via.

— Sì. È tardi anche per me — mentì.

— Ma qui non abbiamo ancora finito — obiettò Sciagalle. — Come dice sempre il maestro: non si lascia un lavoro a metà. — Lo disse con un tono di voce che voleva imitare quello di Guido, ma non ci riusciva per niente.

Greta non gli diede retta, salutò tutti e saltò in sella alla sua bici incompiuta. Scomparve nel tramonto seguita dalle sue amiche. Il pittore le guardò andare via rassegnato.

— Certo che le ragazze sono strane, eh? Io ci provo a capire, m'impegno. Che sono pure uno che c'ha una certa fantasia. Però non ci riesco. Proprio non ci riesco...

Anselmo frenò bruscamente in mezzo al traffico. Una valanga di clacson lo investì senza compassione, ma lui non li sentì neppure. Afferrò la borsa ormai vuota, frugò in tutte le tasche e aprì tutte le cerniere. Poi cercò nei calzoni, nella giacca di pelle, ancora nella borsa. Niente. Le chiavi del magazzino erano sparite. Sterzò e pedalò forsennatamente verso la ciclofficina, sperando di non averle perse e che fossero rimaste nel negozio, da qualche parte. Ma quando vide suo padre, capì subito che era successo qualcosa di grave.

— Oggi sono venute tre ragazze — raccontò Guido appena lo vide varcare la soglia. — Credo cercassero te.

Anselmo abbassò gli occhi imbarazzato.

— E invece hanno trovato queste — concluse mostrando le chiavi legate al laccio di cuoio. — Le avevi dimenticate nella porta.

Il ragazzo sbiancò.

— Sono entrate nel magazzino?!

— Non lo so. Spero di no.

Silenzio.

Guido lo osservò con attenzione. L'aveva già notato quel mattino, ma dopo l'episodio delle chiavi ne era certo. Era successo qualcosa.

— C'è qualcosa di cui mi vuoi parlare? — chiese al figlio.

Anselmo sprofondò sul divano graffiato.

— No.

Il padre si sedette al suo fianco, continuando a guardarlo.

— Allora parlerò io.

Anselmo rimase immobile.

— Tu sei una persona speciale e le persone speciali non

possono comportarsi come tutte le altre. Hanno il dovere di essere migliori.

No, ecco. La predica delle persone migliori non voleva proprio sentirla, non oggi.

— Mi sono soltanto dimenticato un paio di chiavi — si giustificò ma Guido non gli diede corda.

— Sai di che cosa sto parlando.

Lo sapeva fin troppo bene. Sapeva che quelle chiavi erano più preziose di tutte le altre chiavi del mondo, che lui ne era il custode e che era suo preciso dovere assicurarsi che non finissero mai nelle mani sbagliate, che non poteva perderle, non poteva prestarle e, meno che mai, poteva dimenticarsele attaccate al lucchetto del magazzino. Ma quel giorno nella sua testa c'era qualcosa di ancora più importante. Che aveva cancellato per un attimo il dovere di essere una persona migliore, la condanna ad essere una persona speciale e gli aveva fatto pensare che poteva essere semplicemente ciò che era, senza segreti da custodire o messaggi da recapitare. Senza niente da dire o niente da dare.

Non era qualcosa, era qualcuno e, per un momento aveva avuto un unico desiderio: quello di rimanere lì, accanto ai suoi occhi, nell'ombra verde di un bosco infinito. Era stato un momento bellissimo… nel quale aveva compiuto il suo primo errore.

— Non deve capitare mai più — disse suo padre.

Non c'erano rimprovero né delusione nella sua voce, soltanto la certezza di chi sa che quella è l'unica cosa possibile.

— Lo so — ammise il ragazzo.

Guido gli restituì le chiavi del magazzino, le mise nelle sue mani e le chiuse in un pugno.

— E adesso torniamo a casa.

Anselmo annuì.

Poi infilò le chiavi in tasca e aiutò il padre a sistemare gli attrezzi prima della chiusura, preparandosi a commettere il suo prossimo bellissimo errore.

— Pronto, Lucia? Dobbiamo parlare.

— Ciao, Emma... aspetta. Vado di là.

Lucia abbandonò il divano dove mamma e papà sedevano davanti al televisore come due gufi davanti alla luna. Stessi occhi a palla, stessa espressione distante, stessa figura abbondante.

— Eccomi, che cosa volevi dirmi?

— Ho sentito Greta. Si rifiuta di tornare alla ciclofficina. Non so perché. Dice che può dipingersi il telaio da sola, tanto ha capito come si fa.

— Vedi, è tornata antipatica.

— Non lo so, e comunque l'ho convinta a partecipare alla fase tre del nostro piano.

— Brava! Come hai fatto?! Ma qual è la fase tre del nostro piano?

Emma fece una pausa per raccogliere le idee.

— Quello che abbiamo visto oggi nel magazzino... Io credo che Anselmo e Guido nascondano qualcosa. Qualcosa che ha a che vedere con tutti quei pacchi e quelle buste e quelle lettere. L'unico modo che abbiamo per scoprire il loro segreto è tornare alla ciclofficina per indagare.

— Per me va bene, così posso dirgli che adesso è il mio fidanzato.

— Chi?

— Anselmo. Ci siamo fidanzati. Cioè, con le firme.

— Scusa, non capisco.

— Ho fatto il gioco delle firme. E mi è venuto fuori duecento! Guarda che è un punteggio altissimo. Con duecento puoi fidanzarti.

— Continuo a non capire.

— Si fa così: ogni lettera è un numero. La A è uno, la B è due, la C è tre e così via per tutto l'alfabeto. Se la somma delle lettere del nome e del cognome delle due firme supera 150, allora si sono simpatici, se super 180 si piacciono, se supera 190 si amano. Noi facciamo duecento, quindi possiamo fidanzarci! Ti rendi conto! È stupendo!

— Quindi significa che conosci il cognome di Anselmo.

— Veramente no. L'ho inventato... ci ho messo tantissime Z!!! — esultò tutta contenta. — Ma in amore ci vuole fantasia!

Emma rimase un attimo in silenzio a chiedersi se fosse il caso di aggiungere qualcosa alle parole della sua dolce, ingenua amica. Decise che non era il caso e cambiò argomento.

— Ho pensato a un nuovo piano per tornare alla ciclofficina.

— Spara.

— Dobbiamo procurarci la bicicletta più scalcagnata del mondo. Così avremo un'ottima scusa per trascorrere lunghe ore a grattare ruggine e fare indagini in quel posto.

— Mi sembra un'idea geniale! Possiamo andare a Porta Portese domani mattina, è un mercato di strada e ci sono un sacco di cose scalcagnate.

— Perfetto.

— Però come facciamo a comparare la bici?

— Con i soldi?

— Io ho… dodici euro. Tu?

— Non ti preoccupare, a comprare la bici ci penso io.

— Grazie! Ma non è giusto, devo fare qualcosa per sdebitarmi… Vuoi che ti faccio il gioco delle firme con un ragazzo che ti piace?! Ti prego!

Emma scoppiò a ridere.

— In questo momento non mi piace nessuno…

— Allora mi avvisi tu quando ti piace qualcuno, va bene?

— Va bene — ridacchiò Emma.

— Promesso?

— Sì, promesso.

— Emma?

— Sì.

— Lo sai che questo vuol dire che devi rimanere a Roma per un po'.

— Perché?

— Come perché?! Adesso che hai promesso non puoi partire subito per un altro viaggio. Devi dirlo a tuo papà. Che non potete partire subito.

Lucia pronunciò quelle parole come se fossero la cosa più naturale del mondo. Come se davvero Emma potesse convincere suo padre a non trascinarla in giro per il mondo dicendogli semplicemente che aveva promesso a una sua amica di rimanere perché dovevano fare il gioco delle firme. Sarebbe stato bellissimo. Avere un'amica per sempre e restare con lei. Ma sapeva che era impensabile per i suoi genitori.

— Intanto noi ci vediamo domani mattina — chiuse brevemente.

— Sì, non vedo l'ora!

Lucia schiacciò il tasto rosso del cellulare e tornò sul divano in mezzo a mamma e papà gufo.

Emma appoggiò la cornetta e attraversò il lungo corridoio lastricato di marmo della sua nuova casa. Colonne di scatoloni incombevano su di lei come i guardiani di un palazzo disabitato. I suoi genitori, nella sala da pranzo, stavano discutendo con alcuni ospiti inglesi sulle difficoltà che comporta ogni trasloco. Discorsi sentiti mille volte.

Sgattaiolò in camera sua sperando che nessuno si accorgesse della sua presenza.

— Emma, tesoro. Vieni a salutare gli ospiti — fece sua madre con quel tono da gran dama che Emma-Tesoro odiava profondamente.

E va bene, non aveva scampo. Doveva fare la solita recita della figlia poliglotta e carina che sorride agli amici di mamma e papà e racconta quanto è felice di girare il mondo insieme alla sua brillante famiglia. Peccato che lei odiasse girare il mondo e che l'unica cosa che brillava nella sua famiglia fossero i diamanti di sua madre. E poi, dopo le parole di Lucia, le era venuta una gran voglia di fare qualcosa di impensabile!

Corse lungo il corridoio ed entrò nella sala scivolando a braccia spalancate e strillando come una pazza: — *Good evening, ladies and gentlemen!*

Fece una piroetta intorno a sua madre e scomparve nel buio del corridoio senza aggiungere altro.

Papà Kildare rimase impassibile. Prese il calice del vino e bevve un sorso guardando sua moglie con due occhi di vetro. Lei si sentì in obbligo di dire qualcosa, qualunque cosa piuttosto che quel silenzio insostenibile.

— Mia figlia è così... vivace — minimizzò davanti agli ospiti. — Posso servire la zuppa di pesce?

Emma sentì quelle parole disperdersi alle sue spalle insieme all'odore dell'orrenda zuppa di sua madre. E fu molto bello.

La bicicletta ama l'aria perché il cielo è luogo di tutti i sogni e della libertà. La bicicletta ama la terra perché la terra è il luogo di tutte le strade e dei rifugi. La bicicletta ama il silenzio perché rivela il suono della vita che pulsa nei muscoli. Nel silenzio fra cielo e terra nascono tutte le cose, la bicicletta si muove attraverso di loro con eterno stupore.
E noi muoviamo la bicicletta.

Risposte

Al mercato di Porta Portese c'è il sole anche quando piove. Il disordine variopinto delle bancarelle riscatta il cielo più cupo dalla sua banalità; la folla, che stringe da ogni lato, protegge dal freddo di una giornata che non doveva andare così; le voci dei commercianti zittiscono quelle del temporale cantilenando offerte di felicità. Chi entra a Porta Portese non trova mai quel che cerca, ma qualcosa che non sapeva neppure di desiderare. All'ingresso i loro sguardi viaggiano all'altezza dei tavoli dove la merce più varia viene accatastata senza rimorso, come se fosse piovuta dal cielo in quel preciso istante. Man mano che ci si addentra per le piazze e i vicoli, i tavoli diventano tovaglie e poi coperte buttate a terra e gli sguardi si abbassano verso la strada. Qui si può trovare ogni cosa. Il salvadanaio che avevi da bambino, comodini che hanno visto tempi migliori, tazzine da caffè con l'immagine del Colosseo, miniature del Colosseo fatte con i chicchi di caffè. Non c'è limite all'immaginazione né al buon gusto, l'unico confine è il Tevere, che scorre pigro qualche metro più in basso. L'ingresso del mercato è cinto da un muro roso dal muschio. Una porta di marmo bianchissimo spezza il reticolato di mattoni rossi, abbagliante come il cielo tra due lunghe gallerie sotterranee.

Davanti a quella porta, Greta aspettava le sue amiche osservando le due nicchie ai lati. Erano vuote. Né una statua né un dipinto. Due cavità bianche segnate dalle righe della pioggia. Sembravano abbandonate, come se qualcuno se ne fosse andato via senza chiudere la porta. Era stata a Porta Portese molte volte, e tutte le volte aveva sperato di trovare un nuovo abitante nelle nicchie. Ma non era mai successo.

— Buongiorno! — disse la voce squillante di Emma alle sue spalle.

Greta trasalì.

— Che cosa guardi? — le domandò Lucia con il suo solito sorriso.

Greta scosse la testa, come a cacciare via un pensiero inutile: — Niente. Andiamo? Io devo essere a casa per pranzo.

— Sì, anche io — dichiarò Lucia.

— Io no! — ridacchiò Emma. — Però non vedo l'ora di buttarmi nella mischia!

— Seguitemi, conosco questo mercato come le mie tasche! — assicurò Lucia. Greta si accodò, lieta di non dover fare il capobranco.

— Smucinate, gente! Smucinate a volontà! — disse la voce di un venditore di abiti usati.

Emma s'incuriosì immediatamente.

— Che cosa vuol dire "smucinare"?

— Vuol dire cercare qualcosa rovistando in mezzo ad altre cose, come quando cerchi le mele migliori tra il mucchio di quelle in vendita.

— Sembra divertente! Ho voglia di smucinare! — fece Emma amalgamandosi alla folla. Lucia sorrise e la seguì.

Qualche metro più avanti la strada si biforcava in un bivio, a destra, una piccola salita portava verso una zona più silenziosa su cui si affacciavano una decina di baracche piene zeppe di biciclette. I primi negozi vendevano soltanto bici nuove.

— Non ci siamo — sentenziò Emma — a noi serve un catorcio senza speranza.

— Aspetta e vedrai! — assicurò Lucia.

E infatti, pochi passi più in su, Emma si trovò davanti alla baracca più pulciosa che avesse mai visto. La ciclofficina in confronto era una boutique. C'erano più polvere e ragnatele in quel posto che nella cantina di un cimitero e il proprietario sembrava appena uscito da una bara.

— Ottimo — ammise Emma.

— No, mi chiamo Massimo — disse un ragazzo seduto al buio, dentro alla baracca. Aveva una voce che sembrava venuta dall'oltretomba. Quindici anni, magro, pallido, pantaloni neri stretti, maglietta nera con teschio e capelli nero corvino appiccicati alla testa con un chilo di gel.

Lucia lo guardò perplessa: — Perché è così... nero? — sussurrò nell'orecchio della sua amica.

— Perché è un emo — la informò Emma.

— Che cosa vuol dire?

— Non l'ho mai capito bene, so solo che sono sempre depressi.

— Poverini, mi dispiace — fece Lucia sinceramente rattristata.

Emma e Greta, invece, entrarono nella baracca guardandosi intorno.

— Le mie amiche stanno cercando un catorcio senza speranza — disse Lucia sfoderando uno dei suoi sorrisoni. Il ragazzo non ebbe nessuna reazione. Come se la cosa non fosse affare suo.

— Una bicicletta molto brutta, la più brutta che hai — spiegò Emma.

Massimo fece cenno con la testa verso una Graziella appesa alle sue spalle. Era veramente il catorcio definitivo. Le ruote un po' storte, il telaio ridotto a uno scheletro di ruggine, i fili dei freni spezzati e il manubrio fuori asse.

Greta la studiò con attenzione. Era davvero la cosa più brutta che avesse mai visto.

— Possiamo provarla? — domandò Lucia.

— Io non lo farei — rispose Massimo. — Comunque vedete voi.

Staccò la bici dal gancio e la porse alle ragazze. A vederla da vicino, in effetti, non sembrava per niente affidabile. La sella era coperta di uno spesso strato di grasso e polvere, Lucia pensò che se fosse montata lassù si sarebbe sporcata il vestito e sua mamma non ne sarebbe stata per niente felice. Guardò Emma, incerta sul da farsi.

— La compriamo! — sentenziò lei.

— Sono cinquanta euro.

— Ma sei pazzo? — scattò Greta. — Se te ne diamo dieci sono sempre troppi.

Nessuna reazione. Il ragazzo continuò a guardare il vuoto oltre il suo ciuffo nero corvino come se nessuno avesse parlato. Emma schiacciò l'occhio a Greta e sfoderò una banconota da cinquanta euro. La diede a Massimo senza batter ciglio. Quello sgranò gli occhi incredulo. L'espressione da eterno depresso gli scomparve immediatamente dalla faccia, sostituita da una smorfia che deformò tutto il viso in un ghigno orripilante.

— Grande! — esultò. Seguì un verso strano, simile al raglio di un asino.

— Sta ridendo? — chiese perplessa Lucia.

— Pare di sì — interpretò Emma.

— Ciao, allora, e grazie — disse la rossa facendo cenno a Lucia di prendere il catorcio definitivo.

— Ti è andata bene, ladro — sibilò Greta.

Il ladro ghignò di nuovo, infilandosi i soldi in tasca, compiaciuto.

— Oh, ci rivediamo domenica prossima?!

Emma gli voltò le spalle senza rispondere.

— Andiamo — disse alle sue amiche.

Greta sbuffò, cacciò le mani in tasca e girò i tacchi. Lucia prese la bici e la imitò senza capire bene perché.

— Ho un cestino da bicicletta pieno di buchi! — continuò Massimo. — Te lo regalo a quaranta euro!

Ma la rossa era già lontana.

— Ti sei fatta fregare — disse Greta.

— No, mi sono presa quello che volevo — fece lei piccata.

— Ehi, ragazze — intervenne Lucia prima che ricominciassero a litigare. — Ma quel ragazzo tutto nero… non doveva essere depresso? È ancora lì che ride come un pagliaccio.

— Te l'ho detto. Io non li capisco gli emo. Secondo me a forza di farsi la piastra ai capelli si friggono il cervello.

— Un faro con il vetro rotto non lo vuoi? Te lo metto a trenta euro! — si sentì ancora in lontananza. — Ne ho pure due per le tue amiche! Tornate! Vi amooo!

Le amiche si guardarono incredule, e scoppiarono a ridere.

Anselmo uscì dalla ciclofficina con la borsa da postino mezzo vuota. C'era solo una grande busta, quella che aveva trovato davanti all'agenzia fotografica *Studio 77*. Attraversò le strade assonnate della domenica mattina pedalando lentamente e respirando l'aria lieve di marzo. Quando arrivò alla via Portuense ringraziò la strada che s'inerpicava in salita, ascoltò i polmoni spalancarsi per lo sforzo e tutto il sapore della primavera invadere ogni suo respiro. Poi Trastevere, con il rimbalzo del pavimento di sassi quadrati sotto le ruote e la dolcezza degli edifici color crema, baciati dal sole. E infine, Porta Portese, il suo chiasso e quelle due nicchie vuote. Le guardava sempre, quando passava di lì, e si chiedeva perché fossero rimaste disabitate. L'ennesima domanda inutile.

Sfrecciò oltre il traffico verso il ponte sul Tevere, ma, prima che girasse l'angolo, qualcuno lo vide.

— Anselmo! — strillò Lucia.

Ma lui era ormai troppo lontano per sentirla e le macchine intorno facevano un chiasso infernale. Non poteva lasciarlo andare via così, doveva corrergli dietro. Senza pensarci un attimo, la ragazza montò in sella alla sua Graziella squinternata lanciandosi all'inseguimento del suo innamorato, ma girato l'angolo, era già caduta per terra. Il vestito a fiori tutto strappato e le ginocchia sbucciate. Scoppiò a piangere come una bambina di cinque anni. Emma le fu subito accanto. — Stai bene?

— No! Perché mi hai comprato questa bicicletta ?! Non

serve a niente! ? È tutta rotta! — frignò la piccola Lucia.

— Ma prima dovevamo ripararla, era questo il piano! — cercò di spiegare Emma.

— Shhh! — le zittì Greta. — Guardate.

La bicicletta color alluminio di Anselmo era legata una ventina di metri più avanti, al cancello di una palazzina rossa.

— È ancora qui! — esultò Lucia.

— Andiamo a dare un'occhiata.

Si appostarono dietro a una siepe di gelsomino che cresceva attorcigliandosi alle sbarre del cancello. Videro Anselmo sfilare una grande busta dalla sua borsa, infilarla sotto la porta, suonare il campanello e allontanarsi velocemente.

— Nascondiamoci! — intimò Emma spingendo tutte al riparo, dietro un cassonetto dell'immondizia. Anselmo slegò la bici senza accorgersi di loro, montò in sella e pedalò via come se avesse fretta di allontanarsi da quel posto.

Intanto la porta si aprì e, sull'uscio, comparve una ragazza bellissima, con la pelle ambrata e lunghi capelli neri. Si guardò intorno cercando la persona che aveva suonato, poi vide la busta. La raccolse e lesse l'indirizzo. Strappò l'incarto impaziente e sfilò un foglio spesso e pesante e uno più piccolo. I suoi occhi scorsero su quello piccolo, diventando a ogni parola più grandi per lo stupore. Quando finì di leggere scoppiò in lacrime. Strinse il foglio al petto e si guardò intorno commossa. Poi alzò gli occhi al cielo e sulle sue labbra bagnate dal pianto affiorò una parola piccola: — Grazie.

Chiuse la porta e tornò in casa.

— E quella chi è? — s'inalberò subito Lucia.

Emma non diede nessuna risposta.

— E se fosse... la sua fidanzata?!

Greta sentì lo stomaco che le si acccartocciava come una foglia secca.

Emma rimase in silenzio.

— Emma! Che cosa facciamo adesso?

Finalmente la Kildare parlò, ma non disse esattamente ciò che Lucia avrebbe voluto sentire: — Per prima cosa dobbiamo scoprire che cosa c'era dentro a quella busta.

— E come?

— Dobbiamo parlare con quella ragazza. Farci raccontare quello che sa su Anselmo.

— Io devo andare — la interruppe Greta.

— Ma proprio adesso che le nostre indagini iniziano a farsi interessanti?! — s'indispettì Emma.

— Queste sono le *tue* indagini. A me non me ne frega niente di Anselmo.

Greta si allontanò a passi rapidi e brevi, come una che scappa di casa. Stupide! Quelle due erano solo delle stupide. Soprattutto Emma, che non aveva niente di meglio da fare che sprecare i suoi soldi e spiare la vita degli altri. Ma la più stupida di tutte era lei, che si era lasciata coinvolgere in quel delirio. Basta. A casa. Velocemente. Slegò Merlina e cinse il manubrio con le dita, con la sensazione che quello fosse l'unico, minuscolo abbraccio che avesse un senso.

— Ma che le è preso? — si stupì Lucia.

— Non lo so, ma tornerà — assicurò Emma. Poi si voltò verso la porta della casa riflettendo sulla prossima mossa. — Adesso dobbiamo occuparci di quella ragazza. Come stanno le tue ginocchia?

— Mi bruciano tanto — si lamentò Lucia.

— Perfetto — annuì Emma osservando la faccina triste della sua amica. Lucia le restituì uno sguardo dubbioso.

— Adesso citofoniamo a quella ragazza e le chiediamo aiuto. Tu però conserva quell'espressione addolorata, va bene?

— Ma... non la conosciamo neppure.

Emma le mise due mani sulle spalle e spiegò paziente: — L'obiettivo è esattamente questo, Lucia. Dobbiamo entrare in quella casa, parlare con lei, scoprire che cosa c'era dentro alla busta e poi farci raccontare tutto quello che sa su Anselmo. Hai capito?

— Cavoli! Allora ho fatto bene a sbucciarmi le ginocchia! —esclamò tutta felice.

— Sei stata un genio! — si congratulò Emma. — Adesso però cerca di toglierti quell'espressione allegra dalla faccia e fai finta di essere gravemente ferita.

Lucia si concentrò. Era la cosa più difficile che potesse fare, ma per Anselmo avrebbe fatto di tutto!

Mezz'ora dopo Emma e Lucia sedevano sul divano di Bahar. La stanza era piena di valigie e scatoloni e dava l'idea che l'inquilina si stesse preparando per un trasloco. Nonostante questo, la giovane donna le aveva accolte con gentilezza, aveva frugato tra i bagagli per trovare il necessario e aveva curato il ginocchio di quella ragazzina cicciottella. Poi aveva offerto loro una tazza di tè alla mela.

— Devo festeggiare una cosa molto importante — aveva spiegato apparecchiando la tavola con piccoli bicchieri di vetro bordati d'oro.

— Che cosa si festeggia? — domandò prontamente Emma.

Bahar mostrò il foglio grande e spesso. Era una fotografia. Inquadratura dall'alto sul ponte degli Angeli in una giornata di pioggia. Il Tevere in piena scorreva furioso sotto gli archi, una bambina si riparava sotto l'ala di una statua, afferrandola con la sua mano minuscola. I gorghi del fiume sotto di lei avevano lo stesso disegno dei suoi capelli aggrovigliati dalla bufera, ma le ali di quell'angelo di pietra proteggevano il resto del suo corpo come una culla di piume.

— L'ho scattata quando sono arrivata a Roma, ormai tre anni fa, e oggi, grazie a questa fotografia, potrò finalmente realizzare il sogno della mia vita.

Lucia tremò, era sicura che Bahar avrebbe iniziato a raccontare la sua storia d'amore con Anselmo, forse quella foto aveva un significato particolare per loro, forse era un pegno, oppure una promessa… sentì il cuore batterle fortissimo. Aveva bisogno di calmarsi. Prese il bicchierino dorato a buttò giù il tè tutto di un sorso, ustionandosi la lingua.

— Tutto bene? — si preoccupò la ragazza.

Lucia annuì tentando di trattenere un urlo di dolore.

— Questa immagine è bellissima — si complimentò Emma cercando di riportare la conversazione sulla fotografia. — Ma perché cambierà la tua vita proprio adesso, se l'hai scattata tre anni fa?

Bahar abbassò i suoi grandi occhi neri mentre le labbra s'increspavano in un sorriso timido.

— Destino.

Prese il suo bicchierino di tè alla mela, lo strinse fra le dita e iniziò a raccontare la sua storia.

— Sono nata e cresciuta a Istanbul, in Turchia, ma ho sempre sognato di vivere a Roma. Volevo studiare l'arte, la pittura, la scultura e il vostro paese mi sembrava il luogo ideale. Così mi sono iscritta all'Accademia di belle arti. Non avevo molti amici e non parlavo molto bene l'italiano, quindi passavo tutto il mio tempo libero a passeggiare per Roma. Durante una di queste lunghe camminate, ho trovato una macchina fotografica. Qualcuno l'aveva dimenticata su una panchina di Villa Borghese. Ho messo gli occhi dietro all'obiettivo e non mi sono sentita mai più sola.

Emma e Lucia ascoltavano la voce di Bahar rapite dalla vibrazione bassa delle parole e da quello strano accento zoppicante che dava alla sua storia il ritmo di un canto.

— La mia macchina fotografica è diventata una compagna di viaggio, ho imparato a conoscerla, a capire come funzionava, molto lentamente, come succede quando incontri un vero amico. Insieme abbiamo visitato molti posti e conosciuto molte persone. Poi, un giorno abbiamo visto il cielo diventare nero e abbiamo incontrato questa bambina, sotto la pioggia.

Bahar prese il foglio più piccolo e lo mostrò a Emma. La ragazza lesse la data. Era di un mese prima.

— Con la presente abbiamo il piacere di comunicarLe che la fotografia da lei inviata è stata giudicata poco attinente all'esposizione allestita nei nostri spazi ma eccellente per tecnica di realizzazione e scelta del soggetto. Per questa ragione vorremmo incontrarla e visionare tutto il suo portfolio. Contestualmente le restituiamo la stampa della sua opera...

— Che cosa vuol dire? — domandò Lucia che, con tutte quelle parole difficili, non ci aveva capito niente.

— Vuol dire che domani, invece di prendere un aereo per Istanbul e rinunciare a tutti i miei sogni, andrò allo Studio 77 per il mio primo colloquio di lavoro! — esultò Bahar. — Negli ultimi mesi avevo perso la speranza ma proprio oggi, un giorno prima della partenza, il destino mi ha fatto una sorpresa. Se fosse arrivata domani, sarebbe stato troppo tardi...

— Non è stato il destino — disse secca Emma.

Bahar inclinò la testa perplessa: — Che cosa vuoi dire?

— Quando abbiamo suonato alla tua porta abbiamo visto un ragazzo in bicicletta. Ha lasciato questa busta davanti alla tua porta e poi se n'è andato.

— Si chiama Anselmo! — intervenne Lucia.

— Io... non so chi sia — ammise confusa Bahar.

— Quindi non è il tuo fidanzato?!

— No...

Lucia tirò un sonoro sospiro di sollievo. Bahar invece corrucciò la fronte cercando invano di capire.

— Ma allora... chi è?

Ecco, questa era la domanda. Prese la busta rimasta sul tavolo del salotto e la studiò con attenzione. Accanto al francobollo non c'era il timbro postale. Quella lettera non era mai stata spedita.

Una macchia di smalto rosso fuoco si allungò sull'unghia dell'indice di Serena. Quando era nervosa, cercava di rilassarsi mettendosi lo smalto, ma oggi proprio non le riusciva di stare calma. Sua figlia era stata fuori tutto il pomeriggio, non rispondeva al cellulare e non aveva idea di quando sarebbe tornata. La notte iniziava a calare e Serena era sempre più preoccupata. Dipinse un arco storto sul mignolo e, finalmente, la porta di casa si aprì.

— Greta! — esclamò sua madre. — Dov'eri finita? Ti ho chiamato al telefono mille volte...

La figlia attraversò la sala da pranzo in silenzio.

— Vieni qui.

La ragazza proseguì dritta verso la sua camera.

— Noi due dobbiamo parlare.

Greta entrò, appoggiò Merlina accanto al letto e tornò indietro per chiudere la porta.

— Non mi piace che torni tardi senza avvisare. Lo sai. Perché non hai risposto al telefono?

— Non l'ho sentito. Ero in bici.

— Tutto il pomeriggio?

— Sì.

— Non mi sembra una buona risposta.

— Allora trovatene una migliore.

Chiuse la porta e fece scattare la serratura.

— Greta! Non ti permettere di chiudermi la porta in faccia sai?

L'aveva già fatto.

— Greta! Apri immediatamente!

Non l'avrebbe mai fatto.

— Greta!

Serena picchiò col palmo aperto sull'uscio. Cinque, sei, sette volte. Sua figlia non aprì. Rimase a guardare la sua mano aperta, le dita stese, le unghie dipinte di rosso. Lo smalto si era sbavato.

Dall'altra parte del muro, Greta ascoltò sua mamma che continuava a sgridarla imprecando, che nessuno l'ascoltava mai, che doveva sempre fare tutto da sola, che loro due dovevano aiutarsi e non litigare, che da quando suo padre se n'era andato la sua vita si era trasformata in un incubo, e che così non poteva andare avanti. Greta si mise il cuscino in testa cercando di allontanare quella voce e osservò il rettangolo di cielo oltre la finestra. L'ombra dei palazzi si allungò sul suo letto lentamente, mentre il sole tramontava oltre il serpentone. Una coperta di tenebre che avvolse il suo corpo stanco. Aveva davvero pedalato tutto il pomeriggio. Cercando di allontanare da sé la morsa che le stringeva lo stomaco. Quella lettera consegnata di nascosto a una ragazza bellissima poteva significare soltanto una cosa. Lui amava un'altra. Perché la cosa doveva farla soffrire? In fondo non c'era niente fra lei e Anselmo. Poteva avere anche cento fidanzate, a lei non importava. Non le importava di niente e di nessuno. Meno che mai di uno che neppure conosceva. Stava benissimo da sola, lei. Era sempre stata da sola, non aveva nessun problema a stare da sola. Osservò il buio invadere la stanza e quando fu completamente scura si accorse che c'era qualcuno con lei. Un pensiero tenace era rimasto imprigionato nelle sue ciglia per due giorni. Anselmo. E capì in quel momento che non se ne sarebbe andato mai più.

L'aria è percorsa da disegni invisibili agli occhi.
Ma se conosci il vento e sai ascoltare il suo soffio,
puoi vedere trecce di parole slacciarsi in cielo
come gomitoli di luce. Sono i messaggi perduti,
le cose mai ascoltate, i pensieri affidati al vento.
L'aria è un tessuto di fili sottili che a volte
si spezzano. Noi sappiamo leggere il cielo,
trovare i messaggi, riallacciare i fili spezzati
e correggere le traiettorie del destino
per creare momenti perfetti.

Bugie

— Felice Lunedì a tutti! — esordì la Moretti entrando in aula. Diceva sempre così, ogni lunedì mattina, come se avesse trascorso tutto il fine settimana aspettando di tornare in classe per dire quelle parole senza senso. Nessuno può essere felice il lunedì mattina. L'idea di un'intera settimana di scuola davanti a sé è sufficiente per cancellare il sorriso dalla faccia di chiunque, tranne che dalle labbra siliconate della Moretti. A dire il vero, di solito c'era solo un'altra persona in classe che pareva non avvertire per niente il peso insostenibile del lunedì mattina: Lucia. Infatti, di solito, rispondeva all'augurio della professoressa con lo stesso tono giulivo: — Anche a lei, prof!

Invece quella mattina non disse nulla. La Moretti ci rimase molto male.

— Che cosa c'è, De Martino? Ti vedo pensierosa — le chiese durante l'intervallo.

In effetti Lucia aveva pensato tutta la notte ad Anselmo e a come Emma intendeva scoprire il suo mistero. Per farlo avevano bisogno dell'aiuto di Greta e lei temeva che non sarebbero mai riuscite a convincerla. Sì, aveva molti pensieri per la testa, ma l'ultima persona a cui li avrebbe confidati era la sua premurosa professoressa. Così, per la prima volta, Lucia abbassò gli occhi, sentì la propria voce strozzarsi in gola e disse una bugia: — No, va tutto bene.

Voltò le spalle alla professoressa e corse in corridoio con una strana euforia sotto pelle. Emma la stava aspettando davanti alla scalinata che portava in cortile.

— Sbrigati! — le fece cenno con la mano.

Nel piccolo spiazzo davanti alla scuola cresceva l'erba incerta di primavera, rada intorno a una zona di panchine dove i ragazzi sedevano chiacchierando ad alta voce. Sotto un porticato di cemento screpolato dal tempo, Greta osservava il cielo appoggiata a una colonna. Sola.

— Secondo me ci dice di no. Vedi? Ha la faccia da antipatica — si preoccupò Lucia. Emma continuò a camminare spedita verso il porticato.

— Tu mi sottovaluti.

Lo sguardo con cui le accolse Greta, in effetti, non era molto incoraggiante.

— Sai, abbiamo parlato con quella ragazza... — esordì Emma.

Greta sentì lo stomaco svuotarsi, non voleva sapere niente di lei, non voleva sapere niente di nessuno.

— Non è la sua fidanzata, non lo conosce neppure — continuò Emma.

Uno strano senso di gioia sollevò il mento di Greta, come la mano di qualcuno che chiede il tuo sguardo con un gesto delicato.

— Che cosa c'era dentro la busta? — chiese.

— Una fotografia.

— L'avete vista?

— Sì, ma non è questo il punto.

Emma raccontò la storia di quella fotografia, arrivata nel momento più opportuno a ribaltare la vita e i progetti di Bahar. E anche della stanza misteriosa, nel retrobottega della ciclofficina, dove Emma aveva visto tante lettere come quella.

— Succedono cose strane dentro a quel posto e io voglio capire perché. Dobbiamo tornare insieme, tutte e tre. Voi due terrete occupati Guido e gli altri mentre io cercherò di scoprire che cosa nascondono.

— Allora vieni con noi? — le sorrise Lucia. — Tu porti la tua bici e io la mia.

No, non sarebbe mai tornata in quel posto. Non adesso e non per portare avanti le indagini di Emma Kildare.

Ma la sua voce, nonostante tutto, disse: — Sì.

— Ma che è sta lagna? — protestò Sciagalle frenando davanti alle ciclofficina.

La radio stava trasmettendo una sinfonia sontuosa, un'intera orchestra pareva essersi nascosta nei muri per travolgere lo spazio a colpi di violini e squilli di trombe. Guido sorrise salutandolo con la mano sporca di grasso. Non poteva pretendere che un ragazzo che disegnava maiali sul telaio della propria bicicletta capisse Mahler.

— E le ragazzine della ruggine? Sono tornate? — domandò il pittore.

Guido scosse la testa: — Non ancora.

E, come evocate da una preghiera segreta, le ragazzine della ruggine comparvero sulla porta. Ci fu un momento di silenzio imbarazzato. Poi Lucia fece il suo ingresso trascinandosi dietro un catorcio talmente malconcio che Sciagalle non poté fare a meno di scoppiare a ridere. Nello stesso momento la sinfonia numero uno di Mahler finì e l'applauso scrosciante del pubblico in diretta invase la stanza.

— Che accoglienza! — ringraziò Emma con un inchino da primadonna.

Lucia invece si guardò intorno delusa, anche stavolta Anselmo non c'era.

— Bentornate — le accolse Guido.

— Avete svuotato la cantina? — scherzò Sciagalle alludendo alla Graziella con un cenno della testa.

— Proprio così — mentì Emma. — Credete che si possa riparare?

Sciagalle non rispose neppure, protese le braccia in avanti e spalancò i palmi sotto il naso di quella malfidente: — Le vedi queste mani?

Emma annuì.

— Sono le mani d'un artista. E sai che fanno le mani di un artista?

— No, dimmelo tu.

— Pigliano una tovaglia e la fanno diventare un quadro, un muro e lo fanno diventare un affresco, un sercio e lo fanno diventare una statua!

— Che cos'è un sercio?

— E che non lo sai?

— No, è straniera — spiegò Lucia.

— È una bicicletta scassata? — provò a indovinare Emma.

— No, quella è una ciofeca.

— Mmm. Ah, allora è una cosa grande come un monumento?!

— No, quello è un mammozzone.

— E quindi che cos'è?!

— Un sercio è un sasso. Vabbè, ti perdono perché sei straniera. Vediamo un po' che dobbiamo fare con questa ciofeca di bici.

Sciagalle si mise subito all'opera, aiutato dalla proprietaria della ciofeca e guardato a distanza dalla sua amica straniera.

Greta, intanto, era rimasta sulla soglia, a osservare la grande sala piena di biciclette senza trovare il coraggio di entrare. Come paralizzata. Un passo avanti e avrebbe rischiato di rivedere Anselmo, uno indietro e forse non l'avrebbe visto mai più.

— Bentornata— disse Guido. — Vieni.

Prese i guanti da lavoro e glieli porse, con la consueta gentilezza.

— Non si lascia un lavoro...

— ... a metà — concluse Greta.

Afferrò i guanti come una mano tesa sopra a un dirupo e spinse Merlina oltre la porta. La fissò sul cavalletto e s'infilò i guanti. Prese un pezzo di carta vetrata per finire il lavoro lasciato a metà. Si accovacciò accanto alla sua bicicletta e afferrò la canna, ma non appena iniziò a scalfire la ruggine,vide una sagoma stagliarsi nel rettangolo di luce all'ingresso. Immobile, con una bicicletta fra le mani e la paura di farsi avanti, come lei solo qualche secondo prima... Ma dal manubrio della sua bici, pendevano due grosse buste della spesa. Un'immagine familiare, si era trovata troppe volte nella stessa situazione per tirarsi indietro. Così, come mossa da una mano invisibile, s'avvicinò ad Anselmo e, senza dire niente, sollevò i sacchetti. La bici sbandò, liberata dal peso. Lui si chinò in avanti per trattenerla. Il viso accanto alle guance di Greta. Lei sentì l'odore del vento e della strada, il calore acre della pelle dopo la corsa e il suo respiro così vicino da appannare l'universo.

— Lascia, pesano — sussurrò lui abbandonando il manubrio. La bici cadde a terra e loro rimasero mano nella mano con le dita incastrate nelle strisce di plastica. In quell'intreccio Anselmo perse un altro respiro, e capì che era volato tra i fili di foglie degli occhi di Greta. Sperduto nel verde. Non l'avrebbe riavuto mai più.

— Posso aiutarvi? — disse qualcuno.

Non era una domanda, era un rimprovero. Non era qualcuno, era Lucia. La sua amica Lucia, che ora la guardava come fosse la creatura più spregevole della terra. Greta aveva appena messo le mani sul suo fidanzato, ancor prima che lui sapesse del loro fidanzamento alfabetico. Non era giusto! Altro che aiutarla, avrebbe voluto farla a brandelli! Andando per approssimazione, strappò le borse alla traditrice e la fulminò con due occhi che nessuno le aveva mai visto.

Greta e Anselmo avvamparono d'imbarazzo.

— È forte la pischella! — commentò Sciagalle. — Guarda che bicipiti!

Sciagalle aveva la capacità di dire sempre la cosa sbagliata al momento giusto e, anche stavolta, riuscì ad essere perfettamente inopportuno.

— E lì, che c'è? — chiese occhieggiando dentro ai sacchetti.

— Wafer alla nocciola! — applaudì felice come un bambino. — Hans! Sono i miei preferiti!

Scartò la carta argentata e allungò il pacco verso Lucia: — Ne vuoi uno?

L'ultima cosa che lei voleva era fare merenda. Appoggiò le borse a terra e incrociò le braccia offesa.

— No, grazie.

— Hans, tu?

— Sono tutti tuoi — declinò Anselmo. Prese i sacchetti e andò dritto verso la porta di ferro in fondo alla stanza.

Emma lo seguì attentamente con gli occhi. Stava per avvicinarsi per sbirciare quando incrociò lo sguardo di Guido. L'uomo aveva capito perfettamente che cosa voleva fare la ragazzina e non sembrava affatto d'accordo. Emma sfoderò il suo sorriso più innocente, senza nessun effetto. Va bene, doveva distrarre Guido. Anzi, doveva fare in modo che Greta distraesse Guido, secondo i piani. Ma Greta non era per niente collaborativa. Lavorava a testa bassa, accanto a Guido. Entrambi concentrati sulle loro biciclette, senza scambiarsi una parola e con l'aria di chi non ha nessun desiderio di farlo. Le cose non stavano andando come aveva previsto e questo la faceva innervosire parecchio. Doveva inventarsi qualcosa, qualsiasi cosa: — Greta, mi aiuteresti a strappare un pezzo di carta vetrata?

Lo sapeva, era una scusa pessima, ma era la prima che le era venuta in mente. Greta la guardò come fosse un alieno.

— Mi dà fastidio... toccarla.

Cercare di capire che cosa frullasse nella mente di Emma Kildare era inutile e forse anche pericoloso. Greta si alzò, raggiunse il rotolo di carta ruvida e ne prese un pezzetto.

— Era una scusa per parlarti — le sussurrò Emma nell'orecchio. — Devi distrarre Guido. Ti ricordi?

In effetti, dopo l'arrivo di Anselmo, si era dimenticata perfino il suo nome.

— Ah, è vero.

— Bene, allora adesso vai lì e ti fai spiegare come funzionano i freni. Va bene?

— Ma io lo so come funzio…

— Era solo un esempio! Senti, ti devi concentrare un attimo, va bene? Concentrati. Abbiamo un piano.

Greta disse di sì, promise che avrebbe fatto del suo meglio e tornò verso il proprietario della ciclofficina con le migliori intenzioni. Ma, nello stesso istante, un turbine di vento scese dai tetti, violento e implacabile, a scombinare un'altra volta tutti i loro piani. La grande elica di legno fissata all'ingresso prese velocità, nel vortice di uno zefiro potente. Un suono acuto vibrò oltre le pareti, attraversò la ciclofficina seguito dagli sguardi stupiti delle ragazze e giunse alle orecchie di Anselmo, chiuso nella stanza sul retro.

Il segnale. No. Non adesso che lei era qui. Non doveva vedere, non doveva sapere. Se fosse uscito di corsa, come faceva sempre, avrebbe pensato che stesse scappando. Che non volesse rimanere con lei, e invece era ciò che desiderava di più. Ma non poteva. Doveva andare. Prese la borsa da postino e tornò nell'androne dove l'aspettava la sua bicicletta.

— Devo andare — disse montando sui pedali.

Guido annuì.

— Torno presto — promise a mezza voce guardando Greta. Poi scomparve oltre la porta. Lei non ebbe il coraggio di sollevare gli occhi, ancora confusi dall'abbraccio delle loro mani.

— Ma uffa! Oggi va tutto storto! — sbuffò Lucia nell'orecchio di Emma. Lei lanciò un'occhiata a Merlina e decise che stavolta doveva andare fino in fondo.

— Io lo seguo — annunciò.

Strappò la bici dalle mani della sua padrona e si lanciò nel suo primo inseguimento sulle due ruote. Greta, colta alla sprovvista, non ebbe il tempo di fermarla. Corse fuori, mentre la grande elica accanto all'ingresso fischiava acuta sotto i colpi di un vento furioso.

— Sei pazza! — urlò. — Torna qui!

Ma Emma era già una nuvola rossa lanciata nella bufera.

L'autobus percorse la discesa accanto al Corviale come se avesse fretta di allontanarsi da quel panorama angusto. I passeggeri lasciarono vagare gli occhi sulle piccole finestre infossate nei muri severi. Molti di loro abitavano lì, ma pochi sapevano che quei palazzi erano stati costruiti per realizzare un grande sogno, quello di creare una città perfetta, con appartamenti, negozi, parchi e biblioteche. Una sfida alle periferie di ogni città, un condomino affollato come un coro sinfonico, per urlare a tutto il mondo che tutti hanno diritto a una casa, a un prato, a un libro. Ma nessuno portò mai a termine il progetto. I negozi divennero rifugio per i senzatetto e gli altri si rassegnarono ad abitare un sogno abbandonato.

Un bambino puntò il dito sul vetro cercando di contare le finestre. Non era facile, i quadratini si muovevano troppo velocemente oltre il parabrezza. La madre lo prese per una mano, mentre con l'altra schiacciò il pulsante rosso della fermata a richiesta.

— Non voglio scendere! — protestò il bambino.

La mamma gli sorrise, lo prese in braccio e gli diede un bacio. Sapeva che l'unico modo di cavarsela davanti a un capriccio era la canzone dell'elefante. Così, dondolandosi appesa a un filo di una ragnatela con il suo piccolo, scese sul marciapiede e si dimenticò un sacchetto di carta bianca sotto il sedile dell'autobus. Le porte si chiusero e il mezzo si allontanò dalla vista del bambino e dai suoi capricci.

Due fermate più avanti, il conducente frenò bruscamente per evitare una bicicletta guidata da una ragazza con i capelli rossi. Una slavina di proteste si levò alle sue spalle.

— Una pazza... — commentò l'uomo osservando Emma svoltare l'angolo e nascondersi dietro a un piccolo muro. Poi raggiunse la banchina e aprì le porte.

Emma vide Anselmo salire sull'autobus, attraversare la folla dei passeggeri, chinarsi sotto un sedile e scendere con un sacchetto di carta bianca prima che le porte di richiudessero. Lo osservò attentamente mentre infilava la busta nella sua borsa e saliva in bici, scrutando il cielo come se stesse cercando qualcosa tra le nuvole.

La storia si faceva sempre più intrigante, doveva continuare il pedinamento. Si avviò lentamente, cercando di rimanere nascosta tra gli alberi e le macchine allineati lungo il marciapiede. Ma, all'improvviso, Anselmo fece una fuga in avanti, salì sui pedali e accelerò di scatto tenendo lo sguardo fisso al cielo. Schivava gli ostacoli come se potesse sentirli, scivolando tra le auto e i passanti come brezza tra le fronde di un bosco di carne e di asfalto. Emma non aveva mai visto nessuno muoversi così, c'era qualcosa di irreale e miracoloso nel suo passo. E lei doveva sapere che cosa. Prese velocità, cercando di non perderlo d'occhio. Lo seguì in una via più stretta, poi in un vicolo e infine sbucò in un grande viale trafficato. Non riusciva a tenere la sua velocità, la distanza fra di loro aumentava a ogni giro di pedale. Lo vide appena, in lontananza, mentre svoltava in uno stretto passaggio a ridosso delle case. S'infilò nel viottolo ma lui non c'era più. Avanzò lungo la via deserta affacciandosi alle traverse. Sparito. Arrivò fino in fondo, e si trovò davanti a un sottopassaggio. La strada s'inabissava nel buio. Emma frenò spaventata. Non conosceva quella zona e, per il poco che aveva sentito, non era il posto più adatto in cui fare una bella passeggiata in bicicletta. Pensò che fosse molto meglio tornare indietro, tanto ormai Anselmo era troppo lontano e, in fondo, per quel giorno aveva già visto abbastanza. Scese dalla bici per fare inversione, ma si dovette fermare.

Dal fondo delle via, due motorini si stavano avvicinando al tunnel. Due ragazzi a bordo di uno scooter verde fosforescente col motore truccato le si fecero incontro minacciosi. Tenevano il casco slacciato sotto il mento e i piedi appoggiati sulla carena, in una strana posizione. Dietro di loro una moto da corsa grigio antracite, guidata da un altro ragazzo. Pantaloni e giacca di pelle nere, stivali da motociclista e casco integrale con la visiera abbassata. Il motorino truccato frenò sbarrandole la strada.

— Ti sei persa? — disse quello davanti.

I suoi occhi scivolarono sulle lunghe gambe di Emma. Indossava un paio di calzoncini molto corti. Aveva la pelle liscia e chiara come il latte e un ombelico perfetto che sbucava da sotto la camicetta sbottonata. Quello sguardo la fece rabbrividire. Si voltò verso il tunnel, era l'unica via di fuga. Scese dalla bici e frugò nelle tasche cercando il cellulare.

— Ehi, il mio amico ti ha fatto una domanda — intervenne quello seduto di dietro. Aveva una voce gutturale che raschiava tra le parole.

Emma voltò loro le spalle, scorrendo i numeri della sua rubrica alla ricerca di quello di Lucia.

— Oh, parlo con te — insistette il primo. Scese dal motorino e camminò verso di lei con passi lenti e lunghi. Emma intanto aveva trovato il numero di Lucia, ma non fece in tempo a far partire la chiamata che il ragazzo le strappò il telefono di mano.

— Guarda che bel giocattolino — disse rigirandoselo fra le dita. Poi lo mostrò al suo amico ancora seduto sul motorino. — Oh, Spranga! Ti piace?

Spranga fece un verso che voleva dire sì.

— Anche a me — disse infilandoselo in tasca. Poi si avvicinò ad Emma e le afferrò una ciocca di capelli. — Però tu sei più bella.

— Lasciami — scattò Emma spostando le sue dita con uno schiaffo.

— Di già, non ci siamo neppure messi insieme.

Il suo amico scoppiò a ridere, grufolando come un maiale sgozzato.

— Almeno lasciami questa… — fece il ladro allungando le mani verso una catenina d'oro al collo della ragazza.

Lei gli lanciò Merlina addosso, spingendolo indietro. La collana si spezzò, le ferì il collo ma riuscì a scappare nel tunnel. Alle sue spalle sentì il maiale sgozzato che continuava a ridere e i passi dell'altro che la inseguivano.

— Dove scappi, principessa?

Le furono subito addosso, sentì le loro mani raggiungerla nel buio.

— Vi prego, no! — implorò disperata.

Un'ombra minuta e rapida comparve nel quadrato di luce dall'altra parte della galleria. Ansimando per la lunga corsa.

Emma sentì il rumore sordo di un colpo e vide un anfibio nero calare sul ladro, spingendolo lontano da lei con un calcio furioso. Due mani piccole afferrarono il maiale per i capelli. Una ginocchiata in mezzo alle gambe e anche lui crollò a terra imprecando. Le stesse mani presero le sue e la trascinarono fuori dal sottopassaggio, alla luce del sole. I suoi occhi impiegarono qualche secondo ad abituarsi al chiarore, poi Emma vide chi l'aveva salvata.

— Greta — balbettò sbalordita. — Tu... come hai fatto a trovarmi?

— Ti sono corsa dietro, dato che mi hai rubato la bici.

— Io... scusami, davvero... io volevo soltanto...

— Dimmi dov'è la mia bicicletta! — ringhiò lei.

Emma rimase un istante immobile, paralizzata dal panico. Indicò la strada dall'altra parte del sottopassaggio.

Il rumore di due motorini rombò dal profondo del tunnel. Stavano tornando.

— Vattene via.

Emma scosse la testa con un gesto netto.

Si chinò e prese un sasso da terra. Strinse le dita intorno alla pietra fredda preparandosi a combattere accanto a lei.

I motorini le accerchiarono e Greta li riconobbe subito. Erano i ragazzi della piazzetta, li aveva sempre evitati ma c'era cresciuta insieme. Era una di loro. Lo stesso odio, la stessa rabbia. Di chi si sveglia ogni mattino sognando di vivere altrove, ma non può. Guardò Emma. Lei era diversa. Non poteva capire. Ma era rimasta lo stesso al suo fianco.

— Allora stai ferma — le ordinò.

Lei disse di sì, ma, come sempre, fece di testa sua. Appena vide il ragazzo sulla moto emergere dal buio gli tirò il sasso, mancandolo. Lui accelerò, rischiando di travolgerle.

— Scappa! — le gridò Greta.

Stavolta Emam non aveva scelta, fece un balzo indietro e corse via in preda al panico, trovò un cancello aperto, s'infilò dentro e lo chiuse alle sue spalle, corse attraverso il cortile, scavalcò un muro e si ritrovò nel bel mezzo di una via molto affollata. Era salva, li aveva seminati. Ma Greta era rimasta sola.

— La rossa è scappata — grugnì il maiale.

Il ladro alzò il mento come a dire che se ne fregava.

— Col cellulare ci facciamo duecento euro. È roba buona. Quella deve essere una coi soldi.

Poi ammiccò verso Greta.

— E con lei che ci facciamo, capo?

Il capo alzò la visiera e la scrutò.

— Tu sei quella del 506, vero? — la riconobbe lui.

— No — mentì Greta.

Quel ragazzo si chiamava Emiliano, lo conosceva da sempre e sapeva che era meglio stare lontano da gente così. Non parlarci neppure, e se proprio doveva farlo, una bugia era la migliore risposta.

— Perché hai picchiato i miei amici?

— Prova a indovinare — lo sfidò lei.

Lui non raccolse la sfida.

— Non dovevi farlo. Tu sei nata qui e certe cose dovresti saperle. Qui ognuno si fa gli affari suoi. Tu invece ti sei immischiata. Hai sbagliato, adesso devi chiedere scusa.

Non l'avrebbe mai fatto.

— Oh, parlo con te — insistette lui.

— Fottiti.

Risposta sbagliata.

Meritava una punizione. Molto più dura di un calcio o un pugno. Qualcosa che le facesse male per davvero. E lui sapeva esattamente che cosa.

— Che caratteraccio, Greta Bianchi. Dev'essere per questo che tuo padre se n'è andato via.

Greta sentì il maiale grufolare la sua risata idiota.

— E non è tornato mai più — aggiunse il ladro sibilando alle sue spalle.

Un'onda di rabbia salì lungo le sue ossa, fino agli occhi, trasformandoli in una fessura affilata. Avvertì lo scatto violento dei suoi muscoli. Il pugno partì da solo, schiantandosi sul naso del ladro. Poi un altro e un altro senza che lei potesse fermarli. Il maiale l'afferrò subito da dietro.

— Adesso mi hai fatto proprio incazzare — ringhiò il ragazzo mentre una striscia rosso rubino rigava le narici. Sembrava la maschera di un demone furente. Il demone le prese la faccia con una mano sporca di sangue, stringendo la mascella per tenerla ferma e le sputò addosso. Il suo compare la gettò a terra. Un calcio sulla schiena. Il fiato che si spezza. Un altro calcio. Il cielo sopra di lei. Un pugno. Il cielo diventa nero. Una mano. Silenzio. Il cielo non c'è più. Tutto è buio e caldo e morbido. Vento. L'odore di vento e di strada. Anselmo. Poi nulla. Una culla di niente.

Aprì gli occhi e vide il volto di Anselmo affacciarsi oltre il petto ampio e sicuro. Senza sapere come, era tra le sue braccia, seduta sulla canna della sua bicicletta, la pulsazione veloce del suo cuore sulla schiena e la fronte appoggiata al suo collo madido, il rumore dei motorini lontanissimo dietro di loro.

Il capo frenò facendo cenno a tutti di fermarsi.

— Lasciateli andare — disse facendo inversione. — Ce ne occuperemo più tardi.

Sapeva perfettamente chi era quel tipo. Sapeva dove trovarlo. Sapeva come fargliela pagare. E l'avrebbe fatto molto presto.

— Ti fa male? — domandò Anselmo esaminando la mano di Greta. Aveva le nocche sbucciate e un taglio sul dorso.

— No — mentì lei.

I calci e i pugni rimbombavano ancora fra muscoli e ossa. Riusciva appena a stare in equilibrio sulla bici. Anselmo frenò davanti a una fontanella. Le prese la mano e la mise sotto il getto dell'acqua.

Bruciava da morire.

— Brucia?

— No.

Anselmo passò un dito sul taglio per liberarlo dai granelli di asfalto.

— Vuoi tornare a casa?

Era proprio l'ultimo posto dove voleva andare in quel momento.

— No.

Anselmo scosse la testa con un sorriso a metà. Mise le mani a cucchiaio sotto lo scroscio e raccolse un po' d'acqua nell'incavo delle dita.

— Almeno la vuoi un po' d'acqua?

Le scappò un sorriso. Piccolissimo.

— Sì.

Avvicinò le labbra alle mani e bevve un sorso. Aveva molta sete, se ne rese conto soltanto allora, mentre l'acqua scioglieva i nodi di tutta la rabbia che le era rimasta addosso. Anselmo vide i suoi occhi schiudersi più quieti sopra il profilo delle proprie mani ormai vuote.

— Senti, ma che cosa stavi cercando di fare prima? — le chiese.

Greta si scostò.

— Non sono affari tuoi.

Lui osservò quel minuscolo sorriso volare via e annuì. Le accarezzò la testa e poi una guancia. Poi cullò il suo viso nel lago blu delle iridi.

— D'accordo. Ognuno ha i suoi segreti.

Greta non se l'aspettava. Né quella risposta né, tantomeno quella carezza. Rimase immobile nel suo sguardo, con uno strano, sconosciuto senso di gratitudine.

— E adesso andiamo a riprenderci la tua bici.

Non esiste una sola strada per andare in un luogo,
a volte i percorsi sono più difficili del previsto,
a volte le salite ti fanno venir voglia di non essere
mai uscito di casa. Ma è proprio alla fine
di una salita che l'orizzonte si allarga e il viaggio
diventa una grande avventura. La nostra voce
è il richiamo verso orizzonti sterminati
come il cielo.

Male

Serena spiava la faccia di sua figlia da quando si era alzata. In quel momento stava sorseggiando la sua tazza di caffelatte sbirciando l'orologio con i bruchi. Con calma. Non l'aveva mai vista fare qualcosa con calma, sembrava sempre mossa dalla voglia di andarsene via. Come se altrove fosse meglio. Quel giorno, invece, si era addirittura seduta per fare colazione. Era successo qualcosa, ne era certa. Poi vide il taglio sulla mano.

— Che cosa ti sei fatta? — si preoccupò.

— Niente.

— Fammi vedere — insistette la donna.

Greta lasciò che sua madre esaminasse la ferita.

— Davvero, mamma, sono solo caduta in bici.

Mamma? Non la chiamava così da almeno due anni. Era bello ascoltare di nuovo quella parola. Sapeva di latte senza caffè. Di quando era lei a occuparsi delle ginocchia sbucciate di sua figlia. Invece adesso Greta era capace di curarsi da sola.

— D'accordo, senti — disse sedendosi accanto. — Se non vuoi raccontarmi niente, va bene. Ma se vuoi parlare sono qui.

Greta guardò dritto dentro alla sua tazza. Le guance le diventarono rosse per l'imbarazzo. Pensò ad Anselmo, alla sera prima, al loro saluto proprio sotto casa sua.

— Lo so che sei qui — rispose.

Nella sua voce non c'era il solito fastidio, ma una dolcezza nuova. Qualcosa di appena percettibile che per la mamma fu immediatamente chiaro. Sua figlia si era innamorata.

— Se non ti sbrighi farai tardi a scuola — sorrise complice.

Greta trasalì. Il bruco obeso stava girando intorno all'orologio più velocemente del solito. Ingoiò in fretta l'ultimo sorso di latte e corse in camera a prendere Merlina. Pochi secondi più tardi era in strada.

Ecco, la piazzetta che aveva sempre odiato quella mattina era il posto più bello della terra. Guardò l'aiuola mezzo distrutta dalle ruote delle macchine e dei motorini. Lì, solo poche ore prima, Anselmo l'aveva salutata sfiorandole una guancia con un bacio. Avevano ritrovato Merlina, abbandonata davanti al tunnel, e poi erano tornati verso casa pedalando in fila, uno dietro l'altra, e ritrovandosi fianco a fianco ad ogni semaforo. Erano arrivati al Corviale al tramonto, le strade vuote e silenziose allagate di una luce dorata. Greta aveva ascoltato l'eco delle loro biciclette parlare senza parole, e guardato le ruote inseguirsi, superarsi, giocare con la strada come se la vita, poi, in fondo fosse solo questo.

Si mise in sella e ascoltò il movimento solitario della catena intorno agli ingranaggi. Un colpo dopo l'altro, ripensò a tutta quella storia dal principio. A quando si erano incontrati, per caso, proprio quando lei aveva bucato, alla storia di Bahar e a quel messaggio che le aveva consegnato proprio il giorno prima della sua partenza, e poi al giorno prima. Anselmo era sbucato dal nulla, nel momento esatto in cui lei aveva bisogno del suo aiuto. Erano tutte coincidenze? Perché quel ragazzo sembrava arrivare sempre nel momento perfetto? La quiete di quel mattino tremò, la strada vibrò sotto la ruota. L'asfalto era finito su un lastricato di piccoli mattoni che fecero sobbalzare la sua bicicletta e i suoi pensieri all'unisono.

— Signorina Emma — la svegliò la domestica. — La colazione è pronta.

La signorina si girò dall'altra parte brontolando.

La donna appoggiò il vassoio con la spremuta, il tè e un cornetto appena sfornato sulla scrivania e aprì le finestre. L'aria fresca di marzo e la luce del mattino invasero la stanza come una secchiata d'acqua gelata. Emma si rannicchiò tra le lenzuola con la ferma intenzione di non uscire mai più da lì.

— Signora si arrabbia se fa tardi a scuola. Dai, sveglia.

No. Oggi no. Non dopo tutto quello che era successo ieri. Non voleva andare da nessuna parte, sua madre poteva arrabbiarsi quanto voleva. Le lezioni di yoga al mattino servivano esattamente a quello, a scaricare i nervi.

— Ho la febbre. Non posso andare a scuola — balbettò Emma con un filo di voce. — Mia madre lo sa.

La domestica rimase a guardare qualche secondo la montagna di coperte aggrovigliata sul letto. Le mani raccolte sotto il petto e due occhi severi. Sapeva che quella ragazza le stava mentendo, ma disse solo ciò che doveva: — Se signora lo sa, allora va bene.

— Mm-mm.

Emma sentì i passi della donna uscire dalla sua stanza e la porta chiudersi. L'odore del cornetto caldo s'infilò sotto le coltri tiepide come una carezza. Ebbe un urto allo stomaco. Si accarezzò il collo dove la catenina strappata aveva lasciato un segno rosso. Piccolo e profondo. Si alzò in piedi di scatto e corse sotto la doccia. Era la quarta, dalla sera prima. L'acqua bollente scivolò sulla pelle insieme alla schiuma. Quel graffio sul collo no.

— Emma Kildare — chiamò la Moretti scorrendo il registro.

Nessuna risposta.

— Assente — dedusse la professoressa.

Greta e Lucia si guardarono preoccupate.

Mentre la professoressa pronunciava i nomi degli altri compagni con la solita cantilena annoiata, Lucia strappò un pezzo di carta e scrisse qualcosa di fretta. Il biglietto passò di mano in mano fino a raggiungere il banco di Greta.

IERI L'HO CHIAMATA TUTTO IL GIORNO MA NON MI HA RIPOSTO.
NEPPURE STAMATTINA!
ANDIAMO DA LEI DOPO SCUOLA?
DEVO DIRVI UNA COSA IMPORTANTE!

Quindi Lucia non sapeva niente dell'aggressione e neppure del furto del cellulare. Se Emma non l'aveva raccontato neppure a lei voleva dire che stava proprio male. Greta girò il foglio e scrisse la sua risposta: SÌ.

— La signorina è malata, ha la febbre, deve riposare — le avvisò la domestica.

Stava dritta davanti all'enorme portone di casa Kildare come un feroce cane da guardia. Era alta poco più di un metro, la pelle olivastra e folti capelli neri striati di grigio raccolti in una lunga coda.

— La prego, solo cinque minuti. Ce ne andiamo subito — la implorò Lucia.

— Signora ha detto che non deve uscire.

— Ma non deve uscire, basta che entriamo noi — insistette Lucia, sfoderando il suo sorrisone dell'allegria. Niente. Quella donna era un osso duro. Rimase imperturbabile, ritta davanti all'ingresso con le braccia incrociate. Lucia pensò che assomigliasse alla puzzola dei cartoni animati, ma era molto meno simpatica.

— Signora ha detto no — si ostinò la puzzola.

Le amiche stavano per rinunciare quando Emma sbucò dal corridoio camminando lentamente. Aveva addosso un accappatoio e un paio di calzini a righe, i capelli ancora bagnati arruffati sulle spalle e due occhi gonfi di insonnia. Anche così sembrava una principessa. Una principessa triste. Le salutò con un'occhiata stanca, poi mise una mano sulla spalla della donna e le chiese: — Per favore falle entrare.

Quella scosse la testa cocciuta: — No, signorina. Lei sta male.

Su questo non c'erano dubbi, ma appena aveva udito le voci delle sue amiche si era sentita già meglio.

— Se le fai entrare mangio la colazione — insistette Emma.

La domestica valutò per un momento l'offerta.

— Se mangia signora è felice. Vero?

— Vero.

L'accordo le sembrò vantaggioso, si fece da parte e le fece passare.

— E va bene, ma solo cinque minuti.

— Grazie, signora! — squittì Lucia tutta felice, poi trotterellò in casa.

— Ma è bellissimo qui! — commentò osservando il grande salotto pieno di fiori. Greta invece si fermò un momento a contemplare lo sguardo perso della sua amica. Lei notò la mano fasciata.

— Fa male?

— Fa male.

— Dov'è camera tua? — trillò Lucia ignara di tutto.

Emma abbozzò un sorriso.

— Seguitemi.

La cameretta era grande quanto tutto l'appartamento di Greta. Pareti lilla, letto a baldacchino ricoperto da un florilegio di ortensie rosa pallido, tende in tinta e un piccolo salottino di vimini con tavolo e sedie foderate di morbidi cuscini colorati. Lucia si accomodò subito su una poltrona.

— Ma questo posto è un sogno! — sospirò.

— Sì, è bello — ammise Emma sedendosi accanto a lei.

Greta rimase in piedi, a disagio.

— Anche io quando ho la febbre non riesco a mangiare — disse Lucia osservando la colazione intatta sulla scrivania. — Però dovresti sforzarti, Emma.

Lei scosse la testa: — Io non ho la febbre.

Lucia la guardò perplessa.

— Ieri sono stata aggredita, vicino alla ciclofficina.

— Ma quando? — si preoccupò Lucia.

— Quando ho inseguito Anselmo. Se Greta non fosse arrivata in tempo, non so come sarebbe andata a finire...

Lanciò alla sua amica un'occhiata lenta e grata.

— Che cosa vuoi dire?

— Voglio dire che non desidero tornare in quel posto mai più.

— Ma... che cosa ti hanno fatto? Che c'entra Greta?

— Erano in tre. Mi hanno rubato il cellulare e una collana. Greta li ha picchiati.

— Come picchiati? — fece Lucia sempre più incredula. — Tu contro tre ragazzi?!

Greta annuì massaggiandosi la mano ferita.

— Anche Emma ha fatto la sua parte...

— Già, gli ho tirato un sasso.

Lucia ammirò le sue amiche con gli occhi grandi di meraviglia.

— Cavoli! Io... Cavoli! Ma... veramente... Cavoli!

Emma e Greta si guardarono di sottecchi e qualcosa, sotto la rabbia e la paura, emerse smosso dalla voce stupefatta di Lucia e le fece sorridere. Se l'erano vista molto brutta ma...

— Siete state grandiose! — aggiunse la piccola Lucia dando voce al pensiero di tutte.

Era vero, erano state forti. E coraggiose.

— Sentite — continuò Lucia. — Non possiamo arrenderci proprio adesso.

— Lucia, ascolta — la fermò subito Emma. — Questa storia sta diventando troppo pericolosa. Forse siamo finite in un affare più grande di noi, in cui, magari, sono coinvolti anche quei ragazzi . Pensaci un momento, noi non sappiamo niente di quei pacchi, potrebbero contenere qualsiasi cosa...

— Io so tutto di quei pacchi e non contengono niente di pericoloso. Al contrario... — assicurò Lucia.

Aprì la lampo ed estrasse un quaderno di pelle marrone. La copertina era molto rovinata, gli angoli usurati dal tempo. Una cornice disegnata a sbalzo correva lungo tutta la fodera, con ghirigori più chiari. Era chiusa da un laccio nero, attorcigliato e stretto con un nodo sulla costa.

— È il diario segreto di Anselmo.

Greta ed Emma rimasero a guardala senza parole.

— Ho passato tutta la notte a leggerlo. Non ho capito proprio tutto ma sono sicura che questa sia la chiave di tutti i misteri.

— Ma dove l'hai trovato?! — s'incuriosì Emma.

— Quando voi siete scappate via, io sono rimasta da sola in ciclofficina. Vi ho aspettate tutto il pomeriggio, ma è tornato solo Anselmo. Sembrava agitato. Ha buttato la borsa sul divano e si è messo a parlare con suo papà. Volevo chiedergli dove eravate finite ma quei due continuavano a parlare, non so, forse hanno anche un po' litigato. Insomma, mi sono seduta sul divano ad aspettare che finissero e ho visto il diario sbucare dalla borsa e l'ho preso.

Così dicendo, slegò il laccio e aprì le prime pagine.

Emma si avvicinò per leggere. I fogli erano pieni di appunti. Ognuno iniziava con una data, un luogo, un orario e il nome di un vento.

— Come sugli scaffali nella stanza segreta — rimuginò.

Sotto compariva la dicitura DESTINATARIO, il nome di una persona e il suo indirizzo. Accanto la descrizione sommaria di un oggetto che gli era stato consegnato: busta, lettera, cartolina, pacco, sacchetto.

— Guardate qui.

Lucia prese una delle ultime facciate dove compariva il nome di Bahar, il suo indirizzo e la descrizione della busta che le aveva consegnato soltanto il giorno prima.

— Annota i luoghi e gli orari delle cose che consegna.

Nei pensieri di Emma tutti i pezzi del mosaico iniziavano a trovare una collocazione.

— Forse la stanza segreta è un magazzino dove Anselmo e Guido raccolgono tutte queste cose — disse indicando le pagine del diario. — Potrebbero essere cose mai spedite, come la lettera per Bahar, che non aveva il timbro postale, oppure oggetti smarriti come il sacchetto bianco su quell'autobus.

Raccontò alle amiche ciò che aveva visto alla fermata.

— Rimangono lì un po' di tempo e poi Anselmo li porta ai loro destinatari. Ma da dove vengono questi oggetti, e perché non riconsegnarli subito?

Aveva cambiato espressione, la tristezza si stava sciogliendo intorno ai suoi occhi come il trucco di una serata finita, e quel piglio impertinente e curioso di sempre affiorava lentamente sul viso pallido.

— Per creare momenti perfetti — rispose Lucia senza alcuna esitazione.

Tutte la guardarono senza capire.

— È scritto qui — sfogliò il diario e si fermò su una pagina completamente diversa dalle altre. Niente data, né ora, né luogo, né vento. Solo una confessione d'inchiostro blu. Emma la lesse ad alta voce.

— L'aria è percorsa da disegni invisibili agli occhi. Ma se conosci il vento e sai ascoltare il suo soffio, puoi vedere fiumi di parole srotolarsi in cielo come gomitoli di luce. Sono i messaggi perduti, le cose mai ascoltate, i pensieri affidati al vento. L'aria è un tessuto di fili sottili che a volte si spezzano. Noi sappiamo leggere il cielo, trovare i messaggi, riallacciare i fili spezzati e correggere le traiettorie del destino per creare momenti perfetti.

— Lui può leggere il cielo, capite? — sospirò Lucia. — È così che trova i messaggi, guardando l'aria, dove ci sono questi fili sottili che a volte si spezzano. E sono sempre loro a condurlo verso il destinatario, lui deve solo aspettare il momento giusto e poi seguirle.

Emma sollevò gli occhi sulla sua amica con aria scettica. Tutto questo le sembrava davvero assurdo. Ma Lucia non aveva ancora finito.

— Vedete — disse. — Ci sono tante altre pagine come questa, alcune non le ho proprio capite. Però di una cosa sono sicura: Anselmo è un angelo. Come nella foto di Bahar. È un angelo custode! Che c'è sempre quando hai bisogno di lui.

Era così, nessuno lo sapeva meglio di Greta. Anche se sembrava un'idea folle, quella era la semplice verità: lui era sempre arrivato nel momento perfetto.

Emma sfogliò le pagine in silenzio, tutto questo le sembrava assurdo. Un'altra fantasticheria della piccola Lucia. Ma intuiva che, in qualche modo, tra quelle pagine fosse celata una risposta a tutte le sue domande, anche se ancora non riusciva a comprenderla. Sull'ultima facciata vide un appunto ancora più criptico degli altri: 27.03 CM 22.17, Colosseo.

— Ecco perché Anselmo è così riservato e schivo — continuò Lucia. — Deve custodire i suoi segreti.

Queste parole fecero scattare Greta come il grilletto di una pistola. Strappò il diario dalle mani di Emma e lo chiuse stringendolo al petto.

— Ognuno ha i suoi segreti.

— Che cosa fai? — s'indispettì la ragazza.

Non le rispose neppure. Si alzò e se ne andò portandosi via il diario.

— Aspetta, non è tuo! — la rincorse Lucia.

— E neppure tuo — ringhiò lei scrollandosela di dosso. — Per questo lo riporto al proprietario.

Uscì dall'elegante camera della signorina Kildare sbattendo la porta.

— Ma che cosa le è preso? Pensavo che fossimo tutte d'accordo…

Emma la osservò con aria assente, concentrata su ciò che aveva appena letto.

— Io non volevo fare una cosa brutta, l'ho soltanto visto lì e…

— E l'hai preso.

Lucia fece sì con la testa. Adesso si sentiva in colpa.

— Ho fatto male, vero?

La sua amica si strinse nelle spalle.

— Non lo so, Lucia.

Non si aspettava una risposta del genere, non da Emma. Lei sapeva sempre tutto, aveva sempre un piano o almeno una risposta brillante.

— E adesso che cosa facciamo?

— Io… non lo so.

Nessuno

Greta frenò davanti alla ciclofficina con il respiro spezzato dalla rabbia. Aveva pedalato forsennatamente, con il diario di Anselmo nello zaino e un turbine di pensieri nella testa. Sperò che lui non si fosse accorto del furto, in ogni caso aveva deciso di non raccontargli nulla di Lucia e di quello che avevano scoperto. Avrebbe infilato il diario sotto a un cuscino del divano di pelle, nel luogo esatto in cui era stato rubato. In questo modo Anselmo avrebbe potuto pensare che era scivolato fuori dalla sua borsa per sbaglio e tutto sarebbe tornato come prima. Ma quando entrò nell'androne, capì che niente sarebbe mai stato uguale a ieri.

L'accolsero un silenzio insolito e la faccia sconvolta di Anselmo. Intorno a lui il caos. Pezzi di vetro, attrezzi da lavoro, macchie di vernice, tutto era stato gettato a terra con violenza. Biciclette devastate a calci, il mobile di ferro schiantato sul pavimento e il divano, dove Greta voleva nascondere il suo segreto, completamente distrutto. Sui cuscini squarciati da un colpo di lama, giacevano i resti silenziosi della radio di Guido.

— Che cosa è successo? — domandò sconvolta.

— Qualcuno è entrato nella notte.

Era certa di sapere chi.

— Sono stati loro.

Anselmo non rispose, stava fissando una scritta sul muro. Le lettere tracciate frettolosamente gridavano un insulto intollerabile: — Figlio di nessuno.

— Bastardi — fremette lei. — Dobbiamo fargliela pagare. Andiamo. So dove trovarli.

Afferrò la sua bicicletta facendo cenno ad Anselmo di seguirla. Ma lui rimase immobile.

— No.

— Sì, invece. Se non lo facciamo torneranno, te lo assicuro.

— Mio padre è già andato alla polizia a denunciarli.

— Non servirà a niente. Se non ti difendi tu, non ti difende nessuno. Questa è la vita. Almeno qui.

Silenzio.

— Anselmo, ascoltami — disse Greta avvicinandosi. — Conosco quei ragazzi da quando sono nata. Uno di loro vive all'ultimo piano. Da bambino, per giocare, lanciava i sassi dal balcone sulle macchine della polizia. Una volta ha trovato un televisore rotto. E ha lanciato quello. Ha quasi ucciso due persone. La polizia non si è fatta vedere per delle settimane. Non devi permettere a gente così di distruggere questo posto.

Greta era fuori di sé. La ciclofficina era diventata un rifugio, ormai. Un luogo di pace in quel quartiere che odiava da sempre.

— Devi farti rispettare. Se non li fermi adesso verranno di nuovo e non si limiteranno a spaccare un vetro e scrivere una bugia sul muro! — affermò indicando la scritta.

— Non è una bugia, è la verità, Greta. E adesso calmati.

Lo disse senza astio. Con una strana dolcezza quieta. Lasciandola senza parole.

— Io non so chi sono i miei genitori. Guido mi ha adottato. Ero appena nato. Lo so che sembra una storia impossibile ma qualcuno mi ha lasciato davanti alla porta di casa sua, insieme a un cappello da uomo e un biglietto con il mio nome. Poi se n'è andato via per sempre.

Greta rimase a fissarlo ammutolita. Appoggiò la bicicletta al muro e si lasciò cadere sul divano distrutto: — Mi dispiace. Io... scusa. Non lo sapevo.

Anselmo si lasciò andare sui resti dei cuscini squarciati. Con un sospiro inerme, precipitò al suo fianco.

Precipitare insieme, in latino *coincidere*. Una parola antica. Ha fatto molta strada ma non è stanca. Custodisce un mistero che muove l'eterno alternarsi di tutte le cose. Il mutamento, la *coincidenza*. Succede per caso. Succede e basta. Precipitare nel vuoto e sentire il respiro di qualcuno accanto a te. E, nel buio, riconoscerlo. Greta respirò il suo odore. Di vento e di strada. Poi chiuse gli occhi e nel buio disse: — Anche mio padre se n'è andato. Prima ancora che nascessi. Non è più tornato.

Quando li riaprì la sua mano era in quella di Anselmo e lui la stava sollevando.

— Vieni.

In un angolo dell'officina c'erano due barattoli di vernice bianca e due pennelli da parete.

— Ti va di aiutarmi?

— Sì — sorrise Greta.

Aprirono i barattoli con un cacciavite, affogarono i pennelli nella vernice bianca e cancellarono gli insulti con una festa candida di pittura.

Tre schizzi di vernice azzurra macchiavano la pelle nera degli stivali di Emiliano. Provò a cancellarli sfregando con un dito. Niente da fare. Cercò qualcosa per pulirli tra gli scaffali del deposito di suo padre. Studiò le etichette dei vari flaconi cercando di capire a che cosa servissero. Gli sembravano tutti uguali e inutili. S'innervosì. La notte prima le cose gli erano sfuggite di mano. Non voleva distruggere quel posto, solo far capire al tipo in bicicletta che non doveva mettersi in mezzo. Mai più. Poi i ragazzi avevano perso il controllo e avevano esagerato come sempre. E adesso i suoi stivali erano rovinati. Trovò finalmente una latta di acqua ragia. La descrizione stampata sull'alluminio gli fece pensare che poteva funzionare. Stava per aprirla quando il suo cellulare squillò. Sul display comparve il nome di Mao, il ladro.

— Oh, il vecchio è andato alla polizia — lo informò. — Che dobbiamo fare?

Doveva aspettarselo. L'aveva capito subito, quando era entrato in quella specie di officina. Il divano vecchio, i mobili rimediati, gli attrezzi ordinati di chi lavora tutto il giorno. Il vecchio era uno di quelli che si accontentano, che non rischiano mai, che si fidano dei poliziotti. Gente umile, come diceva suo padre. Idioti, proprio come suo padre.

— Venite qui — ordinò.

— Arriviamo, capo.

Al diavolo le macchie e l'acqua ragia. Doveva occuparsi dei suoi affari prima che quei due arrivassero. Scostò i tubi da idraulico per raggiungere un mobile nascosto dietro agli scaffali. Prese un mazzo di banconote dalle tasche. Duecento euro, i soldi che aveva fatto con il cellulare di quella ragazza. Li mise in un cassetto, accanto ad altro denaro. Molto denaro. Suo padre ci avrebbe messo un mese per raggranellare quella somma. Spaccandosi la schiena per montare cessi nelle case dei ricchi. Lui ci aveva messo una settimana. Se hai i soldi hai il rispetto di tutti. Altrimenti non sei nessuno. È semplice. Il mondo gira così. Non è colpa di nessuno. Affidarsi alla giustizia è un grave errore e il vecchio e suo figlio l'avrebbero capito molto presto.

Il vassoio dei biscotti era ormai vuoto ed Emma scrutava le briciole di cioccolato e pastafrolla tentando di mettere ordine tra le parole di Lucia. La sua amica aveva appena finito di raccontarle tutto quello che aveva letto sulle pagine del diario segreto, cercando di convincerla che Anselmo fosse un angelo sceso dal cielo per portare agli uomini i doni del destino.

— Ci dev'essere un'altra spiegazione, perché questa non ha senso — affermò Emma.

— Se tu avessi letto il diario non la penseresti così. Te lo assicuro — s'impuntò Lucia.

In effetti avrebbe tanto desiderato leggere quelle pagine di persona. Ma ormai Greta se l'era portato via e, a giudicare da quanto si era arrabbiata con loro, non sarebbe stato facile coinvolgerla di nuovo nelle loro ricerche. Dovevano continuare da sole, con gli indizi che avevano raccolto fino a quel momento. Ripensò a quello che aveva visto sull'ultima pagina del diario: — 27.03 CM 22.17, Colosseo — ripeté.

— Sì, mi ricordo, ma secondo te che cosa vuol dire?

Lucia sperò che Emma stavolta avesse una risposta.

— Credo sia un appuntamento. Ventisette marzo, alle dieci e diciassette davanti al Colosseo.

— Ma che cosa vuol dire CM allora?

— Forse sono le iniziali del nome del destinatario, però è strano, perché di solito è scritto per esteso. E poi non c'è nessun indirizzo preciso e neppure il nome di un vento.

— Già.

— Abbiamo soltanto un modo per scoprirlo, andare a quell'appuntamento.

Lanciò un'occhiata al calendario sulla sua scrivania.

— È sabato, i miei genitori di solito sono fuori a cena. Potresti venire a dormire da me, così ci andiamo insieme.

— E la puzzola? — domandò Lucia riferendosi alla domestica brizzolata.

— Ha il giorno di riposo.

— Sarebbe meraviglioso, ma... devo chiedere il permesso a mia mamma prima. Non credo che mi lascerà uscire la sera da sola.

— Ma noi le diremo che staremo qui buone buone tutta la notte. E rientreremo prima che i miei possano accorgersi che siamo uscite.

Lucia non sapeva che dire, immaginò quanto sarebbe stato romantico scappare con la sua amica nel cuore della notte per incontrare Anselmo sotto gli archi del Colosseo...

— E va bene — azzardò trattenendo un brivido di paura. — Però non facciamo tardi. E nessuno dovrà mai saperlo.

— Promesso.

Ci fu un altro momento di silenzio.

— Lo diciamo anche a Greta? — propose Emma.

Lucia scosse la testa senza neppure accorgersene. Avrebbe voluto vedere Anselmo da sola, per una volta. Parlare con lui di... di che cosa? Come faceva a guardarlo negli occhi sapendo di aver frugato nei suoi segreti di nascosto?

— Ho fatto proprio una cosa brutta. Greta ha ragione a essere arrabbiata, stavolta.

— Greta è sempre arrabbiata.

Questo era vero, ma non risolveva la questione.

— Forse dovrei parlarle... non lo so, sono così confusa. Mi sembra tutto sottosopra e vorrei trovare il modo di rimettere le cose al loro posto...

Emma alzò le spalle.

— Nessuno ti impedisce di chiamarla, ma temo che non ti ascolterà.

A volte è spaventoso vedere quello che gli altri non vedono, perché non puoi girarti verso un amico e dire: "Vedi, com'è bello"; o rifugiarti tra le braccia di un'amica e dirle: "Guarda, che disastro". Solo chi ci ha amato veramente può credere a ciò che vediamo, comprendere la nostra paura, starci accanto nel viaggio, darci un posto in cui tornare. Anche noi, come tutti, abbiamo bisogno di queste cose. Perché non possiamo vedere quello che accadrà, ma solo ciò che è successo e non conosciamo il nostro futuro ma, a volte, possiamo vedere il vostro scritto nel vento.

Via

Guido uscì dalla stazione di polizia dopo cinque ore. Aveva aspettato davanti a diverse porte chiuse, parlato con molti uomini in divisa, compilato svariati moduli e atteso di nuovo.

— In questo quartiere abbiamo duecento casi come il suo, ogni mese — gli aveva assicurato un agente.

Tono di voce piatto, sguardo annoiato. Il plico di fogli era finito in un armadio di ferro, insieme a tutti gli altri, e l'ennesima porta si era chiusa.

Adesso Guido camminava lentamente per le vie del Corviale, con la sua copia di denuncia per atti vandalici ad opera di ignoti infilata in tasca. Non erano ignoti. Lui sapeva benissimo chi aveva distrutto il suo negozio. Ma non poteva dimostrarlo. Svoltò verso via Gentilini, accompagnato dalla luce intermittente di un lampione che si era appena acceso. La notte era tornata, portandosi via una giornata da dimenticare. Ci sono anche le giornate così, quelle in cui non succede nulla di buono. Pesano sugli occhi e ti fanno scordare il cielo. Guido se n'era scordato. Camminava a testa bassa osservando l'andirivieni delle punte dei suoi piedi sull'asfalto, tra mozziconi e cartacce, nauseato dallo squallore di quella inutile periferia. Poi, all'improvviso, sentì qualcuno che rideva dal fondo della strada. Lo riconobbe, era suo figlio. Gli rispose un'altra risata, più dolce, quella di una ragazza. Venivano dall'officina. Alzò la testa e si accorse di essere già davanti all'ingresso del suo negozio. Le pareti erano tornate bianche, il pavimento era pulito e le biciclette stavano allineate ordinatamente lungo il muro. Greta e Anselmo avevano lavorato tutto il giorno ed erano sporchi di vernice e polvere dalla testa ai piedi, ma erano felici.

— Ciao, papà — gli sorrise suo figlio.

— Buonasera — salutò Greta.

Guido mise una mano nella barba grigia e ammirò la luce dei loro occhi.

— Avete già sistemato tutto... — si stupì.

— Quasi tutto — ammise Anselmo.

Il divano e la radio erano distrutti e non c'era modo di ripararli. Guido gli lanciò un'occhiata malinconica. Poi tornò a guardare suo figlio, con orgoglio.

— Avete fame?

— Io sì.

— Anche io.

— Andate a mangiare. Qui ci penso io.

I ragazzi uscirono nella notte in sella alle loro biciclette. I vestiti e i capelli schizzati di bianco. In tasca qualche soldo per una pizza offerta da Guido per ringraziarli.

— Andiamo da Remo? — propose Anselmo pedalando lentamente al suo fianco.

— Dov'è?

— Non ci sei mai stata?

Greta arrossì, lei mangiava sempre a casa, sua mamma trovava stupido spendere soldi per il cibo, dato che lavorava in un ristorante e portava a casa montagne di avanzi.

— No.

— Non è lontano da qui. Ci sono i tavoli all'aperto e la pizza è sottile e croccante.

S'immaginò seduta davanti ad Anselmo, sporca di pittura, a mangiare una pizza sottile e croccante. Le biciclette legate allo stesso palo e loro allo stesso tavolo, sotto le stelle di primavera. Arrossì ancora di più.

— Va bene — balbettò.

In fondo quello era il suo primo appuntamento. Aveva sempre pensato che fosse necessario passare ore davanti allo specchio a scegliere i vestiti adatti, abbinare le scarpe con la borsa, decidere che cosa dire, che cosa fare prima di incontrare un ragazzo. E invece lei era conciata peggio di un muratore e tutto era successo talmente in fretta che aveva appena avuto il tempo di lavarsi le mani.

Scattò il rosso e si fermarono.

Anselmo la guardò, rannicchiata sopra la sua bici con lo zaino in spalla e gli anfibi macchiati. Piccola e forte nella cornice sterminata della notte di periferia intorno a lei. Era bellissima.

Come una stella rara che sfida la tenebra con la sua luce minuscola. Come quel neo al centro del mento, nell'universo solitario del suo volto.

— È perfetto.

— Che cosa?

— Il tuo neo, è un cerchio perfetto.

Lei abbassò gli occhi imbarazzata e lo coprì con una mano, come faceva sempre, per cercare di cancellarlo.

— Odio questo neo.

Anselmo le scostò le dita dal mento, come a voltare la pagina di un libro che raccontava da troppo tempo la stessa storia.

— Non devi. È perfetto.

Si avvicinò alle sue labbra oscurando il mondo intorno a loro. La scacchiera angusta dei condomini, i lampioni cianotici a bordo strada, la falce sottile della luna appena sorta, tutto scomparve nell'ombra di lui. Greta spalancò gli occhi cercando di vedere attraverso il buio di quel bacio così vicino da sembrare irreale, ma a un soffio dalle sue labbra furono colpiti da una lama di luce accecante.

— Sono qui, capo— grugnì una voce dietro al faro di un motorino. — Li abbiamo trovati.

Emiliano li raggiunse, scese dalla moto da corsa e andò dritto verso Anselmo. — Mi devi dire qualcosa?

Anselmo non rispose, allungò un braccio verso Greta, spingendola alle sue spalle per proteggerla.

— Bravo. Stai zitto. Devi stare zitto. E anche tuo padre. Zitti.

Emiliano strinse le dita nei guanti di pelle e sferrò un pugno verso la sua faccia. Anselmo schivò il colpo con uno scatto prodigioso. Gli altri gli furono subito addosso. Cercarono di afferrarlo da dietro, ma lui sfuggì come vento tra le loro braccia. Si chinò verso Greta, sottraendola al tafferuglio delle loro mani. La prese per i fianchi e la caricò sulla bicicletta prima che i ragazzi potessero toccarla, ma uno di loro afferrò il suo zaino, strappandoglielo dalle spalle. La cerniera si aprì e tutto quello che c'era dentro esplose in aria, precipitando a terra. E, nella pioggia confusa degli oggetti, comparve il diario segreto di Anselmo.

Lui lo vide volare oltre la rissa e piombare ai piedi di Emiliano. Guardò Greta solo un istante, cercando nel suo sguardo una spiegazione. Lei aprì la bocca per dire qualcosa ma fu subito strattonata dal maiale. Anselmo la lasciò andare, precipitandosi a raccogliere il diario. Troppo tardi. Quel secondo perduto negli occhi di Greta era stato fatale. Il diario era nelle mani di Emiliano.

— Ridammelo — ringhiò Anselmo.

Si scagliò contro di lui pronto a tutto per riprendersi i suoi segreti. Emiliano lo capì e capì anche che aveva per le mani qualcosa di molto prezioso. L'avrebbe usato per ricattare Anselmo, se gli fosse saltato in mente di tornare alla polizia.

— Ti ha detto che devi stare zitto — ribadì il maiale.

— Andiamo. Abbiamo finito qui — ordinò il capo.

Infilò il diario nella giacca e partì sgommando. Anselmo montò in bici, deciso a inseguirlo, ma il motorino gli tagliò la strada. Il maiale, sollevato sulla sella, roteò una spranga di ferro, colpendo le ruote e disarcionandolo.

— Grande Spranga! — esultò Mao.

I rumore dei motori sfumò nel traffico oltre il semaforo. Scattò il verde, ma nessuno di loro due ebbe la forza di muovere un solo passo. Greta si chinò su di lui aiutandolo ad alzarsi.

— Anselmo, io…

— Tu non sai che cosa hai fatto — disse secco, scostandola con un gesto nervoso.

— Aspetta.

— Tutto questo non doveva succedere. Se quel diario finisce nelle mani sbagliate… — non ebbe neppure il coraggio di finire la frase. Esaminò la ruota posteriore della sua bici, completamente deformata dal colpo di spranga. Inutile tentare di inseguirli ancora.

— Prendi la mia — propose lei offrendogli la cosa più preziosa che avesse.

Lui scosse la testa. Una piega obliqua si disegnò sulle sue labbra, non era tristezza, non solo. Era delusione. Lei l'aveva deluso. Non le chiese come avesse avuto il diario, non l'accusò neppure di averlo rubato. Le voltò le spalle e mormorò: — Torna a casa, Greta.

Il mattino dopo Sciagalle entrò nel bar di via Gentilini con una maglietta gialla su cui aveva dipinto due cactus a bordo di un tandem. Ordinò un buon cappuccino. Lo bevve origliando le consuete conversazioni di quartiere. Il calcio, l'assicurazione della macchina, il calcio, la pagella di mio figlio, il calcio, i soliti vandali e le loro scorribande notturne.

— Che poi quei due sono gente tanto buona.

— Sì, proprio persone per bene — dissero due signore sorseggiando il loro caffè.

Sciagalle notò che avevano due crocchie di capelli grigi e ispidi del tutto uguali ai cactus dipinti sulla sua maglietta, e sorrise.

— Da quando sono arrivati loro in questa via — disse il primo cactus — si sente sempre quella bella musica. Coi pianiforti, e tutte le orchestre. Mi piace tanto. Mi rilassa proprio.

— È musica classica, me l'ha detto mia figlia — spiegò il secondo cactus.

— Bella, si vede che sono gente che c'hanno gusto.

— E infatti, le tragedie succedono sempre nelle persone migliori.

— Sì, proprio nelle migliori.

Sciagalle realizzò soltanto in quel momento che i due cactus stavano parlando della ciclofficina.

— Ma dove, al negozio di biciclette?!

— Che, non l'hai sentito?

No, non l'aveva sentito. Saltò immediatamente sulla bici da cross e corse verso la ciclofficina, lasciando le signore alle loro conversazioni.

Entrò trafelato nel grande androne e sbottò: — Hans! Che è successo?!

Poi si guardò intorno e vide che tutto era come prima, anzi, meglio. Le pareti sembravano dipinte di fresco e quell'orrendo divano graffiato era sparito.

— Niente di grave — rispose Guido.

Anselmo non pareva per nulla d'accordo. Aveva un'espressione cupa. Lo salutò con un mano e poi tornò a lavorare.

— Sono entrati l'altro ieri notte. Ma abbiamo già sistemato tutto.

— Mi dispiace, se lo avessi saputo sarei venuto ad aiutarvi.

Guido scosse una mano, come a dire che non doveva preoccuparsi.

— Ci ha aiutato Greta.

Quel nome risalì lungo le braccia di Anselmo come una scossa elettrica. La chiave inglese gli sfuggì dalle mani cadendo a terra. Il rumore risuonò nell'androne silenzioso. Sciagalle si avvicinò per raccoglierla.

— Tutto bene, Hans? — chiese sottovoce.

Lui prese l'attrezzo, fece un sorriso triste e abbassò la testa. Non c'era bisogno di altra risposta.

— Dai, andiamo a farci una passeggiata.

— Ciao, Greta. Come stai?

Gli occhioni di Lucia brillarono davanti a lei, limpidi e gentili. Greta avrebbe voluto cancellarli dalla faccia dell'universo.

— Vattene.

— Lo so che sei arrabbiata con me. E hai ragione.

Legò Merlina all'inferriata della scuola senza dire una parola.

— Ho fatto una cosa brutta — proseguì Lucia. — Adesso anche Anselmo mi odierà.

Chiuse la catena con un scatto e si voltò furente contro di lei.

— No, lui pensa che il diario l'abbia rubato io.

Lucia ci rimase malissimo.

— Ma... perché?

Non aveva nessuna voglia di spiegare che cosa era successo la sera prima. Solo a pensarci le veniva voglia di piangere. Trattenne le lacrime, le spinse così in fondo che si trasformarono in rabbia.

— Sei solo una bambina stupida.

Lucia ammutolì. Gli occhi le si riempirono di lacrime che non provò neppure a trattenere.

— Fermati. Fammi spiegare — le chiese mentre la sua amica saliva le scale davanti all'atrio, salendo i gradini due a due.

— Ascoltami, Greta.

Niente da fare, era già arrivata davanti alla bidelleria, girò in corridoio ma si dovette fermare davanti alla folla degli studenti che entravano nelle aule. Lucia la raggiunse.

— Ci parlo io con Anselmo. Gli spiego tutto. Davvero. Lo so che è solo colpa mia. Non è giusto che ci vada di mezzo tu.

La prese per una mano, come a chiedere perdono, ma Greta si divincolò. Sentì il sangue scomparire nelle vene e riempirle d'improvviso il cranio, le ossa scricchiolare sul punto di rompersi e tutta quella gente intorno a lei franarle addosso come un muro di mattoni.

— Ti ho detto di sparire! — gridò spingendola contro quel muro.

La Moretti si affacciò al corridoio: — Che cosa sta succedendo?

Greta si guardò intorno, tutti la osservavano spaventati. Il bidello si fece avanti.

— Stai tranquilla, va bene?

No, non andava bene, non andava bene per niente. Gli diede una spallata violenta, si fece largo con due gomitate e corse per il corridoio, verso l'uscita.

— Bianchi! Dove vai?! — strillò isterica la Moretti. — Sarò costretta a chiamare...

La sua voce si perse oltre il cancello d'ingresso. Greta slegò Merlina e saltò in sella, pronta a pedalare lontano da quel posto per il resto dei suoi giorni.

Ascoltami

Sciagalle e Anselmo passeggiavano in silenzio sul marciapiede di via Gentilini. Niente biciclette, stavolta. Era come se il mondo chiedesse di essere osservato con più calma, senza la fretta di arrivare da qualche parte. Respirando al ritmo di un passo, un piede dopo l'altro.

— È per via di Greta vero? — indovinò Sciagalle.

— Che cosa?

— Quella faccia.

Anselmo sorrise mesto.

— È successo qualcosa?

Era successo tutto. L'aggressione, il diario rubato, e lei

che era entrata nel suo cuore per tradire la sua fiducia. Come faceva a spiegarglielo? C'erano troppe cose che non poteva dire, altre per cui non aveva le parole giuste. Non gli restava che il silenzio, come sempre. E la sua solitudine assordante. Quando stava così, parlava sempre con suo padre. Lui sapeva, e poteva capire. Ma stavolta non poteva farlo, Guido non doveva sapere del furto.

— Ho capito, non vuoi parlarne.

— No, è che...

— Non sai che cosa dire... so cosa vuoi dire... insomma. Anche a me succede. Sai che cosa si fa in questi casi?

— No.

— Niente. Non si fa niente.

Anselmo lo guardò perplesso, ma lui non diede ulteriori spiegazioni a riguardo. Continuò a camminare, un piede dopo l'altro, con lo stesso ritmo. Svoltarono in una via più piccola che sbucava su una piazza. Al centro macchine parcheggiate in doppia e tripla fila e, davanti a un cancello, alcuni mobili accatastati in attesa di essere sgomberati dal camion dell'immondizia.

— Fammi dare un'occhiata. Magari c'è qualche pannello di legno per i miei quadri.

— Dipingi quadri?

— Dipingo tutto. Dammi una lavatrice e te la trasformo nella Gioconda.

Sciagalle era incredibile, riusciva a scipparti una risata anche nei momenti più neri.

— Guarda, questa è perfetta.

Prese l'anta di un armadio di legno grezzo. Era grande e liscia.

— Ti ci faccio un bel paesaggio, stile ottocento. Con le pecore e le colline. Se no la metto in verticale e ci faccio una pala da altare, con i Santi e la Madonna. Che manco Giotto!

La sollevò in alto per mostrare meglio i suoi progetti, e, sotto al cumulo di cianfrusaglie, Anselmo vide emergere un divano di velluto rosso ciliegia.

— Prendiamo anche questo — si esaltò subito Sciagalle. — Lo mettiamo al posto della zeccarola. Guarda che classe. Ti risolve il salotto.

Non era una cattiva idea. Appoggiarono un paio d'ante sul divano e se lo caricarono in tutta fretta, prima che il camion della nettezza urbana portasse via quei preziosi tesori.

— Oh, ci serviva proprio. Vedi, a volte il caso — commentò Sciagalle.

Il caso.

Di solito Anselmo poteva vedere le sue traiettorie nell'aria ed era costretto a rincorrerle, anche quando avrebbe voluto fermarsi. Quel giorno era successo qualcosa di diverso. Non stava correndo, non stava cercando, non stava facendo niente. Ascoltava un amico, camminando a caso per le strade di Roma. E aveva trovato un dono, nascosto tra ciò che la gente non vuole più. Se tutto questo aveva un senso, lui non riusciva a capire quale fosse, e forse era arrivato il tempo di smettere di farsi domande inutili. E sedersi su un divano nuovo.

— E dai, rispondi.

Emma e Lucia avevano passato tutto l'intervallo a chiamare Greta al cellulare ma lei sembrava scomparsa.

— E se le è successo qualcosa? — si preoccupò Lucia. — Non me lo perdonerei mai.

— Non le è successo niente, è solo arrabbiata.

Digitò per l'ennesima volta il numero di Greta mentre suonava la campanella di fine ricreazione.

— Dobbiamo andare.

Emma sentì il suono d'attesa del telefono interrompersi e la voce di Greta rotta dal pianto: — La smetti di chiamarmi?!

Poteva mettere giù, poteva spegnere il telefono e invece aveva risposto. Significava che aveva bisogno di parlare, anche se non l'avrebbe mai ammesso.

— No, non la smetto. E adesso tu mi ascolti.

— Io non ho voglia di ascoltare nessuno! — singhiozzò lei, ma non era vero ed Emma lo sapeva. Quindi continuò a dire ciò che doveva come se niente fosse.

— Fra due giorni Anselmo sarà davanti al Colosseo, alle dieci e diciassette di sera. Io e Lucia andremo da lui e gli racconteremo che abbiamo rubato il suo diario e che tu non c'entri niente.

Greta ammutolì.

— Quando saprà la verità non avrà nessun motivo per essere arrabbiato con te.

I singhiozzi si sciolsero in un respiro quieto. Stupito. Non se l'aspettava, non da Emma. Allora non era tutto finito. Forse c'era ancora una possibilità. Ma il solo pensiero di vedere di nuovo quello sguardo deluso su di lei l'annientava. Meglio lasciar perdere.

— È inutile, penserà che ci siamo messe d'accordo per dirgli una bugia.

— E noi gli dimostreremo che stiamo dicendo la verità.

— Come?

— Non lo so, dobbiamo studiare un piano. Ma dobbiamo farlo insieme.

Eccola di nuovo con i suoi piani. Fino a quel momento avevano soltanto creato problemi. Greta non voleva fare un piano, voleva soltanto mandare tutto all'aria e dimenticarsi per sempre di quella storia. Eppure qualcosa la spingeva al di là dei suoi pensieri più cupi. In un posto dove non c'erano più segreti ma soltanto lui, e il suo odore di vento e di strada.

— E adesso torna qui — ordinò Emma. — È vietato piangere senza un'amica.

— Due amiche! — rivendicò la voce di Lucia da lontano.

Un sorriso minuscolo increspò le guance bagnate di Greta.
— Arrivo.

Il mattino dopo Anselmo leggeva il giornale seduto sul nuovo divano rosso. Sciagalle lo aveva battezzato "cerasa", che in romanesco significa ciliegia, perché era morbido e rosso e dava una sfumatura d'estate a quel posto. Parole d'artista... pensò Anselmo voltando pagina sulla cronaca di Roma.

— Stasera c'è la CM — ricordò suo padre ripulendo un attrezzo macchiato di grasso. — Ci vai?

— Sì, ho una consegna.

Guido inclinò la testa incuriosito: — Che strano posto per una consegna.

Anselmo annuì passando alla pagina delle previsioni del tempo. Serata mite, vento debole, temperatura primaverile.

— A che ora devi recapitare?

— Alle dieci e diciassette.

— Anche questo è strano. Forse il destinatario è uno dei ciclisti. Hai già visto il colore?

— No, non ancora.

Guido appoggiò l'attrezzo e scrutò suo figlio. Era nervoso, taciturno. Avrebbe voluto dirgli qualcosa, ma ebbe la sensazione che fosse meglio rispettare il suo silenzio. Lanciò un'occhiata alla Graziella di Lucia. Era rimasta tra le altre bici da aggiustare. Con una ruota riparata e l'altra ancora storta. Il telaio però splendeva completamente liberato dalla ruggine.

— Chissà che fine hanno fatto quelle ragazze. Peccato, avevano iniziato così bene…

Anselmo non rispose. Per un momento desiderò raccontare a suo padre tutto quello che era successo e chiedergli di aiutarlo a riprendersi il diario, ma avrebbe messo di mezzo Greta e le sue amiche, e non voleva. Doveva cavarsela da solo. Aveva provato a cercare quei ragazzi per strada, ma non sapeva da che parte cominciare. Era sempre stato alla larga da gente così. Era sempre stato chiuso nella ciclofficina a lavorare, aspettando i segnali del vento, oppure in giro per le strade di Roma a recapitare messaggi. Ma del suo quartiere non sapeva nulla. Greta, solo lei poteva aiutarlo. Ma l'aveva tradito. Non poteva fidarsi. Non più.

— Non credo che torneranno — disse aspro.

Chiuse il giornale, prese le chiavi col laccio di cuoio e andò a rifugiarsi in magazzino. Quel luogo gli dava sempre una sensazione di pace. Come se quei messaggi fossero la prova di un disegno più grande, che raramente possiamo vedere, ma che muove i nostri passi verso un orizzonte di felicità. Ogni singolo istante. E che chiede solamente un po' di fede e di speranza, per compiersi, finalmente.

Si sedette a terra, davanti agli scaffali carichi di messaggi smarriti, e osservò le loro scie. Nessuno poteva vederle, solo lui. Ondeggiavano come fiamme di luce di molti colori diversi. Una sfumatura per ogni oggetto. Nel tempo, Anselmo aveva imparato a distinguere la natura di ogni tonalità, il rosso per le parole che bruciano in gola, spezzano il fiato e non sanno liberarsi nell'aria, il blu per chiedere perdono di ciò che è stato, il giallo per asciugare le lacrime, il verde quando è troppo tardi o è troppo presto ma doveva andare così, celeste è la tinta di un ricordo, rosa è una promessa, viola per qualcosa che nasce, ciò che finisce invece è bianco, come l'ultima pagina di un libro, nera è l'ansia di arrivare, l'urgenza che il messaggio sia consegnato e destino si compia.

Una fiamma nera guizzò all'improvviso da un sacchetto di carta bianca. Ecco il mutamento. Quando un messaggio era vicino al suo momento perfetto, l'intensità della sua fiamma mutava. Significava che doveva essere consegnato, ed ora era il momento di quella busta. Anselmo lo riconobbe, l'aveva trovato pochi giorni prima, su quell'autobus davanti al serpentone. Ora sapeva che cosa avrebbe dovuto consegnare quella sera.

Chi conosce il vento può leggere il cielo
e i suoi messaggi. Vento di Tramontana,
vento di Libeccio, vento caldo di Favonio,
per voi l'aria ha solo una temperatura diversa
e un movimento variabile, ma per noi
ha un sapore, un suono e una luce che ci conduce
tra le strade invisibili del destino
con parole sussurrate.

Mutamento

Alle ore dieci di sabato ventisette marzo, Greta, Emma e Lucia scoprirono il significato della sigla CM. Un centinaio i ciclisti a bordo delle loro biciclette si stavano radunando ai piedi del Colosseo. Le luci accese, l'andatura vaga di chi deve ancora partire, facevano pensare a uno sciame di lucciole sospeso tra gli archi dell'anfiteatro. Entro pochi minuti sarebbe andato in scena uno spettacolo irripetibile: le automobili avrebbero rallentato, avrebbero rispettato la precedenza, non avrebbero parcheggiato in seconda fila, i clacson si sarebbero via via zittiti e le strade sarebbero state occupate da un corteo di biciclette e dal sussurrare gioioso dei loro pedali. Almeno per qualche ora, la notte della capitale sarebbe stata a misura di ciclista perché stava arrivando la Critical Mass! CM è la sigla di un'invasione. Le biciclette scendono in strada per rivendicare il loro spazio, obbligando i viaggiatori muniti di motore a portare il dovuto rispetto a quelli muniti di buone gambe. Una moltitudine di ciclisti tale da innescare una reazione a catena. Meno traffico, più silenzio e più aria. Tantissima aria per tutti.

— È meraviglioso, vero? — disse la voce di Sciagalle.

Le ragazze si voltarono e lo videro a bordo della sua bici da cross con i maiali e addosso una delle sue magliette improponibile. Quella era verde acido, con un unicorno viola che balzava oltre arcobaleno a bordo di un triciclo. Emma storse la bocca disgustata. Lucia invece applaudì entusiasta: — È stupendo! Ma tu ci eri già venuto?

— Certo, tutte le volte!

— Io mai, non avevo capito che bisognava portare una bicicletta…

— Be', sì. Il senso della manifestazione è un po' questo. Più biciclette ci sono, più siamo forti.

— Uffa, non lo sapevo. E adesso come facciamo? — domandò Lucia voltandosi verso Emma. E, per una volta, non fu lei a trovare la risposta giusta… ma quello strampalato ragazzo.

— Emma può andare con Greta, e tu puoi salire con me — disse come se fosse la cosa più naturale del mondo.

Greta s'irrigidì, non aveva mai portato nessuno su Merlina e non era sicura di esserne capace. Lucia invece accolse l'idea con il solito entusiasmo.

— Che divertente! — Si sedette sulla canna della bici da cross, sistemando la gonna a fiori sulle ginocchia. — Ma sei capace? — chiese a Sciagalle.

— Adesso vediamo...

Partirono malfermi sulle due ruote, ridendo come due bambini al parco giochi.

— Però dobbiamo tornare subito — avvisò Lucia. Avevano un piano e lei non poteva lasciare le sue amiche da sole.

— Sì, facciamo un giro di prova — assicurò Sciagalle.

Greta ed Emma rimasero sole, poco discoste dalla folla. Greta scrutava l'orizzonte cercando Anselmo fra le biciclette, mentre la sua amica sorrideva ammirando Lucia che prendeva il largo fra le braccia di un nuovo amico.

— Secondo me quei due si piacciono... — mormorò.

Ma le sue parole furono cancellate dal gracchiare di due motorini che le affiancarono all'improvviso. Erano tornati. Le avevano trovate un'altra volta. Emma fece un passo indietro, stringendosi alla sua amica in preda al panico. Greta le strinse la mano, preparandosi ad affrontarli.

— Dov'è Anselmo? — domandò il capo scendendo dalla sua moto. — Devo parlargli.

Sapeva anche lui dell'appuntamento di quella sera, quindi aveva letto il diario, fino all'ultima pagina, e aveva decifrato il messaggio.

— Che cosa vuoi da lui? — chiese Greta a muso duro.

— La mia parte. Non si fanno affari nella mia zona senza pagare.

Greta lo guardò senza capire.

— So leggere anche io, sai? — Lanciò un'occhiata a Emma e aggiunse: — Anche se non vado a scuola con le ragazze perbene.

Emma rabbrividì, senza trovare il coraggio di aprire bocca.

— E ho trovato cose molto interessanti su quel diario. Tutte quelle consegne... non vi hanno mai fatto venire nessun dubbio?

Le facce sconvolte delle due ragazze furono una risposta abbastanza chiara.

— No, vero? — ghignò. — Sentite, non mi interessa che cosa spaccia, io voglio la mia parte. A cominciare dalla consegna di oggi, e voi... vi siete cacciate in un brutto guaio, signorine.

La risata squallida del maiale si levò alle loro spalle.

— Vattene, lasciaci in pace — supplicò Emma.

E accadde di nuovo, Anselmo comparve nel momento più buio. Alle 22.17 in punto, sfrecciò silenzioso tra le bici e raggiunse Emiliano.

— Benvenuto — lo accolse sarcastico il capo. — Mancavi solo tu.

Anselmo non gli rispose, scese a terra, aprì la sua borsa da postino ed estrasse un sacchetto di carta bianca.

— Questo è tuo — disse scagliandogli sul suo petto il messaggio. Lui fu costretto ad afferrarlo al volo.

— Volevi sapere che cosa spaccio? Allora aprilo.

Lo fece, ma quello che trovò era molto diverso da ciò che si aspettava. Sbiancò e strinse la busta al petto. Con troppa fretta. Come una porta su una stanza che nessuno, per nessuna ragione, avrebbe mai dovuto aprire. Afferrò Anselmo per la maglietta e inveì: — Bastardo, devi dirmi dove l'hai presa.

Lui non rispose.

— Parla.

— No, io devo stare zitto. Ricordi?

Sì, l'aveva detto lui. Ma ora aveva bisogno di sapere, prima che da quella stanza dimenticata uscissero le ombre di un passato così lontano da sembrare solo un sogno sbiadito. Prima che gli chiedessero la ragione di quel lungo, violento silenzio. Prima che le ombre urlassero, lo fece lui: — Mi devi dire chi te l'ha data!

Un nugolo di luci di bicicletta si voltò verso di loro, attirate da quel grido come dalla fiamma di una candela.

— Non ci piacciono i motorini — disse una voce oltre il muro di luci.

— E allora andatevene — sbraitò Spranga.

— No, non avete capito — fece Sciagalle emergendo dalla moltitudine dei fari. — Siete voi che ve ne dovete andare.

Le biciclette erano ormai quasi un migliaio e li accerchiarono come un esercito silenzioso. I tre accesero i motori, certi che si sarebbero dispersi, e invece i ciclisti proseguirono la loro marcia serrando le fila implacabili.

La massa critica aveva appena innescato la sua prodigiosa reazione a catena.

— Fuori! Fuori! Fuori i motori! — esclamò qualcuno.

Emiliano diede gas, ma il ruggito dei pistoni non fece paura a nessuno. Al contrario, fece arrabbiare tutti. Alla prima si unì un'altra voce. E poi un'altra, e un'altra ancora, fino a diventare un coro gigantesco, come un'onda anomala capace di travolgere qualsiasi cosa. Greta l'ascoltò e capì di essere una goccia di quella corrente di respiri, muscoli e pedali. Piccolissima e forte. Carica dell'energia di tutto il popolo dei ciclisti. Strinse la mano di Emma e si mischiò alle voci, urlando con tutte le sue forze.

— Fuori i motori!

Non avevano scelta. Erano in netta minoranza e lontani dalla loro zona. Emiliano e i suoi furono costretti ad indietreggiare, spazzati via dalla massa critica. Fecero inversione e scapparono, perdendosi nella notte. La folla esultò, accompagnando l'uscita dei motori con un giubilo di campanelli. Emma si guardò intorno incredula. Ce l'avevano fatta. Li avevano cacciati. Quei tre erano scappati come conigli.

— Abbiamo vinto! — trionfò stringendo forte Greta.

Lei rimase quasi immobile, ferma nell'euforia di un istante indimenticabile e, dall'alto di quell'abbraccio, vide Anselmo. In piedi, tra la folla in festa.

La stava guardando con un'espressione indecifrabile. Avrebbe voluto correre da lui, saltargli al collo e chiedergli scusa, anche se non aveva colpe, anche se non aveva senso, soltanto per averlo vicino un momento ancora. Ma Lucia fu più veloce di lei.

— Fammi scendere! Adesso! — disse a Sciagalle in tono perentorio.

Lui allargò le braccia lasciandole lo spazio per saltare giù dalla canna della sua bici: — D'accordo, ma cosa...

Lei non gli diede neppure il tempo di finire la frase, balzò a terra e corse verso Anselmo.

— Senti, devo dirti una cosa — esordì senza nessun preambolo. — Il diario te l'ho rubato io. Greta non c'entra niente. Lei non voleva che lo leggessimo. Ce l'ha strappato dalle mani e te lo ha riportato indietro. Poi sono arrivati quei delinquenti, ma non è colpa sua. È solo colpa mia — disse tutto d'un fiato. Se si fosse fermata, ne era certa, non avrebbe mai trovato il coraggio di confessare ciò che aveva fatto.

Anselmo la osservò in silenzio.

— Devi credermi, non ti sto dicendo una bugia. Io...

— So riconoscere una bugia — la interruppe lui.

Poi le sorrise.

— E comunque tu non sapresti mentire neppure se volessi.

Era vero. Ma Lucia non aveva ancora finito.

— Ti volevo chiedere scusa. Anche se non servirà a restituirti il diario — ammise dispiaciuta.

— Purtroppo no — confermò Anselmo. Però le sue parole gli avevano restituito qualcosa di ancora più prezioso: Greta.

Si voltò verso di lei e vide i suoi occhi incerti e spaventati brillare tra i fari ondeggianti.

— Lucia! — chiamò Emma accorgendosi di quello che stava succedendo. — Vieni un momento, ti devo dire una cosa.

La ragazza camminò perplessa verso di lei, lasciandoli soli a perdersi nei loro occhi.

— Che c'è?

— Andiamo via, adesso devono parlare... — bisbigliò in tono complice.

— Ma io...

— Niente ma, tanto è inutile. Non vedi?

— Che cosa?

Emma sollevò le spalle e sorrise un poco, come davanti a qualcosa che è già accaduto e ora si può solo contemplare.

— L'amore.

Emiliano spinse la manopola del gas a fine corsa e, se avesse potuto, avrebbe accelerato ancora, distruggendo l'incanto del centro di Roma come la quinta di uno spettacolo insopportabile. Odiava quel posto, le grandi case con vista panoramica, i turisti che pascolavano come mucche, gli autobus sempre in coda ai semafori. Non ci veniva mai e non ci sarebbe mai dovuto venire quel giorno . Guardò nello specchietto retrovisore il motorino dello Spranga diventare sempre più piccolo dietro di lui e desiderò che, con lui, sparisse tutto, molto velocemente, come non fosse mai esistito. Ogni memoria cancellata dal rumore del suo motore, per primo il ricordo dentro alla busta bianca.

Non vedeva quell'oggetto da molti anni e l'aveva dimenticato volentieri. Svoltò sul lungotevere e lo attraversò. Guardando l'acqua nera che scorreva svogliata pensò, per un attimo, di fermarsi e lanciare il sacchetto giù, dove nessuno avrebbe mai potuto ritrovarlo. Ma non lo fece. Corse verso casa, dove gli autobus erano rari, gli appartamenti piccoli e i turisti assenti.

Quella era la sua terra. Rallentò osservando il serpentone e la sua geometria orizzontale, una linea retta sdraiata ai suoi piedi.

Quella era la sua casa.

Frenò davanti al magazzino di suo padre e aprì la porta stringendo il sacchetto bianco con il pugno. Si fece largo tra i tubi, le docce e i gabinetti, raggiunse il mobile nascosto nell'angolo e aprì il primo cassetto. Smontò un doppio fondo facendo leva con la chiave delle sua moto, nel vano segreto c'erano una decina di buste trasparenti che contenevano pasticche di colori diversi. Ognuna valeva una trentina di euro e qualche ora di divertimento e oblio. Prese il sacchetto bianco e lo ficcò tra gli altri, nessuno sapeva dell'esistenza di quel posto, solo lui, lì sarebbe stato al sicuro. Rimise il fondo al suo posto e premette forte con le mani. Non si chiudeva, quella busta era troppo grossa. Riprovò con più forza, schiacciando fin quasi a sfondare il cassetto e distruggere le pasticche. Niente da fare. Fu costretto ad aprire le busta e a prendere in mano quel ricordo dimenticato.

Una spilla d'oro, tempestata di piccole pietre nere e luccicanti, aveva la forma di una rondine con le ali spiegate e un occhio di diamante grande come la corolla di una margherita.

Si ritrovò all'improvviso in un tempo trascorso da molto tempo.

Un cappotto verde scuro e due mani macchiate dall'età e solcate dalle rughe, una era stretta intorno alla sua e lo stava portando verso un'altalena. La voce di una donna anziana, alle sue spalle. Vola, diceva. E spingeva la sua schiena con i palmi tiepidi. Il tocco e il distacco scandivano un ritornello di gioia. La felicità totale di un bambino. E lui volava davvero, avanti e indietro sull'altalena, mentre la rondine rimaneva posata sul cappotto di sua nonna. Serena e immobile, ad aspettarlo.

Attese così per una decina di anni, nel nido verde del cappotto di sua nonna. Poi Emiliano la strappò di nascosto e la scambiò con la sua prima partita di droga. Aveva bisogno di qualcosa per iniziare. Voleva cambiare vita. E infatti da quel giorno la sua vita era cambiata per sempre.

C'erano dieci passi tra di loro, oppure tre colpi di pedale. Scelsero i pedali, nello stesso istante, con la limpida certezza che ogni discesa e ogni salita, tutte le curve, le cadute, le svolte e le frenate, tutto quello che avevano trovato sulla strada in tanti chilometri passati in sella alle loro biciclette, fosse avvenuto per una sola ragione: essere lì, adesso. Insieme.

Le persone sono come cerchi, insieme creano l'infinito. I ciclisti sono come ruote, insieme creano un infinito movimento.

E loro dovevano muoversi.

— Dobbiamo andare a riprenderci il diario — esordì Greta.

Anselmo strinse gli occhi, come accecato da un bagliore improvviso. Intorno alla figura minuscola di lei, balenò un'esplosione di fiamme rosse, che si allungavano nel cielo scuro con lingue evanescenti. Era bellissima, come una guerriera furibonda e implacabile con gli occhi colmi della dolcezza delle foglie.

— No, non è il momento — disse riconoscendo il mutamento. — Ora dobbiamo andare altrove.

— Dove? — chiese lei stupita.

— Seguimi.

La massa critica partì con la sua festa di luci e campanelli, Anselmo e Greta sfrecciarono nella direzione opposta.

Una salita mozzafiato s'inerpicava perdendosi nel buio di un bosco di pini marittimi oltre le mura intorno a monte Celio.

Misteriosa e sublime come l'aria che frusciava nei loro polmoni spalancati verso le stelle.

L'aria protegge i suoi messaggeri
e dona loro la visione del vento e il mutamento
sensibile dei colori. Ma chi distoglierà lo sguardo
dal cielo, non potrà leggerlo mai più.

Impossibile

Allora, partiamo? — chiese Sciagalle raggiungendo Lucia a bordo della sua bici. Staccò un braccio dal manubrio per farle posto sulla canna e la invitò a sedersi con il gesto di un antico cortigiano ossequioso. Era proprio buffo.

Alle sue spalle, Greta e Anselmo se ne stavano andando, abbandonando lo sciame della massa critica. Lucia li ammirò per un momento. Si guardavano, di tanto in tanto, e le sembrò di vedere i loro sorrisi anche da lontano. Abbassò gli occhi, un po' triste per sé, ma anche un po' felice per la sua amica. Quando li rialzò vide quelli di Sciagalle. Marroni. Banali. Pieni di promesse.

— Io… vorrei tanto venire — ammise abbracciando quello sguardo. — Ma non posso. Devo andare a casa, è tardi.

Emma annuì, fra poco i suoi sarebbero tornati e loro due dovevano far finta di essere sempre state a casa.

— Ma… — tentò di controbattere Sciagalle. Poi si fermò senza sapere come continuare. — Allora… Ci vediamo domani in ciclofficina? Dobbiamo finire la tua bici.

— Non so se…

— Poi ti porto a bere un cappuccino — azzardò Sciagalle.

Fu presa in contropiede. Cavoli, quello era una specie di… appuntamento. Il suo primo appuntamento. Stava succedendo davvero. D'accordo, non era certo nel luogo più romantico della terra, e neppure con il ragazzo dei suoi sogni, ma era comunque un appuntamento. Sentì le guance infuocarsi per l'emozione. Guardò Emma in cerca di un cenno. Lei alzò le sopracciglia e inclinò la testa come a dire: che cosa aspetti?! Ma Lucia arrossì ancora di più. Aveva evidentemente bisogno d'aiuto.

— Lucia adora il cappuccino, vero Lucia? — intervenne prontamente la sua amica Emma.

— Sì! — trovò finalmente il coraggio di rispondere lei.

Gli occhi marroni di Sciagalle brillarono brevemente. Impossibile. Aveva detto di sì. E adesso?!

— Ti porto al bar… non alla macchinetta. Lo beviamo nella tazza… il cappuccino, cioè non nella plastica… che è tutta un'altra cosa… cioè è migliore — bofonchiò sempre più impacciato. Quel discorso sul cappuccino in tazza, che gli era sempre sembrato divertente, gli apparve immediatamente inutile. Lei lo guardava con il viso di una madonnina di campagna, con tutti quei ricci neri disegnati intorno al viso rotondo come un velo ricamato.

— È vero, è migliore — disse semplicemente lei.

Sciagalle divenne tutto rosso, gli occhi brillarono e gli angoli della bocca raggiunsero il cielo.

— Bene! — concluse Emma prima che quel povero ragazzo prendesse fuoco. — Allora domani una bella colazione non ve la leva nessuno. Ora però dobbiamo veramente andare, ciao, Sciagalle!

— Ciao — salutò Lucia trotterellando dietro alla sua amica con la sensazione di scivolare a due centimetri dal suolo.

Lui la guardò inebetito senza riuscire ad aggiungere altro, la sua proverbiale parlantina completamente estinta. Alzò una mano e l'agitò in aria. Le dita palpitarono come una falena notturna in mezzo al nugolo delle biciclette in partenza.

— È alto.

— Già.

— Molto alto.

— Sì.

Greta valutò attentamente la possibilità di scavalcare il cancello di Villa Celimontana. Le sbarre erano lunghe una decina di metri, correvano verticali una accanto all'altra e terminavano con guglie appuntite. Nessun appiglio per arrivare in cima e un salto spaventoso per atterrare dall'altra parte.

— Non ce la faremo mai.

Anselmo la guardò con le iridi invase dal pallore misterioso della luce lunare e lei si sentì immensa, come l'orizzonte. Strinse un braccio intorno alla sua vita, chiudendo una mano sull'osso sporgente delle anche, con l'altra sfiorò appena le sbarre, puntò un piede contro il cancello e saltò verso l'alto. L'aveva sollevata da terra come fosse una piuma. Greta sentì un vuoto nello stomaco e vide la strada allontanarsi velocemente dai piedi, le loro biciclette legate insieme diventarono piccolissime e le fronde degli alberi sempre più vicine. Poi, d'improvviso tutto si fermò e lei si rese conto che Anselmo era sospeso sopra una guglia, in equilibrio su un piede. Non era possibile, non aveva mai visto nulla di simile, non riusciva ad immaginare come…

— Giurami che non lo dirai mai a nessuno — sussurrò lui interrompendo il flusso dei suoi pensieri.

— Che cosa?

— Abbracciami — le chiese senza rispondere alla domanda

Lei strinse le mani intorno al suo petto, senza chiedere. Poi vide le sue braccia aprirsi, e un miliardo di fiamme esplodere sulla sua schiena. Una lingua di fuoco per ogni messaggio, una sfumatura volatile per ogni momento perfetto. Nere, blu, bianche, rosse, tutti gli oggetti smarriti avevano lasciato la loro scia nella trama ipnotica di quell'incendio di colore. Greta lo vide, sfavillare e propagarsi come un paio d'ali incandescenti. Le ali vibrarono e loro precipitarono dall'altra parte del cancello lievi come foglie che si staccano dai rami. Caddero lentamente, quasi senza accorgersene e, appena toccarono terra, la ali si spensero nel buio del parco.

— Tu... — tremò Greta. — Chi sei?

Lui le mise un dito sulle labbra.

— Shhh.

Sollevò gli occhi al cielo e osservò le cime degli alberi immobili nell'aria.

— Arriva da ponente. Lo senti?

Greta non sentiva nulla. L'aria era immobile ai suoi occhi. Ma non a quelli di Anselmo.

— Ti porto in un posto, vieni.

Camminarono per un viale sassoso ascoltando i loro passi scricchiolare sui ciottoli. Salirono una breve scala di marmo costeggiata da un bosco di palme. La salirono per metà, poi Anselmo abbandonò gli scalini e s'inoltrò tra gli alberi.

— Siamo quasi arrivati.

Greta lo seguì. Si affacciarono su un declivio erboso, inondato dalla luce blu della luna. Proseguirono fino in cima e si sdraiarono nell'erba, l'uno accanto all'altra.

Anselmo chiuse gli occhi e respirò l'odore del prato notturno. Il naso piccolo e il mento rotondo attraversati dal solco morbido delle labbra. Un paesaggio senza precipizi. Le curve del suo volto si susseguivano come colline dove perdersi poco a poco.

Greta avrebbe voluto allungare una mano e toccarlo, per sapere che non era un sogno, che stava accadendo davvero e stava capitando proprio a lei.

Però non lo fece, come se a toccarlo, un sogno, poi magari non c'è più. Sprofondò nel prato accanto a lui e chiuse gli occhi. Sentì la sua mano intrecciarsi alle proprie dita e il calore timido di quel contatto risalire lungo le braccia con un brivido.

— È qui che ho visto il vento per la prima volta — raccontò Anselmo.

— Che… vuoi dire?

Era difficile da spiegare, cercò le parole scrutando le stelle, senza trovarle. Poi un refolo lieve soffiò all'improvviso, frusciando nell'erba come la risposta più opportuna.

— Tieni gli occhi chiusi e respira — disse la voce di Anselmo.

Greta obbedì, sentì il vento sollevarsi lentamente e la sua voce come un soffio tiepido e sicuro, nel respiro imponderabile del cielo. Non sapeva dove l'avrebbe portata ma non le importava. L'avrebbe seguito comunque.

— Adesso è ancora debole ma presto crescerà — continuò Anselmo — e farà girare l'elica di legno davanti alla ciclofficina. Allora sentiremo un fischio acuto. Il segnale.

Greta ricordò quel rumore e Anselmo salire sulla bicicletta con la borsa da postino.

— Quando il vento è abbastanza forte da muovere l'elica, il cielo è pronto a essere decifrato. È in quel momento che salgo in bicicletta e attraverso l'aria, alla ricerca dei messaggi perduti.

Greta pensò alle parole di Lucia, all'inizio le erano sembrate insensate e folli ma ora suonavano in modo molto diverso. Provò un senso di vertigine, come lungo una discesa troppo ripida. Tentò di frenare ma si rese presto conto che non voleva. L'unica cosa che desiderava era la verità e Anselmo gliene fece dono.

— Io non so da dove vengono e neppure chi li ha perduti. Posso vedere due cose soltanto: le scie che conducono a loro e il giorno in cui andranno consegnati. Appare un numero, all'improvviso davanti ai miei occhi, sospeso nel vuoto. Lo devo scrivere subito sul mio diario, prima che svanisca di nuovo.

Fece una pausa e scrutò il volto di Greta, cercando di intuire i suoi pensieri. Lei rimase con gli occhi chiusi, abbandonata alla corrente di quella storia senza senso.

— La prima volta che mi capitò fu spaventoso. Avevo sei anni.

— Eri qui, proprio su questa discesa?

— Sul viale, là sotto. Con mio padre — Anselmo fece una pausa, ponderando quel ricordo ancora così vivido.

— E che cosa hai visto?

— Fiamme. Il cielo si è riempito di fuochi scuri. Poi i colori, divamparono uno dopo l'altro, con la violenza di un uragano e poi un vortice che li risucchiava in un'unica scia.

Quell'immagine si compose istantaneamente sotto le palpebre di Greta come un affresco grandioso e terrificante.

— Scappai tra le braccia di papà, continuavo a piangere. Anche se non vedeva quello che vedevo io, lui cercò di tranquillizzarmi dicendomi che forse tutti quei colori erano un arcobaleno. Un arcobaleno speciale, che potevo vedere solo io e che se l'avessimo seguito avremmo di certo trovato una pentola d'oro invisibile.

Greta sorrise, continuando a tenere gli occhi chiusi.

— Così abbiamo attraversato questa collina e poi la strada e poi tutto il quartiere. Guido camminava di fianco a me, stringendomi la mano. Io non sapevo dove stavo andando ma non potevo fare a meno di andare. Seguii la scia fino a un cartello, appeso sopra un'elica di legno, davanti a un magazzino abbandonato.

— La ciclofficina — indovinò lei sbarrando gli occhi.

— C'era scritto: vendesi. Dopo due settimane l'abbiamo comprata.

I due rimasero a guardarsi qualche istante in silenzio. Il vento sferzò i capelli corti di lei, spettinandola

— Perché mi racconti queste cose? — chiese.

Anselmo le mise una mano sulla guancia e accarezzò il suo zigomo con un dito.

— Noi due non ci siamo incontrati per caso, Greta. Né la

prima volta né tutte le altre. È stato il vento a portarmi da te.

— Io… non capisco.

— Neppure io, all'inizio, capivo. Ho visto una scia e l'ho seguita. Pensavo che dovessi darmi un messaggio, ma eri sempre a mani vuote. C'eri solo tu. Nient'altro.

Ricordò la luce rossa che poco prima era esplosa intorno alla sua figura piccola.

— Oggi ho capito che il messaggio sei tu. Tu sei il primo messaggio per me.

Lo stesso rosso brillò sulle labbra di lei, doveva afferrarlo, morderlo, mangiarlo. Anselmo si sporse verso quel colore irresistibile, a precipizio sull'ignoto. Greta percepì il suo respiro accanto alla bocca, sfiorare la pelle increspata di un bacio. Precipitò verso di lui, lungo una discesa infinita. Come quel giorno, sotto la pioggia, la prima volta che lo vide, lui aveva detto qualcosa. Non ricordava cosa. C'era stato un tuono. E ora, il suo schianto scoppiò nel petto di Greta. E ora la discesa non faceva più paura. Cadere, ancora più in basso, fino in fondo, e planare sulle sue labbra. Sprofondò in quel bacio, sentì le mani di lui scivolare sulle guance e poi sul collo e il sapore inatteso della sua bocca. Umido, tiepido come certe mattine accanto al mare.

Una raffica violenta si schiantò all'improvviso fra loro, sollevando un turbine di polvere che li costrinse ad allontanarsi da quel momento perfetto. Si guardarono increduli, senza capire che cosa stesse capitando. Poi le pupille di Anselmo ebbero un guizzo.

— Hai visto una scia? — intuì Greta.

Anselmo annuì. Lei si voltò, ma non riuscì a scorgere niente. Tornò a scrutate Anselmo.

— Voglio vederla anche io.

— Non sono sicuro che sia possibile…

— Insegnami.

Aveva gli occhi fissi e le labbra tese in un sorriso stretto. Non avrebbe accettato nessun'altra risposta che un sì.

— Sì — disse lui. Forse era proprio per questo che Greta era entrata nella sua vita.

— Andiamo, allora! — scattò in piedi lei. Gli prese la mano e lo trascinò in una corsa a perdifiato giù per il declivio erboso. Attraversarono con un salto il viale di sassi e non smisero di correre neppure quando arrivarono davanti al cancello. Greta vide la schiena d'Anselmo incendiarsi e afferrò il suo petto, in una morsa stretta ed euforica. Si sollevarono oltre le sbarre appuntite. Tre passi sospesi a mezz'aria e si ritrovarono fuori dal parco.

Le fiamme si spensero appena toccarono il suolo, e il vento salì ancora. Anselmo scandagliò il cielo e puntò un dito verso la sagoma scura di un palazzo con il tetto affollato di antenne.

— Guarda, è lì.

— Dove?

— Tra le antenne.

— Di che colore è?

— Gialla.

Gialla per asciugare le lacrime, ricordò Greta. Si voltò ma non vide nulla.

— Strano. È molto tenue. Non avevo mai visto una traccia così debole… Dobbiamo seguirla, prima che scompaia.

Greta non aspettava altro, corse a slegare la bici, pronta a inseguire il vento. Poi salirono in sella, puntando le ruote nella stessa direzione.

— Il segreto è nel respiro — le disse. — Non devi dimenticarti di respirare. È così che il vento ci parla e ci racconta la nostra storia, giorno dopo giorno, per tutta la vita. Respirare è la prima cosa che facciamo, nascendo, e l'ultima prima di morire. Così semplice che sembra niente. E invece è tutto.

Greta vide il petto di Anselmo gonfiarsi d'aria e respirò con lui. Rimasero sospesi nel piccolo momento tra il fiato che entra e quello che esce, vagando l'uno negli occhi dell'altra in ascolto di un silenzio gonfio di tutte le storie che non si erano ancora raccontati e di tutte quelle che dovevano ancora accadere. Era un luogo nuovo, inondato di stupore e meraviglia. Così vivido da esistere al di là dei loro occhi e riflettersi in tutte le cose d'intorno. Era nella strada, nell'erba e nelle stelle. Era nell'aria. Volsero gli occhi al cielo e spinsero i piedi sui pedali nello stesso momento. Le biciclette scivolarono docili tra le raffiche imprevedibili, e due respiri suonarono sincronici con la stessa, impossibile vibrazione.

Il volo della rondine

Innocence is what he knows.

Beauty is what she sees.

Edward Scissorshands, Tim Burton

Fuori luogo

Che cos'è questa specie di fretta che hanno le mani di stringere qualcuno? Le gambe di andare altrove? Gli occhi di posarsi dentro altri occhi? Greta la sentiva nella gola, premere sul collo come l'apnea e diventare sempre più acuta, quasi dolorosa. Senza riuscire a spiegarsi né sciogliersi, come una parola che non sapeva dire.

— Bianchi interrogata — disse una voce lontana mille miglia. E di colpo Greta realizzò di trovarsi in classe, che l'ora di letteratura era quasi finita e che lei non aveva ascoltato una sola parola, scatenando l'ira vendicatrice della perfida professoressa Moretti.

— Allora, di che cosa abbiamo parlato stamattina? — domandò aprendo il registro.

Greta abbassò lo sguardo e ancorò i piedi alla sedia, come faceva sempre in queste situazioni. La Moretti sbuffò:

— Dimmi almeno il nome dell'opera che abbiamo letto e ti prometto che non ti darò un altro zero.

Zero, non c'era nessuna traccia della lezione di oggi nei suoi ricordi. Emma se ne accorse immediatamente, fece calare la cortina rossa dei suoi capelli sul volto e sussurrò:

— L'*Odissea*.

— L'*Odissea* — ripeté Greta.

La Moretti osservò le due amiche con uno sguardo affranto, a metà fra la pietà e il disprezzo più profondo.

— Bene. Hai risposto a una domanda in maniera corretta quindi ti sei meritata un punto.

Scrisse 1 sul registro e chiuse la questione velocemente, per dedicarsi a massacrare con più agio Emma Kildare.

— Kildare, mi è sembrato di capire che l'argomento di oggi ti sia rimasto particolarmente impresso.

— Sì, professoressa.

— Sapresti allora parlarci di quel particolare sentimento espresso da Omero durante il viaggio di ritorno di Ulisse verso Itaca? Dovrebbe essere facile per te che hai vissuto in così tanti posti diversi del mondo. Forse anche tu a volte ti sarai sentita... fuori luogo.

Lo disse con un tono crudele, con il preciso scopo di metterla in difficoltà con una domanda difficile e un tema delicato, ma Emma non colse la provocazione. Spostò il ciuffo di capelli con un gesto elegante della mano, diede un'occhiata ai suoi appunti e iniziò a rispondere come un'annunciatrice televisiva:

— Si chiama nostalgia. In greco antico significa dolore per il ritorno. È la sofferenza provocata dal desiderio di tornare a casa. Il dolore di viaggiare. Se Ulisse non avesse sentito la nostalgia, probabilmente si sarebbe fermato su una delle dodici isole che incontrò sulla via verso casa. Ma sapeva che in questo modo non sarebbe mai stato felice.

Chiuse così, bruscamente, e piantò due occhi arroganti in quelli della prof, che fu costretta a darle otto.

— Mi meritavo nove — si lamentò quando furono fuori dalla classe.

— Io ti avrei dato dieci! — rincarò Lucia trotterellando giù dalla scalinata davanti alla scuola. Greta invece non disse nulla, corse verso la sua bicicletta e la slegò rapidamente.

— Sei di fretta? — le domandò Emma.

— Veramente no. Solo che... — Non riuscì a dire altro. Saltò sulla bici e le guardò come a chiedere loro il permesso di andarsene e basta.

Le due amiche si strinsero nelle spalle, ormai sapevano che c'erano momenti in cui Greta doveva pedalare e che questo era uno di quelli.

— Ci sentiamo nel pomeriggio... ci devi ancora raccontare tutto! — sorrise Emma complice.

Anche Greta sorrise.

— Sì — fece per partire, ma poi si fermò per dire una cosa importante: — Grazie...

Lucia ed Emma la osservarono alzarsi in piedi sui pedali sfuggendo nel vento che iniziava a spirare sempre più impetuoso.

Due minuti dopo Greta era sul lungo Tevere, col fiato corto e un tamburo vibrante in mezzo al petto. Batteva forte, ma non era soltanto per la fatica. Come se il cuore, lontano da un cuore gemello, dovesse battere di più, per farsi sentire. La gola si sciolse, nella parola che aveva cercato per tutte queste ore: nostalgia. Frenò dolcemente e accostò Merlina all'argine del fiume. Prese il cellulare e scrisse un messaggio ad Anselmo.

MI MANCHI.

C'era scritto così sullo schermo del cellulare. E l'aveva scritto Greta. Solo due parole. Niente firma. Niente faccette. Niente punti esclamativi. Ma era abbastanza per far balzare un singulto tra i respiri di Anselmo. Le sue dita scattarono sulla tastiera del cellulare.

VIENI DA ME.

Invia Messaggio. Aspetta.

Il cuore come un metronomo che scandisce la musica dell'attesa.

Aspetta.

Gli occhi stupefatti di spazio, tutto quello che li separa dagli occhi di lei.

Aspetta.

La pulsazione che cresce perché sta correndo verso una cosa più grande di sé. Una cosa che si chiama noi.

Aspetta.

Poi, lei arriva. Calda di sole e fresca di vento. Scende dai pedali e lo abbraccia. E lui appoggia un palmo sulla schiena piccola. Le dita tra le costole. Accarezzano le ossa e s'intrecciano a culla, per dondolarla nell'unico luogo dove ognuno di loro desidera fermarsi. Il viaggio non duole più perché trova una sponda. Casa.

L'elica davanti alla ciclofficina sibilò annunciando una nuova raffica di vento. Anselmo schiuse gli occhi lentamente, come dopo un bel sogno, e sollevò la testa scostandola piano da quella di Greta.

— Di che colore è? — domandò lei.

— Gialla.

— È quella dell'altra notte?

L'altra notte era tre giorni fa. Anselmo aveva inseguito una scia rossa e aveva trovato un bacio, posato sul viso di Greta. L'aveva afferrato con un altro bacio, ma era arrivata quella luce gialla, inattesa e stupefacente. Lei gli aveva chiesto di insegnarle a vederla, di vedere con gli occhi di lui e lui aveva detto sì. Poi qualcosa era successo nell'aria. Il vento si era zittito e la scia era scomparsa. Anselmo aveva perso il filo del messaggio, gli era scivolato via. Si era preoccupato, ma non aveva detto niente, aveva fatto finta che fosse già successo, che fosse normale, che poi tutto sarebbe tornato come prima. Greta gli aveva creduto. Nelle ultime ore, aveva visto accadere cose impossibili, davanti alle quali le parole di Anselmo le parevano più che ragionevoli. Quella era stata l'ultima notte di vento. E nessuno di loro aveva più parlato della scia gialla, complici di un silenzio misterioso cui il cielo faceva eco senza rumore. Fino a oggi.

Il segnale divenne più acuto e il vento tagliò il rettangolo d'azzurro oltre la grande vetrata con un segno netto, del colore del sole.

— Dev'essere lei. Quella dell'altra notte — annuì Anselmo.

Sembrava sollevato, felice che il cielo fosse tornato a parlargli, come prima. Quando Greta non c'era.

Lei gli prese una mano e strinse forte: — Seguiamola!

I due montarono subito in bicicletta e scivolarono silenziosamente in strada. Anselmo davanti a segnare il percorso, con gli occhi fissi al cielo. Greta al seguito ad osservare i colpi scostanti dei suoi pedali per capire la direzione e lasciarsi portare da una traiettoria invisibile. Poi, all'improvviso, una macchina tagliò la strada ad Anselmo che fu costretto a inchiodare. Greta lo superò e invase la visuale davanti a lui con la sua sagoma esile. E, in quel momento, qualcosa nel cielo mutò. Come quel giorno di tanti anni fa, quando l'orizzonte si era riempito di fiamme e lui aveva visto le scie di luce per la prima volta, ma oggi nel cielo c'era solo Greta. Riempiva tutto lo spazio, immobile nel panorama, in attesa di capire dove andare.

— Anselmo? Tutto bene? — gli chiese.

Lui osservò preoccupato la traccia gialla alle spalle della ragazza. Stava diventando una linea sottile, inghiottita dalla luce di lei. Ora era nebbia e poi svanì. Non c'era più. La via verso un nuovo messaggio era evaporata nel nulla.

— Che cosa succede? — domandò Greta.

Anselmo scrutò in alto spaesato, il vento continuava a soffiare ma il firmamento rimaneva muto ai suoi occhi, un deserto monotono, senza colori a indicare la direzione di un nuovo messaggio perduto. Non capiva. Non era mai successo prima di oggi. Non sapeva più dove andare.

Rimase fermo. Respirò, cercando nell'aria un indizio del destino, ma trovò soltanto le labbra di lei, una nuvola purpurea distesa nel bagliore evanescente del pomeriggio.

— Anselmo? — chiamarono quelle labbra.

Greta si era avvicinata. L'orizzonte di nuovo sgombro. Qualcosa vacillò in fondo alla strada, tremando accanto a una finestra. La scia. Era ricomparsa, ma era debole, incerta, un fantasma.

— Non è niente — sperò, — vieni.

Imboccarono una discesa guidati dal fulgore intermittente di quel segnale. Le bici presero velocità e l'ebbrezza del declivio sbaragliò per un momento le preoccupazioni di Anselmo, ma fu soltanto un istante. Le dita afferrarono i freni e si strinsero nel tentativo di strozzare un pensiero spaventoso. Quando aveva distolto lo sguardo dal cielo per guardare Greta, la scia era scomparsa. Come in uno degli appunti che qualche giorno fa aveva scritto sul suo diario ispirato da un pensiero che ancora non aveva compreso.

— L'aria protegge i suoi messaggeri e dona loro la visione del vento e il mutamento sensibile dei colori. Ma chi distoglierà lo sguardo dal cielo non potrà leggerlo mai più — ricordò in un sussurro.

E, per la prima volta nella sua vita, la discesa gli fece paura. Strinse i freni e rallentò. Niente. La scia non c'era più. Neppure il pallido bagliore di prima. Decise che sarebbe arrivato comunque alla fine della discesa. Poi avrebbe deciso che cosa fare. Forse poteva confidarsi con Greta, forse lei era lì per cose come questa. I segreti, le confidenze. Cose che richiedono un ritmo più lento di quello imposto dalla discesa. Spinse i freni più a fondo e aspettò che la ragazza lo raggiungesse:

— Greta...

— Dimmi.

Lo guardò seria. Negli occhi l'ombra verde di un bosco. Lui si rifugiò in quel colore.

— Ascolta... io...

Un motore rombò alle loro spalle.

Greta si voltò di scatto e il verde fu travolto da una

chiazza nera. Una moto li affiancò, stringendoli verso il marciapiedi e obbligandoli a fermarsi a bordo strada. Emiliano fece scattare la visiera del suo casco e inchiodò due occhi feroci in quelli di Anselmo: — Dove l'hai trovata?

Non era una domanda. Era una minaccia, dell'animale che ringhia quando il suo territorio viene profanato. Anselmo si parò davanti a Greta, rispondendo con un'altra domanda mancata.

— Che cosa?

— La spilla.

Anselmo non sapeva di che cosa parlasse.

— Era dentro il sacchetto — fremette Emiliano.

Era certo che quel ragazzo conoscesse il contenuto del pacco che gli aveva consegnato tre giorni fa, davanti al Colosseo. Ma il suo sguardo incerto gli fece capire che si sbagliava. E lui detestava commettere errori.

— Quindi in quel sacchetto c'era una spilla — confermò Anselmo.

Emiliano scese dalla moto. Ora era a un soffio dal viso del suo rivale e pretendeva una risposta.

— Dove l'hai trovata?

— Su un autobus. Qualcuno l'ha dimenticata sotto il sedile.

— Mi prendi per il culo?

Questa invece era una domanda, ma qualunque risposta sarebbe stata quella sbagliata.

— Vattene, ti ha già detto quello che sa — intervenne Greta.

Emiliano non la guardò neppure. Non esisteva. Continuò a fissare Anselmo, in attesa.

— L'ho trovata il giorno prima di incontrarti — spiegò il ciclista. — Non so chi l'ha lasciata lì.

Stava dicendo la verità, lo sapeva. Ma Emiliano non era alla ricerca di risposte sincere. Voleva un colpevole. E poi voleva punirlo. Strinse un pugno. Sentì le ossa del pollice scoccare come un proiettile. I tendini dei polsi irrigidirsi fino al gomito e la detonazione di un nervo assopito alla base del cranio. Greta vide l'esplosione accendere il nero delle iridi di quel ragazzo e la riconobbe.

Ira.

Non è rabbia, non è figlia del torto o dell'insulto. È la madre. Non accade perché qualcuno fa qualcosa, dice qualcosa, al contrario, qualunque cosa accada lei è lì. È una bomba già innescata, distruggerà con certezza tutto quello che ha intorno. Ma fino a quando non scoppia, puoi lanciarla lontano da te. Distante. Il più possibile.

Il pugno di Emiliano scattò all'indietro, insieme a una gamba, tutto il suo corpo era pronto per colpire. Scaricare l'insulto e il torto di un tempo che non era adesso, su un uomo che non era colpevole. Ma dietro quell'uomo c'era Greta.

Si lanciò a braccia tese contro Emiliano, lo colpì con i palmi aperti in mezzo al petto e lo spinse via. Distante. Il più possibile.

— Te ne devi andare.

Emiliano abbassò il pugno, ma non si mosse di un solo millimetro.

— Non mi devi toccare. Tu non devi toccarmi — sibilò guardandola con disprezzo.

Greta scattò di nuovo contro di lui, come se non avesse parlato neppure, ma un braccio le cinse i fianchi trascinandola indietro.

— Basta. State calmi — disse la voce di Anselmo.

La sentì scivolare sulla schiena come una carezza.

Emiliano invece sentì le dita della mano stendersi, i tendini sciogliersi, il nervo alla base del cranio piombare nel suo rifugio tra le vertebre. Picchiare Greta era un'idea pessima. Poteva fare qualcosa di più crudele.

Tese un braccio come una spada verso Anselmo, le dita allungate in segno di tregua.

— Scopri chi ha perso la spilla e ti ridarò il tuo diario.

Era un patto.

Anselmo chinò la testa di lato, ostile al compromesso.

Greta si zittì, sentiva ancora la responsabilità del furto, anche se non ne aveva colpa.

— Ridammi il diario e scoprirò chi l'ha persa — rilanciò Anselmo.

— No.

Greta afferrò Anselmo per un braccio e lo scongiurò con gli occhi: venire a patti con quel ragazzo era molto pericoloso. Lei lo sapeva, ma sapeva anche che Anselmo doveva riavere il suo diario e riportarlo in un luogo sicu-

ro. Per farlo non c'era altra strada che quella mano tesa.
E lui la strinse.

— Ti senti bene, Lucia? — chiese Emma vedendo la sua amica camminare goffa verso la fermata dell'autobus.

— Sì, è solo che mi fa male il…

Sulle sue guance comparve un timido rossore.

— Che cosa?

— Qui, dietro — bisbigliò Lucia indicando lo sbuffo rotondo della gonna in fondo alla propria schiena.

— Il sedere.

— Proprio lui…

— Non ti è ancora passato?!

— Prova a stare tu seduta due ore sulla canna di una bici da cross!

— Eppure tra le braccia di Sciagalle avevi una faccia così felice…

Il rossore delle guance invase tutto il viso.

— Be', sì. È stato un sogno. A un certo punto siamo arrivati su una strada enorme, una specie di ponte a quattro corsie, di quelle dove le macchine vanno veloci e al mattino il traffico è bloccato. C'eravamo solo noi ciclisti, tutte le macchine ferme sotto e Roma che luccicava sullo sfondo.

Sembrava di essere in un'altra città, più bella.

— Guardati. Sei cotta!

— Non è vero! È solo che...

— Che cosa?

Lucia provò a rispondere a tono, ma si rese conto che non aveva la minima idea di quale fosse il tono giusto. Quindi tentò di cambiare discorso: — La prossima volta che ci sarà la critical mass, vado con la mia bici, che sto più comoda.

— Quindi hai intenzione di rivederlo.

Tentativo inutile. Non si poteva cambiare discorso se Emma Kildare non voleva cambiare discorso. Lucia annuì rassegnata: — Non lo so, magari però...

— Ma non dovevate vedervi per colazione?

— Non sono andata...

— Perché?

— Perché la domenica mattina è l'unico giorno in cui possiamo fare colazione tutti insieme, in famiglia. Mio papà ci tiene tanto. E poi la mamma aveva fatto la crostata di visciole e...

— Hai fatto bene! — la interruppe Emma. — Meglio tenerli sulle spine all'inizio.

— Chi? Mamma e papà?

— Ma no! Gli uomini.

Lucia la scrutò contrariata, mentre le sue sopracciglia si trasformavano in due punti di domanda.

— Devi lasciarti desiderare — spiegò Emma. — Agli

uomini piacciono le sfide e tu devi diventare il loro trofeo più ambito.

Un trofeo.

Lucia pensò subito a una coppa che aveva vinto a un torneo di bocce, sulla spiaggia di Ostia, insieme a suo nonno. Sulla targa c'era scritto: nonno dell'anno. E poi l'anno: 2008. Il nipote non veniva neppure citato. Come se fosse merito del nonno avere un nipote campione di bocce. Era una piccola coppa dorata fissata su una base di plastica marmorizzata. Dopo un breve momento di entusiasmo, era rimasta a prendere la polvere per qualche mese sulla mensola della sua cameretta, trasformandosi subito dopo in un porta mollette, in esilio nell'armadio dei detersivi. Non le sembrava un destino molto affascinante...

— E comunque — continuò Emma interrompendo i suoi pensieri — anche dopo, non devi mai essere troppo...

Afferrò una ciocca dei suoi capelli rossi torcendola fra le dita alla ricerca della parola giusta.

— Troppo cosa?

Emma rimase in silenzio cercando il modo più facile per spiegare una questione tanto delicata:

— ... troppo Lucia!

— Mai essere troppo Lucia — ripeté Lucia fra sé.

Le sembrò un concetto oscuro e, per questo, pieno di saggezza. Doveva farne tesoro. Prima o poi queste parole le sarebbero servite.

— Va bene, ci proverò.

— E ci riuscirai — sorrise Emma fiera di aver dato un buon suggerimento alla sua goffa amica.

Nel frattempo erano arrivate alla fermata. Di solito tornavano a casa a piedi, ma oggi non era davvero il caso di camminare. Per ogni passo che faceva, Lucia sentiva il retro delle cosce pulsare dolorosamente e una morsa stretta lungo tutti i muscoli della schiena.

Si fermarono sotto il palo della tabella degli orari.

— Per prima cosa devo avere una bici tutta mia! — sentenziò Lucia. — Così, invece di stare seduta su quel maledetto tubo… mi farò desiderare!

— Esatto — approvò Emma.

— Anzi, sai una cosa?

— Cosa?

— Finisco di riparare quella che abbiamo portato in ciclofficina!

Il sorriso volò via dal volto di Emma.

Non appena sentì quella frase, cambiò espressione.

— Che c'è?

— Niente.

Lucia rimase qualche istante in silenzio. Sapeva esattamente che cosa stava pensando Emma, ma non sapeva che cosa dire. Arricciò la bocca all'ingiù, in una smorfia triste.

— Hai paura di incontrare di nuovo quelli con le moto?

Paura, no. Un sentimento più sottile e profondo, come il taglio della catenina d'oro che le era stata strappata dal collo. Era ancora lì. Bruciava. Non dava l'idea che sarebbe guarito presto. E invece Emma avrebbe voluto che non ci fosse già più. Come se non fosse mai successo niente, come se le mani di quei ragazzi non l'avessero mai neppure sfiorata. Era un impulso così violento che, all'improvviso, travolse il ricordo ostile di quell'aggressione lasciando al suo posto un gelido senso di vuoto. In quel luogo disabitato s'infilò un ghigno superbo, qualcosa che Lucia non aveva mai visto sul viso della sua amica e che non le sembrò per niente bello.

— No, figurati — mentì Emma. — È solo che mia madre mi ha iscritto a un corso di pilates e non vorrei saltare proprio le prime lezioni.

Lucia rimase ad osservare quella nuova espressione senza trovare una chiave per decifrarla. Ebbe la sensazione concreta che la sua amica fosse scomparsa e che al suo posto, adesso, ci fosse la maschera della faccia di Emma Kildare.

— Devi andare — disse la maschera voltandosi verso la strada.

L'autobus era arrivato e aveva aperto le porte ma Lucia non si era accorta di niente.

— È vero. Vado — disse arrampicandosi sugli scalini senza voltarle le spalle.

Lo fece Emma. Girò i tacchi e s'incamminò rapida verso la via di casa, seguita dall'onda rossa dei suoi capelli a scandire il movimento languido delle lunghe gambe pallide.

Un segno

Alle ore dodici e dieci di un giorno senza vento, Guido uscì da uno sterminato negozio di elettrodomestici con una scatola di cartone grande come un desiderio. Ci aveva messo due ore per sceglierlo e non erano state ore piacevoli. Non capiva come la gente potesse passare intere giornate chiusa in quei posti passeggiando tra scaffali ingombri di plastica e acciaio inossidabile tra le luci artificiali di pareti senza cielo. Non gli piacevano i centri commerciali e non gli piacevano le cose nuove. Cose che non andavano riparate, curate e restituite all'uso dopo anni di oblio. Erano solo oggetti, senza una storia da raccontare. L'unica cosa che l'aveva convinto ad addentrarsi nella selva di vetrine allineate era stata la musica.

— Con queste casse sentirai perfino il respiro del pianista — gli aveva detto Sciagalle.

Guido aveva pensato alla sua vecchia radio. Aveva un modo tutto suo di suonare, i bassi s'inabissavano in uno stagno torbido, ottusi dalla polvere e dalla profondità; le note più acute stridevano ed evaporavano nell'empireo degli ultrasuoni, fino a diventare quasi mute. E il respiro del pianista era del tutto assente. Come se la musica si producesse da sola, senza musicisti. Quella radio, però, non c'era più. Era stata distrutta da ignoti, gli stessi che avevano devastato la ciclofficina. Denunciarli non era servito a niente, lui sapeva chi erano, conosceva i loro nomi e avrebbe potuto cercarli per le vie del Corviale e parlare con loro ma non sarebbe stato giusto. Non era così che doveva funzionare questo ingranaggio: ruote più grandi fanno girare ruote più piccole trasmettendo il movimento.

Lui era la ruota grande, loro quelle piccole, la giustizia il moto. Loro erano dei piccoli prepotenti e il loro moto violento avrebbe distrutto il meccanismo.

Lui invece aveva costruito un posto pacifico in un quartiere difficile. E aveva funzionato. Il Corviale era anche questo adesso, bastava guardare i due ragazzi che già l'aspettavano davanti alla ciclofficina. Persone felici di essere lì, che non desideravano distruggere nulla, al contrario, volevano riparare molte cose. C'era solo bisogno di tempo, il ritmo giusto fra respiro e movimento, come in bicicletta, come nella musica. E per ascoltare nuova musica, Guido scartò il suo desiderio: — Una radio nuova! — festeggiò Sciagalle. — Hai comprato quella che ti avevo detto.

Lo disse con orgoglio e gratitudine. Quasi stupito.

— Per il respiro del pianista — annuì Guido.

— Che significa? — domandò Lucia.

Guido le sorrise tra i baffi grigi e neri: — Ora lo ascoltiamo.

Sfilò la radio dal pacco e rimase in piedi senza sapere dove appoggiarla. Sciagalle afferrò la scatola e la mise accanto al divano rosso ciliegia che costituiva, ancora per poco, l'unico elemento di arredamento del nuovo salotto dei ciclisti.

— Poi ti rimedio un mobiletto — promise il ragazzo.

Guido annuì, e posò la radio sul cartone. Lucia e Sciagalle fecero cerchio intorno all'apparecchio mentre l'uomo scompariva alle loro spalle alla ricerca di una prolunga.

— Pensavo non tornassi più — disse Sciagalle tenendo gli occhi fissi sulla manopola del volume.

— Ho... avuto da fare — mentì Lucia ricordando la lezione di Emma: farsi desiderare, ma neppure lei ebbe il coraggio di guardarlo negli occhi.

— Vuoi vedere la tua bici?

Ecco sì, meglio parlare della bici.

— Ho finito di togliere la ruggine mentre non c'eri.

Che gesto carino, nessuno aveva mai fatto una cosa così carina per lei. Al massimo suo papà, ma quello non vale.

— Cavoli! — si lasciò sfuggire Lucia.

E insieme a quella parola anche i suoi occhi scapparono verso quelli del ragazzo.

— Adesso dobbiamo solo decidere come dipingerla — fece lui ricambiando lo sguardo. — Sai, io avevo pensato a due possibilità. Però se non ti piace nessuna delle due dimmelo. Ecco… io m'immaginavo che magari ti potevano piacere le pallette… ne dipingo un bel mucchio, tutte colorate, ma magari preferisci i fiori… però quali fiori? Rose, margherite, violette…

— Mi piace! — lo interruppe lei prima che le due possibilità diventassero duemila.

Lui le lanciò un'occhiata di sguincio: — I fiori o le pallette?

— Tutti e due.

— Fiori e pallette… — rimuginò lui.

Fissò le tempie candide della sua musa e una corona di petali sbocciò fra i riccioli neri a cingerle il capo, leggeri come piume. Lambirono le guance rotonde e una cascata di germogli spirò lungo il collo nudo. Aveva già visto quell'immagine. Qualcuno l'aveva dipinta prima che i suoi occhi la tratteggiassero sul volto di lei.

— Alphonse Mucha — realizzò.

— Che cosa?

Sciagalle non rispose, ma non smise neppure di guardarla, rapito dall'estro di quella visione.

— Vedrai!

— Che cosa vedrò?!

— Ti faccio una bicicletta liberty!

Punti di domanda al posto delle sopracciglia.

— Il liberty... hai presente?

Non aveva presente.

— Ci stanno tanti fiori, fiori dappertutto e pure le pallette. Meno però. Più fiori che pallette.

Sopracciglia ritorte e un ondeggiamento sospetto del cranio. Doveva giocarsi il tutto per tutto!

— E poi donne come te.

— Cioè?

Sciagalle mise le mani a coppa e disegnò una sfera.

Sopracciglia piane. Sguardo scandalizzato. Un tremore inequivocabile agli angoli della bocca.

— Intendevo dire... — bofonchiò lui imbarazzato.

Fece un respiro profondo e sparò tutto d'un fiato:

— Ovale perfetto, labbra piccole, incarnato diafano, occhi di zucchero.

Un sorriso si affacciò sul volto ovale e diafano di Lucia: — Mi sembra bello questo liberty.

— Anche a me — sospirò lui. — Molto.

Rimase a contemplare le labbra piccole e quegli occhi dove sembrava davvero brillare un lago di zucchero. Adesso avrebbe dovuto baciarla.

Sì. Adesso. Baciarla.

Ma naufragò nello zucchero.

La voce di un soprano echeggiò in lontananza, come

un coro di angeli. Pensò facesse parte della visione liberty, come uno dei fiori o delle pallette. E invece era Maria Callas.

Fior di giaggiolo,
gli angeli belli stanno a mille in cielo,
ma bello come lui ce n'è uno solo.

— La *Cavalleria rusticana*! — esultò Guido avvicinandosi al ciclista pittore.

Doveva aver trovato quella prolunga e acceso la radio nuova. Il canto della Divina fu il primo suono che attraversò i suoi amplificatori. Riverberò intorno come rugiada, che si posa su ogni cosa per annunciare il prodigio azzurro del mattino. L'uomo rimase in ascolto di quel suono purissimo. Conosceva l'opera di Mascagni quasi a memoria, poteva scandire l'attacco di ogni strumento come un maestro d'orchestra, ma oggi percepì melodie che non aveva mai udito, il solfeggio cristallino di voci che si erano perdute nell'impasto sonoro della sua vecchia radio. E riconobbe una musica nuova.

Anche Lucia la riconobbe, sebbene non l'avesse mai sentita. E fu un'emozione così grande che non riuscì a trattenerla: — È un segno! — esultò guardando Guido con gli occhi in festa.

— Perché? Che segno? — domandò Sciagalle.

— Gli angeli, no?!

Guido le lanciò un'occhiata severa, che diceva di tacere

e di farlo subito. Lucia si rese conto di aver parlato troppo. Per fortuna il suo amico era più svampito di lei: — Vuoi che dipinga gli angeli sulla tua bici?

—Sì! Infatti... — colse lei al balzo.

— Insieme ai fiori e alle pallette?

— Sì! Sì!

— Ma non sarà un po' troppo?

— Sarà un capolavoro...

Sciagalle sorrise lusingato. Scattò sull'attenti come un soldato obbediente. Marciò verso il suo esercito di pennelli e colori e si mise immediatamente all'opera.

Lucia gli fu subito accanto.

Maria Callas, alla radio, prese un rapido, profondo respiro prima di invocare per l'ultima volta il suo angelo, il più bello fra i mille del cielo; e Guido sentì il fiato che precede il canto soffiare limpido nell'aria.

— Emma. Mi devi aiutare.

La voce di Greta suonò sommessa e dolce. Come quella di una bambina timida.

— Soltanto se mi racconti tutto quello che hai combinato con Anselmo — rispose Emma alzando il volume del cellulare per non perdersi nessun dettaglio. — Guarda che non puoi sparire così. Non è gentile e neppure molto elegante...

L'eleganza non era una questione di cui Greta Bianchi si fosse mai occupata, in quanto alla gentilezza:

— No — rispose tornando al suo solito tono duro.

Poi la voce cambiò ancora, barcollando come qualcosa che sta per cadere e infrangersi:

— Magari poi... non adesso.

— Greta, stai bene?

Sospiro. Breve silenzio.

— Io sì. Cioè non lo so.

— È successo qualcosa?

— No, niente. Non ancora almeno.

Era strano sentirla così. Fragile.

— Possiamo vederci, se vuoi — propose Emma.

— Sì. Vengo da te.

— In bici?

— No, con l'aereo invisibile. — La situazione non era così grave se Greta riusciva ancora a dare una risposta antipatica.

— Sono lì fra mezz'ora.

— Va bene, i miei non ci sono. Avremo la nostra privacy.

Greta pensò che in un appartamento sterminato come quello della sua ricca amica sarebbe stato più difficile incontrare qualcuno che evitarlo.

— A dopo, darling.

Darling chiuse la telefonata senza aggiungere altro e spinse sui pedali con il cuore in gola. Emma era la sua unica risorsa.

Proprio lei, che usava parole come "privacy," "shopping" e, da qualche giorno, "darling". Era entrato nel suo vocabolario a tradimento, come uno starnuto a metà di una frase. Emma lo diceva in continuazione, quasi fosse davvero una specie di virus. Ora che Lucia aveva smesso di dire "cavoli", Emma aveva attaccato con "darling". Fastidio. Queste cose le davano un profondo senso di fastidio. La facevano innervosire in maniera imprevedibile e inopinabile. Non sapeva perché, le succedeva e basta. E quando si sentiva così l'unico modo di tornare a respirare era mettersi in sella a Merlina e macinare le ossessioni verbali delle sue amiche nell'ingranaggio silenzioso dei pedali. Ma oggi no. Per quanto pedalasse, il fiato rimaneva strozzato nella gola e i pensieri inceppati in un ingranaggio che si rifiutava di scorrere. Doveva parlare con qualcuno, qualcuno che l'aiutasse a fare qualcosa. Che cosa? Non ne aveva idea ma ci voleva un piano d'azione. Ci voleva Emma.

— Allora, che cosa è successo? — chiese l'amica, accogliendola nell'ampio corridoio in vestaglia di lino.

Greta saltò i convenevoli e puntò al cuore: — Anselmo ha fatto un patto con Emiliano e io ho paura che gli succeda qualcosa di brutto.

Emma sorrise con mezza bocca: — Andiamo a parlarne di là?

Greta annuì e la seguì in cucina ma non smise di parlare: — Se Anselmo vuole indietro il suo diario deve dirgli come ha trovato il pacco che gli ha consegnato al Colosseo.

Emma aprì il frigo lasciando scorrere lo sguardo su un reggimento di provviste biologiche ed equosolidali.

— Ti va uno yogurt?

— No.

Chiuse il frigo e aprì il congelatore.

— Gelato?

— No. Il problema è che lui non sa niente di quel pacco — continuò Greta avvicinandosi alla sua amica. — Non sapeva neppure che cosa c'era dentro. Ne sono sicura. Quando Emiliano gliel'ha detto ha fatto una faccia...

— Che cosa c'era dentro? — domandò Emma distraendosi un istante dalle vaschette di gelato senza colesterolo di casa Kildare.

— Una spilla.

— Bella?

— Non lo so.

— *Mmm* — mugugnò tornando alla scelta della merenda. — Il problema è che la vaniglia ha lo stesso sapore del polistirolo e il cioccolato sa di cartone. Aspetta, mia madre ha preso anche il pistacchio questa volta. Bella scelta, praticamente è come mangiare cucchiaiate di detersivo per i piatti... Sicura che non ne vuoi?

Greta picchiò un palmo sullo sportello del congelatore e lo chiuse con uno schianto.

— Ehi, che c'è? — trasalì Emma.

— Non mi stai ascoltando.

— Sì che ti ascolto, è che non riesco a capire che cosa

vuoi da me. Ti ho aiutato a conquistare Anselmo, mica posso fare tutto io.

— Emma, che cos'hai?

— Ma niente.

— Non è vero.

— Senti, ci conosciamo da un mese. Non credo che tu possa sapere meglio di me come sto.

— Non è stato un mese come gli altri.

Emma si zittì, cercando una risposta che chiudesse la conversazione.

Ma non c'era.

Greta le si sedette accanto: — È stato più difficile degli altri, vero?

Silenzio.

— Senti, non ti sto chiedendo di tornare in quel posto, so che non vuoi.

Emma si voltò a guardarla, stupita che l'amica avesse indovinato i suoi pensieri così precisamente.

— Ti chiedo soltanto di aiutarmi a scoprire la storia di quella spilla. È l'unico modo per avere il diario e io non so da che parte cominciare.

Un altro mezzo sorriso, ma diverso. Più lento.

— Dall'autobus. È evidente. — Lo disse quasi con disprezzo, ma Greta decise di non farci caso.

— E quindi?

— Ci sono delle telecamere sugli autobus, no?

— Sì, è vero.

— Se trovi il filmato di quel giorno puoi vedere chi ha perso il pacco.

Nella memoria di Emma i fatti di “quel giorno” si affollarono come corvi, l’ombra sfrangiata dei becchi a graffiare il sole. La mano scattò d’istinto al segno della catenina strappata.

— Va bene, ma come faccio a trovare il filmato?

— Non lo so, Greta. Non è che io so tutto — scattò Emma.

Si alzò e si allontanò dalla sua amica e da quel ricordo con piccoli passi nervosi.

— Emma?

Non le rispose.

— Emma?!

Emma si fermò sulla porta della cucina e rivolse a Greta un sorriso distante.

— Devo preparare la borsa per la palestra.

— D’accordo ma…

— Scusa, è tardi. Devo uscire fra poco.

Anche Greta sorrise. Stirò le labbra in un ghigno orizzontale, privo di gioia.

— Tolgo il disturbo.

Le girò le spalle e se ne andò.

— Dove vai?

— Dove voglio — disse la voce di Greta echeggiando nel corridoio.

Per un momento Emma pensò di chiamarla, chiederle scusa e disertare la prima lezione di pilates a favore di una coppetta di gelato al polistirolo e cartone con la sua amica antipatica.

Ma non lo fece.

Sciagalle si tolse la maglietta sporca di vernice e se ne infilò una pulita.

— Che ne dici, Hans? — domandò puntando il dito verso un'altra delle sue creazioni. — Bella, eh?

Anselmo posò la chiave inglese e guardò la maglietta perplesso. Il soggetto era sempre la bicicletta e l'autore era sempre lui, ma quando credevi di aver visto la più brutta, Sciagalle sfoderava un modello ancora più improbabile. Di un colore ancora più inguardabile.

Questa era addirittura a righe gialla e marrone con una carota munita di ruote che prendeva tutto il petto, adagiandosi deforme sulla pancia rotonda del ragazzo. Sulla bicicletta c'era un uomo travestito da coniglio rosa con due denti sporgenti da roditore.

Brandiva una bandierina su cui si poteva leggere la scritta: NO OIL.

— Ti piace?

— Non sono sicuro di averla capita…

— Non puoi, non hai la visione generale. Sai, è una serie.

— Una serie?

— Sì, ci sono molte verdure diverse: carciofi, melanzane, funghi, tutto quello che di solito va sott'olio.

Il pittore di vegetali a pedivella, notando che la spiegazione non stava convincendo il suo interlocutore, approfondì il concetto: — Niente olio, vita sana, verdura, bicicletta... Tutto *mejo*, capito adesso?

Hans annuì perplesso.

— Vabbè, non hai capito. È che non puoi giudicare se non vedi il carciofo a pedali. Ci sta sopra una capra. Pure il fungo non è male. Rosso con le pallette. Sono nel mio periodo pallette, sai?

Anselmo sorrise.

— Che ti ridi, scusa? Guarda che tutti i pittori ce li hanno i periodi.

— Vedo! — disse indicando la bici di Lucia.

— È quasi finita... spero che le piacerà.

— Per forza... è a pallette!

— Domani la finisco e gliela porto!

— Dove?

— Dovunque! — esultò lui.

Stavolta Hans non rise. Inarcò la bocca ma gli occhi rimasero immobili.

Per Sciagalle tutte le cose erano semplici, perfino l'amore. Lui invece si stava ingarbugliando in una serie inutile di domande, tutte inutili.

— Quindi l'altra sera... è andata bene.

— Alla grande! Cioè, mi fanno ancora male i polpacci per la fatica... ma l'ho tenuta fra le braccia due ore... sai che profuma di cappuccino?!

Semplici e prive di qualsiasi tormento. Anselmo iniziò a provare una sottile invidia.

— E tu? Come è andata con Greta?

— Benissimo, ed è questo il problema.

Un altro problema era Guido, che lavorava alle loro spalle in silenzio.

Hans lo fece presente al suo amico con un cenno rapido della testa.

— Che?

Guido se ne accorse ma fece finta di niente.

— Vi siete baciati? — chiese Sciagalle con la stessa faccia del coniglietto rosa dipinto sulla sua maglietta.

— È andata bene — tagliò corto Hans.

Le mani di suo padre si bloccarono.

Un segno verticale gli solcò la fronte, Guido si concentrò per ascoltare il seguito di quel discorso con aria piuttosto preoccupata.

— Grande! Allora dobbiamo farci una gita tutti e quattro! Dove andiamo? A Ostia? Ti do la maglietta col carciofo. Dai, ci divertiamo.

Va bene, adesso stava esagerando. Anselmo lo guardò come a dirgli di smetterla subito.

— Che c'è? Oh, se non ti piace c'è sempre quella col fungo. Ma secondo me sta meglio a Greta.

— Ti accompagno a casa, ti va? — lo interruppe bruscamente Hans.

Sciagalle accettò volentieri.

Salutò Guido, continuando a non capire perché il suo amico fosse così nervoso. — Ma che hai? — gli chiese non appena svoltarono l'angolo.

— Non lo so. È tutto così… diverso.

— Che cosa?

— Da quando c'è Greta. È tutto cambiato.

— E ti dispiace?

— No… voglio dire…

— Ma lei ti piace?

— Molto.

— E tu le piaci?

— Credo di sì. Sì.

— E allora? Non capisco il problema.

Come poteva? C'erano troppe cose che non sapeva. Troppi segreti che non potevano essere svelati e alcune questioni che neppure lui riusciva a capire.

— Non puoi, perché non hai la visione generale — citò Anselmo.

Sciagalle gli batté una mano sulla spalla.

— In questi casi la visione generale non conta, amico.

— No?

— No.

— E allora che cosa conta?

— Lei.

Il volo della rondine

Sdraiata sul tappetino accanto a quello di sua madre, Emma guardava i neon fissati al soffitto della palestra lampeggiare tra le dita dei suoi piedi piegati a martello. Tra le ginocchia una palla di plastica molliccia, la voce dell'istruttrice diceva che cosa farne:

— Stringete la palla tra le ginocchia e portate il petto verso le cosce, piegate le gambe, appoggiate i piedi, torsione del busto verso destra. Verso sinistra. Verso destra. Sinistra...

A ogni torsione il sorriso di sua madre da un lato, il proprio riflesso nel grande specchio dall'altro.

— Aprite le braccia e continuate le torsioni: destra, sinistra. Destra...

La mamma, lo specchio. Martha Kildare, Emma Kildare. Nelle due immagini la stessa fronte spianata, le stesse labbra contratte, la stessa aria assente. Gli stessi occhi di pietra.

— Prendete i pesi e stendete la braccia in avanti. E destra, sinistra.

— Sorridi, darling — sibilò la signora Kildare senza muovere le labbra dal suo ghigno. — Aiuta la respirazione.

— E non vi dimenticate di respirare — confermò la voce dell'istruttrice.

— Sentito? — ancora quel ghigno, e una strizzata d'occhio.

— Destra, sinistra...

Specchio, mamma. Specchio, mamma. E i muscoli degli addominali obliqui che prendono fuoco.

— Sentite il calore sciogliere piacevolmente le tensioni.

Sospiro compiaciuto della mamma, primi segni di cedimento della faccia nello specchio.

— Il calore cresce e ossigena i tessuti muscolari.

Fitte e contrazioni. Dolore diffuso, muscoli sconosciuti che iniziano a dar segno della loro smarrita presenza.

— Una delizia per il nostro sistema cardiovascolare.

Una tortura indicibile. I muscoli iniziano a imprecare.

— Pensate al vostro addome, alla fine del corso sarà scolpito come quello di una statua.

Emma si girò verso la mamma, in cerca di uno sguardo compassionevole e la vide ricurva sul proprio ombelico. Osservava trasognata la propria pancia, immaginandola trasformata nel ventre marmoreo di una statua. Tutte le donne presenti stavano facendo la stessa cosa, rapite dallo stesso sogno.

Emma le misurò con un lungo sguardo corrucciato.

Avevano tutte capelli ordinati, mai oltre le spalle, vaporosi ma non gonfi. Indossavano tutte calzoni aderenti al ginocchio, coordinati con le canottiere in un'unica tinta, mai troppo appariscente; i piedi nudi erano perfettamente curati e le unghie rosa pallido sembravano smaltate dalla mano dello stesso estetista. Un esercito di sorrisi che aiutano la respirazione. Tra di loro si danno del tu, anche se non conoscono i reciproci nomi, a tutti gli altri danno del lei anche se conoscono quelle persone da molti anni, anche se sono le persone che hanno cresciuto i loro figli o accompagnato i loro genitori attraverso malattie dolorose. Sono già statue. Tutte uguali.

— E ora prendete la palla e mettetela sotto il bacino.

Le statue obbedirono col sorriso.

— Allungate le gambe verso l'alto, piedi a martello, forbice.

Tutte le gambe presero a fendere l'aria come rasoi. Una marcia all'incontrario, una marcia di guerra. Passi lunghi e ben distesi verso lo sterminio dei cuscinetti adiposi, l'estinzione della ritenzione idrica, il massacro della cellulite.

— Questo fa bene ai glutei, darling. — Altra strizzata d'occhio, altro sorriso che aiuta la respirazione.

Ma Emma si sentiva soffocare.

— E ora, bicicletta.

Le gambe iniziarono a roteare nel vuoto, annaspando tra i neon, dirette da nessuna parte.

— Destra, sinistra, destra, sinistra.

Il ritmo era più veloce di prima e non era prevista nessuna torsione del busto. Meglio, in questo modo Emma non avrebbe dovuto guardare sua madre e neppure se stessa, nello specchio. Molto meglio. Nessun contatto, nessun pensiero.

Ma la signora Kildare non era della stessa opinione.

— Senti come lavorano i glutei!!! — esultò euforica.

Emma fece finta di non aver sentito.

La madre se ne accorse e decise che stavolta non poteva

lasciar passare, come faceva sempre. Aveva invitato sua figlia a seguire queste lezioni insieme a lei per aiutarla ad uscire da un brutto momento. Emma si rifiutava di raccontarle che cosa fosse successo esattamente, ma era evidente che in questa nuova città la ragazza avesse fatto amicizie sbagliate. Non è raro alla sua età, l'adolescenza è un momento difficile, di passaggio, ma è proprio in questi casi che la famiglia deve intervenire. Le proibizioni, i divieti non sono utili e neppure molto eleganti. È necessario proporre ai figli attività alternative, protette e costruttive. L'aveva letto da qualche parte, o forse gliene aveva parlato un'amica. Non si ricordava bene. In ogni caso le erano sembrate parole assennate. Che l'avevano convinta a intervenire in maniera propositiva nella vita di Emma. A iniziare ad ascoltare di più le sue esigenze.

— Li senti?

— Che cosa? — si stranì l'adolescente, pedalando inutilmente contro i neon.

— I glutei! Se non li senti vuol dire che non stai facendo bene l'esercizio.

Il sorriso si era trasformato in una specie di broncio, gli occhi immobili nella sfumatura minerale di un animale impagliato.

Emma smise di pedalare, si alzò in piedi ed uscì dalla sala.

— Dove vai? — chiesa la madre senza interrompere l'esercizio.

La figlia sorrise allo specchio. Tra le lentiggini un bagliore nuovo, l'ombra verde di un bosco segreto: — Dove voglio.

Uscì dalla palestra senza cambiarsi, quasi correndo. Con la giacca buttata sulle spalle e le scarpe infilate a metà. Alzò gli occhi al cielo e respirò forte l'aria vispa di primavera. Qualcosa suonò, molto vicino a lei. Un trillo impertinente.

— Ehi, stai attenta! — reclamò una voce.

Uscendo non si era accorta di aver tagliato la strada ad un ciclista.

— Scusa.

Lui sbuffò un perdono frettoloso e se ne andò per la sua strada. Lei lo osservò un istante e lo riconobbe. Era un segno.

Tuffò le mani nelle tasche della giacca, prese il telefono e digitò un numero.

— Greta.

— Cosa vuoi?

— Voglio una bicicletta vera.

Non sappiamo quando ma sappiamo che dovremo
essere svegli. Nei sogni le trame del cielo si snodano
nebbiose, come strade velate dalla bruma
del mattino del giorno che ci aspetta.
Il momento perfetto invece non aspetta.
Ci colpisce all'improvviso, nell'attimo esatto
del suo compimento misterioso.
E noi dobbiamo viaggiare
verso di lui con occhi spalancati al buio.

Una pagina

Chiuse il diario di Anselmo e lo gettò sul tavolo davanti a sé, sollevando una nuvola di polvere. Emiliano non leggeva più di dieci parole consecutive da anni. Non gli interessavano le storie finte. E neppure quelle dei giornali, che non erano solo finte, erano anche false.

La gente del Corviale era finita molte volte sulla cronaca di Roma e tutte le volte i giornalisti avevano scritto una montagna di bugie. O almeno così diceva il proprietario del bar sotto casa. Ogni giorno comprava una copia del quotidiano e l'apriva sul bancone. Poi iniziava a imprecare contro i giornalisti. Sapeva nomi e cognomi a memoria, ma finiva per siglarli tutti con lo stesso appellativo: *busciardo*.

Nel diario di Anselmo però c'erano parole diverse. Non erano storie. Non esattamente. Erano frasi. Sembravano non avere nessun senso, eppure traspariva tra una riga e l'altra la sagoma di qualcosa di più grande, che non può stare in una pagina. Che ti fa venire l'idea di spalancare gli occhi per vedere meglio. E leggere ancora. Riprese il diario e lo aprì sulla stessa frase, quella delle strade e della nebbia e delle cose che accadono all'improvviso. Le parole, identiche a prima, sembravano cambiare senso a ogni lettura, come le foglie mosse dal vento mutano il profilo della loro sagoma sulle fronde immobili degli alberi.

— Che ci fai qui? — disse qualcuno all'improvviso.

Suo padre. Non l'aveva sentito arrivare.

Incrociò le braccia sul diario stringendolo al petto per nasconderlo e diede un'occhiata furtiva al suo mobile segreto. Era aperto. Se suo padre si fosse avvicinato troppo l'avrebbe visto. Si spostò davanti per nasconderlo.

— Tu che ci fai qui? — chiese nervoso.

— Devo prendere due rubinetti — rispose mettendogli una mano sulla spalla per scansarlo. Non si scansò.

— Stanno lì dietro.

Lo sapeva benissimo dove stavano, ma c'era anche altro. Qualcosa che lui non doveva vedere.

— Ti piace leggere, papà? — azzardò Emiliano per sviare la sua attenzione.

L'uomo fece un passo indietro e guardò il figlio perplesso.

— Mi piace lavorare. E sono in ritardo.

— Volevo solo fare due chiacchiere.

Non era vero. Ma suo padre non se n'era accorto. Non si era mai accorto di niente in tutta la sua vita. Niente che non si potesse montare nel cesso di qualcuno.

— E allora passami i rubinetti mentre chiacchieri.

Emiliano gli voltò le spalle e chiuse il diario nel cassetto, accanto alla spilla che era stata di sua nonna. Prese i rubinetti facendo attenzione a produrre abbastanza rumore da coprire quello del mobile che scivolava nel buio, lontano dagli occhi del padre.

— Eccoli.

Le dita grosse e sporche di papà si strinsero sui tubi lucenti. Il suo segreto era salvo. Non era stato difficile.

— Che mi volevi raccontare?

Emiliano scosse la testa.

— Niente.

Lui sembrò rimanerci male. Voleva dire qualcosa. Non sapeva che cosa. Strinse i rubinetti sulla camicia lisa e abbassò gli occhi, come lo scolaro che chiede il permesso di uscire dalla classe.

— Torno a lavorare. Ci vediamo a casa. Non fare tardi.

Faceva sempre tardi.

— Va bene.

— Va bene.

Che cosa va bene? Quelle frasi non andavano bene. Non lo facevano stare bene. Erano tutto il contrario delle parole scritte sul diario. Erano piccolissime. Così insignificanti che sparivano subito. E lasciavano fogli vuoti.

Emiliano ascoltò il rumore del furgone singhiozzare in cortile. Tornò verso il mobile nascosto, prese la spilla a forma di rondine e la infilò in tasca, l'unico posto dove sarebbe stata di nuovo al sicuro. Uscì da quella baracca con passi veloci. Come fosse in ritardo. E si accorse in quel momento che lo era. Un ritardo di molti anni...

Rosso ciliegia

Merlina riposava adagiata sulla spalla destra di Greta, tra la clavicola e l'omero, come se la sua struttura di tubi metallici fosse una naturale espansione del corpo della ragazza. Altre ossa cresciute accanto alla schiena che terminavano con due cerchi perfetti, due ruote capaci, all'occorrenza, di lanciarsi di corsa nel vento.

Ma purtroppo questo non era il momento di correre. Adesso bisognava salire le scale fino al settimo piano, quello di casa.

Greta guardò sconsolata l'ascensore ancora fuori servizio. Il biglietto che annunciava da mesi il malfunzionamento dell'apparecchio si era arricchito di nuovi commenti. Le minacce rivolte all'amministrazione condominiale avevano un nuovo protagonista, un personaggio leggendario temuto dai bambini e favoleggiato dalle loro madri. Se chiedevi come era fatto, ciascuno ti rispondeva in maniera diversa, l'uomo dai mille volti aveva una sola caratteristica su cui tutti erano d'accordo: gli era rimasto un solo orecchio attaccato alla testa e per questa ragione tutti lo chiamavano *er Tazzina*.

Sul biglietto attaccato alla porta dell'ascensore rotto, qualche settimana prima un condomino disperato aveva scritto la peggiore delle minacce: VE SE PIJASSE ER TAZZINA.

E oggi l'uomo dall'orecchio solitario aveva risposto.

Con lettere incerte, vergate alla maniera delle persone anziane in uno sfavillante inchiostro rosso ciliegia aveva scritto:

NUN ME VE PIJO
MANCO PER GNENTE
FIRMATO ER TAZZINA

Greta ammutolì davanti a quel messaggio come in prossimità della prova inconfutabile dell'esistenza di Atlantide. Pensò a tutte le storie che aveva sentito raccontare a proposito di quell'uomo: si diceva vivesse in una villa di lamiera al limitare della collina, accanto a un corso d'acqua, coltivando ortaggi e lavandosi nel fiume come usavano i vecchi contadini.

Si narrava che allevasse capre e che fossero le sue uniche compagne e che non facesse mai la spesa perché si nutriva del loro latte, del formaggio fatto con il loro latte e delle capre stesse ma solo quando erano abbastanza vecchie da morire di morte naturale. Si raccontava che avesse smesso di parlare molti anni prima, nessuno sapeva perché, ma una cosa era certa: a causa del lungo silenzio aveva perso completamente l'uso della parola e gli unici suoni che emetteva erano rochi belati di capra. Greta non ci aveva mai creduto ma ora, davanti a quella traccia dell'esistenza der Tazzina, il Corviale le appariva come la leggendaria città sommersa: uno scrigno ricco di segreti da svelare.

Arrivò a casa senza accorgersene, rapita da quel pensiero. Sua madre non c'era. Perfetto. Si buttò sul letto, prese il telefono e sorrise alle nuvole rosate fuori dalla finestra.

Anselmo appoggiò la schiena sulla parete accanto alla grande elica mossa da un vento indolente e alzò gli occhi al cielo. Il sole rosso del tramonto gli restituì uno sguardo indeciso.

— Lo so che sembra una pazzia — disse la voce di Greta al telefono, — però non mi viene in mente niente di più ragionevole.

— Neppure a me — ammise lui.

Poi rise, anche se non c'era niente da ridere.

E lei gli fece eco, per moltiplicare il niente.

— Emma ha già un piano.

— Immagino.

— No, non credo. Stavolta è andata proprio oltre ogni immaginazione.

Ancora una risata, più piccola.

— Dobbiamo parlarne tutti insieme, veniamo da te?

Anselmo scosse la testa. Non era una buona idea, suo padre non doveva sapere nulla di tutta questa storia.

— Meglio di no. Non possiamo vederci a casa tua? Tanto tua madre non c'è mai.

"Quasi mai" pensò Greta, ricordandosi all'improvviso che Serena era oltre la porta. Abbassò la voce.

— Ma Emma e Lucia abitano dall'altra parte di Roma.

— E allora?

E allora non aveva nessuna fretta di mostrare alle sue amiche questa parte di Roma. E ancora meno la sua casa.

— Preferisco fare una pedalata.

Anselmo percepì una sottile inquietudine tra le parole.

— Allora pedalo con te. Dove andiamo?

Un sorriso muto curvò le labbra di Greta.

— A Campo de' Fiori.

Sentì l'inquietudine allontanarsi. Aveva detto la cosa giusta. Bello. Da quando aveva perso la traccia gialla quella notte di pochi giorni fa, un triste senso di smarrimento aveva accompagnato ogni suo respiro. Si sentiva sempre nel posto sbagliato, al momento sbagliato. Fino a quel giorno il futuro gli era sembrato un disegno decifrabile, una sequenza chiara di sincronie, incontri, coincidenze di cui poteva vedere le traiettorie. Di più, poteva allacciarle e creare momenti perfetti.

Ora era tutto diverso.

L'elica girava accanto a lui dall'inizio di questa telefonata. Lentamente, per ora, senza emettere nessun fischio. Ma la corrente stava crescendo e presto il segnale sarebbe partito e il cielo era ancora vuoto. Infiammato dal sole. Inondato da un fiotto di luce rossa e prepotente. Privo di sfumature. Nessuna traccia delle scie all'orizzonte.

Avrebbe voluto fare qualcosa. Doveva agire in qualche modo. Ma non ne era capace. Aveva sempre seguito le scie, si era lasciato condurre dal destino, con la fiducia di un figlio del cielo. Quella che altri chiamano fede. Lui l'aveva chiamata vento e il vento aveva sempre risposto. Ora, perso nell'assenza dell'eco desiderata, tutto si era fermato. Per questo, dire una cosa giusta era bello.

— Molto bello — si lasciò sfuggire Anselmo.

— Cosa?

Non sapeva spiegarlo.

Tornò a guardare il cielo cercando le parole. Il sole era diventato una ciliegia enorme e stava affogando esausto oltre il profilo nero del Corviale.

Era bella la sua voce, belle le risa che spezzano le parole, bello quel momento. Quando tutto si era fermato, ma lei era lì. Un movimento armonico, la metà perfetta del suo cielo, a fare invidia a un mondo di cartastraccia.

All'improvviso trovò ciò che cercava. Era una parola sola: — Tu.

— D'accordo, ci vediamo alla bancarella dei miei dopo la scuola. — trillò felice Lucia.

— C'è anche Greta?

— Sì, con Anselmo.

— Cavoli! Allora è una cosa seria...

— Pare di sì...

— Cavoli!

Lucia avrebbe continuato a chiacchierare dell'argomento tutta la notte ma vide suo padre entrare in casa con tre cassette di legno piene zeppe di fave e cambiò subito tono.

— Scusa, Emma. Devo proprio andare adesso — disse preoccupata.

— Tutto bene?

— Non lo so... te lo dico domani.

— Va bene, allora... buona serata — augurò l'amica.

— Speriamo... — sospirò osservando la mamma andare incontro a suo marito con la faccia della tragedia.

Spense il telefono.

— Ancora?! — s'indignò Clara de Martino.

Il marito fece finta di non aver sentito. Appoggiò le verdure sul tavolo e andò a lavarsi le mani.

— Nino?! — lo rincorse sua moglie.

— Che c'è?

Lei alzò i palmi al cielo come a chiedere la forza di sopportare quell'uomo cocciuto, poi indicò i mobili della cucina assediati da un esercito di baccelli verdi. Erano settimane che andava avanti così, a portare a casa le casse di fave che non riusciva a vendere. La mamma aveva cercato di rimediare cucinandole in tutti i modi: pasta e fave, fave bollite, fave ripassate, fave crude e pecorino, purè di fave e perfino una frittura di fave che aveva impestato la casa di un odore acre ancora sospeso nell'aria.

— Adesso basta, Nino — dichiarò la mamma. — In questa cucina non c'è spazio per tutti. Devi scegliere, o me o le fave romanesche!

— Io non capisco perché la gente non se le compra — fece lui senza darle retta. — Sono così buone! Sono di stagione!

Clara afferrò una cassetta di verdura per scagliarla fuori dal balcone, determinata a dimostrare a tutta la famiglia che la sua presenza fosse molto più preziosa di quella di un cesto di legumi. Lucia capì che doveva intervenire immediatamente. C'era una sola cosa da fare in questi casi, chiamare Cesare: — Mamma, aspetta! — disse sfoderando la sua migliore faccetta da angioletto. — Proviamo a chiedere a Cesare.

La mamma si quietò. Fece un respiro e appoggiò le cassette a terra, stabilendo una tregua: — E va bene, vai a chiamare tuo fratello.

Nino prese una manciata di fave, si sedette al tavolo e iniziò a sbucciarle brontolando: — Senti come sono fresche. Uno zucchero.

Suo figlio gli si sedette accanto, seguito dallo sguardo fiducioso della mamma. Era bello il suo bambino, alto e intelligente. Studiava ingegneria elettronica all'università e sapeva un sacco di cose. Pure l'inglese sapeva e poi era capace di risolvere tutti i problemi con il computer. A sentire lui, se avevi qualche impiccio, bastava mettere i dati nel computer e quello ti diceva che cosa dovevi fare. Che cosa fossero i dati era una questione più complessa, Cesare aveva cercato di spiegargliela ma lei era stata distratta da un sacco di parole che non conosceva e alla fine aveva deciso di fidarsi di suo figlio e perfino del computer. Anche perché Cesare passava tutto il giorno davanti allo schermo e quindi doveva essere diventato un vero genio dell'elettronica, ne era certa! Forse grazie a quei dati sarebbe riuscito perfino a risolvere il complicato caso delle fave romanesche...

— Questa volta il computer non serve — smentì Cesare sedendosi accanto a suo papà.

Prese due baccelli tra le dita lunghe e si mise a sgranare impacciato i semi verdi adagiati all'interno.

— Basta fare una passeggiata tra le bancarelle della

concorrenza. Avete mai notato quanto sono... diverse dalla vostra?

— Ognuno deve curare i suoi affari — s'intestardì il capo famiglia.

— Che intendi per diverse? — s'incuriosì invece la mamma.

— Trecce d'aglio di carta pesta, pizze di plastica e, soprattutto, tanta frutta colorata. Cose che attirano i turisti. — spiegò Cesare.

— Cose che non si possono mangiare — obiettò suo padre.

— Però si possono vendere — gli fece notare Clara.

— E dai, papà. Mettici due ciliegie, quattro pesche sul bancone e qualche albicocca sulla bancarella e vedrai che si comprano pure le fave.

Nino fece un verso infastidito.

— Di questa stagione le albicocche sanno *de goma* e le pesche *de fero*. Io *sò fruttarolo, no feramenta*, e non mi manca niente! — replicò con orgoglio.

— L'unica cosa che ti manca sono le doppie, papà.

Nino smise di sbucciare fave e squadrò il figlio. Cesare si zittì, sostenendo lo sguardo.

Due pistoleri con baccelli verdi al posto delle rivoltelle nel momento della sfida cruciale.

Le donne trattennero il fiato, poi... tutti scoppiarono a ridere.

— E va bene, qualche ciliegina posso pure mettercela.

Però le trecce d'aglio di carta pesta no. Proprio non ce la faccio — sentenziò Nino.

— Niente trecce d'aglio — annuì Cesare.

Le donne annuirono con lui.

— E sbrigati a sbucciare! — concluse il papà osservando il misero mucchietto di scorze del ragazzo. — Che sei sempre il figlio di un fruttarolo.

Cesare obbedì: — Sempre.

Uno solo

Un suono buffo ruppe il silenzio di quel primo pomeriggio di primavera e Anselmo sollevò lo sguardo dal freno logorato della sua bicicletta.

— Ciao — salutò Greta sbucando oltre il manubrio.

Aveva ancora la mano sulla trombetta viola. Il suono veniva da lì.

Anselmo sorrise. La raggiunse. La baciò. Con le mani sollevate per non sporcare di nero la sua maglia nera. Lei arrossì, guardandosi intorno imbarazzata, sorpresa da quel saluto inatteso.

— Mi lavo le mani e arrivo — le sussurrò Anselmo puntandole addosso gli occhi blu.

Lei dondolò la testa inebetita. Anselmo sparì e comparve Guido, chino su una bicicletta in fondo alla stanza.

— Ciao, Greta. Come va? — l'accolse l'uomo.

— Cos...? — sillabò la ragazza reggendosi appena in piedi.

Guido non insistette, le lasciò il tempo di pensarci. E mentre ci pensava urtò di nuovo la trombetta che suonò facendola tornare su questo pianeta.

— Oh, scusa! — balbettò sempre più impacciata.

Si chiese se le sarebbe mai passata quell'emozione, se un giorno si sarebbe abituata all'idea di vedere Anselmo, se alla fine le sarebbe sembrato normale, se magari ricevere un bacio davanti agli altri non l'avrebbe fatta avvampare d'imbarazzo.

Guardò la schiena ampia del ragazzo, pensò al suo abbraccio e capì che non sarebbe mai successo.

— Andate a fare un giro in bici? — domandò Guido.

— Sì — riuscì ad articolare lei quasi per miracolo.

— Buona idea, è una giornata perfetta per pedalare. E poi non tira neppure un soffio di vento.

Lo disse senza guardarla, continuando a lavorare agli ingranaggi che stava riparando, ma Greta ebbe la sensazione che quelle parole non fossero state dette a caso.

— A me piace andare in bici anche quando c'è vento — azzardò.

— Anche a mio figlio. Ma in quel caso è meglio che sia solo.

Occhei, non era solo una sensazione. Guido la stava avvisando: aveva capito che Greta conosceva il segreto del vento e le stava chiedendo di rispettarlo.

Come aveva fatto a capirlo?

Non lo sapeva ma una cosa era certa: ormai era troppo tardi per fingere di non sapere.

— Sì... — fece Greta, senza convinzione.

Guido si voltò finalmente a guardarla: — È importante, Greta.

Lei abbassò lo sguardo. Come se, senza rendersene conto, avesse fatto qualcosa di molto brutto.

Guido le si avvicinò trascinando la bici riparata e osservando i meccanismi che ora giravano perfettamente.

— Non ci sono infiniti modi di far funzionare un ingranaggio. Anzi, ce n'è uno solo.

Greta sollevò la testa, una specie di fastidio prese a fremere sotto pelle.

— Alcune cose accadono solo in un modo, oppure non accadono.

— Lo so — disse dura.

— Bene.

Anselmo uscì dal bagno con le mani pulite.

— Io sono pronto, e tu?

Greta disse di sì con la testa.

— Prendi questa — fece Guido, porgendogli la bici riparata. — Ha bisogno di un collaudo.

— Subito! — disse allegro il figlio.

Si infilò il suo vecchio cappello da uomo e i guanti tagliati sulle dita e saltò in sella. Diede due colpi di pedale e fischiò.

— Senti come gira... Vuoi provarla? — propose a Greta.

— Preferisco di no.

— Non sai cosa ti perdi, è un meccanismo perfetto — insistette gustando il movimento silenzioso degli ingranaggi.

— Appunto, non vorrei romperlo... — e lo disse guardando Guido dritto negli occhi. Poi sterzò verso il portone e uscì.

Anselmo guardò suo padre senza capire, lui ricambiò stringendosi tra le spalle. Seguì la sua ragazza cercando di dare un senso a quello che aveva appena visto, ma non ci riuscì.

— Tutto bene, Greta? — le chiese raggiungendola.

Lei lo investì con due occhi luccicanti. Lui e la bici erano tutto quello che le serviva per essere felice. Non aveva senso preoccuparsi del resto, non ora.

— Sì! E tu?

Lui le rispose con un bacio impossibile, sporgendosi sui pedali con uno slancio lieve, le labbra come farfalle che si incontrano a mezz'aria.

— Io volo!

Un scheggia nera gli tagliò la strada piombando dall'alto e la moto di Emiliano sbandò. Uno scatto delle spalle, contraccolpo nei reni e perse l'equilibrio, franando a terra. Una pioggia di scintille esplose, fra asfalto e carena. Scivolò per un tempo che gli parve eterno, con gli occhi puntati al cielo e il corpo abbandonato al moto orizzontale della caduta. La scheggia nera ricomparve in alto, più lenta. Ora poteva vederla stagliarsi scura sulle nuvole bianche. Un triangolo con due code. Era una rondine. Doveva averla investita, ma sembrava ancora viva.

Sentì la schiena sbattere contro un'inferriata metallica e vide l'uccello planare sbandando nel parco. Anche lui era ancora vivo. E miracolosamente incolume. Non aveva neppure un graffio. Si tolse il casco e respirò l'aria del primo pomeriggio. La rondine emise un cinguettio. Uno solo. Le fece eco il rumore cadenzato di un'altalena. Si alzò in piedi e seguì quel suono.

I giochi dei bambini erano diversi da come li ricordava. Più belli. Le assi scheggiate, le catene arrugginite non c'erano più. Al loro posto un castello di legno dipinto dalle fate. Scivoli, ponti sospesi e le altalene. Un bambino allargava le braccia tra i cavi di metallo come se tutto il mondo potesse stargli nelle mani. Emiliano non era più tornato in quel posto da molto tempo. Quanto? Non lo sapeva. Aveva avuto altro da fare. Molte cose, più importanti. E urgenti. Anche oggi aveva molte cose da fare, molto urgenti. Eppure stava lì, immobile davanti a un'altalena. Come in attesa che qualcosa accadesse. E accadde. Tra i rami radi di un tiglio, un'ombra nera smosse le foglie e spiccò il volo verso di lui. L'arco incerto del decollo si spezzò a mezz'aria e la rondine precipitò sul prato a pochi passi. Il cigolio si zittì.

— È morta? — domandò il bambino fermo sull'altalena.

Emiliano rimase a guardarlo immobile.

— È morta? — insistette.

Non fece un passo.

— È…

Lui scattò verso il corpo minuscolo dell'uccello e il bambino ammutolì. La rondine aveva un'ala spezzata ma era ancora viva. Negli occhi neri come spilli d'inchiostro un dolore muto. Si chinò e vide il cielo riflesso in bianco e nero dentro quello specchio oscuro. E la propria testa, piccola nel piccolo cerchio delle iridi brillanti. Eccoli. Come nel diario di Anselmo. Gli occhi spalancati al buio. Ne ebbe paura. E allora si avvicinò. Raccolse le mani a culla sotto l'ala spezzata dell'uccellino e lo sollevò dal prato. Il becco si aprì, con un suono di primavera. Uno solo.

— È viva! — esultò il bambino.

Un muscolo, sotto lo sterno di Emiliano, esultò insieme al bambino. Sperò che nessuno se ne fosse accorto. Che nessuno l'avesse visto.

— Fammi vedere! — piagnucolò il marmocchio.

Saltò giù dall'altalena e fece per raggiungerlo.

Lui lo gelò con uno sguardo. Il bambino non mosse un solo passo. Guardò quel ragazzo vestito di nero portarsi via l'uccellino mentre il suono cadenzato dell'altalena lentamente rallentava il suo sciabordio confondendosi con quello indistinto del traffico.

— E ce lo sapevo io che andava a finire così! — gracchiò la Sora Franca con un insolito sorriso dipinto sulla faccia burbera.

— Che intendi dire? — domandò Clara continuando a sistemare ciliegie sulla bancarella al centro di Campo de' Fiori.

Franca mulinò la mano grinzosa come a dire che non credeva all'ingenuità di quella domanda manco per niente. Scambiò uno sguardo d'intesa con i fruttivendoli dirimpetto e lanciò una lunga, significativa occhiata alle primizie assiepate in grande quantità sulle bancarelle di quelli e alle quattro ciliegie striminzite dei De Martino.

— Intendo dire che alla fine pure voi vi siete messi a vendere la frutta fuori stagione e sai perché?

Lo sapeva ma fece spallucce.

— Perché?

— Perché l'unica stagione che esiste è quella turistica! — trionfò l'infame vecchietta seguita da un gran dimenare di capo dei suoi colleghi.

Nessuno di loro si faceva il benché minimo scrupolo a mettere sulle bancarelle merce cresciuta nelle serre che aveva lo stesso colore di uno smalto per le unghie e lo stesso sapore di una patata cruda, tanto che ne sapevano i turisti? Quelli erano abituati a mangiare così male che si sarebbero comprati una rapa al posto di una pesca se sul cartellino ci scrivevi MADE IN ITALY. E intanto tu gliela facevi pagare come una pesca. La Franca comunque non si sentiva chiamata in causa, perché lei vendeva olive. Molte di queste avevano la sua stessa età, ma l'olio le aveva conservate molto meglio. E lei, le olive, le faceva pagare come diamanti.

— E c'è la crisi per tutti — si giustificava se qualcuno le faceva notare che i prezzi erano ai limiti del furto. — Che io sono mejo degli altri?

Qualcuno rideva, e quasi tutti pagavano. Gli altri se ne andavano seguiti dalle amare maledizioni della malmostosa generalessa delle olive sott'olio. Nino De Martino non poteva andarsene, anche se avrebbe voluto, ma scuoteva la testa in cenno di grande dissenso dando l'idea che un giorno o l'altro l'avrebbe agitata così forte da prendere il volo e allontanarsi una volta per tutte da quella sua vicina così disonesta. Lui questa questione della crisi non l'aveva capita tanto bene, non andava al ristorante prima che arrivasse la crisi e non ci andava neppure adesso. Era infastidito dall'aumento del prezzo della benzina, che comunque rimaneva inferiore a quello delle olive di Franca, ma, tutto sommato bastava fare il caffè con la moka nel fornelletto del furgone e i conti quadravano. Gli sembrava che tutti fossero sempre pronti a lamentarsi, alla ricerca famelica di una nuova scusa per turlupinare il prossimo.

— Che brutto mondo — bofonchiò l'uomo osservando i suoi concorrenti accigliato.

Era un uomo onesto, lui. Uno che non metteva sul banco niente che non avrebbe dato da mangiare ai suoi tre figli. Però oggi c'erano le primizie.

— Che meraviglia — disse una mano pallida allungandosi verso le ciliegie. — Posso?

Emma afferrò un frutto rosso senza aspettare la risposta e lo strinse fra i denti.

— Delizioso.

La Sora Franca non aspettava altro: — Che ti avevo detto? Turisti!

— Lei non è una turista — la difese subito Lucia. — È solo straniera.

— Bella, quanto sei bella — cantilenò Franca senza ascoltarla. — Beato a chi te se pija.

Lucia stava per dire qualcosa, ma Emma la fermò: — Eccoli — disse indicando un posto lontano.

Greta e Anselmo comparvero tra le quinte dei palazzi colorati a bordo delle loro biciclette, sobbalzando sul selciato come figure evanescenti di un sogno. Sfilarono tra le bancarelle lentamente. Intorno a loro il mondo arrancava, deluso, amareggiato, ostile. Loro scivolavano sopra ogni cosa lasciandola alle spalle nel giro di una ruota. Erano cigni su un lago di fango. E presto avrebbero spiccato il volo. Ma prima di svanire in cielo, frenarono al centro di Campo de' Fiori.

— Ehi, ragazzi! Come va? — salutò Emma andando loro incontro, seguita da Lucia.

Anselmo rispose per entrambi: — Benissimo.

Guardò Greta come a cercare conferma avvicinandosi col viso ancora caldo per la corsa. Odore di strada e di vento. Lei sorrise:

— Arriviamo da via Gentilini, non ci siamo mai fermati. E c'era il sole.

Lo disse come se fosse una risposta, la più bella che avrebbe mai potuto dare.

— Allora sarete assetati, andiamo a bere un drink? — propose Emma.

Lucia storse il naso: — Io preferirei un succo di frutta.

— Lucia, il drink è tutto quello che si beve — spiegò la straniera con pazienza.

— Il succo di frutta si beve!

— Pare di sì...

— Allora per me va bene!

— Anche per me — approvò Greta. — Parcheggiamo e vi raggiungiamo.

Scesero dalle bici e le legarono insieme, continuando a sorridere verso un luogo invisibile.

Emma e Lucia presero posto a un tavolino di ferro battuto, inondato dalla luce tiepida del primo pomeriggio. Emma si mise subito a sfogliare il menù delle bevande, Lucia invece non riusciva a togliere gli occhi dalla sua amica: — Mi fa un po' paura — bisbigliò.

— Chi?

— Greta.

— Perché?

— È... cioè sembra... insomma... sorride. Vedi come sorride? Non ci sono abituata, non mi sembra neppure lei. Secondo te è... ubriaca?

Emma scoppiò a ridere attirando l'attenzione dei due ragazzi che si voltarono a guardarle.

— Shhh! — la redarguì Lucia. — Non è bello parlare alle spalle.

— Ma noi non siamo alle loro spalle.

— No?

— Vedi, siamo di fianco.

— Sì, è vero... e allora?

— Allora è diverso.

— Ah, sì?

— Certo. Possiamo dire tutto quello che vogliamo.

— Proprio tutto?!

— Ma tanto non c'è molto da dire... — sentenziò Emma tornando a guardare la lista.

— Secondo me ha bevuto un drink. Guarda come ride! Cavoli, ride proprio sul serio.

— No, Lucia. Non ha bevuto niente.

— E che cos'ha allora?

— Te lo spiego dopo. Stanno arrivando.

Lucia arrossì, prese il suo menù e si nascose dietro la copertina di velluto nero.

— Allora, qual è il piano? — chiese Anselmo senza aspettare altro tempo.

Emma apprezzò molto e prese subito a spiegare: — Come ho già detto a Greta, l'unico modo che abbiamo per scoprire chi ha perso il sacchetto è guardare il filmato dell'autobus dove è stato smarrito. E... indovinate chi è venuto a cena ieri sera a casa Kildare?

Nessuno ne aveva idea.

— L'amministratore delegato di Azienda Tramvie e Autobus del Comune di Roma. Che coincidenza, no?

No. Le coincidenze non esistono. Esistono invece rari momenti in cui l'universo pare ascoltare i pensieri taciuti di alcuni individui. Anselmo ne aveva uno solo. L'aveva taciuto per non spaventare Greta, l'aveva nascosto dietro a tutti i baci che le aveva dato, sperando che così potesse scomparire; ma non era sparito: era stato ascoltato.

— Che cosa ti ha detto?

— Non molto. Ma ho scoperto dove si trovano quei filmati.

Così dicendo Emma sfilò dalla tasca un biglietto ripiegato molte volte. Lo aprì sul tavolo mostrando a tutti la mappa stampata da internet.

— Via della Magliana — disse indicando una striscia gialla accanto a quella azzurra del Tevere. — C'è un deposito dei bus. E un archivio video. Dobbiamo trovare il modo di entrare. Non sarà facile. Da quanto ho capito bisogna avere un permesso della polizia per vedere i filmati. Oppure...

— Oppure? — s'incuriosì Lucia sbucando finalmente da dietro il menù.

— Andarci di notte e scavalcare i cancelli, ma potrebbe essere pericoloso.

— Di' pure impossibile! Hai visto quanto sono alte le inferriate attorno al deposito?! — le fece notare Lucia. — Se sapessimo volare forse...

Ci fu un istante di silenzio, tutti guardarono Anselmo. Tranne Greta. Chiuse gli occhi, distratta da un vuoto allo stomaco, lo stesso di quella notte a Villa Celimontana, quando Anselmo l'aveva sollevata in aria. Quando li aprì incontrò quelli di lui. Stavano pensando allo stesso cancello e allo stesso, impossibile volo.

— Vado io — disse il ragazzo. — Ma vado da solo.

Chi si perde tra le nuvole diventa invisibile.
I suoi passi sono sconosciuti,
i suoi pensieri vertiginosi,
il suo respiro libero e necessario come l'opera
della pioggia. Chi si perde tra le nuvole
non si ritrova mai più.
Sorvola malinconico le strade percorse
dagli uomini senza posarsi in nessun luogo.

In notturna

Diede l'ultimo bacio di quella lunga giornata a Greta e accese i fanali per la notte. Lei gli mise una mano sulla guancia. La pelle appena ruvida per la barba ancora incerta dei suoi diciassette anni.

— Vai stanotte?

— Sì.

— Chiamami quando torni.

— Certo! — rispose Anselmo troppo in fretta.

— A qualunque ora. Non ti preoccupare di svegliarmi.

— E tu non ti preoccupare e basta.

Sorriso di lui. Sorriso di lei. Diversi tra loro.

Quello di Anselmo era teso. Come un filo tirato tra i loro visi.

Appena si salutarono, il filo si spezzò e le labbra si afflosciarono in un'espressione greve.

Finalmente. Da quando Greta era entrata in ciclofficina, Anselmo aveva cercato di nascondere l'angoscia degli ultimi giorni dietro a una maschera con gli angoli della bocca puntati verso l'alto, e adesso gli faceva male la faccia. Chissà se lei se n'era accorta. Gli sembrava di no, ma la conosceva da troppo poco tempo per capire cose come questa...

Le guance, stanche per aver messo in scena uno spettacolo troppo lungo, ricaddero esauste verso un abisso pauroso. Un luogo lontano da Greta, dove l'aspettava l'ombra di un dubbio inconfessabile. Una terra di mezzo, da cui era impossibile vedere la traiettoria della strada. Come una curva troppo stretta o un dosso troppo alto. Come il declivio che si allontanava a serpentina dal Corviale.

Anselmo accelerò, sperando di accorciare la distanza fra sé e un orizzonte più chiaro di qui. Cercò una salita e la imboccò, sollevandosi in piedi sui pedali, perché la fatica lo facesse sentire più forte. Evitò la discesa. Non se la meritava. Deviò lungo una strada stretta, costeggiata da alberi appena fioriti. Le fronde esplodevano una dopo l'altra al suo passaggio, detonazioni accecanti di petali rosa nella notte. Le attraversò sbandando. Frastornato dal profumo, accelerando ancora. E ancora di più. Prima di soccombere all'incendio della primavera. Quando raggiunse via della Magliana era notte.

Avrebbe voluto essere invisibile. Aprire le braccia e saltare oltre il cancello. Poteva farlo, l'aveva già fatto. Era facile, se nessuno ti guardava. O se a guardarti erano solo gli occhi verdi di Greta. Ma lei non era lì.

C'erano invece gli occhi di vetro scuro di cinque telecamere e, più lontano, quelli pesti di sonno di un guardiano di notte, il mezzobusto impietrito dal riverbero azzurro della televisione.

Anselmo rimase ancora qualche istante nell'ombra a studiare la situazione. Bisognava agire in altezza, oltre il campo visivo delle telecamere e del guardiano. Osservò le cime degli alberi e i palazzi intorno. Saltando dai rami alle terrazze e poi sul tetto del deposito avrebbe rischiato di essere visto solo per un millesimo di secondo. Poi sarebbe diventato invisibile. Legò la bici velocemente e attraversò il cono d'ombra dello spiazzo fino agli alberi.

Non era certo di potercela fare. Forse, insieme alla visione, aveva perso anche il volo. Scosse la testa per cacciare questo pensiero inutile e chiuse tutto. Occhi, braccia, fiato. Piegò le giunture di tutto il suo corpo, raccogliendo la luce di tutti i messaggi. Li strinse, in cerchi sempre più compressi. Sentiva la propulsione del loro movimento vibrare in ogni fibra, come una molla. Scagliò tutto contro la terra, e la terra lo respinse. La molla si sciolse, spalancando le sue braccia con uno strappo di strisce lucenti. Un lampo arcobaleno e fu in cielo. Sfiorò la sommità di un abete con il primo passo, con il secondo l'antenna di un condominio. E atterrò sul tetto piatto del deposito. Le stringhe luminose si spensero una dopo l'altra. Anselmo sentì la loro energia risucchiata nel turbine euforico delle vene.

— Ce l'ho fatta — disse alle stelle.

Il cielo rispose con una raffica di vento, stava iniziando a soffiare più forte. Non cercò neppure di rintracciare disegni di messaggi perduti nell'aria. Non ora, adesso doveva entrare nel magazzino e non pensare a nient'altro.

Una lama di luce serpeggiò ai suoi piedi, come una conferma. Filtrava da sotto la porta d'ingresso al deposito. I passi di qualcuno sulle scale. Si guardò intorno alla ricerca di qualcosa che facesse molto rumore. La trovò. Un'antenna abbandonata, riversa a terra. La sollevò e la scagliò con tutte le sue forze contro la porta. Il frastuono della ferraglia rimbombò sulle scale. I passi accelerarono. La porta si aprì proiettando un rettangolo chiaro sul pavimento. L'ombra di un uomo si allungò a terra.

— Rumori sul tetto. Vado a controllare — disse la guardia alla ricetrasmittente.

Qualcuno gli rispose gracchiando annoiato.

— Vedi un po' se è tornato *er gatto*.

Nascosto nell'ombra, Anselmo vide la guardia uscire sul tetto.

— Ma quale gatto. — L'uomo si avvicinò allo scheletro di ruggine. — Qui è franata un'antenna.

— Addirittura. È franata.

— Ennò?!

— Ambè...

— Emmò?

— Che?

— Ahò!

— Ahò?

— Boh…

Continuarono a rimbalzarsi monosillabi ancora per un poco, poi tornarono a disquisire del gatto. L'animale seminava il caos sul tetto del deposito ormai da mesi e adesso basta, adesso dovevano chiedere a qualcuno di fare qualcosa. Loro non ci pensavano neppure, a fare qualcosa. Erano troppo impegnati a formulare le loro maledizioni. Come molti abitanti di Roma, quei due erano cocciutamente convinti che inventare improperi fosse un'attività nobile, generosa e altamente creativa. Nobile perché la maledizione non si accanisce contro uno soltanto, ma s'ingegna a maledire quante più persone possibile con un unico insulto. Generosa perché non si esaurisce mai, il romano è fonte inestinguibile di nuovi insulti, chi abbia passeggiato per le vie di Roma in bicicletta lo sa. Creativa per le stesse ragioni e perché richiede molto impegno, tale da rendere impossibile qualsiasi altra attività come, appunto, risolvere un problema.

Così, come vuole la più antica tradizione, anche quella sera i due guardiani onorarono gli usi capitolini: partirono col maledire il sindaco, poi coinvolsero tutta la giunta comunale, i responsabili dei municipi e i loro consiglieri. Qui ebbero un momento di difficoltà, ma subito si ricordarono del presidente dell'ATAC al quale dedicarono brillanti e irripetibili invenzioni linguistiche, infine chiusero con un grande classico: la maledizione contro il laziale. I tifosi della Lazio sono notoriamente colpevoli di tutti i guai che affliggono i tifosi della Roma e di molti altri crimini di portata cosmica quali il surriscaldamento globale, l'effetto serra, la nevicata del 2011 e il traffico in tilt nei giorni di pioggia. Ma più di tutti maledissero *er gatto*, che aveva sicuramente un padrone laziale.

Anselmo ebbe così il tempo sufficiente per strisciare lungo il muro e infilarsi nelle scale senza essere visto. Scivolò sugli scalini con un fruscio, un piano dopo l'altro, fino al secondo. Sulla porta di legno un cartello indicava l'archivio video. Il caso, la fortuna, il generale stato di decadenza del luogo vollero che fosse aperta. Entrò e si trovò di nuovo al buio.

Gli scaffali arrivavano fino al soffitto. Nell'aria stagnava un odore di cose dimenticate. Mozziconi e ragnatele. A parte l'odore, non era così diverso dal magazzino dei messaggi perduti. Solo avvicinandosi alle mensole capì che quel luogo non aveva nulla a che fare con il deposito segreto nel negozio di suo padre. Al posto del caos colorato di lettere, pacchi, buste e cartoline c'era una schiera severa di scatole nere. Ne toccò una. Era di ferro. Fredda. Etichette scritte a mano indicavano le date. Adesivi attaccati frettolosamente segnalavano la linea di trasporto pubblico su cui erano stati girati i filmati. Anselmo scorse numeri e lettere alla luce fioca e arancione dei lampioni fuori dalle ampie finestre. Poi trovò quella che cercava: linea 786 Stazione Trastevere-Reduzzi. La scatola di marzo era più in alto di quanto avrebbe voluto, stavolta non poteva aprire le sue ali di luce, l'avrebbero visto.

C'era una scala.

Si arrampicò.

Prese la registrazione del 23 marzo. La infilò nella tasca della giacca di pelle e rimise tutto al proprio posto. Ora doveva uscire.

Il cielo oltre i vetri aveva mille occhi tutti per lui. Aprì la finestra e balzò nell'aria senza pensare più a niente. Qualcuno disse qualcosa, laggiù, ma lui era già lontano. Perduto fra le nuvole viola.

La casa vuota non era mai stata così affollata. Tutte le parole di Anselmo, ogni suo sguardo, il tocco morbido delle sue labbra riempivano gli angoli, lambivano le pareti, sfilavano incantevoli sui pavimenti intorno al suo letto. Rimase a contemplarle in silenzio, vagando tra gli oggetti sparpagliati per la stanza. Che cosa avrebbe pensato Anselmo della sua scrivania disordinata? Del pupazzo di lupo bianco addormentato sulla sedia? Dei fumetti sul comodino? Della lampada a forma di bici? Strinse un lembo della coperta a quadretti blu e rossi e si rannicchiò accanto al cuscino. Lui era anche lì. Odore di vento e di strada. Chiuse gli occhi e il telefono squillò. Scattò seduta sul letto come una bambola a molla e afferrò nervosa il cellulare.

— Greta, tesoro, come stai? — domandò la voce di sua mamma.

— Bene. Tu? — rispose delusa.

— Insomma... sono arrivati i sorci.

Sua madre chiamava così i clienti che arrivavano tardi. Quando il ristorante stava per chiudere e il pane era finito. Così dovevi dargli i grissini e quelli si mettevano subito a rosicchiare come sorci.

— Torno a casa più tardi stasera. Mi dispiace.

— Va bene, ciao.

— Aspetta, hai fretta? Devo chiederti una cosa.

Sì, aveva fretta di chiudere la telefonata. La linea doveva rimanere libera. Stava aspettando una chiamata. Non poteva perderla.

— No, dimmi.

— Stasera lo chef ha preparato due dolci: la crostata di frutta e il ciambellone. Che cosa preferisci per domani mattina?

"Preferisco che sparisci."

— Ciambellone.

— Va bene, allora una bella fetta di ciambellone per la mia bambina. La metto subito da parte, se no i sorci se la rubano.

Risata.

Silenzio.

— Che c'è? Sicura che vada tutto bene?

La risposta giusta era sì, quella vera era no.

— Sì.

— Hai una voce da funerale...

— Mamma. Dai. È che... stavo dormendo.

Sbadiglio finto.

— Scusa, scusa. Ti lascio dormire. A dopo, tesoro. Sogni d'oro.

— Grazie, ciao.

Attaccò senza aspettare un secondo di più. Lo schermo rimase acceso e lei si accorse che era passata la mezzanotte. A quell'ora Anselmo doveva aver finito al deposito. E se non aveva ancora fatto, forse qualcosa era andato storto. Forse gli era successo qualcosa, altrimenti avrebbe chiamato. Come le aveva promesso. Se gli era successo qualcosa di brutto, invece, magari non poteva chiamarla. Allora doveva chiamarlo lei. Sì. Era necessario. Forse azzardato, ma... e se invece era ancora al deposito? Avrebbe rischiato di farlo scoprire. Non poteva chiamarlo. Doveva aspettare. Magari un messaggio? No. Era troppo pericoloso. Doveva aspettare. Lo schermo del telefono si spense lentamente e, nel buio, successe qualcosa che non le era mai accaduto.

Iniziò con un brivido lungo la colonna vertebrale, dell'animale che fiuta il pericolo. Sentì qualcosa muoversi sotto gli angoli della stanza, dentro le pareti, nelle crepe del pavimento, tra le pieghe delle coperte. Le voci dell'attesa si sollevarono lente e letali in un'onda nera di paura, le loro bocche di catrame presero a sussurrare parole senza senso. Dapprima incomprensibili, poi sempre più nitide.

Se n'è andato. Non tornerà, dicevano.

Greta scacciò quella bugia con uno scatto incontrollato delle mani: "Non è vero".

Sì, è la verità. Non tornerà.

Le mani raggiunsero le orecchie e le chiusero. "Zitte. State zitte." Ma quelle non tacevano.

Non tornerà mai più.

Greta sentì una persona piccola piccola dentro di lei prendere un respiro profondo. Poi un silenzio carico di tempesta. E un boato. Qualcuno urlava qualcosa. Nessuna cosa. Fortissimo. Non si fermava. Non respirava. Non si muoveva. Solo un urlo che spaccava gli angoli della bocca. Sterminato come il mondo là fuori nella notte indifferente percossa da un vento violento.

Scattò in piedi e accese la luce. Vide la sua faccia nel riflesso della finestra. Gli occhi sgranati per il terrore. Il neo nero sul mento affogava nella palude pallida delle guance. Scintille tra le palpebre e le iridi non ancora assuefatte alla luce. Chiuse gli occhi per cacciarle via.

Quando li aprì tutto era come prima. Nessuno stava urlando. Il lupo bianco non si era svegliato. Però la stava guardando. Col suo muso incosciente e quel bottone di legno al posto del naso. Lo prese e gli baciò il bottone come aveva fatto tante volte, tanto tempo fa. Tornò a letto con lui. Appoggiato sullo sterno al centro del petto. Chiuse gli occhi con la luce ancora accesa. Distrutta da una stanchezza sconosciuta. Si addormentò dopo pochi secondi, piombando nel sonno più sordo, ma prima di abbandonarsi al buio sentì quella persona piccola piccola dire una cosa che nessuno avrebbe mai ricordato. Forse la stava dicendo ad Anselmo. Forse no, ma non strillava più. Con una voce minuscola chiedeva un abbraccio. *Se tu mi abbracciassi stanotte, il mondo mi sembrerebbe un posto più piccolo.*

E io potrei capirlo.

Un uomo

Dove sei stato?

— Sei ancora sveglio?

— Ti aspettavo.

Anselmo guardò suo padre senza capire. Non era la prima volta che tornava a notte fonda. Di solito bastava che l'avvisasse prima di uscire perché lui non si preoccupasse. Invece stanotte aveva l'espressione più cupa che gli avesse mai visto. Il viso contratto, diffidente.

— Ti avevo detto che tornavo tardi… — Lo disse in tono sorpreso, senza ombra di polemica.

— Ti ho chiesto dove sei stato. — l'espressione sempre più annodata intorno alla barba bianca e grigia.

— In giro, in bici.

— Dov'è Greta?

Il nome di lei suonò come un'accusa.

— L'ho accompagnata a casa — si giustificò il ragazzo, senza capire perché.

— Non mi piace che andiate in giro di notte da soli, non è prudente per lei. Dovresti preoccupartene, sei un uomo.

Un uomo?

Di solito suo padre gli diceva che lui era una persona speciale e che, per questa ragione non poteva comportarsi come gli altri, doveva agire meglio. Ma non l'aveva mai chiamato uomo.

— Lei non c'era, papà.

Qualcosa si distese sotto gli occhi del padre.

— C'è stato molto vento stanotte…

Le parole rimasero sospese nell'aria e Anselmo sperò che una folata se le portasse via, come se nessuno le avesse mai dette.

— … Hai visto qualcosa? — domandò puntuale suo padre.

No, non aveva visto niente.

Neppure stanotte.

Non poteva mentire. Rimase in silenzio.

— No, vero?

Anselmo abbassò gli occhi sconfitto.

— Sai perché?

Lo sapeva.

— Greta.

Anselmo pronunciò il nome di lei con calma. Questa volta non era un'accusa. Era una confessione, dolce come un altipiano, dopo la salita.

— Lei — confermò l'uomo e mise una mano sulla spalla di suo figlio.

Il lavoro aveva inciso tra le dita screpolature indelebili. Il ragazzo le sentì ruvide addosso.

— Se nei tuoi occhi c'è lei, il cielo scompare.

Suonava male, scadente e banale, come il bigliettino nell'incarto di un pezzo di cioccolato da vendere a un popolo di innamorati senza fantasia.

Poteva essere questa la verità?

Poteva esserlo davvero?

— Io non voglio.

— Non sei tu a decidere.

— Allora chi?

Guido sorrise con mezza faccia. Tolse la mano dalla spalla del figlio. Incrociò le braccia sul petto.

— Un'altra domanda inutile — ammise il ragazzo indovinando i pensieri del padre.

— Dobbiamo fare un viaggio, Anselmo.

— Perché?

— Per incontrare un uomo.

Il mattino dopo Greta si svegliò con la sensazione di un bacio sullo zigomo sinistro del viso. Un raggio di sole lo scaldava, filtrando dalla finestra aperta. Non si ricordava di averla lasciata così. Guardò la coperta stesa sul corpo e rimboccata perfettamente agli angoli del letto, e il suo lupo bianco. Vegliava accanto a lei, sdraiato sul cuscino dove era sicura di non averlo messo. Sotto alle zampe di pelliccia finta c'era una scatolina nera. Quella la sera prima non c'era. Si mise a sedere ancora assonnata, allungò una mano verso quell'oggetto misterioso e se lo rigirò tra le mani. C'era un'etichetta, sopra qualcuno aveva scritto il numero di un autobus e una data. La aprì e trovò una piccola videocassetta e un messaggio di Anselmo: —Volevo vederti, non volevo svegliarti. Quando dormi, sembri un angelo. Buongiorno.

Era entrato nella sua camera di notte. Dalla finestra aperta e poi era volato via. Lo immaginò planare con ali di luce accanto al suo corpo abbandonato al sonno. Chinarsi su di lei. Baciarla. Salutare il lupo bianco. Perché non era rimasto? Dov'era adesso? Prese il telefono e lo chiamò. Il trillo monotono e nervoso nel ricevitore dava occupato. La persona piccola piccola iniziò a inspirare profondamente, presto avrebbe ricominciato a gridare. Strinse il lupo bianco con una mano, fino a sentire le sue stesse dita accartocciarsi nelle unghie. Dove sei? Perché non rispondi? Rispondi.

— Amore!

La voce di sua madre chiamò.

— C'è il ciambellone caldo.

Una raffica di zucchero e burro inondò senza mezzi termini la sua stanza, annegando la piccola persona prima che potesse gridare qualsiasi cosa. Greta scattò in piedi, chiuse la finestra e la bocca della piccola persona con lo stesso gesto rabbioso. Si sfilò il pigiama e s'infilò calzoni neri, maglia nera, sciarpa e calzini a righe, anfibi. La videocassetta nello zaino, gli anelli della bici ai polsi. Afferrò Merlina e la trascinò in cucina. Si sedette al tavolo con sua madre che l'accolse con uno sbadiglio generoso.

— Ti dona il nero, lo sai? Sembri più bionda.

Greta sollevò gli occhi sulla donna. Notò i solchi profondi delle occhiaie. Era tornata tardi, era stanca morta. Non per dire, per davvero.

— Grazie.

— Per che cosa?

Perché ti sei svegliata e mi hai riscaldato il ciambellone anche se eri stanca.

— Che sono bionda.

— Che cosa c'entro io? — chiese Serena passando una mano tra i lunghi capelli neri.

— Niente. Appunto.

L'ironia è un dono riservato a chi dorme più di cinque ore a notte, la comprensione dell'ironia ne richiede almeno sei, e, in ogni caso, è impossibile prima delle sette del mattino. Erano le sette meno un quarto e Serena aveva dormito due ore.

— Va bene, me ne torno a letto — dichiarò la mamma prima di dire qualcosa di cui poi si sarebbe pentita.

Greta azzannò la fetta di torta ancora calda, guardando la schiena di sua madre muoversi sinuosa sotto la sottoveste avorio. La porta si chiuse e Greta rimase sola con il rumore del suo respiro. Una specie di affanno spezzato, come prima di un salto, dopo la rincorsa. Mandò giù un sorso di caffelatte per scioglierlo. Risultato discutibile. Un altro sorso ed era ora di andare. Guardò Merlina che l'aspettava davanti alla porta dove l'aveva appoggiata: — Buongiorno — disse alla sua bicicletta.

Se la mise in spalla e scese le scale pronta a spezzare la voce della piccola persona con la velocità di una pedalata forsennata verso le sue amiche.

Non appena arrivò a scuola, riprovò a chiamare Anselmo. Ancora occupato. Un'onda amara le sollevò la testa. Alzò gli occhi e vide Lucia.

— Allora? Anselmo l'ha trovata? — domandò balzellando verso di lei nei suoi calzoncini a fiori.

Greta nascose il telefono e il suo dolore nelle tasche della felpa, stritolando entrambi tra i pugni: — Sì.

— Racconta! Come ha fatto?

Si strinse nelle spalle. Non rispose.

Oltre lo sguardo perplesso di Lucia, apparve Emma. Abitino leggero a quadretti bianchi e rossi e ballerine nere. Le gambe affusolate, nude, seguite dagli occhi di tutti i ragazzi nel raggio di chilometri.

Levò una mano aperta al cielo e la schiuse come la corolla di una rosa.

— Ehi! — salutò avvicinandosi. — Novità?

— Sì, Anselmo ha trovato il video che volevamo — sorrise eccitata Lucia.

— Grandioso! — esultò l'altra.

Poi si voltò verso Greta. Stava armeggiando di nuovo con il cellulare. Il viso rabbuiato.

— Che cosa è successo?

Silenzio. Una specie di orrore negli occhi.

— Greta?

La ragazza sfilò lo zaino, aprì la cerniera, consegnò il video alle amiche e slegò Merlina.

— Io non entro, oggi — disse arroccandosi sul sellino.

— Stai poco bene? — si preoccupò la dolce Lucia.

Greta scosse la testa e fece per partire. Emma l'afferrò per un braccio. Stavolta non le avrebbe chiesto dove andava. Avrebbe fatto una cosa più importante: — Vengo con te.

Non se l'aspettava. Non era sicura di volere qualcuno accanto. Non voleva rimanere sola.

— Pure io — azzardò Lucia.

Però due persone erano troppe. Soprattuto se una di loro era una brava ragazza.

— Lucia, tu... non puoi bigiare la scuola — affermò Greta.

— Ah, no? E perché?

— Perché tu sei... Lucia.

Un moto improvviso di rabbia s'impossessò inopinatamente delle sopracciglia di Lucia, le quali si aggrovigliarono al centro della fronte come neri gatti furiosi.

— Mi avete stufato voi due! Sempre a dire che sono Lucia! Lo so che mi chiamo così, e allora?!

Le fissò seria, come se davvero si aspettasse una risposta. Con la fronte aggrottata e il cerchietto decorato a fragoline luccicose. Una furia vestita da fata pasticciera.

Emma scoppiò a ridere.

— Non c'è niente da ridere — s'offese la brava ragazza.

— Scusa — cercò di trattenersi l'amica.

Niente da fare, non ci riusciva.

— Allora? Basta adesso!

Ma quella continuava, e adesso perfino Greta iniziava a increspare impercettibilmente il labbro superiore.

— Eh, no! — si ribellò Lucia. — Tu no! Non puoi ridere. Sei Greta, devi essere arrabbiata e antipatica!

— Ha ragione... — prese a sghignazzare Emma, diventando sempre più rossa. Il suo viso perfetto, scosso dal colore del pudore, le dava un aspetto insolito. Non molto elegante, ad essere proprio sinceri. Greta e Lucia si guardarono esterrefatte. Quando Emma rideva così diventava quasi... brutta.

Lucia arrabbiata, Greta sorridente, Emma brutta.

Quella era davvero una giornata memorabile. Dovevano festeggiare. Non era una cosa su cui ci fosse molto da discutere. E infatti non lo fecero. Voltarono le spalle alla campanella che suonava l'inizio delle lezioni e corsero fuori, dove l'aria stava rovesciando i pollini in direzioni imprevedibili. E anche loro si sentivano così: imprevedibili. Li seguirono travolte da un'euforia senza fondamento e trovarono un parco, poi una panchina di pietra.

— E adesso che abbiamo il video che cosa facciamo? — domandò Emma sedendosi.

— Abbiamo bisogno dell'attrezzatura per studiarlo, come nei telefilm. Col computer e tutto il resto… — spiegò eccitata Lucia.

— Seee, i telefilm… — commentò scettica Greta.

Lanciò un'occhiata panoramica a villa Borghese, così bella da sembrare davvero il set cinematografico di una pellicola d'altri tempi. Tempi migliori, senza telefilm.

— Chiediamo a mio fratello Cesare! — s'illuminò la cucciola di famiglia. — Lui si diverte con queste cose di computer.

L'idea non era per niente sciocca.

— Quando?

— Gliene parlo oggi pomeriggio, dopo la scuola… — Si guardò intorno realizzando che non era affatto a scuola, dove avrebbe dovuto essere. Guardò Emma con gli occhi del terrore.

— Non lo diremo mai a nessuno, vero?

— Mai.

— Se i miei lo scoprono, la mamma piange. Lo so.

— Non lo scoprono, falsifichiamo le firme sulle giustificazioni e nessuno piangerà, vedrai.

— Tu sei capace?

— Sono la migliore — si vantò Emma.

— E tu come farai, Greta?

Greta, china sul suo telefono, non rispose.

— Greta?

— *Mmm.*

— Come fai con la giustificazione?

Gli occhi verdi si schiusero distanti, dallo schermo ai volti delle sue amiche, come se le due immagini fossero ugualmente finte.

— Boh.

Due lettere per dire che in quel momento non c'era nulla che le importasse. Non una cosa nell'universo. Emma sapeva perché: — Dov'è Anselmo?

Una pozza di lacrime riempì il verde. Greta le ricacciò indietro con un respiro troppo profondo.

— Non lo so. È sparito.

— Che cosa significa?

Greta raccontò alle amiche della finestra aperta, del video sul letto e del biglietto.

— Hai provato a chiamarlo al telefono?

— Quattro volte. È sempre occupato.

Seguì un momento di silenzio pesante come un macigno. Grande come un uomo. Un uomo che adesso non c'era. "E tu come farai, Greta?" La domanda di Lucia era ancora sospesa nell'aria, e diventava sempre più insopportabile.

— Ecco che cosa faremo — disse Emma.

L'aveva detto al plurale, come se la questione riguardasse anche lei e Lucia. Il macigno sembrava già più leggero.

— Andiamo a cercarlo? — squittì Lucia, come davanti al primo bigliettino di una caccia al tesoro.

Emma si alzò in piedi decisa: — Sì, andiamo alla ciclofficina.

— Ma... tu non volevi più tornarci — commentò Lucia sorpresa.

Greta la osservò dal basso ed ebbe la sensazione che alzandosi avesse sollevato quel macigno e tutto il cielo sopra di loro.

Emma sorrise senza peso: — Oggi tutto va al contrario. Non ve ne siete accorte?

Troppa polvere. Nel magazzino di suo padre c'era troppa polvere. Emiliano non si era mai accorto di quanto fosse sporco quel posto: aveva trascorso molte ore tra tubi, rubinetti e gabinetti ricoperti di uno spesso strato grigio, perfettamente a suo agio. Non gli era mai venuto in mente di pulirli. Ci doveva pensare sua madre, al limite. A casa stava sempre a pulire le piastrelle o a passare lo straccio in salotto. O a fare altre cose da donna. Nel magazzino però non voleva proprio metterci piede. Ed era anche per questa ragione che Emiliano l'aveva trasformato nel suo ufficio e, per anni, aveva continuato a curare i suoi affari in mezzo alla polvere.

Ma oggi aveva una rondine ferita tra le mani e non sapeva dove appoggiarla perché non c'era un solo angolo pulito dove darle un nido. Non poteva lasciarla in mezzo alla polvere. Si sarebbe ammalata di più. Scelse uno scaffale su cui batteva un raggio di sole, vicino a una piccola finestra rigata dalla pioggia.

"Almeno vedi il cielo" pensò di dire alla rondine.

Ma non lo disse davvero. Tanto non capiva. Spostò con delicatezza l'uccellino in una mano. Stava tutto dentro a un palmo. Con l'altra afferrò un sacchetto che conteneva una matassa di fili sottili che sembravano lunghi capelli ramati.

All'improvviso l'immagine di quella ragazza straniera con i capelli rossi si affacciò nell'inquadratura buia di quell'istante. Come brace rossa sul carbone spento. Poi, com'era arrivata, scomparve. Al suo posto l'etichetta sul sacchetto: canapa. Non aveva idea di quale fosse l'utilizzo idraulico di questo materiale fibroso ma era l'unica cosa ad essere rimasta pulita, sigillata nel suo sacchetto di plastica.

Lo aprì e ne prese una manciata. Poi liberò lo scaffale e iniziò a spolverarlo. Il grosso venne via subito, restava uno strato colloso di nero. Ci sputò sopra e lo raschiò via con un altro mazzetto di canapa. Poi prese ciò che restava nel sacchetto e lo appoggiò sullo scaffale. Pigiò con una mano e fece un solco al centro con il pollice. Osservò il risultato.

Una specie di nido, una specie di culla. Ci mise la rondine.

"Va bene qui?" disse senza dire.

Lei neppure parlò. Rimase a guardare il cielo vicino alla finestra e lui capì che andava bene.

— Capo — chiamò la voce di qualcuno dietro alla porta.

Mao. Era arrivato. Avevano appuntamento per il carico del fine settimana. Se n'era dimenticato. Fra poco anche l'altro li avrebbe raggiunti. Non voleva che vedessero la rondine.

— Aspettami fuori — rispose.

Scostò i cessi sotto lo scaffale e raggiunse un mobiletto da bagno perfettamente nascosto. Aprì un cassetto, sollevò il doppio fondo e prese una confezione di plastica piena di pastiglie colorate. Avrebbe dovuto fare questa cosa prima che arrivassero i suoi amici, ma poi aveva visto la polvere... Non perse altro tempo. Divise il contenuto della busta a metà e lo sigillò in due contenitori più piccoli. Li mise in tasca e uscì.

— Perché non posso entrare? — domandò Mao soffiando il fumo di una sigaretta di traverso.

Emiliano non gli rispose. Si avvicinò e gli mise una delle buste sotto la camicia a scacchi. Quello l'afferrò e la fece scivolare in tasca velocemente.

— Quant'è?

— Duemila.

— *Mao* — disse Mao.

Era per questo che lo chiamavano Mao. Nessuno sapeva che cosa intendesse esattamente quando diceva *Mao*. Non lo diceva spesso, sembrava seguire una logica, sembrava che lui conoscesse il significato di quell'espressione e che la usasse a proposito. Ma avveniva sempre secondo un disegno imperscrutabile, di cui nessuno gli aveva mai chiesto ragione. Neppure Spranga, il suo migliore amico, che arrivò, si prese la sua busta da duemila e domandò: — Stasera?

— Anfiteatro — fece Mao. — Tu?

— Pure.

— Capo?

— Non ci sono.

— Dove stai?

— In giro.

Voltò loro le spalle e tornò dentro. Gli altri due si salutarono con un cenno della testa e nessun'altra parola. Tre parole per frase erano già troppe. Un uomo non ne dice di più.

La strada trasforma il ciclista.
I calli nei palmi sono fiori portati
all'abbraccio di mani e manubrio,
lo scalino tra caviglia e polpaccio
il trofeo della vittoria sulla salita,
il tendine teso sotto le ginocchia
una corda tirata nell'aria.
La percorriamo con la fede del funambolo
e la sua pazzia.

A malincuore

Stazione Termini, otto e mezzo del mattino. Guido e Anselmo emersero dalla metropolitana sudati tra gli altri passeggeri sudati. Seguirono la folla verso l'ingresso ai binari, senza camminare, trasportati dalla moltitudine tra sponde di vetrine lussureggianti in cui manichini senza testa esibivano una moltitudine di abiti, scarpe e borse sufficiente a vestire gli abitanti dell'intero continente per qualche anno. E invece nel giro di tre mesi sarebbero stati venduti per fare spazio alla prossima moda. Anselmo si chiese quante scarpe dovesse avere ogni donna presente per far funzionare quel diabolico meccanismo.

Domanda inutile. La prima di quella lunga giornata.

Poi pensò a Greta, ai suoi anfibi neri, sempre gli stessi. E il tempo gli sembrò dilatarsi ancora di più. Non sapeva quando l'avrebbe rivista, non sapeva che cosa le avrebbe detto, sapeva soltanto che adesso era il momento di partire, incontrare un uomo che, forse, poteva rispondere alle molte domande che ronzavano come tafani tra i suoi pensieri ogni singolo secondo di quei giorni senza quiete.

— Come si chiama? — domandò Anselmo prendendo posto nel vagone davanti a suo padre.

— Zeno.

Guido si slacciò il primo bottone della camicia e inclinò la testa verso il finestrino rilassando i muscoli del collo. La banchina percorsa da chi arriva sfilò lentamente lontano. Il treno era partito.

— Anche Zeno ha una ciclofficina? — disse Anselmo lasciando rimbalzare gli occhi tra i tralicci.

— No, è un vecchio negozio di biciclette. Ti piacerà. Vedrai.

— Lui o il negozio?

— Tutti e due.

Sorrisero senza guardarsi.

— Quando l'hai conosciuto?

— Durante l'ultima gara. Ancora non sapevo che era... Guido contemplò un muro di mattoni rossi erosi dai muschi, cercando le parole — che era come te. L'ho scoperto alla fine di quella corsa.

Suo padre non gli aveva mai parlato di altri messaggeri. Si

chiese perché. Poi ricordò che durante quella gara ciclistica Guido aveva avuto un incidente. Tra di loro l'avevano sempre chiamato "l'incidente". Da quel giorno Guido non era più riuscito a salire su una bicicletta, ma nessuno gli aveva mai raccontato come erano andate le cose esattamente. E non era questo il momento per fare una domanda tanto delicata. Il ragazzo ne fece un'altra: — Siamo solo noi due ad essere... così?

— No. I messaggeri sono ovunque.

— Ne conosci altri?

— Io no.

— Lui?

— Ce lo dirà.

La città era ormai alle loro spalle. I prati navigavano accanto a loro come onde mansuete di un mare sterminato. Verdi a malincuore.

Il padre si voltò verso il figlio e lo sorprese a guardare il suo viso: — È stato Zeno a salvarmi — confessò.

Otto ore dopo le ragazze della ruggine si incontrarono all'inizio di via Gentilini. Era la prima volta che tornavano tutte insieme, dopo quel pomeriggio a grattare via ruggine dal telaio della vecchia Graziella acquistata a Porta Portese, ma nessuna di loro ci fece caso. Si avvicinarono in silenzio, occupate in pensieri molto diversi e ugualmente stranianti. Il cancello della ciclofficina era aperto e la radio accesa. Ad ogni passo i suoni diventavano sempre più chiari. Niente cori, né orchestre. Un rullante indiavolato e l'eco metallica di una chitarra elettrica suonarono come un allarme nei timpani di Greta. Saltò sulla bici e raggiunse il portone senza aspettare le amiche.

— Greta! — la salutò subito Sciagalle.

Il ragazzo emerse dall'ombra abbassando la mascherina sul volto, con una bomboletta spray tra le mani. La raggiunse, sorrise di fretta e si affacciò sulla strada. Quando vide Lucia sorrise per davvero.

— Non puoi entrare, non è ancora pronta! — l'avvisò senza neppure salutarla.

— Ma io sono curiosa!

Lucia allungò il passo emozionata e non ci fu modo di fermarla.

Emma e Greta invece si scambiarono uno sguardo buio.

— Non c'è? — domandò a bassa voce la rossa.

— No.

— Entriamo. Siediti sul divano e fai finta di niente. Ci penso io.

Greta obbedì. Non chiedeva niente di meglio.

— Che musica è? — chiese Emma avvicinandosi al ciclista pittore.

— Metal. Ti piace?

Non considerò neppure la possibilità di rispondere a quella domanda.

— Hai visto la mia bici, Emma? — cinguettò Lucia. — È liberty, si capisce dalle pallette.

Stavolta era costretta a rispondere, anche se non avrebbe voluto: — Non sembra neanche una bicicletta.

I due la guardarono senza capire se era una cosa bella o una cosa brutta.

— Voglio dire: non sembra più la bicicletta di prima.

Un lieve sollievo nello sguardo di entrambi.

— Ma l'hai fatta da solo?

— Già — gongolò Sciagalle.

— Guido non ti ha aiutato?

— No.

— Neppure Anselmo?

— No...

— A proposito... — domandò Emma che era scivolata verso quei nomi con la grazia di una serpe. — Dove sono adesso?

I suoi trucchi stavolta erano inutili. Sciagalle le rispose come se dietro quel viaggio non ci fosse nessun mistero: — A Milano. Staranno via qualche giorno.

Greta sbiancò. Un filo di voce le sfuggì dalla bocca: — Perché?

Nessuno la sentì.

— Perché? — domandò Emma.

— Vanno a trovare un amico. Un altro ciclista.

— E quando tornano?

Il ragazzo fu colto alla sprovvista, era una domanda cui non aveva affatto pensato.

— Non lo so.

La voce si spense tra le labbra di Greta e nella sua testa la persona piccola piccola ghignò vittoriosa, senza dire più nulla.

Emma lasciò i due piccioncini a gorgheggiare intorno alla bici nuova e si sedette accanto a Greta.

— Prova a richiamarlo, magari era in treno e il telefono non prendeva bene...

Greta scosse la testa.

— Dai, magari adesso risponde e chiarite tutto.

Nessuna reazione.

— Mi fai uscire di testa quando fai così! — scattò Emma. Le mise le mani nella felpa e le strappò il telefono di dosso.

— Ridammelo!

— No — si rifiutò l'amica.

Greta le saltò addosso.

— Che cosa credi di fare?

Emma si scostò e cercò il numero di Anselmo nella rubrica: prima che l'altra riuscisse a riacciuffarla il telefono stava squillando.

Libero.

— Adesso tu gli parli e lo ringrazi per il biglietto e per il video dell'autobus. Niente paranoie. Come se non fosse successo nulla di che — disse la Kildare, passandole il cellulare. — E fai finta di sorridere, per piacere, che se tieni il muso si sente.

Prima che Greta avesse avuto il tempo di elaborare gli ordini dell'amica la voce di Anselmo suonò dolcissima da un posto troppo lontano.

— Ciao.

Greta sorrise, senza fare finta.

— Ciao.

— Come stai?

Gelo. Ammutolì completamente. Era una domanda troppo difficile.

Emma sbuffò e diede un pizzicotto alla sua amica prima che si trasformasse in una statua di ghiaccio.

— Ahia!

— Che succede?

— No, niente...

Emma la guardò con l'aria di chi non avrebbe ammesso un errore.

— Sto benissimo! Hai visto che sole?

L'amica sollevò il pollice in segno di approvazione.

— Sì, c'è il sole anche qui.

— Qui dove? Non sei a Roma?

Applauso muto. "Bella mossa, sorella!" disse Emma, senza suono.

Intanto anche la voce di Anselmo si stava sciogliendo: — Sono a Milano. Sono partito stamattina. Io e mio papà siamo venuti a trovare un amico. Un altro ciclista.

Greta si rilassò. La verità fa questo effetto.

— Che bello! Allora divertitevi.

Stava andando alla grande.

Ora poteva giocarsi la carta più preziosa. — Il biglietto… — le ricordò Emma con un sussurro.

— Volevo dirti che ho ricevuto il… filmato — disobbedì Greta. — Lo portiamo da un amico che può aiutarci.

— Un amico? — s'incuriosì Anselmo.

— Un carissimo amico… — suggerì Emma ammiccando.

— Un carissimo amico — l'assecondò Greta. — Lo conosco da molti anni, è una persona fantastica. Posso fidarmi ciecamente di lui.

Emma la guardò con profonda ammirazione.

— Ah, va bene — accusò lui. — Come si chiama?

— Cesare.

— Ah, va bene.

Greta sorrise, c'era un lieve disagio nella voce di lui. Sperò fosse gelosia.

— Se scopri qualcosa, chiamami. Anzi, per favore, chiamami comunque.

Sì, era geloso!

Era geloso di lei!

Greta fu presa da un moto d'entusiasmo: — Anche tu.

Emma aprì la mano a paletta, attenzione a non esagerare. Lei colse immediatamente.

— Ora devo andare — disse a malincuore.

— Aspetta.

— Dimmi.
— Hai ricevuto il biglietto?
— Sì. Grazie.
Non ebbe bisogno di guardare Emma per sapere che non c'era altro da aggiungere.
— Ciao, Greta. Io… bacio.
Lo disse timido. Come una piuma.
— Ciao — rispose lei, ma voleva dire bacio.
— Grande! Sei stata grandiosa!!! — esultò Emma non appena la telefonata fu conclusa.
— Tu dici?
— È una persona fantastica — civettò facendole il verso. — Posso fidarmi ciecamente di lui!
Risero.
— Però non capisco perché non mi abbia chiamato ieri sera. Me l'aveva promesso.
— È tutto sotto controllo. Trattasi di classico panico del giorno dopo.
— Che cosa vuol dire?
— L'hai colpito. E adesso ha paura di affondare. I maschi sono così.
Lo disse con una tale sicurezza che Greta non provò neppure a ribattere.
— Adesso viene la parte più delicata. Quella in cui devi fingere.
— Che cosa dovrei fingere?
— Di non aver paura di affondare pure tu.

— Non chiedermi come ho fatto ad averla — esordì Lucia. — Aiutami solo a scoprire la verità.

Suo fratello Cesare studiò il viso serio della piccola di famiglia con sospetto.

— Ti prego — aggiunse lei.

Il ragazzo prese la registrazione e la infilò nella telecamera collegata al proprio computer.

— Mi devi un favore.

— D'accordo — festeggiò lei stringendo di nascosto la mano di Emma. Lo sapeva che Cesare non le avrebbe detto no e adesso lo sapevano anche le sue amiche.

Greta puntò gli occhi sullo schermo e le immagini in bianco e nero iniziarono a scorrere a velocità accelerata. Le persone si muovevano con una rapidità irreale, salivano, scendevano, si alternavano sui posti a sedere come comparse nel breve corridoio dell'autobus. Guardando altrove, parlando con persone distanti attraverso telefoni di tutte le specie. Poi arrivò la donna con il sacchetto bianco.

— Eccola! — la riconobbe Emma.

Cesare diminuì la velocità del video mentre la donna aiutava il suo bambino a salire gli scalini del bus e ringraziava un ragazzo che le cedeva il posto. Si sedette e appoggiò il sacchetto sotto al sedile. Il volto sempre coperto da una fitta acconciatura. Fino al momento in cui scendeva, con in braccio il piccolo.

— Torna indietro — suggerì Greta.

I passeggeri invertirono il senso dei loro gesti per qualche secondo. Il sacchetto bianco ricomparve sullo schermo.

— Ferma tutto.

Cesare diede lo stop.

— Puoi ingrandire questo dettaglio? — s'informò Greta indicando il sacchetto.

— Sì.

Cesare chiuse la porzione segnalata da Greta in un riquadro, poi ne aumentò le dimensioni. Ora si poteva leggere una scritta. Il marchio di una lavanderia.

— Il Secchiello. Via Portuense 749 — lesse Cesare.

— Abbiamo un indizio! — si lasciò sfuggire Lucia per l'entusiasmo.

Le amiche la folgorarono con un'occhiataccia e lei tacque. Ma ormai era troppo tardi.

— Che significa? Che cosa state architettando voi tre? — si informò subito il fratello.

Aveva accettato di aiutarla senza fare domande, ma l'indirizzo che aveva trovato era quello di un posto molto lontano da casa loro e non gli piaceva pensare che sua sorella se ne andasse a zonzo per la città da sola. Era ancora troppo piccola.

— No, niente, è… una cosa per la scuola. Una specie di ricerca.

Pessima bugia. Banale e approssimativa. Le menzogne funzionano quando sono estreme. O estremamente banali o estremamente improbabili. O estremamente vaghe o estremamente dettagliate. Per fortuna in quella stanza c'era una vera esperta di effetti collaterali da frottola scadente. Emma. E sapeva come curarli: — Per educazione civica. Dobbiamo trovare gli esercizi commerciali che offrono servizi con competenze ecocompatibili, questa dovrebbe essere una lavanderia che utilizza detersivi ecologici fatti artigianalmente e profumati con oli essenziali. Lo scopo è quello di intervistare i proprietari e portare all'attenzione della città intera realtà di piccole imprese che scelgono una gestione alternativa. È un progetto molto interessante, non credi?

Cesare la guardò incerto. Non capiva quale attinenza avesse il filmato che avevano appena guardato con tutta questa storia ma Emma fu più veloce di lui.

— Anche il sacchetto è ecologico, di carta riciclata, e questo video ci serve come testimonianza visiva.

Non che fosse proprio una bugia perfetta, ma il fratellone decise che non era il caso di preoccuparsi, anche perché sarebbe andato con loro.

— Molto interessante, vi posso accompagnare?

Gelo.

— Ma certo! — squittì Lucia. — Così andiamo in macchina.

Tutte accolsero la proposta a malincuore. Più di tutte Greta.

Cerchi qualcuno?

Che cosa mangia una rondine? Emiliano non lo sapeva. Se ci fosse stata sua nonna, gliel'avrebbe detto. C'erano due nidi sotto il tetto di casa sua e tutti gli anni le rondini tornavano ad annunciare una nuova primavera. La nonna le aspettava. Preparava fogli di giornale da mettere sul pavimento, sotto ai nidi perché non sporcassero i corridoi del serpentone con i loro escrementi. Li piegava e li fissava a terra con vasi di fiori. Lo faceva da sempre, o almeno da che lui ricordasse. Il palazzo cadeva a pezzi e lei si preoccupava di tenere pulito il pianerottolo.
Pulito e fiorito.

— Per le rondini. Quando tornano — gli aveva spiegato un giorno di primavera.

D'inverno sentiva la loro nostalgia, fu per questa ragione che un giorno comprò quella spilla. Di solito erano i nipoti, i figli e a volte perfino suo marito, buonanima, a farle regali. A Natale e per il suo compleanno. Tutte le volte che scartava un pacchetto diceva: — Non dovevate spender soldi.

Ma poi, mentre arrotolava con cura i nastrini intorno alle dita e piegava l'incarto per conservarlo per altri doni, sorrideva di nascosto. La spilla a forma di rondine fu l'unico regalo che si comprò da sola. Il giorno del suo compleanno, il primo senza suo marito, buonanima.

Emiliano percorse il passaggio verso la vecchia casa della nonna cercando i nidi di rondine negli angoli del soffitto screpolato. I neon spenti incrostati dal tempo cadenzavano lo sguardo sdraiati su porte uguali come la punteggiatura sghemba di una storia dimenticata. Arrivò davanti all'ingresso con la sensazione di aver camminato all'indietro, in direzione opposta alla meta, e si trovò in un luogo sconosciuto. I nidi non c'erano più. Neppure i vasi. Altri fiori sbocciavano disorientati dentro contenitori di plastica ma le rondini non erano tornate.

— Cerchi qualcuno? — disse una voce di donna alle sue spalle.

Si rese conto che era rimasto a fissare il soffitto sgombro più di quanto avesse voluto. Era la migliore amica di sua nonna. La vestaglia a righe chiusa sul petto con una fila di bottoni di plastica scolorita e il sorriso come una ruga tra le altre, ma più dolce.

Cerco le rondini. Che cosa mangia una rondine?

— No.

Rimase a guardarla ricordando l'odore del caffè e dei biscotti da quattro soldi che offriva loro quando lui e la nonna andavano a salutarla e cioè ogni pomeriggio per una manciata di anni indimenticabili. Lo ricordava perfettamente: polvere e burro. Lei invece non si ricordava niente.

— Chi cerchi, piccolo?

I vecchi pensano che tutti siano bambini e i bambini pensano che tutti siano vecchi. Emiliano pensò che non c'era più niente per lui in quel posto.

Accennò un sorriso di circostanza.

— Nessuno, ho sbagliato porta.

Tornò sui suoi passi sfilando davanti alla signora che strinse gli occhi raggrinziti per mettere a fuoco quella figura scura ed evanescente.

— Ma... sei tu! Sei tornato... — gioì all'improvviso la vecchina. — Entra, ti preparo un caffè coi biscotti.

— Grazie, ma sono di corsa... ho molto da fare ogg... — tentò di declinare.

Lei lo afferrò per un braccio e lo trascinò in casa. Non ebbe cuore di divincolarsi.

Il salotto silenzioso. La penombra asfissiante delle tende pesanti tirate sulle finestre. Il divano verde di velluto consumato e il centrotavola di fiori lavorati all'uncinetto. Tutto era come una volta. Quando accanto a loro sedeva la nonna.

— Tua nonna lo diceva che saresti tornato — disse la donna accendendo il fuoco sotto alla caffettiera.

Il suono intermittente delle scintille che infiammano i fornelli le fece eco. Poi, al suo posto, il crepitare di una fiamma. La vecchina si affacciò al salotto con il vassoio dei biscotti e le tazzine tintinnanti. Si sedette di fronte a lui e lo guardò da una distanza siderale. Da un luogo dopo la morte.

— Sei un bravo ragazzo tu. Lo diceva sempre. Tua nonna.

Emiliano abbassò lo sguardo pieno di vergogna.

— Mi voleva bene.

— Ti conosceva.

Non era vero. Non sapeva niente di lui. E quello che sapeva erano bugie. Tutte quelle che le aveva raccontato dal giorno in cui aveva rubato la sua spilla. La strinse nella mano, affondata nella tasca.

— Che cos'hai in tasca? — domandò lei all'improvviso.

Lui raggelò.

— L'hai riportata?

— Che cosa?

— Quella spilla. La rondine.

No. Non era vero. Non era possibile. Come poteva saperlo?

— Ti conosceva bene, sapeva che saresti tornato, alla fine.

Emiliano sentì il Corviale precipitargli addosso e le tende

di quella stanza accartocciarsi intorno a ogni suo respiro. Si aggrappò alle ali della rondine e sentì le spine della coda pungere i palmi.

— Mi manca molto — ammise addolorato.

— Anche a me.

— Io... non sono mai riuscito... Non le ho mai detto la verità... e adesso è tardi.

Il caffè gorgogliò, lei allungò la mano per consolarlo.

— No, piccolo.

Era piccolo per davvero adesso. Davanti a un mondo sbagliato. Senza nessuno che sapesse rispondere alle sue domande.

— Che cosa mangia una rondine?

La donna indossò un sorriso sbiadito: — Io non lo so. Non me lo ricordo più...

Si alzò in piedi e andò verso la cucina con passi affaticati. Spense il fuoco e afferrò la caffettiera per il manico, con una presina bruciata al bordo. Quando tornò, Emiliano non c'era più.

I milanesi lo chiamano il vicolo delle Lavandaie, ma sbagliano. Il vero nome di questa breve strada lastricata, affacciata su un vecchio lavatoio è maschile. Dal 1700 infatti ad occuparsi del bucato sono sempre stati gli uomini, l'hanno fatto per quasi duecento anni, prima di chiedere il cambio alle loro mogli. Le famiglie dei lavandai abitavano quasi esclusivamente in questo quartiere e lavavano panni per tutta la città. I maschi erano associati nella Confraternita dei Lavandai che, appunto, dà il nome al vicolo dei Lavandai.

Il lavatoio è conservato perfettamente. Una vasca di pietra bianca sormontata da una tettoia di legno scuro con tegole rosse. Sull'argine c'è il *brellin*, lo scalino per inginocchiarsi a fare il bucato e accanto una bottega che vendeva acqua bollente e *paltòn,* il sapone dei poveri. Era fatto col grasso del maiale e la cenere. Smacchiava poco e puzzava molto ma i panni no. Lasciati ad asciugare nei prati che un tempo circondavano la zona prendevano in breve l'odore dell'aria, quella di una Milano che non c'è più.

Il Naviglio però c'è ancora, almeno quello Grande e la Darsena. Scorrono poco più in là, nelle loro severe geometrie artificiali. Piccoli ponti di ferro battuto scavalcano il rettilineo dell'acqua come palpebre chiare incastonate in una nera corona di ciglia finte. Le case di ringhiera, restaurate negli ultimi vent'anni, sembrano guance imbellettate con trucchi di colori sobri e cortesi. Al piano terra si susseguono locali, ristoranti e negozi di cose per gente di gusto, sfavillanti come uno svolazzo di rossetto sulle labbra rifatte del quartiere più ambito di Milano. Chi abita qui non fa il bucato a mano. Né uomini né donne. La maggior parte di loro non lo fa proprio, va in lavanderia o lascia che a caricare la lavatrice sia la donna delle pulizie. Per loro il lavatoio del vicolo dei Lavandai è soltanto l'ennesimo angolino caratteristico di questo quartiere dove il tempo, sempre a loro giudizio, si è fermato.

Anselmo osservò la foto in bianco e nero del lavatoio appesa nell'officina di Zeno. Poi il lavatoio dal vero, fuori dalla porta, proprio davanti a lui. Il tempo non si era fermato per niente e la versione a colori era molto più triste.

Dalla tettoia sbrodolavano gerani rossi, chiedendosi quale mano crudele li avesse strappati alle Dolomiti tirolesi dove avrebbero dovuto essere. Catene di metallo circondavano l'acqua come se nelle profondità di quel pozzo misterioso vivesse qualche creatura malvagia pronta a dilaniare chi si fosse avvicinato. Tavolini e seggioline da bar si assiepavano intorno agli ingressi specchiandosi vanesi nel piccolo rettangolo d'acqua. E poi c'erano cani, tanti cani, cani dappertutto. Legati al guinzaglio di padroni molto civili, con la mano già infilata nel sacchetto per raccogliere le cacchine dei loro amici a quattro zampe. Nell'attesa chiacchieravano fra loro, come se stessero aspettando un caffè invece che cacca di cane.

Le donne nella foto in bianco e nero invece non aspettavano niente. Strofinavano indumenti e sollevavano secchi fumanti. Fiori bianchi germogliavano a terra tra i sassi lambiti dalle loro gonne lunghe e i cani non avevano guinzagli né padroni.

— Vedi quella signora? — disse Zeno indicando una lavandaia con il grembiule.

— Sì.

— Beato te, io ho gli occhi stanchi — sfregò le palpebre con le dita. — Troppi cieli. Troppa luce. Non ci vedo quasi più.

Aveva uno sguardo stropicciato e serio, sembrava sicuro che il ragazzo capisse di che cosa stesse parlando.

— Chi è? — domandò Anselmo indicando la donna.

— Si chiama Ada e questa bici era la sua.

Poggiò la mano sul manubrio spesso di una bicicletta pesantissima con ruote di gomma piena. Sul viso magro e perfettamente rasato spuntò un ricordo felice che disegnò una mezza luna nelle labbra morbide. Era più vecchio di suo padre ma non lo sembrava. La fibra tesa dei muscoli si poteva ancora intuire sotto la pelle segnata dal tempo. Un paio di sopracciglia folte e biondo cenere sfumavano quasi invisibili sugli occhi celesti, lasciando immaginare i colori della sua gioventù.

Guido si chinò ad esaminare il telaio di ferro della vecchia bici, passò un dito sul sellino di cuoio e spolverò la memoria di anni molto lontani. Si voltò verso il figlio e lui capì che stava per raccontargli una storia sempre taciuta.

— Zeno era il mio allenatore, quando correvo. Era veloce. Molto più veloce di me, ma non ha mai voluto partecipare a nessuna gara.

Guido si alzò e guardò il suo vecchio amico.

— Noi non siamo veloci, noi voliamo — spiegò Zeno. — Non sarebbe molto leale gareggiare contro di voi. Per questa ragione, oggi staremo seduti. — Prese tre sedie pieghevoli e le aprì accanto all'uscio, dove il sole batteva tiepido nelle sfumature dorate del tramonto.

— Avevo vent'anni, vivevo qui, a Milano. Ero venuto per studiare all'università, ma non mi impegnavo molto — narrò il padre.

Zeno abbassò lo sguardo trattenendo una risata piccola.

— Però ero sempre in bicicletta. Roma mi mancava molto e avevo deciso di esplorare questa nuova città per ambientarmi e imparare a riconoscere le strade. A piedi era troppo lento. Così mi comprai una bicicletta da corsa. All'inizio era solo un passatempo, poi è successo qualcosa.

Anselmo ascoltava suo padre attonito, non l'aveva mai sentito dire così tante parole una in fila all'altra.

— Quando pedalavo stavo bene. Il mondo andava alla velocità giusta. Le cose apparivano, si lasciavano guardare e se ne andavano, per far posto a cose nuove.

Conosceva quella sensazione molto bene.

— Quando scendevo dal sellino, tutto tornava ad essere lento. Troppo lento.

Sì, molto bene.

— Il tuo papà *l'era un diaul!* — commentò il milanese. — Un diavolo — tradusse a beneficio di Anselmo. — Correva come un matto. E non usava mai i freni.

Risero. Anselmo più di tutti. Ad ogni parola scopriva qualcosa di sé nella storia di suo padre.

— E infatti ha sbattuto contro il tram — lo sgridò Zeno.

— Arrivavo da una discesa e gli sono andato addosso dritto per dritto. Ho spaccato la mia bici da corsa.

— È arrivato all'officina con la faccia del temporale. Non aveva una lira bucata per pagare le riparazioni e non poteva stare un solo giorno senza pedalare. Allora gli ho detto: "Se non hai i soldi te l'aggiusti da solo la bici. Ti faccio vedere io come si fa. Poi mi aiuti in bottega e siamo pari".

— Ho accettato subito.

— E ci hai preso gusto.

— Sì — confermò Anselmo. — Dopo trent'anni continua a fare la stessa cosa...

I due amici rimasero in silenzio un momento, incastrati nello stesso pensiero. Quello del tempo che passa. Delle cose che cambiano. Delle cose che non cambiano. Fu Anselmo a spezzarlo: — E quando hai deciso di allenarti per le gare?

— Mica l'ha deciso. L'ho costretto io — precisò Zeno.

— E perché?

— Perché aveva lo scatto. L'ho capito subito, appena l'ho visto montare su quella bici da corsa rattoppata alla bell'e meglio. Ho visto la grinta.

Le erre ruggirono nell'aria come felini.

— Ha vinto tante coppe, il tuo papà. Lo sai?

Lo sapeva.

— Quindi avevo visto giusto.

— Soprattutto hai visto quello che mi mancava. E me l'hai insegnato.

Zeno annuì: — L'umiltà del campione.

C'era qualcosa di stonato. Come se le due parole non potessero stare insieme.

— Me l'ha insegnata questa bicicletta — ammise Guido indicando la vecchia bici di Ada.

— Non si può correre con una bici così pesante. Bisogna fare il movimento piano piano. Con fatica. Così si impara per bene — spiegò il maestro.

Guido guardò suo figlio come se questa frase fosse per lui. Anselmo finse di non capire e fece un'altra domanda: — Chi è la donna nella foto?

— La mia innamorata — rispose Zeno senza esitazione. Poi con lo stesso tono di voce aggiunse: — È morta.

— Io... mi dispiace, non volevo, non sapevo che... — balbettò Anselmo mortificato.

— Non c'è proprio niente da dispiacersi. Era bella come una rosa e ogni giorno con lei è stato una festa.

Si passò una mano sul cranio liscio e guardò il sole sparire dietro ai tetti. La superficie del Naviglio s'increspò all'improvviso, mossa da un colpo di vento.

— E comunque è successo molto tempo fa, ormai. Avevo appena conosciuto tuo padre.

La penombra viola del crepuscolo invase la ciclofficina, insieme al vento, che stava soffiando più forte.

— Vedi quella scia gialla? Lì, tra i comignoli — chiese Zeno a bruciapelo.

Anselmo trasalì.

— C'è un messaggio. Se posso vederlo perfino io, significa che è molto forte — annunciò il maestro, poi recitò: — Giallo per asciugare le lacrime.

La stessa scia che aveva visto con Greta e che poi era scomparsa.

L'aveva seguito fin qui. Ne era certo, ma, un'altra volta, era invisibile ai suoi occhi.

— È per me, ma non lo vedo — confessò sconfitto Anselmo.

— Neppure io riuscivo a leggere il cielo quando c'era lei. Sai, è impossibile.

Anselmo sentì qualcosa accartocciarsi sopra lo stomaco.

— Poi, quando sono rimasto solo, il dono è tornato.

Un breve, fuggevole sollievo. Poi, ancora quella stretta. La paura di sapere, il terrore di una risposta che avrebbe fatto crollare le sue speranze come un castello di carte. Ma, nonostante questo, chiese: — Che cosa devo fare?

— Molte cose, messaggero. La prima è riconoscere il vento, la seconda è decidere la direzione, la terza è allenarti.

— Non capisco.

— Capirai. Tuo padre ti aiuterà. Come ha fatto con me. Mentre perdevo lei, trovavo un amico.

Un amico?

Lui non voleva un amico. Voleva Greta, non voleva perderla, non aveva senso, lei non era morta. Lui non era vecchio.

Se c'erano altri messaggeri nel mondo, potevano occuparsi loro di rincorrere il destino. Lui non voleva farlo più.

Sentì il bisogno impellente di pedalare. Scattò in piedi

e guardò le biciclette addormentate lungo le pareti. Erano una ventina.

— Posso prendere una bici?

Non aspettò la risposta. Ne afferrò una a caso e saltò in sella. Come avrebbe fatto Greta, pensò. Mentre se ne andava, sentì una voce alle sue spalle, non riuscì a distinguere chi fosse a parlare ma comprese ciò che diceva:

— Succede, a volte, che quando cerchi qualcuno, trovi solo la strada.

Adesso aveva delle cose da fare. Molte cose da fare. Aveva già perso troppo tempo. Emiliano scese le scale del palazzo rapidamente, salì in moto e imboccò la discesa con gli occhi fissi sulla strada, riepilogando fra sé gli appuntamenti del pomeriggio. Doveva incontrare Mao e Spranga per ritirare il lavoro del fine settimana. Poi doveva parlare con il Bambino. Frenò al semaforo ai piedi della collina e scrutò le macchine attraversare l'incrocio annoiate. Iniziava a fare caldo e l'asfalto esalava zaffate torride che facevano ondeggiare l'aria a qualche metro da lui.

All'improvviso, nel tremolio della canicola carica di gas di scarico, Emiliano vide uno squarcio rosso incidere il moto indolente del traffico.

La ragazza della collanina. La principessa, come l'aveva chiamata Mao.

Era insieme alle sue amiche e a un uomo che guidava l'auto. Ma tutto questo scomparve immediatamente nella risacca del mare tossico della strada e rimase solo lei. Sostò nei suoi occhi tre secondi netti.

Uno. Bella. Due. Superba. Tre. Irraggiungibile.

La prima volta che si erano visti lei gli aveva lanciato una pietra, mancandolo; poi era scappata. L'ultima era scappato lui. Ma non l'aveva mai guardata. Lo fece oggi. Per motivi che nessuno può dire e a dirli si commetterebbe un errore.

La guardò e vide un continente esiliato e ardente. Rosso e solo.

Se era tornata qui c'era un motivo. Voleva sapere quale.

— Tu ci aspetti qui? — domandò Emma rivolta a Cesare.

— Col motore accesso per scappare? — scherzò lui, come se stessero facendo una rapina in banca.

Lucia non capì, Emma sorrise e scese dall'auto, Greta scese dall'auto senza sorriso. Non le piaceva che le sue amiche fossero venute nella sua zona. Non c'entravano niente con quel posto e lei era a disagio. Lucia si stava già guardando intorno come se fosse appena atterrata su un pianeta sconosciuto e lei ebbe la netta sensazione che stava per dire qualcosa che l'avrebbe fatta innervosire parecchio.

— Cavoli, ma dove sono i marciapiedi? — domandò puntuale Lucia.

Perché la vita non le faceva mai sorprese?!

— Ve li siete presi tutti voi del centro — rispose aspra la ragazza del Corviale e seguì Emma oltre la tenda di palline di plastica della lavanderia.

— Buongiorno. Posso parlare con il proprietario?

Emma parlò senza neppure guardare chi aveva davanti, come se quello fosse il modo giusto di iniziare un'indagine a prescindere dagli interlocutori. Ma non lo era, e se ne accorse ben presto.

— Ritiro e consegno? — domandò un uomo cingalese con un bambino microscopico fra le braccia.

— No, guardi — fece Emma mettendosi una mano sul cuore. — Non siamo venute per fare il bucato. Stavamo cercando... — si avvicinò al bancone abbassando il tono di voce, con aria complice: — Una cosa che abbiamo perso.

L'uomo rimase a guardarla senza batter ciglio.

— Forse l'ha trovata... — riprovò lei.

L'uomo continuò a osservarla con gli occhi neri come pozzi vuoti.

— Forse lei può aiutarci a ritrovarla.

Sguardo vitreo, nessuna reazione.

— Ho capito — concluse la ragazza, frugò nella borsetta di stoffa fiorata e sfilò una banconota da cinquanta euro.

La appoggiò sul tavolo e la fece scivolare verso di lui, guardandolo fisso.

— Si tratta di una spilla…

Il bambino iniziò a piangere. La pelle scura si fece paonazza, un suono acuto, di una potenza impensabile per polmoni tanto piccoli esplose dal silenzio dando l'idea che non si sarebbe placato mai più. Lui scosse la testa indeciso. Raccolse il figlio nelle braccia, una mano sotto la testa, l'altra lungo la schiena. Balbettò una nenia indecifrabile, cullandolo.

Emma sbuffò.

— Questo non capisce una parola — sussurrò voltandosi verso le amiche.

— Come era fatta questa spilla? — chiese la voce dell'uomo alle sue spalle.

— A forma di rondine. Sa quell'uccellino nero… — descrisse Lucia scandendo bene le parole.

— Rondine. Lo so — la interruppe l'uomo.

— L'ha vista? — lo incalzò Emma allungando la banconota.

L'uomo distolse lo sguardo dai soldi. Il bimbo smise di piangere.

— No, non ho visto niente.

Emma rimase a guardarli con le mani puntate sui fianchi. Poi abbassò la testa. Osservò i disegni geometrici di una mattonella del pavimento cercando nel labirinto di macchie e decorazioni un modo per convincere quel tizio a parlare. Vide un'ombra allungarsi a terra, qualcuno stava entrando nel negozio. Un uomo. Un ragazzo. Il ragazzo della moto.

Tremò, guardò il proprietario della lavanderia e si accorse che anche lui aveva paura.

Emiliano attraversò la piccola stanza, osservò la banconota sul bancone, l'uomo, gli occhi di Emma.

— Dagli altri cinquanta.

Lei rimase immobile. Raggelata dalla paura.

— Emma? — fece timida Lucia.

— Sì. Subito.

Aprì la borsa, il portafogli, prese i soldi, li diede all'uomo. Quello guardò Emiliano come a chiedere il permesso. Il ragazzo alzò il mento con uno scatto, gli occhi stretti, due fessure su iridi invisibili.

— La spilla è del Bambino — confessò il padre.

Emma vide un muscolo scattare alla base del collo di Emiliano, dove la pelle emergeva nuda dalla giacca da motociclista. Anche la testa ebbe un guizzo nervoso. Quasi impercettibile. Poi niente.

— È un bel bambino — disse Emiliano allungando una mano verso il neonato. Gli fece una carezza e lui tornò a strillare disperato.

— Shhh, stai buono. Devi stare buono.

Spostò lo sguardo verso il padre e cambiò tono di voce. Più profondo: — Shhh. Buono. Devi stare buono pure tu. Starai buono, vero? Sì?

L'uomo mosse la testa su e giù per dire sì mille volte.

— Bene — approvò il ragazzo.

Girò i tacchi e gli stivali scricchiolarono sul pavimento. Sfiorò Emma con gli occhi. Rimbalzò fra le lentiggini sugli zigomi di lei e quasi perse l'equilibrio, ma nessuno se ne accorse. Uscì senza dire altro.

— Dove vai? — lo fermò Greta prima che varcasse la porta. — Che significa? Chi è il Bambino?

Emiliano la scostò con un gesto secco.

— Lascia stare, Greta.

— Lascio stare se mi ridai il diario.

Non la ascoltò neppure.

— Abbiamo un patto — insistette lei.

— Io e te?

Greta non fiatò.

— Ti ho stretto la mano?

— No.

— Allora non abbiamo niente.

Era vero, il patto era con Anselmo e lui non c'era.

— Ma tu avevi detto…

— Dov'è il tuo angelo custode? — la interruppe bruscamente.

Greta strinse i denti e abbassò lo sguardo.

— Ho capito. Si è già stufato.

Sentì un desiderio sordo di saltargli al collo e riempirlo di calci. Le caviglie avvamparono e i tendini come fruste vibrarono fino al cervello.

— Dimenticalo. Tanto non torna. Nessuno torna.

— Vattene — fremette lei.

— Era quello che stavo facendo.

Greta si pentì immediatamente di ciò che aveva appena detto. Non doveva lasciarlo andare. Doveva insistere. Emiliano adesso aveva una pista per trovare il proprietario della spilla da solo, senza il loro aiuto, e se questo fosse successo non avrebbe restituito il diario mai più. Ne era certa. Scattò per saltargli addosso e costringerlo a fermarsi, a parlare. Ma qualcosa bloccò i suoi piedi a terra. Una cosa più grande di lei. Che si chiama noi.

— Tutto bene, ragazze?

Cesare, accanto alla macchina, aveva assistito alla scena chiedendosi se avesse dovuto intervenire in qualche modo.

— Bene! Sì, andiamo — lo rassicurò Emma, salendo frettolosamente in auto e chiudendo la serratura.

Lucia la imitò immediatamente.

Greta invece rimase a guardare la sagoma scura del ragazzo fondersi con quella della moto e schizzare via. In qualche modo, in qualsiasi modo, Emiliano sarebbe stato costretto a rispettare la parola data. Anche se lei non sapeva ancora come.

— Io torno a casa — disse, congedandosi dalle amiche.

Loro salutarono e scomparvero tra le altre macchine.

Greta attraversò la strada senza marciapiedi con gli occhi fissi al cielo, dove il vento tesseva i suoi disegni misteriosi e invisibili, come avrebbe fatto Anselmo.

Quando non conosci una strada, il viaggio
ti sembra più lungo. Quando non c'è una salita,
anche la discesa scompare. E la sua ebbrezza.
Le strade dritte esistono per opera dell'uomo.
La vita preferisce i cerchi.
Nelle orbite dei pianeti, nel disegno dei fiori,
nelle ruote delle biciclette.
Il senso delle cose gira intorno a noi senza spigoli.
Noi, come voi, non possiamo afferrarlo.
Solo danzarlo fino alla fine della musica.
Per tornare da dove siamo partiti, con il desiderio
di un viaggio ancora più lungo.

Il mio

Aveva pedalato a caso per mezz'ora, andando sempre dritto. Cercava una salita o anche una discesa, ma Milano si stendeva davanti alle ruote, piatta come il foglio di un libro sconosciuto. Corso di porta Ticinese, San Lorenzo, via Torino, il Duomo e poi a sinistra un sospetto di verde. C'era un parco laggiù e gli occhi di Greta che lo fissavano enormi tra le fronde lontanissime. Li seguì e trovò un castello. Attraversò una piazza cerchiata dai binari del tram e costeggiò una grande fontana disabitata. In quelle di Roma vivevano uomini, donne e animali di marmo, e un popolo di turisti come siepi intorno allo stagno. Qui non c'era nessuno, né dentro né fuori dall'acqua. Solo un getto scostante che vezzeggiava senza ragione davanti all'ingresso del Castello Sforzesco.

Le pareti sfaccettate come gemme opache e l'eleganza antica delle vertebre di pietra delle torri che avevano sfidato i secoli con il rigore di una capolavoro semplice. Oltre il portone e le sue inferriate si estendeva il Parco Sempione. Sui tronchi scuri le magnolie sbocciavano con petali grandi come ali di colombi. Seguendo il loro profumo di pioggia e di miele trovò un ruscello e poi le statue.

Quattro sirene che abitavano un ponte di ferro.

Piccolo.

Frenò e si sedette accanto a una di loro, sullo scalino coperto di muschio. Prese il telefono e cercò il numero di Greta. Voleva sentire la sua voce risuonare in quel parco meraviglioso.

Il telefono squillò libero, ma lei non rispose.

Chiuse deluso e lasciò vagare lo sguardo senza meta. Gli occhi si fermarono sulla coda divisa in due della sirena al suo fianco. Risalirono lungo le squame disegnate sui fianchi e nell'incavo dell'ombelico, sui seni fino alla linea dolce del mento. Il corpo di donna e di pesce, la carne nera e le macchie striate verderame. Si alzò in piedi e guardò l'orbita vuota degli occhi. Non era vuota, c'era un desiderio nascosto nell'ombra cieca delle palpebre. Acqua. La carezza gelida dell'onda. Un tuffo nel rivolo scarno del fiume di sotto.

Dovevano nuotare, le sirene, e invece erano inchiodate a veglia di un ponte piccolo. Annerite e ossidate lontano dal loro elemento.

Si riconobbe in quel desiderio. E nella loro imperfezione. Anche lui, come loro, era una creatura di mezzo. Il vento era il suo elemento ma era inchiodato alla terra. Però la sua natura lo inseguiva e lui non poteva scappare. Le scie lo raggiungevano ovunque. Perfino qui, a Milano. Anche se lui non poteva più vederle. Il messaggio l'aveva raggiunto oltre la sua visione, e se era così forte da stagliarsi netto perfino negli occhi stanchi di un vecchio messaggero, doveva essere molto importante.

Il telefono squillò. Era Greta. Anselmo guardò il suo nome lampeggiare per molti trilli, accanto al disegno stupido di una cornetta verde.

Non era giusto. Non poteva scegliere. Avrebbe sentito la mancanza del cielo e dell'orizzonte infinito delle sue possibilità. Oppure l'assenza di lei, e la nostalgia di un viaggio senza sponda. Senza casa. E anche lei sarebbe stata costretta a non averla, una casa. Ad amare qualcuno che non poteva amarla come lei voleva. Ad amare una creatura di mezzo. E sarebbe stata infelice, condannata, come lui, a un destino solitario e vago.

L'aria si fece inafferrabile, di una consistenza solida. Impossibile da respirare. Gli mancò il fiato, prima del cielo, prima di Greta. Prima di tutto l'aria.

E il telefono continuava a squillare, scandendo il ritmo insopportabile dell'apnea.

Si alzò in piedi con uno scatto, si avvicinò al ruscello e aprì la mano con il gesto di chi si arrende.

Il mio

Il telefono scivolò lentamente lungo le dita.

Si tuffò senza schizzi.

Anselmo lo osservò affogare nell'acqua scura del ruscello. La luce si perse nelle profondità e un bagliore giallo sfolgorò sulla superficie. E tornò a respirare.

Il primo respiro fu verso il cielo. Tra i fiori di magnolia brillava una luce. La scia, netta, inequivocabile. Come una stella cometa senza fine.

Saltò sulla bicicletta e tornò sui viali diritti della città pedalando occhi al cielo fino al Naviglio Grande. Arrivò zuppo di sudore, la schiena congelata dall'aria fredda della notte.

Guido e Zeno stavano cenando seduti a un tavolo apparecchiato tra biciclette e copertoni. C'era una sedia anche per lui, con un piatto vuoto che l'aspettava.

— Accomodati — lo invitò Zeno, scoperchiando una pentola di risotto.

Anselmo appoggiò la bici al muro e si avvicinò al tavolo. Il cibo aveva un profumo delizioso e lui aveva davvero fame, ma c'era una cosa che doveva fare prima di mangiare.

— Vorrei solo fare una telefonata prima — disse ai due uomini — ma ho perso il telefono al parco...

Guido lo guardò sospettoso ma non chiese nulla.

— Prendi il mio.

Il figlio ringraziò e uscì dalla ciclofficina, allontanandosi un poco lungo l'argine del Naviglio. Si fermò accanto a un ponte e compose il numero di Greta.

La porta del deposito di gabinetti vibrò sotto un colpo assordante. Uno solo. E si spalancò come gli occhi dopo un incubo. Spranga fece un passo nella stanza buia e appoggiò la sua verga di ferro accanto a un lavandino. Mao cadde nel magazzino scagliato da una mano enorme, sollevando una nuvola di polvere. Nel rombo opaco di luce comparve il Bambino.

— Permesso? — domandò con la voce argentina di un bambino.

Non stava fingendo. Parlava sempre così, come un angelo del paradiso.

Emiliano gli si fece incontro.

— Che vuoi?

Lo sapeva ma lo chiese lo stesso.

— Il mio.

Emiliano guardò i suoi amici nella penombra accanto alla porta. Erano stati picchiati. Il Bambino faceva così quando voleva sapere qualcosa. E funzionava sempre.

— Io non so niente.

— Questo è vero. Non sai niente. Non hai la minima idea. Non sei nessuno.

Per ogni negazione un passo. Il prossimo sarebbe stato troppo vicino.

— Ma hai una cosa che mi appartiene. Ridammela. Non è tua. È di mia nonna. Lo era. È mia.

— Non posso.

— Davvero?

— L'ho venduta. Avevo bisogno di soldi.

— Bugia.

Fece l'ultimo passo.

— Non si dicono bugie ai bambini.

Emiliano non rispose.

Il Bambino scosse la testa piccola, piantata su un corpo enorme. Era grasso. Obeso. Con lunghi capelli ricci legati in una coda e basette ispide lungo le guance gonfie di adipe. Aprì la giacca e infilò una mano accanto al costato. Poteva avere una pistola. Poteva spararagli. Emiliano vide l'azione svolgersi nitida. Il Bambino tirava fuori un revolver. Lo puntava alla sua fronte e gli sparava. Sarebbe morto così, sotto gli occhi pesti dei suoi amici che l'avevano tradito, nel magazzino di cessi di suo padre. Con una rondine ferita come unico testimone. Poi sarebbe morta anche lei.

Ma dal costato del Bambino uscirono due pezzi di carta.

— Prendili — disse invece di spararagli. — Meglio che te li tieni tu. Ne hai più bisogno.

Gli mise in mano due banconote rosse. Quelle che Emma aveva dato all'uomo della lavanderia.

— E adesso che sei ricco puoi ridarmi ciò che è mio.

Emiliano rimase a guardare i soldi in silenzio.

— O spacco questo cesso di baracca finché non la trovo.

Neanche stavolta la voce cambiò. Emiliano non mosse un passo. Il Bambino si voltò verso Spranga.

— Tu. Con quel nome idiota.

— Io?

— Come cazzo ti chiami?

— Spranga.

— Perché hai il bastone?

— Sì.

— Le nuove generazioni non hanno fantasia. È questo il vostro guaio. Che avete fatto? Siete stati troppo tempo davanti alla televisione?

— No. Io, no! — si difese il ragazzo. — L'unica televisione che avevamo l'ho buttata dal balcone, su una macchina della polizia. C'era anche lui testimone, si affrettò subito a spiegare Spranga.

— È vero — confermò Mao.

— E tu come ti chiami?

— Mao.

— Perché?

— Non lo so. Perché dico Mao, a volte, ma non so perché lo dico.

Il Bambino intrecciò le dita grasse sulla pancia. Sconsolato.

— Questo mondo che voi create non merita di esistere — sentenziò greve il grosso uomo. Poi volse ai cuccioli della sua specie uno sguardo colmo di pietà: — Spaccate tutto.

Spranga guardò il suo capo con l'umiltà dell'esecutore di un ineluttabile destino. Afferrò la spranga e la vibrò sul lavandino mandandolo in mille pezzi. Mentre studiava i frammenti di ceramica roteare lenti nell'aria punteggiata da specchi di polvere, Emiliano pensò alla sua rondine. Poteva salvarla. Lui poteva salvare qualcuno. Qualcosa. Come si dice? Non lo sapeva. Ma sapeva cosa fare.

— Fermo.

Prese la spilla di sua nonna dalla tasca e tese il pugno verso il Bambino. — È tua.

L'uomo annuì. Sollevò una mano e interruppe la distruzione, con la stessa afferrò il gioiello e lo infilò dove prima c'erano i soldi.

— Sei un bravo ragazzo.

Gli posò cinque dita di burro sulla spalla.

— E adesso sparisci. Non ti voglio più vedere.

Non aggiunse altro.

Come se davvero un ragazzino di diciotto anni potesse andarsene via per sempre dal posto in cui era cresciuto. Da un momento all'altro. Era impossibile, ma Emiliano sapeva che era l'unica cosa che poteva fare.

— Scusami se non ti ho risposto prima ma ero in bicicletta e non ho sentito il telefono. Poi ti ho richiamato ma non mi hai risposto tu.

Una nota di gioia trillava nelle parole di Greta. Era felice di sentirlo, il resto non aveva peso.

— Nulla.

Questa parola invece pesava come un buco nel cuore.

— Come stai? — domandò Anselmo.

Greta evitò di rispondere. Non era stata una giornata facile e poi, quando Anselmo non le aveva risposto al telefono, era tornata quella paura, quella che strillava, e stavolta era stata dura mantenere il controllo. Ma l'aveva fatto. Ricordò le parole di Emma e scacciò il panico per sfoggiare il tono di voce più brillante che avesse:

— Ti chiamavo per dirti che abbiamo scoperto chi è il proprietario della spilla.

La spilla. Anselmo se n'era completamente dimenticato.

— Si chiama "il Bambino" — continuò Greta. — Credo sia uno della zona. Di quelli che comandano.

— Non mi piace.

— Neppure a me.

— Mi sembra pericoloso. È meglio che affrontiamo questa storia insieme.

Insieme?

Quindi stava per tornare!

Fece uno sforzo enorme per non chiedergli subito quando sarebbe rientrato a Roma.

— Torno domani.

Qualcosa colmò il buco nel cuore. E traboccò dalle labbra senza che Greta potesse fingere.

— Quando?

— Non lo so, in serata credo.

S'immaginò di andarlo a prendere alla stazione con la bicicletta carica di fiori. Gigli bianchi.

— Ti chiamo quando prendo il biglietto, da questo telefono. Ho perso il mio al parco, oggi pomeriggio.

Lui finse, invece. Senza chiedersi perché.

— Oh. Mi dispiace...

— Greta, dispiace anche a me, ma non so darti un orario preciso. Non adesso!

Era infastidito. Forse anche arrabbiato. Ma perché?

— No, intendevo dire che mi dispiace che hai perso il telefono.

— Ah, occhei.

Si zittì, come se quel silenzio potesse cancellare il tono di prima.

— Allora... buonanotte — concluse lei.

— Buonanotte. Ci vediamo domani.

Le voci tacquero un istante, imbarazzate. Poi si slacciarono. Lui restò solo con il nero e il verde che si mescolavano pigri nelle onde sotto il ponte, lei con un lupo di pezza.

— Hai sentito, torna domani? — confidò con il pensiero al pupazzo bianco.

Si rese conto solo in quel momento che non gli aveva detto nulla di Emiliano. Del fatto che sapeva tutto e che ora sarebbe stato più difficile riavere il diario. Ma non si preoccupò, avrebbero affrontato questa storia insieme. Ne era certa.

Chi fugge

Me ne vado.

— Dove? — domandò Mao.

Emiliano non rispose e loro capirono che era arrivato il momento di levarsi di torno.

— Allora ci vediamo... — si congedò Spranga. — Ci sarebbero ancora quei duemila...

Il capo incrociò le braccia sul petto. Non gliene fregava niente dei duemila.

— *Mao* — fece Mao come fosse una domanda, ma lui non li stava più ascoltando.

I due si scambiarono un'occhiata incerta. In una situazione normale Emiliano li avrebbe puniti per aver rivelato il luogo del suo nascondiglio. Avrebbe preteso indietro la merce. E i soldi, come minimo. E invece sembrava indifferente a tutto. Come se se ne fosse già andato. Presero la cosa come un dono del destino e si dileguarono piano oltre la soglia luminosa della baracca. Emiliano seguì le loro sagome con gli occhi, fino a quando non furono un tutt'uno con il cemento là fuori.

Prese tutti i soldi che aveva. Erano molti. Li infilò nella tasca interna della giacca e chiuse la zip lentamente, guardando il magazzino di suo padre. I cocci del lavandino, la polvere e la rondine. Che cosa mangia una rondine? Se non lo scopriva subito quella bestia sarebbe morta di fame. Scelse una scatola di cartone abbastanza grande per contenere l'uccellino e fece dei buchi con le chiavi della moto. Poi ci mise dentro il corpo nero e piumato dell'animale. Uscì dal magazzino con la scatola sottobraccio, camminando a piccoli passi veloci. Come chi fugge e non vuole essere visto. Salì in moto e sistemò il cartone davanti a sé, tra le cosce. Partì lentamente. C'era una cosa fragile, ora, con lui; che lo costrinse a fare attenzione alle buche nell'asfalto, alle curve troppo strette, al declivio della collina del Corviale e... a una capra che brucava nell'erba.

Frenò credendo di aver visto male. No. Era lì. Una capra nascosta tra i cespugli dello spartitraffico. Il muso sporgeva a tratti. Afferrava qualche foglia con i denti gialli e spariva di nuovo tra le fronde fiorite. Le cose erano due: o quel posto si era improvvisamente trasformato nel bosco di Biancaneve con caprette, uccellini feriti e dolci fiori di lillà, oppure gli stava succedendo qualcosa di brutto. Molto brutto. Una di quelle cose che gli raccontava Mao, quando mangiava le pastiglie prima di venderle, per assaggiarle, diceva. Lui l'aveva sempre trovata una pessima idea. E quello che accadde dopo gli fece pensare che aveva fatto bene a tenersi alla larga da quella roba.

— *Beeeeh* — sentì d'un tratto.

Sembrava un belato e proveniva da un posto imprecisato, dietro di lui. Si voltò e vide un uomo. Basso, gobbo, vecchio con un bastone da passeggio. Poi un fulmine fulvo scattare dall'aiuola e raggiungerlo.

— *Beeeeh* — rispose la capra attraversando la strada vuota.

L'uomo l'accolse con una bastonata. Lei non si lamentò. Sparirono insieme lasciandolo senza fiato.

Il semaforo scattò e le macchine ricominciarono a circolare. Nessuno aveva visto la capra e neppure l'uomo. Le automobili scivolarono via e lui rimase a bordo strada, annichilito dallo stupore. Si guardò intorno come se non avesse mai visto il quartiere in cui era nato e si accorse di una cosa che non aveva mai notato. C'era scritto BIBLIOTECA. La gente andava lì per leggere. Lui non ci era mai entrato. Si sorprese a chiedersi se magari fra tutti quei libri ce ne fosse uno sulle rondini. Che cosa mangia una rondine? Non avrebbe mai avuto il coraggio di fare questa domanda a nessuno. Era una cosa troppo stupida. Troppo intima. Una cosa che si poteva fare solo nel segreto di un libro. Se questo libro esisteva. Parcheggiò accanto alla biblioteca ed entrò con uno scatolone sotto braccio.

— Che cosa cerchi? — gli domandò una ragazza con gli orecchini lunghi al bancone d'ingresso.

— Un libro — bisbigliò imbarazzato Emiliano.

— Direi che sei nel posto giusto — sorrise lei.

Lo guardò come se si aspettasse che lui dicesse qualcosa. Ma lui non fiatò. C'era troppo silenzio là dentro, chiunque avrebbe potuto sentire quello che diceva e lui non voleva che la gente sapesse gli affari suoi. E poi perché quella continuava a ridere? Non gli piaceva. Stava ridendo di lui.

— Che cazzo ridi? — disse a bassa voce.

Lei non fece una piega: — È la prima volta che vieni in biblioteca, vero?

Scosse la testa e guardò in alto. Era un sì.

— Se vuoi un libro devi fare una tessera. Scrivi qui il tuo nome e cognome e puoi prendere tutti i libri che trovi, al massimo tre per volta. Ci sono anche DVD, CD e riviste. Tutto gratis. E anche il collegamento a internet, se ti serve.

— Mi serve un libro. Uno solo. Se c'è bisogno pago.

— Non c'è bisogno. Devi solo compilare la tessera. Che libro cerchi?

Lui si guardò intorno per assicurarsi che nessuno lo ascoltasse. C'erano poche persone, tutte intente a leggere qualcosa o guardare uno schermo. Si sporse verso la ragazza e bisbigliò:

— Un libro sulle rondini.

— Romanzo, saggio, guida o… — Si fermò a metà frase e si corresse.

— Vuoi una storia sulle rondini, una guida turistica per sapere dove le puoi incontrare o un libro che ti spieghi come sono fatte, cosa mangiano...

— Quello! — la interruppe lui.

Sul viso duro un sospetto di felicità.

— D'accordo, un manuale.

La ragazza prese una matita dal barattolo davanti a lei, se la infilò nei capelli annodandoli in una crocchia sulla sommità della testa e si voltò verso il computer. Iniziò a ticchettare sui tasti scorrendo con gli occhi i titoli sullo schermo.

— Trovato! Aspettami qui.

Il sospetto si trasformò in un guizzo delle labbra verso l'alto. Brevissimo. Lei lo vide. Gli porse subito una penna.

— E compila la tessera.

Obbedì cercando di nascondere la gioia. Aveva trovato ciò che cercava. Ed era gratis. Non gli sembrava una cosa vera. Ma quando la ragazza tornò con un libretto snello, e il sorriso di sempre, non riuscì a trattenere le mani, che scattarono d'istinto verso il libro. Come quelle di un bambino.

Manuale di ornitologia, volume quattro.

— Il capitolo sulle rondini inizia a pagina centoquarantadue — disse lei consegnandoglielo.

Emiliano voleva dire grazie.

Voleva dirlo davvero. Ma non sapeva come fare.

Le diede la tessera compilata. Lei la illuminò con una pistola buffa che poi puntò su un'etichetta attaccata sulla copertina e il computer fece un suono breve e acuto.

— Fatto. Serve altro?

— No.

Mise il libro sulla scatola che era rimasta nascosta tra i suoi piedi e fece per andarsene.

— Ehi, la tessera! — lo richiamò lei.

Lui tornò indietro sotto lo sguardo infastidito di tutti i lettori presenti e quello incuriosito della ragazza al bancone.

— C'è una rondine lì dentro?

Silenzio. Tutti gli occhi puntati sul ragazzo con la scatola di cartone. Due adolescenti si sussurrano qualcosa all'orecchio. Risolini.

Scappò lontano da quel posto senza rispondere. Era stato molto più difficile che rubare un cellulare a una ragazzina ricca, ma ce l'aveva fatta. Quando fu accanto alla moto, al sicuro, aprì il libro a pagina centoquarantadue. Il terzo capoverso s'intitolava: "Che cosa mangia una rondine".

— Fammi guardare adesso! — disse Lucia, cercando di togliere le mani di Sciagalle dai propri occhi.

— Aspetta, devi fare ancora tre passi. Se no ti rovini il colpo d'occhio.

Lucia obbedì. Infondo Sciagalle era arrivato in quindici

minuti netti fino a Campo de' Fiori per incontrarla, dopo averle mandato un SMS molto coraggioso... si meritava un po' di fiducia.

C'È UNA COSA MERAVIGLIOSA CHE DEVI VEDERE. PASSI DI QUI?

Le aveva scritto. Lei era con i suoi genitori e non poteva muoversi dalla bancarella, ma era troppo curiosa.

PASSA TU, gli aveva risposto e poi gli aveva dato appuntamento al parco di via Arenula: TANTO PER AVERE UN PO' DI PRAIVASI, aveva scritto, ricordandosi le parole di Emma.

Lui non aveva la minima idea di che cosa fosse questa *praivasi*, ma non gli importava. Era comunque un sì. E "sì" era la sua parola preferita.

Sciagalle allentò la presa delle dita lentamente e davanti a Lucia, appoggiata a un albero fiorito di via Arenula, comparve una Graziella di tutti i colori che esistono. L'effetto era un pugno in un occhio.

— È bellissima! — applaudì lei.

— È tua.

Si precipitò a osservare angeli, gigli e pallette che istoriavano il piccolo telaio rimesso a nuovo e sospirò di meraviglia.

— Grazie.

Lui rimase ad ammirare le labbra come boccioli che si schiudevano in quella parola e non riuscì a dire niente.

Lei si avvicinò e posò un bacio sulla guancia calda per la corsa di lui. Un roseto sbocciò nel parco di via Arenula. Petali profumati sgorgarono dalla fontana nascosta dagli alberi e Sciagalle fu certo di aver inteso una volta per tutte il senso della parola *praivasi* e di ogni altra parola dell'universo. Significavano tutte Lucia.

— Posso provarla?

— C-come? — balbettò lui ancora travolto dall'allucinazione floreale.

— Posso fare un giro in bici?

— È tua.

Il suo vocabolario si stava riducendo al nulla.

Lei rise.

— Però tu non fuggire — si raccomandò montando incerta in sella.

Chi fugge?

Sarebbe rimasto in quel parchetto tutta la vita. A guardarla girare e girare intorno alla fontana come una giostra di cavallini di legno. Il giro durò pochi secondi. Ma per Sciagalle fu come vedere un film lungo un'eternità. Ogni movimento della gonna a righe, ogni spinta dei polpacci paffuti, ogni sbalzo delle braccia morbide, ogni respiro che muoveva i seni soffici sotto la camicetta chiara era un istante eterno che gli allargava il cuore e gli occhi in un solo, interminabile sospiro.

Quando Lucia finì il giro e tornò da lui lo trovò ancora in silenzio, con un sorriso beato che le ricordò quello di un neonato durante il sonno.

— Tutto bene?

— Benissimo.

— Io adesso devo andare, altrimenti i miei genitori si preoccupano.

— Benissimo.

— Grazie ancora, magari ci vediamo con le bici e facciamo un giro insieme una volta.

— Benissimo.

Lo salutò con la mano e pedalò via, seguita da uno tsunami di petali e tramonto.

Il mattino dopo Zeno accompagnò il suo vecchio amico alla stazione. Anselmo ci andò in bicicletta e arrivò per primo. Li aspettò seduto su una panchina del grande piazzale, all'ombra di due cavalli alati di marmo bianco che sovrastavano l'ingresso monumentale della stazione Centrale. Avevano corpi possenti, percorsi da muscoli nervosi, e la testa era chinata verso il basso. Accanto a loro due statue avvolte da un drappo accostavano il volto a quello della bestia, come se si stessero confidando un segreto. Qualcosa che aveva a che fare con tutte quelle minuscole creature che, come formiche, si accalcavano nervose nel mondo laggiù. Chissà che lingua usavano. Chissà se ridevano di quelli là sotto, che non avevano ali né drappi. Chissà se piangevano per le loro pene.

Domande inutili. Una montagna di domande inutili. Perfino più inutili del solito.

— Aspetti da tanto? — disse la voce di suo padre all'improvviso.

Ecco una domanda inutile che però fanno tutti e quindi è normale.

— No, sono appena arrivato.

— Il treno parte fra dieci minuti, dovete sbrigarvi — avvisò Zeno.

Abbracciò Guido stretto, poi gli tese la mano che stringeva un libro piccolo e blu.

— È il mio diario — disse l'uomo. — Ormai non posso più seguire le scie. Sono vecchio. Ma forse fra queste parole troverai qualche risposta.

Anselmo lo prese fra pollice e indice, posando le altre dita una dopo l'altra sulla copertina di tela. Era prezioso, come le cose che hanno attraversato il tempo e sono ancora vive.

— Grazie.

L'allenatore si mise una mano sul petto.

— Mi sono fatto tante domande inutili, sai? Poi ho capito a che cosa servivano.

Anselmo avrebbe voluto che lo dicesse anche a lui, ma il vecchio non lo fece. Saltò in sella alla bicicletta che gli aveva prestato. Quella di Ada.

— Buon viaggio — augurò loro.

— Anche a te — ricambiò Guido.

I pedali girarono senza suono, nonostante l'età dell'ingranaggio, e l'uomo si allontanò piano piano. Più leggero.

— Sei pronto a tornare? — gli domandò suo padre incamminandosi verso l'ingresso.

Lui pensò ai finestrini sigillati del treno che stavano per prendere, se solo avesse potuto mettere la testa fuori, nel vento. Nel panico assoluto di tutti gli odori. Forse sarebbe stato pronto a tornare.

— Anselmo? — lo richiamò il padre.

Non aveva mosso un passo.

— Non lo so — ammise il figlio seguendolo.

— "Non lo so" è meglio di "no".

Anselmo sorrise.

— Immagino che sia così.

— Dai, muoviti che il treno se ne va.

Per un momento pensò che non sarebbe stato poi così terribile rimanere a Milano chiuso nell'officina di Zeno a parlare del passato, invece che prendere quel treno e affrontare Greta. Quegli occhi che si aspettavano qualcosa che lui non avrebbe mai potuto darle.

In amore vince chi fugge, dicono.

Chi lo dice? Lo dice chi fugge? Lo dice chi ama? Una cosa era certa: lui sarebbe scappato molto volentieri. Lei non l'avrebbe inseguito, però. E allora chi avrebbe vinto? In amore...

— Binario sette — disse Guido leggendo il cartello delle partenze.

L'ipotesi di fuga scolorò sui binari dell'alta velocità, pochi minuti dopo. La freccia rossa schizzò a trecento chilometri orari verso Roma, Greta, il verde insostenibile del bosco sotto le sue ciglia.

— Non ti è piaciuta la lezione di pilates?

Martha Kildare era già sulla porta, con la borsa della palestra pronta e uno spolverino grigio perla a coprire le spalle, in tinta con scarpe col tacco a stiletto.

— Non tanto, mamma.

— Vuoi provare spinning? È altamente tonificante.

È altamente deprimente. Venti persone con la cuffia in testa che pedalano come forsennate su una bicicletta finta buttata dentro una vasca.

— Non credo che sia il mio sport — riassunse Emma.

— Sei sicura, darling? Non è che vuoi fare la figura di chi fugge davanti alle difficoltà?

Ah, già. Stava dimenticando che andare in palestra per sua madre significava fare una figura: la figura di chi frequenta il posto giusto, conosce la gente giusta, fa lo sport giusto.

— No, mamma. Sarebbe terribile — ironizzò.

— Infatti. Allora troveremo lo sport giusto per te — confermò la donna. — Non ti preoccupare. Al club ci sono lezioni di ogni genere, con i migliori istruttori.

L'unica cosa che la preoccupava era il club. Odiava quella palestra, ma doveva trovare il modo di accontentare sua madre, senza mettere piede in palestra.

— Ho pensato di andare a correre oggi pomeriggio. Così, per non perdere i benefici della lezione di pilates.

Ecco il modo.

— Mi sembra un'ottima idea. Dove vorresti andare?

— Sul Lungotevere.

La mamma la squadrò dubbiosa.

— Rimani in centro però, le zone periferiche sono pericolose, non si sa mai chi potresti incontrare.

Non rispose.

— E fai molto allungamento muscolare prima di correre. Potresti prendere uno strappo.

— Va bene.

— Porta il cellulare, io lo terrò acceso.

— Sì, mamma.

— Allora io vado. Buona corsa, darling.

Emma fece un sorriso di gesso e agitò buona buona la manina come un burattino.

— Ciao.

Poi andò in camera sua a buttarsi sul letto, senza nessuna intenzione di metter piede fuori casa, ma non sapeva che la Puzzola aveva ascoltato tutto.

Era stata Lucia a darle quel soprannome fantastico, la prima volta che aveva visto la domestica di casa Kildare. Aveva i capelli lunghi, neri con una striscia bianca che partiva dalla tempia e alla piccola amica era sembrata subito la puzzola innamorata dei cartoni animati Looney Tunes.

— Signora dice che signorina deve correre oggi — affermò la Puzzola, affacciandosi alla cameretta di Emma.

— Io prepara merenda per quando torna. Quando torna?

Emma sbuffò.

— Non mi sento tanto bene. Forse vado domani.

Si rese subito conto di aver fatto un passo falso. Scusa debolissima, usata mille volte, consumata. Che ebbe l'unico effetto di indispettire la donnina. Entrò in stanza come un furetto, aprì l'armadio, prese una tuta, le scarpe da tennis di Emma, un paio di calzini di spugna e una canottiera. Appoggiò tutto sul letto e si piantò davanti alla signorina con le braccia dritte lungo il torace.

— Fra cinque minuti signorina è pronta per uscire. Non dimenticare cellulare.

Quella casa era un inferno abitato da tre mostri. Uno aveva i tacchi a stiletto, uno la testa bicroma e l'altro non c'era mai, ma la sua assenza era ugualmente mostruosa. Se sfuggivi a uno ce n'era subito un altro pronto a torturarti. Non c'era scampo. Bisognava scegliere il minore dei mali. E di solito era la Puzzola. Si vestì svogliatamente, legò i capelli in una coda alta e prese il cellulare. Prima di metterlo in tasca però ebbe un'idea.

— Ciao, Lucia. Come va?

— Ehi, ciao. Bene.

— Che fai?

— Niente...

— Vuoi venire a correre con me?

— A correre?!

— Sì, sul Lungotevere.

Lucia rimase in silenzio. Come se fosse la cosa più assurda che avesse mai sentito.

— Perché?

— Perché fa bene.

Assurda e sbagliata.

— A me farebbe bene un gelato... non possiamo andare a mangiare un gelato?

— Lucia, si corre per dimagrire. Se ci mangiamo il gelato è finita.

— Ma fa caldo... magari un ghiacciolo? Il ghiacciolo fa dimagrire. Me l'ha detto mia mamma.

— Tua mamma friggerebbe anche le foglie degli alberi.

— È vero! Una volta ha fatto la salvia fritta. È buonissima!

— Ascolta, perché non vieni in bici? Così col vento non senti il caldo.

Lucia arrossì.

— Come fai a saperlo?

— Che cosa?

— Che Sciagalle mi ha portato la bici, volevo farvi una sorpresa domani a scuola.

— Non lo sapevo — tagliò corto lei.

Emma era incredibile, sapeva le cose anche quando non le sapeva. Incredibile.

— Comunque sono sicura che è bellissima! Non sei impaziente di mostrarla al mondo intero?

— Be', sì… l'ho anche personalizzata — ammise Lucia.

— Personalizzata?

— Ho montato un cestino, ma non ti dico niente, almeno mi tengo una sorpresa.

— Sì, d'accordo… Allora ci vediamo fra dici minuti da me?

— Va bene! Lo dico alla mamma.

— Sì, a dopo.

Emma uscì dalla camera leggermente sollevata. L'idea di non essere sola le piaceva, ma quella di correre continuava a darle noia. Lucia aveva ragione, sarebbe stato molto meglio mangiarsi un gelato. Ma Lucia non doveva fare i conti con la Puzzola…

— Quando torna sarà molto sudata — disse la domestica vedendola attraversare il corridoio. — Preparo il ricambio per signorina.

Addio gelato. La Puzzola voleva vedere il sudore. Voleva la prova tangibile delle calorie bruciate. Maledetta Puzzola. Era furba. Molto furba.

— Sì, grazie. Ci vediamo dopo… Puzzola — si lasciò sfuggire Emma.

— Come prego, signorina?

— Dicevo ci vediamo dopo, buon pomeriggio…

La donnina non replicò, ma, un'altra volta, Emma ebbe la netta sensazione che non se la fosse bevuta per niente.

Vermi. Le rondini mangiano i vermi. È una banalità, lo sanno tutti. Emiliano l'aveva scoperto leggendo il suo primo libro. L'autore consigliava di raccoglierli dalla terra, farli a pezzetti piccoli e darli all'uccellino poco per volta, per evitare che si soffocasse. La mamma li masticava, prima di servire la poltiglia direttamente dalla propria bocca. Sputo e vermi impastati con amore per nutrire il piccolo. Ma questa rondine non era piccola e Emiliano non era una mamma. Proprio no. Si rimise in moto e cercò un'aiuola dove raccogliere il pasto verminoso. Ce n'erano molte intorno al Corviale, e prati e parchi. Ma c'erano anche molte persone, troppe. Doveva trovare un luogo nascosto. Vagò a caso senza trovare il posto giusto fino a quando il Tevere comparve all'orizzonte, oltre la fila caotica delle automobili. Attraversò un ponte a due corsie e costeggiò la riva vegliata da platani centenari. Lungo l'argine passeggiavano poche persone e c'erano zolle di terra sfuggite all'asfalto. Arrivò all'isola Tiberina e parcheggiò. Scese le scale verso il fiume con la scatola e il libro e si nascose sotto un ponte. Cercò un ramo per scavare la terra e lo piantò nel suolo umido. Scavò. Trovò due vermi. Lunghi e rosa con striature orizzontali lungo il corpo molliccio. Disgustosi. Si fece forza e ne sollevò uno con il ramo. Aprì la scatola e lo porse lentamente alla rondine che già l'aspettava a becco spalancato. Lo inghiottì in un istante. Scrollò la testa e fece *cip*.

Gli sfuggì una risata. Proprio una risata vera.

La rondine aprì di nuovo il becco, affamata. Prese subito l'altro verme quando s'accorse che stava arrivando qualcuno, correndo in controluce. Chiuse il cartone con un gesto rapido, lo sollevò e andò a sedersi su una panchina. Aprì il libro per dare un senso alla sua presenza, ma non poté fare a meno di sbirciare oltre la copertina. Una figura esile si avvicinava correndo. Una ragazza. Con la coda alta che sobbalzava da una parte e poi dall'altra accanto a un viso pallido, accarezzato dalla luce intermittente tra i rami. Il viso di Emma.

Appena lei lo vide si paralizzò. L'affanno della corsa, il sudore caldo sulle guance, una staffilata gelida sul collo, dove il segno della collanina strappata bruciava ancora. Aveva un libro aperto tra le mani, con un uccello in volo e una scatola bucata, posata accanto a lui. Era un quadro incoerente. Misterioso. Suo malgrado, intrigante.

— Emma, aspetta — disse la voce di una ragazza da lontano.

Comparve alle loro spalle a bordo di una bicicletta che sembrava una slot machine. Il telaio era una accozzaglia di colori, il cestino era ricoperto di margherite finte e fiocchetti variopinti. La riconobbe, c'era anche lei alla lavanderia, insieme a Greta. Sembrava davvero distrutta.

— Finalmente ti sei fermata! Io non ce la faccio più,

torniamo a casa, per piacere? — disse Lucia col fiatone.

— Sì, è meglio.

Ma la rondine aveva ancora fame e lo disse con un cinguettio prepotente.

— Che cosa c'è in quella scatola? — domandò Lucia.

— Non ci interessa — fece Emma afferrando il manubrio e girandolo verso casa.

— È un uccellino! — indovinò l'amica. — L'hai trovato tu? L'hai salvato? Come sta?

Lucia lasciò la bici nelle mani di Emma e si precipitò verso la scatola.

— *Cip* — fece la rondine.

— Vedi? Le sono simpatica — sorrise Lucia.

— Non la toccare — le intimò Emiliano.

La guardò negli occhi e lei, finalmente, lo riconobbe. Arretrò spaventata verso l'amica.

— Ma tu sei... che cosa ci fai qui?

— Leggo.

Emma e Lucia si scambiarono un'occhiata impaurita. Poi si guardarono intorno. C'erano molte altre persone. Coppiette per mano, genitori con i passeggini, cani con i loro padroni. L'unica nota stonata era Emiliano. Emma prese coraggio: — Non puoi leggere da un'altra parte?

— Perché? Ti sei comprata anche il Tevere?

— Sì, me lo vuoi rubare? Così lo metti con la collana e il cellulare.

Era rossa. Infuriata. Bellissima.

— Tanto poi papà te li ricompra.

Emma scattò come un proiettile, con le mani tese verso il libro. Voleva farlo in mille pezzi e buttarlo nel fiume. Così quell'idiota non avrebbe avuto più niente da fare e sarebbe tornato a casa sua. Lucia provò a trattenerla ma lei si divincolò facendola cadere. Anche la bici cadde, addosso a Lucia. Emiliano invece scattò in piedi ed evitò l'assalto. Emma franò sulla scatola, con tutto il peso della sua rabbia e la sfondò.

Rimasero muti a guardare il cartone. Una macchia rossa, piccola piccola si schiuse sulla superficie marrone chiaro. Lucia iniziò a piangere.

— L'hai uccisa.

Emma strisciò indietro inorridita, come chi fugge da un terremoto che sbriciola il terreno sotto i piedi. Emiliano non si mosse di un millimetro. Rimase a studiare quel fiore rosso fino a quando non smise di allargare i suoi petali di sangue sulla carta, con il capo chino, come una preghiera.

Poi sollevò lo sguardo su Emma che ancora tremava.

— Adesso siamo pari.

Niente è per caso.
Niente è per forza.
Niente è per sempre.
Alcune cose sono per scherzo,
ma sono vere lo stesso.
Alcune cose sono per finta,
ma desiderano essere per davvero.
Alcune cose sono per gioco, un gioco crudele.
Tutte le cose anelano all'equilibrio.
L'equilibrio sta nel movimento.
Come le biciclette,
le cose che stanno ferme cadono.

La musica

LE COSE CHE STANNO FERME CADONO. Anselmo lesse queste parole sul diario di Zeno e sbuffò.

Non c'era nessuna risposta fra quelle righe stralunate. E il viaggio di ritorno era quasi finito. Greta l'aspettava alla stazione. La sua voce al telefono, poche ore fa, aveva i toni argentini di una festa. *Era bella come una rosa e ogni giorno con lei è stato una festa.* Aveva detto così, il vecchio messaggero. E aveva rinunciato alla visione per quella festa. Una festa cieca, sotto un cielo monotono, senza scie da inseguire, senza movimento.

Il treno rallentò poco a poco la sua corsa. — Siamo in arrivo alla stazione di Roma Termini — scandì la voce registrata.

Conto alla rovescia, cinque minuti all'impatto. La periferia della capitale rotolava verso quel momento troppo velocemente. Tutto cadeva inesorabilmente risucchiato dalla bocca gigantesca della stazione e sferzato da un vento di tempesta.

Scesero dal treno e furono investiti da una raffica gelida. Percorsero la banchina stringendo le giacche sul petto e abbassando gli occhi a terra per proteggersi dal turbine violento della polvere. Tranne Anselmo. I suoi occhi scrutavano le nuvole. Lontanissimi dalla musica allegra delle voci di quelli che arrivano.

— Vedi qualcosa? — gli chiese Guido.

— Sì — esultò il figlio.

— Anch'io — lo avvisò l'uomo.

Anselmo abbassò lo sguardo e vide Greta. Alla fine della banchina. Appoggiata a una grande colonna grigia, con un fiore bianco tra le mani. Lo cercava tra la gente, stringendo il gambo come un timone in mezzo al mare disordinato della folla. Senza trovarlo.

— Io ti aspetto a casa — disse Guido separandosi dal figlio.

Lui lo salutò, il palmo della mano aperto e immobile, come per ringraziarlo.

Quando tornò a guardare davanti a sé, Greta non c'era più. Si avvicinò alla colonna grigia cercandola con gli occhi come biglie sbalzate da una parte all'altra dell'enorme flipper luccicante della stazione.

— Bentornato! — squittì lei sbucando all'improvviso da dietro la colonna.

Era bella. E felice. E bella.

Sfoderò il giglio che aveva nascosto dietro la schiena e lui fece finta di non averlo mai visto prima.

— È per me?

Domanda inutile, ma profumata come quel fiore.

— Sì. Ti piace?

— Tu di più.

Prese il fiore e Greta, stringendoli a sé nello stesso abbraccio. La baciò con l'odore dolce del giglio che spumeggiava sul bagnasciuga di un pensiero triste. Quello era l'ultimo bacio che le avrebbe dato, prima di ritornare con gli occhi al cielo. Ma adesso gli occhi erano chiusi, nell'ultimo frammento di noi.

Funerale per una rondine. Il cartone galleggia sul Tevere e s'inabissa lento. Tre ragazzi lo guardano e non dicono niente. Immaginano un posto per le rondini che muoiono. Un cielo dove le loro piume diventano bianche. Dove le rondini diventano nuvole. E continuano a volare per sempre. In stormi morbidi e silenziosi.

Lucia ruppe il silenzio: — Dovremmo dire una preghiera.

Nessuna risposta.

— O almeno cantare una canzone.

Nessuna canzone.

— Triste.

Emiliano arricciò le labbra e ne uscì un fischio. Il suono si modulò lentamente, prima confuso, poi sempre più nitido. Era una canzone triste. Come aveva chiesto Lucia. Emma lo guardò sconcertata. Conosceva quel brano, era la musica di un film che aveva visto tanto tempo fa, negli Stati Uniti, quando suo padre lavorava a New York. I suoi compagni di classe, dato che lei era per metà italiana, avevano pensato di guardarlo con una ragazza che quelle cose le conosceva davvero, ma Emma non ne sapeva niente di mafia e non aveva mai assistito a una sparatoria in vita sua, per fortuna. Il film le era piaciuto però, così lontano dalle cose che conosceva da essere irresistibilmente affascinante, e aveva insegnato a tutti a pronunciare il titolo correttamente: *Il padrino*. Con la erre ruvida. Adesso Emiliano stava fischiando quel motivo, come una preghiera. Si unì al canto. Continuando a guardare il ragazzo di sottecchi, senza avvicinarsi, senza allontanarsi.

— Angelo di Dio che sei il mio custode — invocò Lucia.

Non aveva mai sentito una sola nota di quella canzone, ma sapeva una preghiera. Forse non era quella giusta. Forse ai funerali se ne diceva un'altra in cui c'era l'eterno riposo di mezzo. Ma quella dell'angelo era la sua preferita.

— Illumina, custodisci, reggi, governa… lei. La rondinella — specificò, in caso il Signore avesse bisogno di chiarimenti. — Che ti fu affidata dalla pietà celeste. Amen.

— Amen — ripeté Emiliano.

I due si fecero il segno della croce e rimasero qualche istante con gli occhi bassi.

Emma non fece niente. Nessuno le aveva insegnato che cosa si diceva in questi casi. Le sembrava una situazione assurda. Senza senso. Imbarazzante, perfino. Lucia se ne accorse e la guardò come se si aspettasse che lei dicesse qualcosa.

— Che c'è?

— Devi dire amen anche tu.

— Non sono un pappagallo.

— Che c'entra? Neppure io.

Anche Emiliano la stava guardando, aspettandosi la stessa parola.

— E neppure io.

Lucia si immaginò quel ragazzo spaventoso con la faccia di un pappagallo e le scappò una risata. Rideva di lui. Ma questa volta Emiliano non rispose male. Non rispose affatto.

Lo fece Emma: — No, tu infatti sei un ladro. E noi due non siamo pari — gli disse a muso duro. — Hai ancora il diario. Devi ridarcelo.

Emiliano si voltò e la trafisse con occhi neri di petrolio. Due fessure sottili, sibilanti.

— Vuoi il diario?

— Sì.

— Andiamo.

Le voltò le spalle e s'incamminò verso la scalinata che portava alla strada di sopra.

— È pazzo — disse guardando Lucia esterrefatta.

Lui continuò a camminare con il libro chiuso nelle mani. Lentamente.

— Io non ci vengo, me lo devi portare tu — gli strillò.

Lui sollevò un dito in aria e lo scosse velocemente a destra e a sinistra. No. La possibilità non era contemplata. Continuò a camminare raggiungendo il primo scalino. Lei fu costretta ad andargli dietro.

— Che fai? Sei impazzita? — cercò di farla ragionare Lucia.

Sì, doveva proprio essere impazzita. Ma non riusciva a fermare le gambe. Andavano da sole, verso di lui. Nessuno era mai riuscito a farla arrabbiare tanto, neppure sua madre. E questa cosa non le piaceva per niente. Proprio per niente.

— Guarda che non puoi andartene così! — gli disse afferrandogli un braccio.

Lui scivolò dalla presa rapido come una serpe e le afferrò un polso. Tuffò l'altra mano nella coda di capelli rossi. Erano fiamme tra le sue dita. E la pelle pallida un lago di latte. Ci posò sopra le labbra e affondò la bocca in quella di lei. Un macigno piombò al centro del lago, squassando la superficie imperturbabile del suo volto con cerchi concentrici di rabbia, stupore, languore. Emma tentò di sottrarsi, e lui la strinse di più. Provò a combattere e lui la vinse. Rimase immobile, avvolta dal fuoco nero del buio nella bocca di lui. Un bacio come un morso. Che ne chiedeva altri. Senza saziarsi mai. Lui le mise un braccio sotto la schiena e la sollevò da terra, come una sposa.

— Lasciami — sospirò, ma non ci credeva neppure lei.

— Fra un'ora — assicurò salendo le scale con lei addosso. — Fra un'ora ti lascio a casa.

— Devo andare, il vento è fortissimo oggi.

— Posso venire con te?

Anselmo si chiese se c'era un modo gentile per dire no.

— Greta, io stavolta vorrei andare da solo.

Greta si chiese se c'era un modo sensato per dirgli che le era mancato da morire e che non voleva separarsi da lui, adesso che era appena tornato da Milano. Poi pensò a Guido. A quello che le aveva detto. C'era qualcosa che Anselmo non voleva raccontarle, qualcosa che aveva a che fare con la sua presenza nei giorni di vento. Voleva sapere che cosa, voleva sapere perché. Ma si rese conto che, sopra a ogni altra cosa, voleva che quella ruga preoccupata sparisse dalla fronte di Anselmo. Adesso.

— D'accordo.

— Davvero?

— Sì, davvero.

— E basta?

— Il vento è fortissimo oggi e io sono stanca. Vado a casa. Sono felice che sei tornato.

La ruga non c'era più. Non sul viso di lui. Adesso era in un posto più nascosto. E buio. Dove solo Greta poteva vederla e sentire la sua piega dolente.

— E io sono felice del fiore.

Lei annuì e sorrise. C'era una nota stonata nella musica di quel saluto. Non sembrava neppure un saluto. E infatti non lo era. Nessun bacio, nessuna carezza, solo un cenno della mano e Anselmo era stato inghiottito dalla metropolitana. Accese le luci della sua bicicletta e mise i piedi sui pedali. Si guardò intorno calcolando il percorso verso casa, c'era una strada più lunga ma con meno salite e una più breve, da spaccare il fiato. Scelse la seconda e partì subito. Ma a metà della prima salita il telefono squillò. Lo trovò subito. L'aveva tenuto a portata di mano nel caso Anselmo chiamasse. Non era lui. Era Emma.

— Ho il diario — esordì.

— Il diario di Anselmo?

— Sì, quello.

— Come hai fatto?!

Silenzio.

— Emma?

— Greta, tu... non potresti venire qui?

— È successo qualcosa?

— Molte cose. Vieni?

Sua madre era al ristorante, come sempre. Nessuno si sarebbe accorto del suo ritardo.

— Arrivo.

Sterzò e imboccò la discesa. Con i freni tirati, come sempre.

Quando arrivò a casa di Emma, Lucia era seduta sul divanetto di vimini, in pigiama, e aveva la faccia di chi muore dalla voglia di dire qualcosa di clamoroso. Sul tavolo i resti di dolciumi e beveraggi e una fila di smalti di tutti i colori le diedero l'idea di essere stata invitata a una specie di pigiama party. E lei odiava i pigiama party.

— Allora?

— Emma e Emiliano si sono baciati! — sbottò Lucia.

Greta sgranò gli occhi incredula. Poi si sedette sulla poltroncina a fiori.

— Sei impazzita?!

— È quello che ho detto anche io.

Emma prese un profondo respiro.

— Credo di sì.

— Poi voleva pure andare in moto con lui fino al suo covo.

— Ti ha dato di volta il cervello?!

— Per fortuna sono riuscita a fermarla all'ultimo momento.

— L'abbiamo aspettato per un'ora. Sedute sul lungotevere. E lui è tornato. Con il diario.

Le sfuggì un sorriso stupito e un fremito luminoso al centro delle iridi.

— Come aveva promesso.

— Ma che cosa è successo? Ti ha ricattato?

— No.

— Ti ha costretto a baciarlo per avere il diario.

— No — disse Emma a voce più bassa.

— Ti ha fatto paura?

— Non più. C'è qualcosa di diverso, adesso.

— Non capisco — rimuginò Greta. — Che interesse aveva allora a ridarci il diario?

Nessuno rispose. Emma portò due dita alle labbra. Dove quel bacio buio ancora bruciava.

— Emma, non devi più vederlo, hai capito? — le intimò Greta.

— Non lo rivedrò mai più. Non preoccuparti.

Greta non sapeva perché, ma questa risposta non la tranquillizzò affatto.

— Intanto abbiamo il diario di Anselmo. È tornato da Milano?

— Sì, mezz'ora fa.

— E perché non sei con lui? — squittì Lucia.

Greta la guardò indecisa se strozzarla o risponderle male. Non fece nessuna di queste cose.

— Dammelo.

Emma glielo consegnò. Lei lo aprì e iniziò a leggerlo.

— Ma non puoi! Lì dentro ci sono tutti i suoi segreti. Avevi detto che non si devono leggere i segreti degli altri… — le ricordò Lucia.

— Lo leggo perché non sono con lui — rispose dura Greta. — Voglio sapere perché non sono con lui — ripeté addolorata a bassa voce.

Le due amiche si scambiarono un'occhiata veloce. Poi le si sedettero a fianco. Una a destra, una a sinistra. Le mani sulle spalle e sulle ginocchia. Emma prese tra le dita la piccola treccia di capelli biondi che le pendeva lungo la tempia, la sistemò con delicatezza dietro all'orecchio della sua amica.

— Non sei con lui perché sei con noi.

Il messaggio

Gialla, ampia come una galassia, la scia si stagliava netta oltre la volta frastagliata dei palazzi del Corviale. Anselmo percorse le strade disabitate della mezzanotte di periferia spingendo faticosamente i pedali controvento. Arrivò alla fine di via Gentilini, attraversò la grande strada a quattro corsie, superò un autobus e la bolla di luce vuota della sua ultima corsa, svoltò verso la collina e si arrampicò sulla salita che portava al Serpentone, a casa di Greta. La scia lo stava guidando verso di lei. Tremò, al pensiero di incontrarla e al sospetto che alla fine di quel viaggio che aveva deciso di fare senza di lei, ci fosse ancora lei.

Non c'era.

Le finestre del suo appartamento erano tutte spente. Accolse quel buio come un sollievo e tornò a guardare il cielo. La traccia ora era più sottile, balzava oltre l'edificio di cemento come un ponte a precipizio su un luogo invisibile. Deviò la traiettoria e aggirò il palazzo. Quando raggiunse il lato posteriore, ritrovò la luce ad aspettarlo dall'altra parte, piatta e paziente come uno stagno nel cielo. Anselmo frenò, in attesa della prossima direzione. Il vento soffiò e un rivolo dorato si fece strada fra le stelle per fermarsi poco più avanti, al di là di un muro nero di alberi piegati dalle raffiche.

Spinse sui pedali e tagliò dritto per il prato, sobbalzando sul terreno irregolare. Attraversò il piccolo bosco e si affacciò sulla miniatura di una valle incantata. Attorno la città fermentava in una pulsazione tossica di lampioni, fari, lampadine, insegne. Lì invece regnavano buio e silenzio. La prima luna della sera, grande e bassa all'orizzonte, mandava riflessi pallidi sul piccolo ruscello che solcava il prato. E una capanna di lamiera lo stava fissando con un solo occhio. Giallo. La scia si perdeva in quella luce, nell'unica finestra di quella baracca. Il messaggio si trovava lì dentro.

Affrontò la discesa erbosa senza frenare neppure una volta, sospinto dal vento e dal declivio. Una gioia epidermica sul viso lambito dall'aria fredda. Si fermò poco prima dell'ingresso e appoggiò la bici a una staccionata.

Quando si chinò per legarla, due occhi rossi comparvero

tra i raggi della ruota. Fece un balzo indietro spaventato.

— *Beeeeh* — dissero gli occhi rossi, socchiudendosi un poco.

Ne arrivarono altri e i belati si moltiplicarono, richiamando l'attenzione dell'abitante della baracca.

La sua ombra piccola, ricurva su un bastone da passeggio, apparve sull'uscio. Anselmo si avvicinò lentamente, cercando un sorriso adatto a quel momento, senza grandi risultati. L'uomo accese una lampadina che pendeva da un filo volante appeso fuori dalla porta. Gli occhi rossi belarono più forte. Erano capre, quattro. L'uomo era un vecchio. Con un orecchio solo.

— Fior di cicuta — intonò il vecchio con voce ruvida. — Mi piaci molto di più quando sei muta.

Accompagnò lo stornello romano battendo il tempo con il bastone. Dolcemente. Tutte le capre si zittirono. Quasi cullate da una ninna nanna.

— Buonasera — prese coraggio Anselmo. — Chiedo scusa per il disturbo. Credo che lei abbia qualcosa, in casa, che io dovrei vedere.

Il vecchio lo scrutò con sospetto. Guardò la bici alle sue spalle e tornò a fissarlo negli occhi. Lui sostenne lo sguardo, perdendosi per un breve istante nel labirinto delle rughe che sfregiavano la pelle dura. Poi er Tazzina batté un colpo col bastone ed entrò in casa.

Quando uscì le capre si erano addormentate già da una buona mezz'ora, Anselmo invece non si era mosso di un passo.

— Tu lo sai a chi la devi dare? — gli domandò il vecchio affacciandosi alla soglia con una busta da lettera.

— Non ancora.

— C'è scritto. Stavolta sarà più facile — assicurò, porgendogli il messaggio.

Anselmo lo prese fra le dita. C'erano un nome e un indirizzo. Li conosceva entrambi. Guardò l'uomo come a chiedere conferma di quanto aveva appena letto. Forse c'era un errore, forse era uno scherzo. Lui rimase immobile, come un fossile, nei solchi indelebili delle rughe sulle tempie. Nessun errore, nessuno scherzo. Quel messaggio era per Greta Bianchi.

— ... Ma chi distoglierà lo sguardo dal cielo non potrà leggerlo mai più — lesse Greta tra le pagine del diario segreto di Anselmo.

Rilesse ad alta voce. Perché le amiche sentissero. Perché voleva la verità, ma da sola non poteva sopportarla.

Emma restò zitta. Gli occhi concentrati a rimettere in ordine i pensieri. Greta, completamente sperduta nel disordine dei suoi, aspettava che qualcuno, qualcosa le desse un buon motivo per pensare di aver capito male, di aver commesso un errore, che fosse solo uno scherzo. Sentì la persona piccola piccola e le sue urla. Non poteva fermarle, scorrevano nelle braccia insieme al sangue. E scassavano tutte le ossa. Doveva andarsene di lì. Subito. Scattò in piedi lasciando cadere il diario a terra.

— Io vado.

Lucia le prese una mano. Veloce come non era mai stata.

— No. Stavolta non te ne vai.

— Lasciami — ringhiò lei.

Emma le prese l'altra mano.

— No!

— Sentite, devo trovarlo...

— Perché?

— Devo parlargli.

— E dirgli che hai letto il suo diario segreto?

Greta abbassò gli occhi. No. Non era una buona idea. Osservò il libretto scompaginato a terra. Non lo era affatto. E adesso, oltre alla rabbia per ciò che aveva scoperto, sentiva il disonore di aver spiato. Stette immobile. Come prigioniera di una palude. Qualunque movimento l'avrebbe fatta andare ancora più a fondo. L'unica salvezza era un appiglio esterno. Lei ne aveva due.

— E allora che cosa devo fare? — domandò rassegnata alle sue amiche.

— Per prima cosa siediti e calmati — consigliò Emma.

— E mangia un cioccolatino — fece Lucia.

Le porse il vassoio dove ne rimanevano di due tipi:

— Fondente o al latte?

— Fondente.

— No, al latte — la corresse Emma. — Ci sono più zuccheri, ne hai bisogno.

Neppure i cioccolatini le facevano scegliere. Maledette amiche.

Emma scartò il cioccolatino e glielo ficcò in bocca.

— E poi hai pure bisogno di un po' di esercizio, Greta. Non puoi dar fuori di matto così tutte le volte. Devi cercare di… controllarti.

Lei non rispose. Sgranocchiò il dolce e ascoltò le urla di prima allontanarsi, risucchiate nel buco nero e suadente del cioccolato al latte.

— Mi hai sentito?

— Ancora — sviò allungando le mani verso il vassoio.

Lucia scartò subito un'altra barretta.

— Allora adesso facciamo finta che io sono Anselmo — continuò imperterrita Emma. — Che cosa vuoi dirmi?

Non mi lasciare, non mi lasciare, non mi lasciare. Piagnucolò sommessamente la persona piccola piccola. Per la prima volta, Greta la osservò da una distanza opportuna, ottusa dai languori del cioccolato.

— Voglio dirti che… ti odio.

Emma annuì. Lucia le passò dell'altro cioccolato.

— Perché?

Cioccolato e rabbia.

— Perché non mi hai detto la verità. E io invece sì.

— Qual è la verità?

Cioccolato e coraggio.

— Che se guardi il cielo non vedi me e se guardi me non vedi più il cielo.

Pausa. Cioccolato e sale, quello di una lacrima sul viso immobile.

— Non c'è equilibrio. Non sta in piedi.

Lucia storse il naso: — Che vuol dire, Greta?

— Cade. Vedi? Sta precipitando.

— Greta? — chiamò Emma dolcemente.

— *Mmm.*

— Domani riporterai il diario ad Anselmo e gli dirai quello che hai detto a me.

— No.

— Sì.

— Non posso.

— Sì che puoi.

— E che cosa gli dovrei dire: scegli o me o... il cielo?!

— Tu hai scelto lui.

Greta boccheggiò, colpita al petto dal fulgore violento di questa semplice verità. Non l'aveva deciso, era successo e basta. Ma perché non era successo anche a lui?

Si rannicchiò su se stessa come un animale ferito.

— Io vorrei solo che fosse un po' più facile. Solo un po'...

— Non è mai facile.

Emma le fece una carezza. Lucia un'altra.

Sollevò la testa sconfitta, ma con un'espressione nuova. Non più arrabbiata.

— Ma tu sei forte — bisbigliò Lucia — la più forte di tutte.

Le porse l'ultimo cioccolatino.

Lei lo prese e slegò le braccia annodate sul proprio ombelico per intrecciarle a quelle delle sue amiche. Si abbracciarono. Un groviglio di pigiami, anfibi e carta argentata.

— Secondo me dovresti rimanere a dormire qui anche tu stanotte — propose Emma.

— Ma... non ho il pigiama.

Emma attraversò la stanza muovendosi come una fotomodella sul défilé di una sfilata d'alta moda. Aprì il suo sterminato guardaroba e accarezzò l'aria con il palmo della mano verso l'alto, mostrando una collezione di pigiami pronti a sostituirsi alla divisa nero totale di Greta.

— Rosso, verde, viola, bianco o giallo, darling?

Non ebbe dubbi: — Giallo.

La persona piccola piccola respirò profondamente, ma non si mise a strillare. Fece invece uno sbadiglio. Si accoccolò in un posto piccolo piccolo, dentro a un buco nero nero e iniziò a sognare un sogno mai sognato.

Greta si accoccolò sulla poltrona, esausta.

La porta della baracca si richiuse prima che Anselmo potesse dire una parola. E ne avrebbe avute molte, da dire. Chi era quell'uomo? Perché sapeva che cosa stava cercando? Che cosa sapeva di lui? Sapeva che aveva già consegnato altri messaggi? Come faceva a saperlo? Conosceva Greta? Che cosa c'era scritto in quella lettera? Che cosa c'era scritto in quella lettera?

Era una lettera per Greta. Qualcuno le aveva scritto. Quando? Perché? Chi? Che cosa c'era scritto in quella lettera.

Le domande vorticavano come pollini sparpagliati dal vento e nessuno rispondeva. Né suo padre, né Zeno e neppure quel vecchio. Bussò alla porta chiusa.

Niente.

Bussò più forte.

Come se fosse disabitata.

Diede un calcio allo stipite facendo tremare la lamiera. Una capra fece eco minacciosa, ma l'uomo non si fece vivo. Si rigirò la busta tra le mani. Era la prima volta che conosceva il destinatario del messaggio e non era affatto facile, come aveva detto quel vecchio, resistere alla tentazione di aprire la busta. Scacciò quel pensiero a colpi di pedale. Tornò in salita verso il chilometro di cemento in cui abitava Greta e si fermò sotto il suo appartamento. C'era una luce accesa ora. Non era quella della camera di Greta, forse il salotto. Vide la sagoma di una donna alla finestra. Doveva essere la madre. Serena. Greta gliene aveva parlato qualche volta. Poco e malvolentieri. Se avesse consegnato la busta adesso, la madre avrebbe potuto intercettarla ed era certo che Greta non sarebbe stata affatto felice. Decise di aspettare. Poteva recapitare il messaggio di persona, domani.

Mise la lettera in tasca e prese la via di casa, mentre, alle sue spalle, Serena parlava al telefono con sua figlia, troppo e molto volentieri.

— Ma perché non me l'hai detto stamattina?

— Perché l'ho deciso all'ultimo momento, mamma.

— Sei sicura che per i signori Kildare non sia un disturbo?

— Emma dice di no e poi c'è anche Lucia...

— Allora è un pigiama party?! — applaudì la mamma.

— Una specie...

— Vi siete messe lo smalto? Senza smalto non vale.

— Io no, però loro sì.

— Tesoro, mettilo anche tu che ti sta bene. Sembri più femminile.

— Mi dà fastidio. E poi non sono capace.

— Quando torni t'insegno. Io sono molto brava e poi abbiamo smalti di tutti i tipi a casa, sai?

Sì, lo sapeva. Sua madre non faceva altro che mettersi lo smalto quando stava a casa. C'era qualcosa di triste in quelle solitarie sedute all'odore di lacca per le unghie. E di inutile. Con il lavoro che faceva lo smalto si rovinava subito. E lei subito lo rimetteva.

— La prossima volta allora le invitiamo da noi, va bene? Così ci mettiamo lo smalto tutte insieme.

Questa era l'ultima cosa che desiderava nell'universo. Ma era la sola che avrebbe quietato Serena, la pittrice solitaria di unghie sbrecciate.

— Va bene.

La mamma si ammansì per un istante. Poi ripartì all'attacco: — E non esagerare coi dolci.

Troppo tardi. Le scorte di cioccolato erano esaurite da un pezzo e si trovavano per la maggior parte nella pancia di Greta.

— Sì, mamma — le fece il verso la figlia.

— Greta! — s'allarmò Serena d'un tratto. — Ma tu ce l'hai il pigiama?

Beccata!

— Me l'ha prestato Emma — ammise.

— Però non mi sembra molto educato andare a casa della gente senza nemmeno…

— Serena!

Quando diceva il suo nome di battesimo era arrivato il momento di smetterla, Serena lo sapeva molto bene, ormai.

— Va bene, scusa… senti… sono felice che hai delle amiche nuove.

Greta rimase in silenzio, in attesa della fregatura.

— Divertiti e non fare troppo tardi. Ma soprattutto divertiti. Buonanotte.

Nessuna fregatura. La telefonata finì così. Con una dolce nostalgia nella voce della mamma. Più dolce del cioccolato.

— Buonanotte.

Completo perfetto

Come mi devo vestire per andare in bicicletta?

Emma, Lucia e Greta erano chiuse nella cabina armadio da tre quarti d'ora e ancora non erano riuscite a trovare il completo perfetto. La stanza era colma di vestiti, scarpe, accessori e abbinarli era la cosa più complessa che Greta avesse mai fatto. Anche perché quella notte non aveva chiuso occhio, assillata dal pensiero di vedere Anselmo il giorno dopo. Si era svegliata con la faccia da cadavere e con un pigiama giallo orrendo. Tutto quel cioccolato le aveva dato alla testa, evidentemente. Si sfilò il pigiama come fosse il sudario di un lebbroso e s'infilò i suoi vestiti neri. Si sentì subito meglio. Ora doveva soltanto smettere di pensare a lui. Altrimenti sarebbe scoppiata in un pianto isterico prima ancora di riuscire a dirgli ciao. Doveva concentrarsi su qualcos'altro. E doveva farlo subito.

— Va bene, ragazze. Ricominciamo da capo — affermò Greta. — Dato che non hai gli anelli per stringere i pantaloni alla caviglia, hai bisogno di un paio di calzoni stretti in fondo. Oppure di un paio di mollette da bucato.

— Per fare cosa?

— Per pinzare il bordo dei calzoni, così non si incastrano nella catena.

Emma inorridì al solo pensiero.

— Va bene, niente mollette.

— E se mettessi i leggins? — rilanciò la rossa.

— Che cosa sono?

Emma mostrò una ventina di calzamaglie di tutti i colori e fantasie. Arrivavano fino alla caviglia ed erano decorate nelle maniere più assurde, alcune avevano fiocchetti, pompon, brillantini, c'erano quelle a righe, a pois, a macchie di leopardo, zebrate, giraffate... un intero zoo che sembrava uscito dal pennello di Sciagalle.

— Ma... queste calze non hanno i piedi... — si stupì Greta, osservandole con diffidenza.

— Dimmi solo se vanno bene.

Greta rinunciò a comprendere l'utilità di calze senza piedi concentrandosi sulla prossima, bizzarra questione:
— Meglio tinta unita o fantasia?

— Meglio di cotone, così non ti fanno sudare. E niente fiocchi alla caviglia, si potrebbero incastrare...

— ... nella catena. Ho capito. Meglio scuri o chiari?

— Scuri, si sporcano meno.

— Giusto.

Emma ne scelse un paio blu notte, senza fiocchi. Con una stellina di strass all'altezza del ginocchio destro. Li infilò e quelli aderirono alle sue gambe affusolate senza lasciare proprio nessuno spazio all'immaginazione.

— Non sembrano pantaloni però — le fece notare Lucia. — Non sembra neppure che sei vestita...

— E infatti non abbiamo ancora finito. Devo mettere il top.

La guardarono scioccate.

— Il pezzo di sopra — spiegò. — Avrei un abitino di jeans.

Greta sorrise rassicurata, jeans era una parola che capiva anche lei. Ma quando vide l'abitino in questione tentennò.

— È... cortissimo...

— Ma tanto sotto ho i leggins! — disse appoggiandolo sulle spalle per valutare l'effetto nel grande specchio sulla porta.

— Mettiti anche una canottiera, sempre di cotone. Assorbirà il sudore e puoi portarne una di ricambio per dopo.

Prese due canottiere, una a righe bianche e blu, una grigio perla.

— E non dimenticarti la felpa. Se viene freddo.

— Io non indosso le felpe. Sono da maschio.

Disse la parola "felpa" e la parola "maschio" con lo stesso tono risentito.

— Maglioncino di cotone? — propose Lucia.

Emma aprì un cassetto dove ce n'erano una ventina. Ne scelse uno color albicocca, allacciato davanti con il primo bottone a forma di cuore.

— Che carino! — applaudì l'amica.

Greta fece a meno di commentare.

— E adesso le scarpe.

— Ballerine! — annunciò Emma.

— Se vuoi schiantarti alla prima salita fai pure — commentò Greta.

— Si può sapere che problema hai con le ballerine?!

— Hanno la suola liscia.

— E quindi?

— E quindi se devi pedalare in piedi, scivoli. Ci vuole qualcosa che faccia presa. E poi non avvolgono il piede, quindi ti possono scappare via.

Emma guardò gli orrendi anfibi di Greta. Non poteva mettersi due ferri da stiro ai piedi. Era proprio oltre le sue possibilità. Scorse rapidamente il data base mentale di tutte le scarpe che possedeva.

— Trovato! — disse all'improvviso. — Le mie Mary Jane di Tokyo.

Scattò rapida verso una parete scorrevole e l'aprì con un tocco lieve delle dita. Due luci balzarono fuori dall'incavo nel muro illuminando un scorta di calzature pensata per un millepiedi.

— Cavoli!!! — esclamò Lucia.

Emma sorrise compiaciuta, prese un paio di décolleté bianche, basse, chiuse sul collo del piede da un sottile cinturino con un bottoncino d'argento. Fece notare la suola di gomma, leggermente intagliata da solchi che rappresentavano la bandiera giapponese e trionfò: — Eccole!

Infilò dei buffi calzini che coprivano appena la pianta del piede, il tallone e le dita. Poi indossò le Mary Jane acquistate a Tokyo e i calzini sparirono.

Osservò il risultato allo specchio e fermò i capelli a lato del viso con una mollettina dello stesso colore del maglione. Arrotolò al collo una sciarpetta lunga e stretta in tinta con tutto il resto, completò con una borsetta a tracolla bianca, come le scarpe.

— Sarebbe meglio uno zaino — obiettò Greta. — La borsa è un impiccio quando pedali. Scivola in avanti e devi sempre rimetterla sulla schiena.

Emma la fulminò con uno sguardo impaziente.

Greta desistette. La strada le avrebbe insegnato come vestirsi.

— Allora sei pronta per aggiustare la tua prima bicicletta? — le domandò Lucia.

— Tu che ne dici? — chiese in tono di sfida a Greta.

L'amica le sorrise. Non aveva esattamente l'aspetto di un meccanico. Però sembrava felice. Come non la vedeva da giorni. Dal giorno dell'aggressione, per essere precisi. La prese per mano e la portò fuori da quella bolgia infernale di abiti e scarpe.

— Dico di sì.

Strinse le dita e si fece coraggio: fra poco Emma avrebbe avuto una bicicletta vera, come desiderava, e lei avrebbe rivisto Anselmo…

Senza desiderare niente.

Nessuna speranza, nessuna aspettativa, nessuna promessa che si potesse tradire.

Per non piangere mai più.

Guido alzò il volume della sua nuova radio e le note di un organo levitarono nell'aria come sfere di un meccanismo celeste. Una geometria di suoni semplici che presero a rincorrersi in una danza complessa. Profondi inchini e lievi giravolte in uno slancio univoco e ascendente. Sciagalle sbuffò malinconico, pensando al suo pomeriggio metal e cercando di concentrarsi sulla forcella che lui e Anselmo stavano tentando di raddrizzare. Ma il suo compare sembrava ancora più distratto di lui.

— Nottataccia?

Gli chiese studiando gli occhi gonfi del suo amico.

— Che c'è? Hai fatto le gare di impennate con la ragazzina del Corviale?

Lui scosse la testa.

— Eddai, di' la verità!

Meglio di no, meglio non dirla, la verità.

— Non ho dormito molto...

Non aveva dormito per niente. Era tornato a casa tardi, stanco morto, era sprofondato sul letto certo di addormentarsi all'istante. Poi si era ricordato della lettera. Bugia. Non aveva pensato ad altro da quando l'aveva presa in consegna. Che cosa c'era scritto? L'aveva presa tra le mani e l'aveva messa contro la lampadina da tavolo accanto al suo letto. In trasparenza si vedevano parole scritte a mano. La grafia sembrava quella spigolosa di un uomo. Chi era quell'uomo che scriveva a Greta? La sua Greta... un nuovo sentimento s'insinuò di soppiatto nell'insonnia. Gelosia. Spense la luce e cercò di riaddormentarsi. Altra bugia. Prima cercò un'apertura nella busta, per sbirciare dentro, ma non c'era. Solo allora spense la luce, ma non riuscì ugualmente a prendere sonno.

Aveva sempre creduto nel destino, non si era mai permesso di intralciare il suo andamento misterioso, si era sempre considerato un semplice messaggero. Fino a stanotte. Una notte che stava ormai scolorando nei toni cristallini di un altro mattino inondato dal sole. Decise di distrarsi preparando la colazione, ma quando vide l'acqua nella teiera ribollire e il vapore perdersi nell'aria in morbide volute ipnotiche, cedette. Prese la lettera, la mise sopra allo sbuffo della teiera, aspettò che la colla si sciogliesse e aprì con delicatezza la busta.

Cara Greta,

è molto che non ti scrivo. Non sono neppure sicuro che tu abbia mai letto una delle mie lettere, dato che non mi hai mai risposto. Per ragioni che desidero spiegarti di persona, sto per partire per Roma. Sarò solo e vorrei vederti...

Prima che potesse leggere altro, suo padre era entrato in cucina e lui aveva appena fatto in tempo a nascondere il messaggio in tasca. Guido non si era accorto di niente. Lui invece aveva sentito tutto il peso del cielo franargli addosso. Aveva fatto una cosa molto brutta. Aveva infranto un segreto e una promessa. E non aveva avuto neppure il tempo di trovare le risposte alle sue domande.

E ora si sentiva peggio di prima.

— Ma almeno te la sei lavata la faccia? — disse la voce di Sciagalle.

No.

— Qua finisco io. Tu vai a darti una ripulita, che sembri *L'urlo* di Munch...

Uno pensa che avere amici artisti sia un vantaggio, s'immagina che sia gente capace di portare la bellezza nei momenti più cupi della vita di chi gli sta attorno, che, in fondo, sarebbe pure questo il compito dell'arte... lo pensa solo se non conosce Sciagalle. In quel preciso istante, il pittore di biciclette stava facendo un'imitazione del celebre quadro dell'artista norvegese affondando le dita nella faccia e spalancando la bocca a cerchio. L'espressione deformata di qualcosa che si scioglie e gocciola verso un vortice di drammatica amarezza. Niente di bello, insomma.

— Vado.

Aprì il rubinetto e ascoltò l'acqua scrosciare nel lavandino. Nello specchio la sua faccia lo guardava impietosa. Sembrava davvero *L'urlo* di Munch. Raccolse l'acqua nell'incavo delle mani e ci tuffò dentro il viso, sperando di lavare via quella maschera d'angoscia. Niente da fare. Chiuse il rubinetto e fece per uscire quando una voce squillò nell'androne là fuori. La conosceva.

— Buongiorno, ciclisti — salutò Emma. — Vorrei una bicicletta.

— Le ragazze della ruggine al gran completo! Perfetto! — esclamò Sciagalle tutto contento.

— Ciao — squittì Lucia.

— 'giorno — disse la voce di Greta, piano.

Era arrivata. Era qui. E lui non era pronto. Non aveva ancora deciso come consegnarle la lettera. Se lasciarla dove solo lei potesse trovarla o dargliela personalmente. Voleva pensarci ancora un po'. Mentre riparava qualche bicicletta. Di solito i lavori manuali lo aiutavano a far chiarezza, ma lei non gliene aveva dato il tempo.

Rimase davanti alla porta senza avere il coraggio di uscire allo scoperto.

— Che bicicletta cerchi? — domandò la voce di suo padre.

— Da donna. Con il cestino, possibilmente.

— Un'olandese?

— Sarebbe perfetta! Anche tu sei olandese — si entusiasmò Lucia.

Emma fece a meno di commentare, Guido le mostrò una bicicletta color crema con il sellino di cuoio, le manopole del manubrio rosso fuoco e il cestino di metallo nero.

— C'è un freno da riparare, le ruote da controllare e un poco di ruggine sul telaio, ma per il resto è perfetta.

— Quanto costa? — disse appoggiando le mani sulle manopole. Le sembrarono bellissime. Le voleva a tutti i costi.

— Niente. Devi solo ripararla.

— Io?! — si scandalizzò Emma.

— Sì, è la tua bicicletta, no?

— Ma io non sono capace. Non è il mio lavoro. È il tuo.

— Infatti ti insegnerò come fare.

— Ma non posso pagare e me la ripari tu?

— No.

— Allora la compro e la porto da un altro meccanico — s'intestardì la ragazzina.

— Non te la vendo.

— Allora vendimi solo le manopole.

— Non se ne parla.

Quell'uomo era più cocciuto di lei. Era la prima volta che qualcuno si rifiutava di venderle qualcosa. Era una sensazione strana, fastidiosa. Come un buco allo stomaco. Fame. Ma di più. Più violenta. Doveva avere quelle manopole. E basta.

— Prima però la devo provare — disse tanto per sentire che anche lei poteva mettere delle regole in quella contrattazione.

— Sì — accordò Guido. — Ma occhio ai freni, vai piano.

— Ok! — esultò. — Lucia, ti va di venire con me?

— Ti dispiace se vengo anche io? — s'intrufolò subito Sciagalle.

Le dispiaceva, sì. Però la sua piccola amica le fece due occhioni tanto supplichevoli che fu costretta a dire: — No, non mi dispiace.

— Allora vengo anche io, così guardo che non arrivi nessuna macchina dal fondo della via — s'aggregò Guido.

— Non manca proprio nessuno... — ironizzò Emma.

— Manca Anselmo, ma è in bagno da mezz'ora — rispose Sciagalle.

Greta sentì il sangue cadere a precipizio in un luogo lontano oltre i suoi piedi. Anselmo sentì il sangue salirgli alla testa e l'impulso violento di strozzare il suo amico pittore.

— Non vedo l'ora di provare questa olandese! — civettò Emma per attirare l'attenzione di tutti. — Andiamo?

Uscirono in strada lasciando Greta da sola nel grande androne assolato della ciclofficina. La musica proseguiva la sua danza indifferente, mentre la porta in fondo al corridoio si schiudeva con un cigolio stonato.

— Greta.

Anselmo chiamò il suo nome guardandola negli occhi e lei, suo malgrado, sorrise.

— Ho una cosa per te — gli disse.

— Pure io — disse lui.

Non se l'aspettava. Le sembrò una cosa bella. Forse le aveva portato un regalo da Milano. Si avvicinò dimenticandosi in un lampo le raccomandazioni di Emma, la notte insonne e tutto quello che lui le aveva tenuto nascosto. Frugò nello zaino e prese il diario segreto di Anselmo. Glielo porse con due mani, fissando i suoi occhi blu.

— Eccolo, l'ho ritrovato.

Vide un brillare dolcissimo nel blu.

— L'hai trovato...

— Sì.

— Anche io ho trovato una cosa che ti appartiene.

Allora non era un regalo.

— Sai quella scia gialla.

Annuì, allerta.

— L'ho seguita. Mi ha portato vicino a casa tua. Ieri notte. E alla fine c'era questo. Per te.

Prese la sua borsa da postino, appoggiata sul divano rosso ciliegia ed estrasse una lettera. Sulla busta c'erano il suo nome e il suo indirizzo. Era un messaggio. Se Anselmo aveva potuto trovarlo era evidente che aveva scelto il cielo.

— Non la voglio — scattò Greta.

Anselmo sentì il terreno scivolargli sotto i piedi. Come se qualcuno l'avesse strappato con un gesto insensato.

— Che significa tu non puoi rifiutare...

— E invece l'ho appena fatto.

Gli voltò le spalle, montò su Merlina e sfrecciò via. Tagliò la strada a Emma, che barcollò incerta sulla sua olandese e cadde a terra.

— Aspetta! — la chiamò Anselmo schizzando fuori dalla ciclofficina in sella alla sua bici.

— Quei due sono pazzi — sospirò Lucia.

La voce triste della radiocronista sillabò da lontano: — Di Johann Sebastian Bach, abbiamo ascoltato *L'Arte della fuga*.

Bruciò tre semafori rossi, prese due vie contromano ed evitò per un soffio un frontale con l'autobus 786, ma non riuscì a seminarlo.

— Hai deciso che vuoi morire?! — le urlò fuori di sé Anselmo, tagliandole la strada e mettendo fine a quella corse folle.

— No! — gridò a sua volta. Poi abbassò gli occhi, con la voce strozzata dall'affanno. — Voglio te — sussurrò. — Ma tu no.

— Io...

— Cosa?

— Non posso.

— Lo so.

Pausa.

— Ho letto il diario. — Sentì la mano di lui posarsi sul

mento. Sul neo che lei aveva sempre odiato e lui amato, dal primo momento. Alzò gli occhi e li mise nei suoi. — Mi dispiace di averlo fatto, ma tu non mi dicevi la verità e io… stavo impazzendo e…

La mano scivolò dietro la nuca e Anselmo portò il viso di lei al petto, dove il cuore batteva forte i colpi della fuga.

— Non sapevi più che cosa fare — concluse lui stringendola nel nido delle braccia.

— Sì.

Si sporse dalla bicicletta e allacciò le mani dietro alla schiena di lui e si aggrappò a una spalla, in bilico tra i suoi respiri. Lui l'accolse nel cerchio caldo di petto e di braccia. La pelle velata dell'umido umore della corsa appena conclusa.

— All'inizio ho fatto finta di niente — ammise Anselmo. — Come se tutto fosse normale. Ma io non sono… normale.

Greta strinse forte le dita sulla sua nuca e sentì i pedali allontanarsi dai piedi. L'aria circondare tutto il suo corpo, solo il viso e le braccia e il ventre mantenere un contatto con quelli di lui. Il vento scrosciò impetuoso verso il basso, schiacciando i capelli lungo le guance. Quando aprì gli occhi vide soltanto nuvole.

— Questo è il mio cielo.

Nuvole scolpite dall'ardore dell'ultima ora del giorno. L'orizzonte, tutto intorno ricamato dall'oro fino dei nembi. Completo. Perfetto.

— Se ci sono io, tutto questo scompare — disse Greta in un soffio.

Vide lo sguardo di lui velarsi di lacrime, e nelle lacrime le nubi vorticare dolorosamente.

— No — sussurrò e mise un bacio sul pianto. — Non devi piangere. Questo è il tuo cielo. Ed è bellissimo.

Prese la lettera che aveva rifiutato, dalla tasca di lui e la infilò nella propria felpa.

— Grazie... per le nuvole — sorrise.

Lui accarezzò i capelli corti osservando le stesse nuvole specchiarsi nel bosco dei suoi occhi.

— Non sono nuvole... — le sussurrò in un orecchio.

Un turbine di piume immacolate vorticò intorno a loro senza rumore. Poi aprì le ali minuscole e si sparpagliò nell'aria. Giocavano col vento e col volo, disordinate, inafferrabili, silenziose.

— ... sono rondini bianche.

Greta e Anselmo rimasero lì, inchiodati dallo stupore. Sospesi adesso e ancora nello stesso cielo.

La danza delle stelle cadenti

Non dire niente

Era accaduto per coincidenza. Perché, precipitando nel vuoto, si erano incontrati. E si erano riconosciuti. Greta abbracciò le nuvole bianche intorno a loro con un solo sguardo pieno di meraviglia. Poi i suoi occhi si fermarono in quelli di Anselmo. Il cielo si rifletteva nello specchio blu delle sue iridi e il loro amore le apparve all'improvviso come un'altra nuvola, che il vento si stava portando via. Voleva afferrarla. Strapparla ai movimenti pericolosi dell'aria, per nasconderla in un posto sicuro dove nessuno l'avrebbe potuta toccare.

E allora iniziò a ricordare.

La sera del nubifragio quando, sotto una pioggia battente, le loro biciclette si erano scontrate e lei gli aveva detto che era matto per la prima volta. Il sole del giorno dopo e la ruota della sua bicicletta che si era bucata proprio quando lui passava di là. La ciclofficina di via Gentilini, dove Anselmo lavorava da anni e dove Greta non aveva mai trovato il coraggio di entrare. La stanza segreta dietro l'officina piena di oggetti chiusi in pacchi misteriosi, disposti su scaffali che portavano il nome di un vento. Favonio, Tramontana, Scirocco… e gli stessi nomi scritti sul diario di Anselmo. Lei non voleva leggerlo, perché ognuno ha i suoi segreti, ma poi lui l'aveva baciata e tutto, proprio tutto era cambiato.

Ricordò quella notte e quel bacio.

Davanti a un cancello insormontabile lei aveva pensato di arrendersi, lui aveva spiccato il volo. Anselmo poteva volare. Con ali fatte di scie luminose di molti colori. Greta le aveva strette tutte tra le dita e aveva volato con lui oltre il cancello. Erano atterrati su un prato, sotto un cielo che Greta non aveva mai visto, che nessuno aveva mai visto perché poteva vederlo solo Anselmo. Le scie luminose delle sue ali erano l'ombra di bagliori più vividi, le tracce lasciate nell'aria dai messaggi del cielo: le lettere mai arrivate, i regali perduti, gli oggetti smarriti. Nelle giornate di vento, quando la corrente era abbastanza forte da far fischiare la grande elica montata all'ingresso della ciclofficina, Anselmo poteva vedere queste scie luminose comparire nel cielo di Roma. Allora saltava in sella alla sua bicicletta e le inseguiva libero e felice. Alla fine del viaggio c'era sempre un oggetto misterioso. Qualcosa che qualcuno aveva perso e che lui avrebbe consegnato al destinatario. Era questa la sua missione: riallacciare le trame spezzate del destino.

Quando? Nel momento perfetto.

— Come si fa a capire quando è il momento perfetto? — aveva chiesto Greta.

Lui aveva risposto con parole impossibili: — Chiudo gli occhi, respiro e tengo il messaggio tra le mani. Allora, nel buio, compaiono tre numeri. Sono la data e l'ora.

Lei gli aveva creduto e gli aveva dato un bacio. Subito dopo Anselmo era diventato silenzioso e lontano. Catturato da un pensiero triste che Greta non riusciva a comprendere e che lui non voleva spiegarle.

Allora ricordò i numeri.

Scritti sul diario di Anselmo. Ognuno ha i suoi segreti ma quello di Anselmo era troppo grande. Immenso come tutto il cielo. Greta l'aveva scoperto leggendo di nascosto il suo diario per non soffocare nel gorgo dei sospetti. Nel ricordo il segno netto di sentimenti violenti. Il terrore di spiare, il bisogno di sapere, lo schianto feroce della verità. Anselmo era un figlio del vento. Un angelo? Lui non l'aveva mai detto. Che cos'era, allora? Lei non lo sapeva più. Sapeva solo quello che aveva letto nell'intimo di quelle pagine: L'ARIA PROTEGGE I SUOI MESSAGGERI E DONA LORO LA VISIONE DEL VENTO E IL MUTAMENTO SENSIBILE DEI COLORI. MA CHI DISTOGLIERÀ LO SGUARDO DAL CIELO, NON POTRÀ LEGGERLO MAI PIÙ.

Mai più è il contrario di per sempre. Se Anselmo guardava Greta, non poteva più vedere le tracce dei messaggi tra le nubi. La loro storia finiva così. Tra quelle nuvole cui lui apparteneva. Dove era perfetto e felice. Non era il vento a strappare via il suo amore, ma lei a lasciarlo andare. Perché non poteva trattenere una cosa che non era sua.

Ricordò i momenti appena trascorsi.

Lui l'aveva sollevata ancora in volo, per mostrarle il tramonto e le rondini. E per dirle addio. Adesso precipitare non era più incontrarsi. Era il contrario.

Nel cielo sopra Roma, tra le prime stelle della sera, a dieci metri dal suolo Anselmo e Greta iniziavano a cadere.

Lentamente, dapprima. Poi via via più veloci. Lei guardava la macchia buia del suolo allargarsi sotto di loro. Quando avrebbero appoggiato i piedi a terra, l'abbraccio si sarebbe sciolto e lui se ne sarebbe andato via.

No.

Era troppo presto. Era troppo veloce. Doveva fermare la caduta. E il tempo. Si divincolò come un animale in gabbia e riuscì a liberarsi dalle sue ali di luce.

Precipitò da sola. Pesante all'improvviso.

— Amore! — la chiamò lui cercando di afferrarla.

Era la prima volta che la chiamava "amore" ed era già tardi. Lei non poteva sentirlo. Lontana e piccolissima dentro a quella sterminata macchia buia.

La terra l'accolse con uno schiaffo. Un dolore acuto infiammò la caviglia e i palmi bruciarono graffiati dall'asfalto. Greta si rialzò subito, scattando verso la sua bicicletta, mentre il piede iniziava a pulsare nel collo stretto degli anfibi. Anselmo planò lieve alle sue spalle.

— Aspetta, dove vai?

Improvvisamente le sembrò di aver sentito questa frase troppe volte. Finiva sempre così, succedeva sempre qualcosa che le faceva desiderare di essere altrove, subito altrove. Allora scattava verso la sua bicicletta. E se ne andava. Senza aspettare, senza sapere dove.

— Vado a casa, è tardi — mentì.

— Greta?

Non ebbe il coraggio di voltarsi. Ma neppure di spingere sui pedali e partire.

— Io... guardami.

Lo guardò.

— Noi...

Anselmo stava lì senza sapere cosa dire. Come se dopo quella parola così piccola ci fosse qualcosa di troppo grande. Che non si può pronunciare. Lo fissò in attesa. Gli occhi blu di lui schivarono la freccia del suo sguardo per un soffio.

— Noi niente — ringhiò Greta. — Non dire niente.

Si alzò sui pedali e spinse forte contro il vento.

Anselmo rimase lì, immobile e spezzato. Come un angelo caduto dal paradiso su una terra sconosciuta.

La scuola media Amedeo Clemente Modigliani aveva poche finestre. Piccole e affusolate, come i visi dipinti dal pittore di cui porta il nome. I suoi amici francesi lo chiamavano "Modì", lui li ringraziava con un ritratto. Fra le sue opere ci sono pochi paesaggi e molti volti, appoggiati su colli lunghi e colori che sembrano impastati con la materia opaca e densa del pane. Le mura esterne dell'edificio scolastico avevano la stessa tonalità, di una sfumatura più scura, macchiata dal tempo e dal traffico; e quelle finestre a sesto acuto come occhi socchiusi sul mondo di fuori. Il portone d'ingresso era una bocca un po' triste, la curva dell'architrave sembrava un piccolo broncio bordato di mattonelle più chiare come rughe che irradiano il loro tratto nell'espressione ancora assorta di chi esce da un giorno di scuola. Emma comparve sotto quell'arco come una pennellata rosso fuoco nel semicerchio verdognolo dell'uscita e osservò la sua amica Greta scendere le scale. Zoppicava.

— Che cosa ti sei fatta? — le domandò.

Greta si voltò con l'aria di chi non vuole dare nessuna spiegazione. Le stava per dire che non si era fatta niente, ma lei l'anticipò.

— Non dire niente, per favore.

— Niente — confermò Greta e riprese a barcollare lungo gli scalini.

Lucia le tese un braccio paffuto per darle sostegno: — Sei caduta dalla bici?

Scusa perfetta. Come aveva fatto a non pensarci?

— Sì. Sono caduta dalla bici — tagliò corto scansando l'appiglio.

Le sue amiche si scambiarono un'occhiata eloquente.

— È tornata antipatica — bisbigliò Lucia.

Greta fece finta di non averla sentita. Già in bilico sull'ultimo gradino.

— Qui c'è qualcuno che ha il cuore spezzato... — insinuò Emma con un sorriso compassionevole.

Gretà annuì osservando lo spiazzo davanti alla scuola.

— Già. E credo che voglia parlare con te.

Fece un cenno con la testa indicando un ragazzo dall'altra parte del cortile. Una macchia nera, appoggiata a una moto nera. Braccia incrociate e occhi fissi su di lei.

— Emi? — si lasciò sfuggire Emma.

E le scappò anche un altro sorriso, molto diverso da quello di prima.

— Come l'hai chiamato? — protestò Greta incredula.

Emma cercò di assumere un'espressione distratta, ma

le brillavano gli occhi e Greta lo considerava un pessimo segnale.

— È venuto a prenderti a scuola! Che romantico! — cinguettò Lucia.

— Molto romantico. Un mese fa ti ha romanticamente rubato il cellulare e la catenina d'oro e poi i suoi amici ci hanno romanticamente riempito di calci. Te lo sei già scordata?

Greta era furente. Antipatica e furente. Se non fosse stata anche zoppa, gli avrebbe restituito volentieri qualcuno di quei calci.

— Sono proprio felice di vederlo — aggiunse sarcastica. — E tu, Emma?

— No — rispose lei troppo presto.

— Che fa, viene qui? — squittì Lucia.

Emiliano si stava avvicinando. Seguito dallo sguardo scandalizzato di tutte le brave ragazze e da quello invidioso di tutti i ragazzi presenti. Fendeva la folla come l'ombra che si allunga quando una porta si apre e qualcuno entra in casa. Qualcuno di cui Greta non si fidava per niente.

— Andiamo via.

— Sì! Lasciamoli soli! — fraintese Lucia.

— No, andiamo via tutte insieme — precisò Greta.

— Ma così roviniamo tutto.

— No, così evitiamo un bel po' di guai.

— Ma perché? È un momento romantico!

— Se dici un'altra volta quella parola ti meno.

— Ma uffa, che male c'è a essere romant...

Greta le tappò la bocca con un gesto definitivo.

— Buongiorno, ragazze — salutò Emiliano con gli occhi fissi sul volto pallido e perfetto di lei. — Posso parlare con Emma?

— No — disse Greta.

— Sì — la smentì Emma.

— *Mghgmhgh* — mugugnò Lucia.

— Ti ascolto — aggiunse la ragazza dai capelli rossi senza muovere un passo.

Emiliano fu colto in contropiede. Sperava di rimanere da solo con lei. Ma non era nella posizione di dettare le regole di quel gioco. Non ancora. Sfilò uno dei guanti e infilò la mano nella tasca della giacca. Prese qualcosa nel pugno stretto. Poi racchiuse la mano di Emma nella culla della sua.

— Tieni.

Aprì le dita e lasciò scivolare un oggetto molto piccolo fra quelle della ragazza. Lei le strinse, incrociandole con quelle di lui. Si guardarono per un istante in cui tutto quello che c'era intorno non esisteva più. Solo loro e le loro mani. Calde. Da rimanerci per sempre.

Poi, all'improvviso, freddo. Un segno sottile come un filo incise un brivido nel palmo. Emma lo riconobbe. Metallo e graffi. Scostò la mano e l'aprì. C'era dentro la sua catenina d'oro.

Lo guardò sperduta, senza sapere che dire.

Lui le accarezzò il viso muto con un dito. Indugiò sul disegno evanescente di una costellazione di lentiggini e la salutò.

— Che fa? Se ne va così? — mugugnò Lucia.

Emma non rispose. Era lì, ma non c'era. Era rimasta incastrata nelle mani di Emiliano.

Greta scosse la testa indignata: — Emma?!

— Sì — rispose la bocca di Emma.

— Non ci devi nemmeno pensare. Hai capito?

— Sì.

Sguardo vuoto, voce piatta.

— Mi ascolti?

— Sì.

Non l'ascoltava per niente.

— Io non so più che cosa dirti.

— Dimmi che cosa ti sei fatta al piede — scattò lei ritornando tra le sue amiche.

Greta non le rivolse neppure un'occhiata. Le voltò le spalle e zoppicò arrabbiata verso l'inferriata. Slegò la bicicletta azzurra e volò via.

— Secondo me ha litigato con Anselmo — concluse Lucia.

— Non lo so — rimuginò Emma. — Greta non è capace di litigare. Vedi? Neppure adesso, con me.

— È vero, non riesce a fare un discorso tranquillo. A meno che non stia veramente male. Di solito o tira un calcio, o se ne corre via su quella bici. Alla fine sono due modi diversi di fare la stessa cosa: scappare.

Lucia pronunciò questa frase tutta d'un fiato come se ci avesse pensato a lungo e ora fosse proprio arrivato il momento di dire la verità.

Emma la studiò con ammirazione. Era la prima volta che la sua timida amica parlava con tanta sicurezza. Le sembrò qualcosa di importante e molto bello. Le sembrò che parlasse un poco anche di lei.

— C'è solo un problema — commentò mirando il luogo verso cui erano scomparsi prima Emiliano e poi Greta. — Prima o poi incontri qualcuno da cui non vuoi più scappare.

— Non dire niente — esordì Sciagalle entrando in ciclofficina.

Le mani strette sul manubrio della sua bici da cross e la ruota anteriore completamente distrutta. Aveva una forma strana, il cerchione si era piegato verso il centro, con un angolo netto. Anche il telaio aveva subito qualche cambiamento, un bizzarro avvitamento della forcella faceva pensare a uno schianto frontale piuttosto violento.

— Stavo provando un nuovo salto. Una cosa guerriera. Di quelle che le pischelle poi ti chiedono il numero di telefono.

Anselmo prese una ghiera a stella e svitò il tappo esterno del movimento centrale.

— *Mm* — commentò concentrato sul proprio lavoro.

— L'ho chiamato "il Salto del Giaguaro". Perché quando stai in aria devi prendere un atteggiamento felino. Così.

Spinse il torace in avanti e abbassò la testa, le dita come grinfie a brandire il manubrio.

— Ci sta pure un ruggito. Oppure no. Come ti pare. L'importante è l'atteggiamento felino. Perciò Giaguaro.

— *Mm* — ripeté Anselmo sfilando un pedale e appoggiandolo a terra.

— E quando atterri devi fare come i gatti. Hai visto i gatti quando atterrano?

— *Mm*.

— Prima stendono le zampe e poi s'appallottolano. Serve per ammortizzare.

— *Mm*.

— Epperò io non mi sono appallottolato tanto bene. Non ho ammortizzato manco per niente! Sono caduto dritto per dritto. *Sdang*. Ancora un po' e mi spezzavo tutte e due le gambe.

— *Mm*.

Sciagalle incrociò le braccia offeso. Era evidente che il suo amico preferiva occuparsi della guarnizione di quella vecchia Cinelli sgangherata piuttosto che delle eroiche gesta del Giaguaro del Corviale.

— Che c'hai, hai dormito nel cassetto dei calzini stanotte?

— *Mm.*

— Aho! — gridò.

— Che cosa c'è?

— C'è che il tuo migliore amico poteva rimanere storpio per tutta la vita e tu stai lì a fare *mm,mm.* Mi sembri un bove, mi sembri.

— Sto lavorando.

— Bella scusa. Anzi manco tanto bella. Un po' banale, veramente.

— Non siamo tutti artisti.

Era una risposta aspra. Di quelle che poi non c'è più niente da dire. Ma Sciagalle non ci fece caso. Non lo faceva mai.

— È vero, alcuni riparano bici. Vedi un po' che puoi fare.

Trascinò il rottame sotto il naso di Anselmo e rimase lì a fissarlo. Il ragazzo esaminò i danni.

— C'è parecchio lavoro.

— Allora iniziamo subito.

— Devo prima finire qui.

— Devi prima dirmi perché c'hai la faccia spiegazzata.

E va bene, era inutile cercare altre scuse.

— Io e Greta… noi. Lei non vuole… non sa… — respirò. — Se n'è andata.

— Che cosa vuol dire?

— Ha preso la bici e se n'è andata. Non la sento da ieri.

— Avete litigato?

Scosse la testa per dire no. Silenzio.

— E allora?

— Lascia stare, è complicato.

— Com'è che oggi dici solo cose brutte e banali?

— Ho dormito nel cassetto dei calzini.

Sorrisero.

— Senti. Magari si può aggiustare.

— La bici?

— Seh, la bici. Con Greta!

— Io non credo.

— Perché no? Tu non fai altro che aggiustare cose tutto il giorno. C'hai un dono.

Il suo dono era il problema. Non aveva nulla a che vedere con le riparazioni e molto poco con la ciclofficina. I suoi occhi potevano leggere il vento ma da quando c'era Greta, non vedeva altro che lei. E il cielo non gli parlava più. Aveva dovuto scegliere, allora. Fra lei e il cielo. E aveva scelto il cielo.

— Ha fatto bene a lasciarmi.

Sentì la gola stringersi. Un'onda di tristezza affogare le parole.

— Non sono d'accordo, Hans. Manco per niente.

Hans non aveva nessuna voglia di sentire il resto del discorso, ma Sciagalle non ci fece caso. Neppure stavolta.

— Ma vi siete visti, quando state insieme? Quanto siete… belli.

Disegnò un cerchio con le mani. Come se tutte le cose belle avessero quella forma.

Anselmo abbassò lo sguardo imbarazzato e i suoi occhi

azzurri planarono sulla ruota della bicicletta dell'amico, piegata al centro.

— Sembra un… cuore.

Sciagalle sorrise stupito. Era proprio un cuore. Con i raggi sbilenchi. Afferrò la chiave inglese e gliela porse.

— Allora iniziamo da qui.

Niente è più mutevole di una nuvola.
Nel colore, nella forma, nel campo azzurro del cielo.
Se avessimo occhi migliori,
potremmo capire le ragioni dei temporali.
Se avessimo migliore memoria,
potremmo ricordare le albe dentro i crepuscoli.
E invece, come voi, dimentichiamo
ogni notte il colore limpido
del giorno che sta per sorgere.

A bassa voce

Trascorsero sette giorni di silenzio. Greta li sentì ammucchiarsi uno dopo l'altro, un istante dopo l'altro, come nuvole cariche di pioggia che affollavano l'aria schiacciandola. Ogni passo era più faticoso, ogni colpo di pedale più pesante. Come se all'improvviso le sue gambe fossero diventate macigni, i suoi piedi zavorre e in ogni respiro ci fosse il dubbio che non ne sarebbe arrivato un altro. Anselmo era scomparso. Lei non l'aveva cercato. Lui nemmeno. Eppure i suoi occhi blu macchiavano ogni pensiero, cadevano goccia a goccia sul banco di scuola, si allargavano in pozzanghere tristi sulla via di casa, allagavano il suo letto ogni notte, la gettavano nelle profondità di un pozzo spaventoso ogni mattino. Le mancava. Le mancava da morire. Così tanto che avrebbe voluto cancellarlo dai suoi ricordi con la violenza di una burrasca. Lanciò un'occhiata alla lettera che le aveva dato. Era un messaggio trovato chissà dove. Era per lei. Erano sette giorni che cercava invano il coraggio di aprirlo. Sapeva che chiuso in quella busta c'era il suo destino. Come in tutti i messaggi che Anselmo consegnava in giro per Roma a bordo della sua bicicletta. E ne aveva tantissima paura.

Non aveva voglia di aprirlo. Non ne aveva la forza. Il poco slancio che le era rimasto era appena sufficiente per emergere dal pozzo dei suoi pensieri, vestirsi, salutare sua madre tra i fumi del sonno e del caffè, inforcare Merlina e pedalare fino a scuola pronta per un'altra giornata di silenzio.

Legò la bici al cancello e scalò i tre piani di rampe fino alla sua classe osservando i piedi dei suoi coetanei come fossero pesci indifferenti in un acquario. Erano belli perché erano muti. Arrivò in classe senza sollevare lo sguardo dallo sciame inoffensivo delle calzature e pensò di averla scampata anche stavolta. Ma comparvero un paio di ballerine arroganti.

— Buongiorno, darling!

Le ballerine scattarono verso di lei disperdendo i piccoli pesce-piede intorno ad esse come due squali rosa fucsia.

— Come stai oggi?

Era esattamente il tipo di domanda che non voleva sentire.

— Bene — rispose. Ma voleva dire "vattene".

Sentì il braccio di Emma infilarsi sotto il suo e trascinarla verso i loro banchi.

— Pensavo che magari oggi pomeriggio potremmo andare in ciclofficina insieme. Devo ancora finire di aggiustare la mia nuova bicicletta. Che poi non è neanche nuova. Però è tanto vintage...

Risata.

Silenzio.

— Vieni con me? — insistette la rossa.

Le ballerine si accavallarono a ridosso del banco puntando minacciose i suoi anfibi neri.

— No.

— Perché?

Domanda semplice. Risposta impossibile. Meglio sedersi e guardare fuori dalla finestra per un'altra settimana, pure due. Forse quattro.

— Greta? Mi vuoi dire che cosa c'è?

La voce di Emma era dolce. Come non l'aveva mai sentita. La seguì come fosse il canto di una sirena e si ritrovò a navigare nei suoi occhi chiari senza neppure accorgersene.

— Non puoi tenerti tutto dentro.

Sì che posso, non faccio altro da quando sono nata.

— Prima o poi esplodi. Lo sai, no?

No.

— Hai rotto con Anselmo?

Male. Le parole fanno male. Meglio non dirle. Le domande

sono anche peggio. Possono mandare in frantumi anni di bugie con la curva insidiosa di un punto interrogativo. È per questo che, a certe domande, è necessario rispondere con altre domande.

— Mi dici perché lo fai? Perché devi sempre mettere a posto i casini degli altri? Ti fa sentire migliore? Ti fa sentire speciale?

Emma sorrise, come davanti ai bambini quando strappano i disegni che gli sono venuti male.

— Perché ti voglio bene — le disse a bassa voce.

— Brava.

— Lo so.

— Io invece non ti sopporto.

— Dovrai imparare, perché non ho nessuna intenzione di lasciarti sola.

L'abbracciò all'improvviso.

— Hai capito, Greta Bianchi?

Greta rimase immobile. Senza abbracciarla né scacciarla. Sentì i capelli lisci della sua amica carezzarle la guancia. Avevano un profumo buono.

— Sei scappata, vero?

Era vero.

— E poi non hai più trovato il coraggio di richiamarlo.

La testa di Greta annuì fra le ciocche rosse.

— Vorresti farlo?

— No — disse senza alcuna esitazione.

— Vorresti trovare il modo di tornare insieme a lui?

Chiuse gli occhi e fece di no con la testa. Un movimento faticoso e necessario.

— Allora dobbiamo pensare al programma riabilitativo.

Emma le prese il viso fra le mani e la fissò incoraggiante.

— Sì?

Greta dondolò la testa in avanti.

Sì.

La dottoressa Emma Kildare rizzò la schiena, raccolse le mani sulle ginocchia e si preparò a prendersi cura del cuore spezzato della sua giovane amica.

— Stai serena, darling. Ho una ricetta infallibile: La cura delle quattro C.

Lucia sbucò all'improvviso alle loro spalle come emersa dal nulla.

— Che cosa sono le quattro C? — domandò trepidante.

— Chiacchiere, Capelli, Compere e Cioccolato.

— Cavoli! — aggiunse la piccola di casa De Martino.

Risero mentre Greta le guardava in silenzio. Stava pensando ad altre parole con la C molto volgari e poco riabilitative che avrebbe volentieri urlato sulle facce ilari delle sue premurose amiche. Ma non lo fece. Decise che era arrivato il momento di ascoltare. Ma purtroppo, prima che Emma potesse spiegare accuratamente i passaggi della sua infallibile cura, la professoressa Moretti fece il suo ingresso in classe. Issata come un'amazzone su alti tacchi leopardati, rimise al proprio posto gli alunni con un ruggito implacabile e compiaciuto: — Oggi interroghiamo.

Ascoltava suoni scomodi ammucchiarsi nella stanza rotolando dalla radio di suo padre come frammenti di un discorso contraddittorio. Vibravano a singhiozzi, volevano dire, accusare, perdonare ma poi ci ripensavano e ritornavano sui loro passi. Adagio o fortissimo. Disorientando l'udito in un labirinto di sospetti e speranze. La musica di Thomas Adès gli sembrava senza direzione, ma all'improvviso t'afferrava con una fuga a perdifiato per abbandonarti in un luogo molto lontano dove cercare un punto di riferimento era ormai impossibile. Anselmo si aggrappò al suono profondo di un tamburo che scandiva il silenzio. Un silenzio che durava da sette giorni. Scrutò il cielo fuori dalla ciclofficina mentre la voce triste della radiocronista pronunciava il titolo dell'opera: *Asyla*. Le nuvole, anche loro, parevano scomposte dal genio di un compositore allucinato, lame di luce e morbidezza d'ovatta. Ognuna diversa dall'altra. Quante nuvole aveva guardato fino a oggi? Non lo sapeva. Non se lo ricordava. Si può ricordare una nuvola? Ecco un'altra domanda inutile. Da quando Greta se n'era andata non faceva altro che farsi domande inutili, molto più del solito. E non gli sembrava un buon segno.

— Anselmo? — ripeté suo padre.

— Sì.

— L'elica.

Un fischio acuto lo stava chiamando, chissà da quanto tempo. Non l'aveva sentito, troppe domande inutili hanno conseguenze inevitabili. Uscì in strada e vide l'elica montata fuori dalla ciclofficina vorticare veloce, un vento caldo di scirocco scompigliò i capelli castani. Alzò gli occhi al cielo e la vide. Una scia netta tagliava l'orizzonte ceruleo in due metà perfette, allontanandosi in linea retta oltre i palazzi.

— Di che colore è? — chiese Guido.

— Verde.

Come gli occhi di Greta.

— Verde quando è troppo tardi o è troppo presto, ma doveva andare così — recitò Guido.

Anselmo non ci fece caso. Se l'avesse fatto si sarebbe ritrovato a fare i conti con un altro uragano di domande inutili. Afferrò invece la sua borsa da postino e la sua bicicletta. Salutò il babbo con un cenno e scattò nel vento. Gli occhi puntati al cielo e i piedi sui pedali.

— Buon lavoro — gli augurò suo padre guardandolo scomparire dietro la curva.

Lui non lo sentì. Sentiva solo le sue gambe. Pesanti come non erano mai state prima.

Prima era quando non c'era lei. Quando l'amore era una parola infinita. Ebbe in quel momento la certezza che niente sarebbe stato come prima. Che qualunque cosa avesse fatto, Greta gli sarebbe mancata ogni giorno di più. Pedalò più veloce allora, nella speranza di approdare presto altrove seguendo quella striscia di luce verde. Fino a quando vide la scia diventare sottile. Un filo di fumo che si spegneva sulle sponde di un lago inatteso nel cuore del quartiere EUR.

Frenò e osservò lo specchio d'acqua perfettamente rettangolare. Insolito nell'architettura sinuosa di Roma.

Due canoe increspavano la superficie torbida sfilando pigre tra i riflessi di luce, dai chioschi attorno le voci delle mamme con i passeggini e degli amici che fanno colazione insieme. La vita sembrava più allegra sulle rive di un lago artificiale. Percorse il declivio respirando con calma e raggiunse l'origine della scia. Accanto alla riva, dietro a un sasso che sembrava una sedia trovò una sciarpa a righe. Sembrava fatta a mano. Le frange, sporche di fango, avevano un'aria triste. Le raccolse fra le dita e chiuse gli occhi, pronto ad appuntare tre numeri sul suo diario. Succedeva così prima: ogni volta che trovava un messaggio smarrito, lo stringeva fra le mani e chiudeva gli occhi. Nel buio allora comparivano tre numeri. Erano un codice misterioso, non sapeva da dove arrivassero ma sapeva perfettamente a che cosa gli sarebbero serviti. Il primo numero per il mese, gli altri due per l'ora e i minuti. Le coordinate temporali per la consegna del messaggio. Il giorno esatto l'avrebbe scoperto più tardi, osservando il colore della scia mutare nel magazzino segreto, nascosto nel retrobottega della sua ciclofficina. Ma quel giorno, quando vide i numeri comparire evanescenti, successe qualcosa di diverso.

Nell'oscurità degli occhi sentì due parole che presero in ostaggio tutta la sua attenzione: — Ti amo.

Si voltò di scatto, accecato dal riverbero del sole sull'acqua. Scorse una figura minuta e l'ombra della sua mano tesa verso qualcuno.

Per un istante pensò fosse Greta. Un istante perfetto. Poi le iridi si ritirarono e l'immagine si fece nitida. Non era lei. Un'altra mano strinse quella della ragazza e la trascinò a sé. Anselmo serrò le palpebre per non vederli ma gli occhi si riempirono d'acqua. Sentì le lacrime gonfiarsi sotto le ciglia e cancellare tutto, per prima cosa la labile traccia di quei tre numeri.

Attese per un tempo che gli sembrò infinito.

Niente. Non vedeva niente.

Solo il pianto e il nero.

— Il salto di che cosa?

— Del giaguaro — spiegò Sciagalle.

— Cavoli! — sospirò Lucia. — Sembra una cosa difficilissima…

— È piuttosto impegnativo, sì — sollevò le spalle con sufficienza esaminando il cerchione storto che stava tentando di riparare. Poi colpì il metallo con una martellata precisa. Il suono echeggiò nella ciclofficina e lui l'ascoltò compiaciuto.

— Io non ci sarei mai riuscita — ammise lei con ammirazione.

— La tua Graziella non è adatta ai salti.

— La mia Graziella è perfetta! — rispose piccata. E gli diede un piccolo spintone per sottolineare il proprio disappunto.

Il ragazzo trasalì. Tu sei perfetta, avrebbe voluto dire e invece arrossì, abbassò gli occhi imbarazzato da quel breve contatto e strinse il martello tra le dita improvvisamente molli.

— E comunque — aggiunse dando un colpo al cerchione — neppure io ci sono riuscito tanto bene...

Lei articolò un sorriso sghembo.

— Devi stare attento però. Quei salti mi sembrano pericolosi.

Sembrava preoccupata. Sul serio. Per lui. Sentì un'espressione ebete impadronirsi della sua faccia e il ghigno fiero del giaguaro tramutarsi nel labbro pendulo della triglia lessa.

— Sì. È vero. Starò attento.

Ancora intontito caricò un altro colpo di martello e centrò il proprio pollice in pieno.

— Ahia!

— Poverino! — lo soccorse Lucia. — Ti sei fatto male.

— No, non è niente — mugolò impacciato.

— Aspetta, fammi vedere.

Lucia esaminò il dito dolorante.

— Dobbiamo metterlo sotto l'acqua fresca.

Lo prese per mano e lo trascinò in bagno.

— Va meglio? — domandò premurosa quando furono davanti al lavandino.

— Meglio di così non si può.

Si guardò allo specchio e ci vide la triglia lessa. Ebbe un moto d'orgoglio, doveva dire qualcosa, qualsiasi cosa, per levarsi quell'espressione imbecille.

— E le altre due che fine hanno fatto? — improvvisò.

— Stanno facendo la cura delle quattro C.

— Che cosa?

— Chiacchiere, Capelli, Compere e Cioccolato. Hanno iniziato dalla seconda.

— Capelli?

— Sì — confermò.

— Vuoi dire che Greta ha accompagnato Emma dal parrucchiere?

— No, Emma sta bene. Non deve fare la cura. È Greta che ne ha bisogno.

— Sta male?

Lucia lo guardò perplessa. Forse non doveva parlare con lui di quelle cose. Erano affari da amiche.

— Vedrai che starà meglio. E anche tu.

La faccia da triglia tornò a tradimento. Il giaguaro, ormai lontanissimo, sbuffò sconfitto e si andò a rintanare nella sua buia spelonca.

— Io sto già benissimo.

— Stai benissimo! — applaudì Emma osservando Greta nello specchio di Gabriello, l'Artista del Capello.

Gabriello incrociò le braccia sul petto e fece un passo indietro per osservare il risultato.

— Non è stato facile — ammise. — La ragazza mi è arrivata un po' trascurata.

Declamava come se i quattro assistenti appollaiati in religioso silenzio sui trespoli trapuntati alle sue spalle fossero una platea di mille persone in attesa della sua prossima parola.

— Abbiamo dovuto ricostituire la fibra e lavorare sui volumi.

Ora parlava al plurale, rivolto alla sua squadra di devoti cui non aveva permesso di esprimere un singolo parere.

— Il taglio corto richiede frivolezza e precisione — scandì con la passione di un poema epico.

— Ma, infine...

Lunga pausa. Effetto di sospensione. Fece un passo avanti, afferrò la mantella e la sfilò dalle spalle di Greta come il panno che copre un'opera d'arte.

— ... ecco una femmina.

Sospiri di commozione dalle retrovie.

— Sei davvero un artista! — esultò Emma. — Tu che ne dici? Ti piace?

Greta osservò questa femmina sconosciuta che la spiava dall'altra parte dello specchio. Aveva capelli più chiari dei suoi, colore del miele. Si passò una mano sulla tempia. Profumavano. Dello stesso odore buono che avevano quelli di Emma. Ed erano soffici. Una carezza di onde che lambiva il lato sinistro del volto. Decisamente frivola. Sulla nuca invece erano molt corti e disegnavano meticolosamente il collo sottile. Le sembrò lo stelo di certi fiori. Con i petali chiari e fini. Una margherita, forse, o un bucaneve. Si guardò allo specchio e pensò di essere un fiore.

— Sì — rispose.

— Se tu sei felice io sono felice — recitò Gabriello giungendo le mani al petto.

Emma guardò l'amica che ricambiò un'occhiata complice. Trattennero a stento una risata.

— E mia mamma passa a pagare giovedì. Come sempre.

L'Artista del Capello sollevò le sopracciglia e sventagliò lievemente le dita, come a scacciare ogni preoccupazione per questioni tanto volgari.

— E tu invece quando passi, tesoro. Dobbiamo fare un impacco. Mi stai perdendo un po' di lucentezza.

Broncetto triste e sguardo materno.

— Presto, Gabriello.

—Vuoi fermarti adesso? Faccio subito, vedrai. Mezz'oretta e ho finito.

— Adesso non posso. Abbiamo molto da fare.

Strizzò l'occhio a Greta e le prese la mano.

— Andiamo?

Lasciarono Gabriello e le sue ancelle a festeggiare un altro capolavoro del maestro e scapparono in strada pronte per la terza C: — Compere, ma io preferisco dire shopping. È una parola più divertente — precisò Emma.

— C'è un negozietto *shabby chic* qui dietro…

— *Shabby* cosa?

— Chic! Uno di quei posti in cui mia madre non entrerebbe mai…

Greta la guardò interrogativa.

— E quindi?

— E quindi è perfetto per noi.

Aveva l'aria di divertirsi moltissimo, di una gioia contagiosa. Greta decise di lasciarsi guidare da quel vento allegro e prendere una boccata d'aria. Entrarono nel negozietto e si trovarono accerchiate da un santuario di abiti e accessori bizzarri, cose che sembravano uscite dall'armadio della zia, una zia parecchio eccentrica. Greta ebbe un momento di smarrimento, poi notò che qualche commessa compassionevole aveva ordinato quel groviglio di stoffe e fiocchetti in progressione cromatica. Dal bianco al nero, attraversando tutte le tinte percepibili dall'occhio umano in un arcobaleno rasserenante.

Si tuffò sul nero e tirò un sospiro di sollievo. Ma Emma le fu subito addosso.

— Sì, è vero. Il nero dona molto alle bionde, però dovresti provare qualcosa di nuovo, non credi?

Non credeva.

— Potrei proporti… — indugiò scorrendo le dita a ritroso verso il cuore policromo dell'iride di panni appesi alle grucce — un verde smeraldo. Valorizzerebbe molto il colore dei tuoi occhi.

— Non me la sento — sintetizzò Greta.

— Ma guarda questo smanicato a calzoncino. Sembra fatto per te! Pedali comodamente e puoi pure tenerti quegli orrendi anfibi conservando un minimo di femminilità.

— Davvero, Emma. Già mi sono tagliata i capelli…

— Provalo! — le ordinò. — Se te lo vedi addosso t'innamori. Sono sicura.

Si arrese ancora una volta all'entusiasmo della sua amica. Andò buona buona dietro alla tenda del camerino e se la chiuse alle spalle. Si voltò verso lo specchio e lo vide. Un cappello grigio da uomo, appoggiato sopra il vetro. Accanto al proprio riflesso immaginò all'improvviso la figura di Anselmo. Anche lui indossava sempre un cappello così. Rimase immobile. Col fiato spezzato. Per un momento incalcolabile. Fino a quando la tenda non si aprì con uno strappo alle sue spalle.

— Greta, mi senti?

No, non sentiva più niente.

— Ma... ? Non te lo sei neppure provato…

Si voltò verso di lei con quel fantasma ancora negli occhi. — Scusa.

Le restituì il vestito sconfitta.

— Vedi, non ha senso.

— Che cosa? Aspetta.

Non c'era una risposta. Solo un vuoto. Un buco al centro del cuore. Era lì, non ci poteva fare niente. Inutile cercare di riempirlo con un vestito o un nuovo taglio di capelli.

— Devo andare a casa.

— Adesso?

— Ho aspettato fin troppo.

La salutò e uscì in strada. Camminò lentamente trascinando i piedi. Aveva bisogno di lui. Come l'aria. L'odore di vento e di strada. Un'altra volta soltanto. Una sola. Slegò Merlina e prese la via per il Corviale. In un quarto d'ora sarebbe potuta arrivare alla ciclofficina. Entrare. Abbracciarlo. Respirare l'umore dolce della pelle fra il suo mento e la sua spalla. Quindici minuti che erano già dieci e poi cinque. E poi uno solo. Imboccò l'ingresso di via Gentilini con il fiato leggero e un insensato sospetto di felicità. Quando nulla ha più senso, neppure la paura ne ha. Bastano pochi secondi di lucida follia per spezzare il destino. A Greta ne servivano meno, cinque colpi di pedale. Poi c'era lui. E l'approdo del suo abbraccio. Ecco, era arrivata.

Ma quando fu davanti all'ingresso, non trovò il coraggio di frenare.

Arrivò a casa affamata. Sbranò gli avanzi della cena senza saziarsi. Le venne sete. Bevve latte, acqua, aranciata. E ancora non era abbastanza. Mancava qualcosa. La quarta C.

Cioccolato. Non c'era l'ombra di una barretta di cioccolato in tutto l'appartamento. Poteva uscire e comprarlo. Non ne aveva nessuna voglia. Aveva voglia di dormire. Fare un sogno dolce e scuro come il cacao e non svegliarsi mai più. Si buttò sul letto e afferrò il cuscino. Chiuse gli occhi e allungò una mano. Nascosto sotto il lenzuolo sentì qualcosa. Lo spigolo sottile di una busta. Il messaggio che Anselmo aveva trovato per lei. L'aveva completamente dimenticato. Lo portò al naso, cercando una traccia del suo odore. Non c'era. L'aprì. Come se con quel gesto potesse riaverlo accanto per un momento. Ma dentro a quella busta non trovò l'uomo che amava, incontrò invece un altro uomo che aveva dimenticato da molto tempo.

Cara Greta,

è molto che non ti scrivo. Non sono neppure sicuro che tu abbia mai letto una delle mie lettere, dato che non mi hai mai risposto.

Per ragioni che desidero spiegarti di persona, sto per partire per Roma. Sarò solo e vorrei vederti per raccontarti una storia. La mia. E vorrei ascoltare la tua. Non dire nulla a tua madre, per favore. Chiamami al numero di telefono che scrivo qui sotto e ti raggiungerò dove preferisci.

Non vedo l'ora di abbracciarti.

Papà

Sillabò il numero a bassa voce, come la formula magica di un incantesimo troppo pericoloso. Non vedeva suo padre da dieci anni. L'ultima volta era stata per il suo terzo compleanno. Le aveva regalato un lupo bianco di pezza e aveva promesso che sarebbe tornato presto. Intanto il pupazzo avrebbe fatto la guardia alla sua cameretta.

— Fra quanti giorni torni? — le aveva chiesto lei.

Aveva risposto qualcosa che ora Greta non ricordava più. Meglio così, tanto era una bugia.

All'inizio contava i giorni, poi le settimane, poi i mesi. Poi smise di contare. E smise di parlare a quel maledetto lupo di pezza. Ma lui non se la prese. Continuò a guardarla con quel muso lungo e gli occhi luccicanti e a fare la guardia al suo letto. Le sembrò un comportamento stupido. Un lupo doveva mordere, non rimanere buono buono a fare la guardia. Così, per punirlo gli strappò il naso, ma lui continuò a essere buono. Decise di chiuderlo nel posto più buio del suo armadio. Poi se lo dimenticò. Lui la lasciò fare e rimase otto anni al buio, senza naso ma con le orecchie tese, pronte a stanare i cattivi.

Per il suo dodicesimo compleanno Greta chiese un paio di anfibi neri e il permesso di buttare via tutti quei vestiti a fiorellini che la mamma si ostinava a comprarle. Ottenne tutti e due. Quando mise i vecchi abiti di bambina nel sacco nero, ritrovò il lupo. Era rimasto lì tutti quegli anni. Senza naso e al buio. Le venne voglia di abbracciarlo. E di dargli un bacio sul muso. Ma non lo fece. Strappò invece un bottone di legno da un vecchio vestito infestato da boccioli di rose e coccinelle e lo cucì sul muso lungo del lupo. E gli diede un nome: Lupo.

Appoggiò la lettera sulla scrivania e Lupo sullo sterno. Lo guardò dritto negli occhi e chiese: — Sei pronto a mordere?

Il confine esatto

Se n'è andata. Così, senza spiegazioni.

— Ancora?! — si sbalordì Lucia.

— Ci stavamo divertendo, mi sembrava. Avevamo già fatto le chiacchiere, i capelli e ti assicuro che mi sembrava felice — rimuginò Emma.

— E le compere? E il cioccolato? — s'intromise curioso Sciagalle.

Emma lo guardò mortificata. Scosse la testa per dire di no.

— Ma perché? Che cosa è successo?

Si strinse nelle spalle senza risposta.

— Speravo di trovarla qui...

Lanciò un'occhiata intorno, Sciagalle e Lucia stavano cercando di rimettere in moto la bici di lui. Guido, in fondo alla stanza, le stava venendo incontro trascinando una bicicletta color crema.

— Finalmente sei tornata, noi due abbiamo ancora un po' di lavoro da fare. Ricordi?

— Certo! — mentì.

— Bene. Al lavoro.

Non aveva scelta, il padrone della ciclofficina era anche più testardo di lei. Aveva provato a pagarlo perché facesse lui le poche riparazioni che avrebbero permesso all'olandese di rimettersi in strada con l'eleganza di un tempo, ma lui aveva rifiutato. L'unica regola della ciclofficina era che non si pagava niente, ma se volevi una bici, te la dovevi sistemare. Gli altri ciclisti ti davano aiuto e tutti gli attrezzi necessari ma eri chiamato a sporcarti le mani, cosa che Emma detestava.

— Va bene — acconsentì abbandonando per un momento la ricerca di Greta. Forse era meglio lasciarla in pace, magari aveva bisogno di stare un po' da sola. Più tardi l'avrebbe chiamata.

— Vado a prendere i guanti, allora.

I guanti erano concessi. Se li infilò e aiutò l'uomo a fissare la bicicletta su una croce di tubi e bulloni che faceva da piedistallo. Issarono il telaio all'altezza delle loro spalle. Dietro il torace di Guido apparve una sagoma in controluce. Mosse tre passi decisi dentro la stanza e alzò la mano per salutare.

Guido vide gli occhi di Emma stringersi in una fessura, poi sgranarsi increduli. Si voltò. Il ragazzo che solo poche settimane fa aveva distrutto la sua bottega era lì. Era venuto da solo, senza quegli altri due con cui girava sempre e senza la sua moto.

— Che cosa vuoi?

Lo disse per segnare il confine netto fra chi chiede e chi concede. Emiliano lo rispettò.

— Una bicicletta.

Guido rimase a osservarlo da lontano. Il ragazzo non si mosse. E non lo fece nessun altro. Capì che doveva chiedere. Non era abituato. Guardò Emma affacciarsi dietro alla figura imponente di Guido. Il rosso dei suo capelli gli diede il coraggio.

— Potete aiutarmi?

L'uomo passò in rassegna i ragazzi intorno a sé.

— Possiamo?

La testa di Emma scattò su e giù senza che quasi se ne accorgesse, Sciagalle ci pensò un momento di più.

— Possiamo, sì. Però non sono sicuro che vogliamo.

Lucia confermò incrociando le braccia morbide sul petto.

Emiliano squadrò i ragazzi della ciclofficina: erano il muro che lo separava da lei. Doveva trovare il modo di superarlo.

— Cosa posso fare per…

— Potresti chiedere scusa, per esempio — lo interruppe Lucia.

Questa cosa di chiedere scusa era molto difficile. La più

dura. Neppure gli occhi di Emma potevano aiutarlo. Ma doveva provare.

— Quella volta non ero solo. Adesso sì.

Non suonava come una richiesta di perdono, né tantomeno un'ammissione di colpa. E non aveva funzionato per niente. I quattro ciclisti continuavano a fissarlo in attesa.

— Mi serve una bici…

Ancora lo stesso sguardo insoddisfatto. Otto occhi come pistole puntate contro di lui. Erano troppe. Arrendersi era l'unica possibilità.

— Ogni posto ha le sue leggi. Se mi fate entrare, accetto le vostre.

Sciagalle sbuffò deluso.

— Niente, non ce la fa.

— Non ce la fa proprio. Eppure non c'è niente di male a chiedere scusa — suggerì Lucia.

Emma lo guardava in silenzio, sperando che nessuno sentisse il suo cuore picchiare fortissimo sulle pareti del torace. Lei lo sentiva. Faceva male.

— Imparerà — concluse Guido.

Emiliano si lasciò scappare un sorriso stupito. Così piccolo che solo Emma lo scorse.

— Puoi scegliere una bicicletta fra quelle che trovi qui. Questo spazio è di tutti, gli attrezzi sono di tutti, se qualcuno sa fare qualcosa la insegna a chi non la sa fare. E chi non sa fare, obbedisce. Queste sono le regole. Rispettale, altrimenti te ne andrai di qui e non ci tornerai mai più. D'accordo?

Gli stava dando un'altra possibilità. Non capita spesso di averne una. L'accolse come un tesoro molto prezioso.

— D'accordo.

Emma sentì i tendini scattare. Si sarebbe precipitata a baciarlo in quel momento. Non lo fece, respirò. Osservò Guido. Sembrava avere la situazione sotto controllo. Al contrario di lei. E infatti disse:

— Oggi abbiamo molto da fare. Torna domani.

Emiliano lo osservò contrariato. Perché doveva tornare domani? Era già lì. Bastava un attimo per trovare un rottame fra quel mucchio, e avrebbe potuto passare il pomeriggio con Emma. Poi capì che quella era la prima regola da rispettare. Qualcuno insegna, qualcuno impara.

— A domani — obbedì.

C'erano altre lettere. Suo padre aveva scritto così. Ma lei non le aveva mai lette.

— Dove sono? — domandò al lupo di pezza.

Lui la guardò con due occhi di plastica e le rispose in silenzio. Scattò sul letto, lo adagiò sul cuscino e uscì dalla sua cameretta. Davanti alla porta della camera di sua madre prese un lungo respiro. Non entrava mai in quella stanza, sperando che sua mamma ricambiasse la cortesia.

Ma stavolta era diverso, doveva sapere. Abbassò la maniglia senza far rumore e rimase sulla soglia a studiare la situazione. Il letto disfatto con le lenzuola rosa a fiori, una grande specchiera affacciata su un mobile scuro, ingombro di creme, trucchi e, naturalmente, smalti di ogni tonalità. Una poltrona colma di abiti abbandonati e un armadio con le ante socchiuse. Lo prese come un invito. Spalancò il guardaroba e iniziò ad esplorare quel luogo buio e misterioso. Trovò cose che conosceva e altre che non aveva mai visto addosso a sua madre, fra cui alcuni capi intimi che non avrebbe mai voluto vedere. Ma nessuna lettera. Si accertò di non aver lasciato nessuna traccia del suo passaggio indiscreto e si mise a ispezionare la cassettiera sotto lo specchio. Ci trovò quello che si aspettava, più una ventina di profuma-biancheria fragranza primavera. Fece una smorfia disgustata e si concentrò sulla propria ricerca. Comodini, scaffali, libreria. Ancora niente. Infilò la testa sotto il letto e ispezionò le decine di scatole ammassate laggiù. Nulla. Si lasciò cadere sul letto nervosa. Guardò il soffitto, immaginando il volto di suo padre. Non riuscì a ricordare com'era fatto. Da bambina, qualche volta, aveva chiesto a sua mamma di descriverlo. Tutte le volte lei aveva fatto una piccola pausa, come per studiare la risposta. Poi aveva ripetuto la stessa filastrocca: alto, occhi neri, barba, capelli biondi. Come i suoi, ma questo la mamma non l'aveva mai detto.

Lasciò sgocciolare lo sguardo lungo le pareti. Si fermò

su un grande quadro appeso sopra il letto. Era una foto di sua madre da giovane, con lei accanto. Da quell'angolatura non poteva vederla bene ma la conosceva a memoria: primo piano familiare al parco. Una famiglia fatta di due donne e quattro anatre coi becchi rossi come le labbra della mamma. La cornice spessa segnava il confine esatto tra presente e passato, tra l'immagine di quel giorno e la parete di quella stanza. Nel minuscolo spazio fra le due, Greta vide qualcosa. Sbucava appena dal rilievo del legno intorno alla foto. Infilò la mano dietro il quadro senza alzarsi dal letto. Sentì un plico di carte sotto le dita. Ne sfilò una.

Era una lettera per lei.

Si sollevò in ginocchio, pregando che non fosse la sola. Ce n'erano molte altre, nascoste da molti anni. Le contò. Quasi cento. Alcune contenevano biglietti di Natale, altre erano cartoline. Tutte firmate da suo papà. Le lettere del suo nome avevano un tratto esile, sfuggente. Si riconobbe in quella forma. Lui non l'aveva dimenticata.

Le prese e tornò verso la cameretta. Prima di uscire si accertò di aver lasciato tutto come l'aveva trovato. Ogni cosa era al suo posto. Peccato, avrebbe voluto distruggerla, quella camera. E punire sua madre per averle tenuto nascosto un tesoro così grande.

Cara Greta, Mia piccola Greta, Ciao Greta! Era bello pensare che papà avesse scritto tante volte il suo nome, magari anche lui aveva cercato di immaginarla, a volte. Magari non c'era riuscito. Proprio come lei.

Decise di tralasciare la distruzione della camera di sua madre per dedicarsi a qualcosa di più importante. Aprì il proprio armadio e prese uno zaino. Ci infilò dentro qualche vestito nero, i pochi soldi che riuscì a trovare e il suo lupo di pezza. Poi andò d'istinto verso Merlina ma, appena mise le mani sul manubrio, tremò. Un'altra volta Anselmo comparve dal nulla, come nella cabina di quel negozio. Lo vide pedalare accanto a lei, trasparente e felice, della stessa materia di un sogno. Non guardava lei, però. I suoi occhi erano puntati al cielo, lontanissimi. Si scostò dalla bici con uno scatto, come se il telaio fosse diventato improvvisamente incandescente e minacciasse di bruciarla.

— Tu rimani qui stavolta — disse alla sua bicicletta.

La salutò con una lacrima piccola. Rigò la guancia e scivolò verso il basso, dove il sogno di Anselmo svaniva sempre più lontano... Quando sentì che era ormai irraggiungibile, fu pronta per iniziare il viaggio. La destinazione era scritta sulle lettere di suo padre. Una piazza dal nome antico a Napoli.

Infilò le chiavi di casa nella felpa e uscì sbattendo la porta alle sue spalle.

Ognuno di noi ha il suo vento. Si alza senza esitazioni, gonfia il fiato di desideri, sbalza il cuore oltre gli ostacoli. Non è sempre facile riconoscerlo. Ma chi riesce a sentirlo vola libero oltre l'orizzonte delle possibilità.

Una cosa stupida

Emma si sedette sul banco vuoto di Greta e accavallò le lunghe gambe nude.

— Ti ha risposto?

— No.

— Brutto segno... — meditò Lucia preoccupata. — Che cosa facciamo adesso?

— Chiediamo ad Anselmo — fece risoluta Emma.

— Ma si sono lasciati. Non credo che lui sappia qualcosa.

— Io credo di sì invece.

— Hai il suo numero?

— No, ma potremmo passare alla ciclofficina oggi pomeriggio e parlare con lui.

Un rossore sospetto imporporò le guance di Emma.

— Che c'è?

— Perché?

— Sei diventata rossa...

— Io? No, non mi sembra — cercò di giustificarsi, ricomponendosi immediatamente.

Però Lucia aveva ragione. L'idea di tornare in quel posto nel pomeriggio le metteva addosso una trepidazione sconosciuta. Perché Emiliano sarebbe tornato a scegliere una bicicletta. Sentì la voce di Greta ammonirla con il suo solito sarcasmo: non ci contare, io lo conosco, non ha mai mantenuto una promessa. Non ti fidare. Greta non era venuta a scuola eppure c'era. Come chi ormai fa parte di te. Non la vedeva da una manciata di ore e già le mancava.

— Dobbiamo trovarla. Ho la sensazione che stia per fare una cosa stupida — disse a Lucia.

— Che cosa potrebbe fare? — si allarmò subito lei.

— Non lo so. Scappare di nuovo, per esempio.

Lucia era d'accordo. — Non fa altro da quando la conosco. C'è una sola differenza. Di solito se ne va arrabbiata e invece in questi giorni era... triste.

Emma concordò. Scese dal banco scivolando sulle cosce e guardò il cielo fuori dalla finestra.

— Quando una ragazza è triste, diventa pericolosa.

Anselmo attraversò il piccolo cortile che separava la ciclofficina dal magazzino e infilò la chiave nella porta di ferro. Tre giri, uno scatto e fu dentro. Gli scaffali l'aspettavano colmi di messaggi da consegnare con la pazienza degli alberi di un bosco sopravvissuti al tempo e alle sue insidie. Appoggiò la schiena al muro e si lasciò scivolare al suolo. Sacchetti, lettere, cartoline, oggetti di ogni foggia e utilizzo lo spiavano dagli scaffali. Nessun bagliore. Nessuna scia. Per oggi il destino avrebbe atteso. Tutto era fermo. I suoi pensieri invece erano in tumulto. Spintonavano le parole da una parte all'altra del cranio, nel caos silenzioso di domande cui nessuno avrebbe risposto. Chissà dov'era, che cosa faceva, se stava pensando a lui.

Sentì la voce di Emma riecheggiare lontana. Poi quella di Lucia. Lo stavano cercando. Fece uno sforzo enorme per alzarsi. Ancora quel senso di oppressione nelle gambe e qualcosa in più. Rivedere loro era un po' come rivedere un pezzetto di lei. E lui non era pronto.

— Hans! — chiamò la voce di Sciagalle.

Non aveva scampo. Doveva andare.

— Ciao, ragazze come va? — esordì indossando il suo migliore sorriso.

Non era abbastanza. E poi neppure loro sembravano molto felici di vederlo, anzi avevano un'espressione mesta.

— Noi bene. Ma…

Emma si guardò intorno, come a controllare che nessuno la sentisse.

— Non riusciamo a trovare Greta. Non risponde al telefono da ieri pomeriggio e oggi non è venuta a scuola. È sparita. Non sapevamo come fare, allora abbiamo pensato che magari tu sapessi...

Le parole andavano troppo veloci.

— Aspetta — la interruppe Anselmo. — Che cosa vuol dire: sparita?

— Che non sappiamo dov'è — spiegò di nuovo Lucia.

— Avete chiamato sua madre?

— Abbiamo pensato che non fosse una buona idea.

Non lo era, in effetti.

— Ma che cosa è successo? Voglio dire, ha fatto qualcosa, ha detto qualcosa? Come stava l'ultima volta che l'avete vista?

Emma capì che non aveva chiamato neppure lui e che Anselmo non aveva nessuna voglia di spiegare loro perché. Però sembrava davvero molto spaventato. Non gli aveva mai visto quegli occhi. Increduli e terrorizzati. Come se sospettasse la risposta e ne avesse moltissima paura.

— Era con me in un negozio — raccontò.

Poi gli disse del vestito che non si era provata e del suo improvviso cambio di umore.

— Mi ha detto che andava a casa. Le ho chiesto di aspettare e lei mi ha risposto che aveva aspettato fin troppo.

Le pupille del ragazzo scattarono rapide a destra e a sinistra: stavano cercando il disegno generale e Greta, tra gli arabeschi imponderabili degli eventi. Poi si fermarono, fissando un punto cieco. Il sospetto si tramutò in certezza.

— Vado a casa sua.

Saltò in sella alla bici e uscì lasciandosi tutti alle spalle.

— E noi? — fece Lucia sperduta.

Emma non rispose.

— Avevamo detto che era meglio non dire niente a sua madre.

Ancora silenzio.

— Emma, a me sembra una cosa stupida! Dovremmo fermarlo!

Emma lo osservò allontanarsi in linea retta, sulle ali del proprio vento. Quello che si alza senza esitazioni e ti porta dove devi andare, anche quando non lo sai.

— No. Noi aspettiamo qui.

Greta aveva aperto la lettera. Non c'era altra spiegazione, ma solo lui poteva capirlo. Succedeva sempre così. Quando qualcuno riceve il messaggio scatta un conto alla rovescia. Il destino inizia a scandire i suoi passi più velocemente, prende una direzione nel caos e la percorre tagliando le curve, per arrivare puntuale al luogo del suo compimento. Anselmo sentiva il ticchettio dei secondi pulsare nei muscoli e sperò di non essere in ritardo. Arrivò sotto la casa di Greta in un istante. Suonò al citofono. Non rispose nessuno.

Insistette. Nulla. Non era arrivato in tempo. Lei aveva già preso la sua strada e l'aveva lasciato indietro. La maggiore felicità di un messaggero dovrebbe essere la certezza che il proprio messaggio guiderà chi lo riceve verso prospettive di speranza, di serenità e di tante altre cose belle e buone che suonano molto bene sui biglietti di auguri di Natale. Lui invece era piegato dall'ira. Lanciò la bicicletta a terra e sollevò la testa verso le nuvole per accusare il cielo. Superbo e indifferente. Sempre troppo lontano, troppo alto.

— Mi scusi, posso passare? — disse una voce dal basso.

Era Serena. La mamma di Greta.

— No — rispose d'istinto.

— Come, prego?

— Volevo dire, io sono… — indugiò nel suo sguardo perplesso. — Un amico di sua figlia.

Serena sorrise stupita. Doveva essere quel ragazzo che gironzolava intorno alla sua bambina da qualche settimana. L'aveva vista un poco più scontrosa ultimamente e aveva pensato che avessero litigato, ma se lui era qui le cose dovevano essersi sistemate.

— Sono felicissima di conoscerti! Entra, Greta dovrebbe essere tornata. A meno che non abbia deciso di pedalare tutto il pomeriggio. È sempre su quella bicicletta! Ma tu dovresti saperlo meglio di me.

Gli strizzò l'occhio. Non se l'aspettava. Gli sembrò totalmente fuori luogo. Ma pensò che la cosa migliore da fare fosse assecondarla.

— Be', sì. Anche io pedalo volentieri… — prese la bici da terra e strinse le mani sul manubrio.

— Non ti conviene lasciarla qui. Portala su. L'ascensore è rotto, però.

Sorrise di nuovo, con meno entusiasmo.

— Se non do troppo disturbo…

— Nessun disturbo, Greta sarà felicissima di questa sorpresa. È una sorpresa, vero?

Sì, lo era. Ma non era certo che la mamma avrebbe sorriso ancora quando sarebbero arrivati a casa e avrebbe scoperto che Greta non era lì.

— E allora dove sono i fiori?! Per fare le sorprese ci vogliono i fiori, non lo sai?

Risolini.

— Scherzo, dai. Non fare quella faccia. Andiamo!

Gli fece strada lungo le scale continuando a scherzare e gorgheggiare. Poi aprì la porta di casa.

— Greta? C'è qui… oh, scusami, non ti ho neppure chiesto come ti chiami.

— Anselmo.

Ripeté il suo nome e quello della figlia ad alta voce. Ma nessuno rispose.

— Strano, non è in casa.

Bussò alla porta della sua cameretta e aprì con discrezione. La sua bicicletta era appoggiata al calorifero.

— C'è qualcosa che non quadra — disse fra sé.

Anselmo si avvicinò cauto.

— Signora, credo che Greta se ne sia andata.
— Cosa? Dove?
— Non lo so — cercò di assumere un tono pacato, rassicurante. — Ma so che è successo per via di una lettera.
— Quale lettera?
— Una lettera che ho trovato per strada. C'era l'indirizzo di casa vostra sopra e il nome di Greta.
— Che significa che l'hai trovata per strada?
Aveva cambiato tono. Sorrideva ancora, ma era un ghigno nervoso.
— Me l'ha data un uomo che abita qui vicino, in una baracca nel prato dietro casa.
— Chi?
— Credo che si faccia chiamare Tazzina.
— E perché aveva una lettera per Greta?
— Io non lo so… forse il postino l'ha persa. Non so.
La mamma si portò una mano alle labbra e spalancò gli occhi. Il sorriso non c'era più. Al suo posto una specie di dolore che incrinava la fronte.
— Puoi aspettarmi qui?
Non attese la risposta. Entrò nella propria camera da letto e si chiuse in fretta la porta alle spalle. Controllò dietro il quadro. Le altre lettere erano sparite. Sua figlia le aveva trovate. Tornò in salotto sconvolta.
— Perché non l'hai data a me quella lettera?! — l'accusò fuori di sé.
Anselmo fece un passo indietro.

— Perché sopra c'era il nome di sua figlia — tentò di spiegare con calma.

Inutile. Aveva perso il controllo.

— Come ti sei permesso! Tu non capisci, non puoi capire... questi sono affari di famiglia.

— Mi scusi io non sapevo...

— Ecco, appunto, tu non sai niente! Non capisci che cosa hai fatto?!

— No, non capisco. Ma se lei mi spiega che cosa è successo potrei capire e potrei aiutarvi.

— Non è vero.

— Io invece penso...

— Senti, tornatene a casa — lo zittì lei. — Guarda, davvero. È meglio per tutti e due.

Non era meglio per nessuno dei due, ed era lei quella che non capiva. Doveva insistere.

— Oggi Greta non è andata a scuola e non risponde al telefono da ieri pomeriggio. Io mi sto solo preoccupando per lei.

— Perché pensi che invece io non lo faccia?! — scattò la madre.

Vide i suoi occhi sull'orlo del pianto e si sentì come lei.

— Conosco Greta e so che è una persona difficile. Non deve essere stato facile occuparsene da sola. Ma adesso ci sono anche io. Sono qui. Non me ne vado.

Serena aprì la bocca per protestare, ma non lo fece. La voce si spezzò in un piccolo singulto. Gli occhi s'inumidirono per un momento. Poi ingoiò le lacrime e le accuse e respirò profondamente.

— Tu sai chi le ha scritto quella lettera?

— No.

— Suo padre.

Anselmo sentì un vuoto dentro la cassa toracica e il respiro spezzarsi.

— È andata da lui — indovinò l'uomo che l'amava.

— Ma non può, voglio dire, Maurizio vive a Napoli.

Allora era andata lì. Aveva preso un treno ed era andata lì.

Serena lanciò un'occhiata alla cameretta. Vide la bicicletta azzurra di sua figlia e capì che quel ragazzo aveva ragione.

— Ha fatto una cosa stupida. Davvero molto stupida. Se ne pentirà — sentenziò la madre.

Lui non l'ascoltò neppure. Stava ascoltando il suo vento.

— Vado a prenderla.

Dammi un bacio

— Ecco fatto, ho finito, mi pare. — Emma si tolse i guanti sporchi di nero e li lasciò cadere con sollievo nel cestino dei rifiuti. Aveva seguito le istruzioni di Guido e aveva rimesso in sesto la sua olandese. Finalmente. L'uomo si chinò ad esaminare il lavoro.

— Sì, hai finito — affermò con un sorriso.

Poi si volse verso di lei.

— Ti sei divertita?

— Ho fatto cose più divertenti — ironizzò lei.

Non le rispose, ma continuò a sorridere.

— Posso provarla adesso?

— Devi.

Emma salì in sella e fece un paio di metri all'interno della grande stanza.

— Non qui, sulla strada! — la esortò Sciagalle.

Lei sterzò verso l'uscita, seguita dallo sguardo dei suoi amici. Pedalò fino alla fine del viale e poi svoltò a destra, fece qualche metro e frenò di colpo. Ottimo. I freni erano ottimi. Non l'avrebbe mai ammesso, soprattutto davanti a Guido, ma sapere di aver resuscitato quella bici con le sue mani le procurava una strana soddisfazione. Diversa dal divertimento. Più solida.

Girò il manubrio preparandosi a tornare indietro quando sentì il rombo di una moto alle sue spalle. Emiliano. Era tornato. Come aveva promesso. Emma ascoltò una risata di gioia pura sollevarsi da un posto lontano dentro di lei. Lui l'affiancò rallentando e la superò per parcheggiare poco più in là. Scese dalla moto e le andò incontro.

— Ce l'hai fatta — le disse ammirando la sua figura longilinea sui pedali. Aveva un abito rosso corallo. Sembrava una rosa appena sbocciata. Lei se ne accorse e prese coraggio.

— Sì, adesso tocca a te.

— Ti stupirò.

L'aveva già fatto, tornando per davvero. Sistemò una ciocca di capelli rossi dietro l'orecchio donandogli un'occhiata deliziosa.

— Vedremo — ammiccò, poi spinse sui pedali e sfilò fino all'ingresso con un frusciare di petali.

Emiliano la seguì a piedi, entrando in ciclofficina a passi misurati.

— Buonasera — esordì.

Fuori era già il tramonto. Guido se ne accorse solo in quel momento.

— Buonasera — rispose.

Sciagalle e Lucia alzarono le mani imbrattate di nero in cenno di saluto.

— Puoi sceglierne una tra queste — suggerì Guido saltando ogni altro convenevole.

Emiliano gliene fu grato e si avvicinò con calma alla fila di biciclette allineata lungo la parete della ciclofficina. Scartò le prime senza neppure valutarle, poi si fermò. Ne estrasse una dalla somma delle altre e si chinò ad esaminarne gli ingranaggi, testò i freni con un'espressione insoddisfatta, passò oltre. Fece la stessa cose altre due volte, in silenzio, senza trovare quello che cercava. Guido lo scrutava incuriosito. Non si aspettava che quel teppista avrebbe dedicato tanta attenzione alla scelta di una bicicletta. Aveva avuto l'impressione che fosse venuto nella sua bottega spinto da interessi molto diversi dalla meccanica. E invece sembrava appassionarsi. Un tentativo dopo l'altro. Era quasi arrivato in fondo alla stanza quando si fermò davanti a una mountain bike piuttosto malmessa. Il fango ricopriva ancora i pedali e la ruota posteriore sembrava leggermente fuori asse. La trascinò fuori dalla fila e studiò il cambio. Poi il movimento centrale e infine il telaio sghembo.

— Questa ha fatto un incidente — affermò rivolto a Guido.

L'uomo incrociò le braccia e annuì.

— Molto tempo fa.

— E perché nessuno ha mai pensato di ripararla?

Guido non rispose. Si limitò a fissare la bici e il ragazzo come attonito da una tale, imprevedibile combinazione.

— Ci hai pensato tu.

Emiliano strinse le mani sul manubrio. La presa era buona. Le manopole grandi quasi quanto quelle della sua moto.

— Voglio questa.

La portò accanto alla croce di tubi e bulloni dove, il giorno prima, aveva visto una bicicletta pronta per essere aggiustata. Strinse la canna alle morse e guardò l'uomo.

— La smonto, va bene?

— Va bene.

Si diresse verso la parete dove erano appesi gli attrezzi e prese senza esitazioni una chiave inglese tra le molte a disposizione. Sembrava perfettamente a suo agio.

— Sai che cosa devi fare? — domandò Guido.

— Sì.

L'uomo gli voltò le spalle e si rimise a trafficare con alcuni pezzi di ricambio che andavano ordinati nei contenitori sugli scaffali.

— Se hai bisogno d'aiuto, chiedi. Io sono qui.

Non ne aveva. Non del suo, almeno. Trascorrere la serata con un uomo barbuto e severo sarebbe stato un peccato.

Aveva piani molto differenti. Guardò Emma e le fece cenno con un dito. Lei si avvicinò.

— Vuoi aiutarmi tu?

— Sì — rispose lei senza pensarci su un momento. — Ma prima mi devo mettere i guanti — civettò per il gusto di porre almeno una condizione.

— Hai visto quei due? — sussurrò Lucia mentre Emma si allontanava.

Sciagalle fece sì con la testa.

— Secondo te dovremmo lasciarli soli?

— Perché?

— Non lo so, magari hanno delle cose private da dirsi.

Il ragazzo non capiva molto bene di che cosa stesse parlando Lucia: la sua idea di cose private era molto lontana dall'aggiustare una bici in un posto polveroso. Era un po' che ci pensava. A dire un paio di cose private a Lucia. Ma non era mai capitata l'occasione giusta. Improvvisamente capì che il destino gli stava offrendo una possibilità.

— Hai ragione! Non ci avevo pensato. Magari possiamo andare a prenderci un cappuccino — propose sperando che Lucia non si accorgesse di niente.

— A quest'ora? Non sarebbe meglio un tè?

Non si era accorta di niente.

— Giusto, molto meglio. Andiamo?

Lei gli prese la mano come all'amichetto dell'asilo.

— Sì! — squittì felice.

Aveva detto sì. Stavano per uscire insieme, da soli. Al

tramonto. Sentì ogni parola spegnersi in bocca e un desiderio impellente di prenderla in braccio e farla girare come un aquilone.

— Noi andiamo a prendere un tè — annunciò la ragazza. — Torniamo subito!

No, non subito. Forse fra un po' o forse non torniamo più. Stringiamo l'aquilone e voliamo via da qui. Ciao.

— Ciao — ripeté Sciagalle a voce alta, tacendo tutto il resto del suo pensiero. E la seguì.

Quando furono in strada lei gli infilò un braccio intorno al gomito.

— Facciamo braccetto?

Facciamo tutto quello che vuoi.

— Sì, che cosa devo fare io?

— Niente, devi fare braccetto con me e basta.

Strinse l'avambraccio a quello di lui ancora di più.

— Ahia — si lamentò il ragazzo.

— Ce c'è?

— Scusa, ma ho ancora qualche livido per la caduta con la bici.

— Cavoli! Non volevo.

— No, non fa niente.

— Dove ti sei fatto male? Fammi vedere.

Si fermò in mezzo alla strada e infilò le mani sotto la manica della maglia di lui, arrotolandola fino all'altezza della spalla. Sciagalle sentì le sue dita sulla pelle e pensò che la vita fosse bellissima, quel marciapiede fosse meraviglioso e le magliette a maniche lunghe la migliore invenzione del genere umano.

— Qui? — domandò lei indicando un bozzo blu sul polso.

— Ahi, sì.

Non faceva poi così male, ma era bello quello sguardo premuroso e il tocco delle sue dita di velluto.

Lei baciò il piccolo livido e gli sorrise.

— E poi?

Quel bacio era ancora più bello. Ne voleva un altro.

— Qui — indicò.

Lucia mise le labbra dove era il suo dito. Poco più in su, accanto al gomito.

— Basta?

No, non basta. Ne voleva altri mille. Puntò il dito sull'avambraccio senza dire niente. Sentì i capelli di lei così vicini al volto da incenerirlo tra i riccioli neri.

— E adesso?

— E adesso dammi un bacio.

Scivolò tra i suoi capelli scuri, risalì l'ombra del collo, si affacciò sulle sue labbra e la baciò. Lucia sentì le proprie mani allacciarsi a quelle di lui e la delizia di tutte le foglie di tutti i tè di tutto il mondo sciogliersi tiepida nella sua bocca.

— Bel lavoro — si complimentò Guido rimirando la bici ancora sospesa sui tubi.

Emiliano ringraziò con malcelato orgoglio.

— Hai ancora un movimento, poi devo chiudere.

— Un movimento?

— Sì, l'ultimo della sinfonia numero nove di Beethoven — spiegò Guido facendo cenno verso la radio. — Ecco, inizia l'*Inno alla gioia*.

Un coro di voci euforiche marciò dentro la ciclofficina in file compatte e sfolgoranti, bassi, tenori e soprani vestiti di armonie dorate fregiarono l'aria a colpi di note incalzanti, il canto crebbe e le pareti polverose sembrarono crollare come le mura di Gerico travolte dalla musica, ma queste sarebbero state travolte dalla gioia.

— Questo bacio vada al mondo intero! — mormorò Guido sull'ultima strofa.

Lo sentì solo Emma e sorrise. Era una bella frase. Molto bella. Guido non se ne accorse, assorto nel trionfo finale, Emiliano invece sì. Spiava le sue espressioni da un po'. Quando la sinfonia terminò, vide una piccola piega triste nelle tempie pallide.

— Io devo andare — fece Emma — chiamo un taxi.

— Ti accompagno io, se vuoi — le sussurrò Emiliano.

Voleva. Però Guido non doveva saperlo, nessuno doveva saperlo. Rimise il telefono in tasca e annunciò il cambio di programma: — Anzi, forse prima faccio due passi, c'è un bel vento là fuori.

Cinque minuti più tardi sentì la moto di Emiliano arrivare dal fondo della via. Salì e partirono con un rombo rumoroso. Ma lei sentì soltanto l'*Inno alla gioia* di Beethoven, stava ancora suonando nell'aria intorno a loro come una bolla segreta di felicità.

— Siamo arrivati? — le domandò Emiliano frenando sotto al portone di casa sua.

— Già — rispose osservando le due cariatidi che sostenevano l'architrave barocco.

— È molto bello qui.

Annuì senza convinzione e scese dalla moto a malincuore. Scese anche lui e si tolse il casco.

— Grazie del passaggio — sorrise lei restituendogli il proprio.

— È stato un piacere.

Non lo diceva per dire. La parola piacere trovava un'esatta corrispondenza nella fessura languida dei suoi occhi neri.

— Allora vado… — fece lei avviandosi verso la porta.

Lui le prese la mano e la attirò lentamente verso di sé, come per iniziare una danza. La cinse conducendola nella spirale del suo respiro. Lei non oppose nessuna resistenza, seguì invece le sue labbra in cerchi concentrici fino a sfiorarle. Quando furono a un soffio le une dalle altre, quelle di Emiliano dissero: — Chiedimelo.

Emma obbedì.

— Dammi un bacio.

La baciò. Poi tornò a fissarla dall'ombra nera del suo sguardo.

— Ancora — bisbigliò.

— Dammi un...

Affondò le dita nei capelli rossi e sprofondò nella sua gola.

La domestica di casa Kildare era stata davvero un incontro opportuno. La madre di Emma aveva sempre avuto un criterio ineccepibile nella selezione delle sue collaboratrici familiari, lo stesso che usava per la scelta delle case dove aveva vissuto in giro per il mondo: l'eccellenza. Per questo quando vide la donnina osservare la strada da dietro i vetri del grande salone si stupì. Di solito era molto laboriosa, non l'aveva mai vista fermarsi per un tempo così lungo con le mani in mano. Soprattutto prima di cene importanti come quella che si sarebbe tenuta quella sera. Avevano ospiti di riguardo, eppure ora era lì, immobile a scrutare la strada. Si avvicinò senza far rumore e spiò oltre le sue spalle. Vide una moto nera, priva di qualsiasi eleganza, e due ragazzi che si baciavano spudoratamente davanti al portone. Poi il portone si aprì e una lama di luce rischiarò la testa della ragazza. Aveva i capelli rossi. Era sua figlia. Fece un passo indietro inorridita. La domestica la sentì.

— Mi scuso, signora — balbettò defilandosi imbarazzata.

Martha non disse niente. Osservò sua figlia correre verso

la luce dell'ingresso e si concentrò per mettere a punto una strategia lampo. Venti secondi dopo Emma entrò nell'appartamento e la madre l'accolse con il suo impeccabile sorriso di plastica.

— Scusa, mamma. Ho fatto tardi. Vado a lavarmi le mani e sono pronta per la cena — farfugliò Emma svignandosela in cameretta.

— Non ti preoccupare, gli ospiti arriveranno fra un'ora. Abbiamo ancora un po' di tempo per noi — la fermò Martha. — Vieni, sediamoci in salotto, parliamo un po'.

Pericolo. Nel proprio salotto sua madre era come un caimano nel fiume fangoso: conduce la preda nel punto più buio del suo territorio e poi attacca. Emma l'aveva vista lusingare o fare a pezzi sfilze di ospiti più o meno desiderati, con la medesima, imperturbabile classe. Sapeva a che cosa andava incontro e sapeva che non aveva scampo. Si mise in faccia un sorriso di plastica anche lei e si sedette sulla poltrona di morbido broccato.

— Come è andata la tua giornata, darling? — domandò la mamma.

— Bene.

Sapeva che non l'avrebbe fregata con una parola tanto semplice, quindi argomentò: — A scuola niente di nuovo, sono tornata a casa a pranzo e poi sono uscita con Lucia. Abbiamo fatto shopping qui intorno. Dev'essere una ragazza molto insicura, sai? Per scegliere una banale camicetta di cotone ci ha messo quasi tre ore. Ne ha provate sette, ma solo due avevano il taglio giusto. Non riusciva a decidersi. Così le ho detto di comprarle tutte e due. Lei non aveva soldi abbastanza, allora gliene ho regalata una. Spero di non averla offesa, secondo te?

Chiuse con una domanda di quelle che sicuramente avrebbero distratto sua madre. Le questioni di bon ton l'appassionavano quasi quanto la tonificazione dei glutei alle lezioni di pilates.

— Non credo. Piuttosto mi preoccupo per te. Sarai molto stanca dopo tante ore in giro per la città.

Non aveva abboccato.

Brutto segno.

Forse sapeva qualcosa. E voleva che lei lo confessasse spontaneamente, per così dire.

— Non ci siamo allontanate molto in realtà.

— Meglio così. Questa zona di Roma è molto bella, c'è tutto quello che si può desiderare, non trovi?

Sì, sapeva qualcosa. Non aveva idea di come l'avesse scoperto ma sua madre aveva capito che Emma aveva trasgredito i confini del consentito. Anche se non immaginava quanto…

— E poi ci sono anche molti ragazzi…

Stavano parlando di ragazzi? Lei e sua madre parlavano di ragazzi? Era troppo.

— Sì, molti. Scusa, mamma, ma adesso devo telefonare a Lucia. Lo facciamo sempre quando arriviamo a casa la sera. Per stare tranquille che sia tutto a posto.

— Vai pure, darling. Mi sembra importante. Quando c'è qualcosa che non è a posto bisogna parlarne con le persone che ci vogliono bene. Subito.

La inchiodò alla poltrona con un'occhiata glaciale. Emma riuscì a schivarla per miracolo.

— Infatti.

Scappò in camera e chiamò subito l'amica.

— Mia madre mi ha visto. Ne sono sicura — esordì.

— Ciao, ma... perché? Stavi facendo qualcosa di male?

— Stavo baciando Emiliano.

— Che cosa?!

— Lo so. È una tragedia.

— No è meraviglioso! Anche io ho baciato Sciagalle. Cioè, mi ha baciata lui. Ma è uguale no?

No. Era una tragedia.

— E come è stato? — insistette Lucia.

Sentì il respiro di lui dire: "Dammi un bacio".

— Bello — arrossì.

— Anche il mio — cinguettò l'amica. — Ci siamo baciate lo stesso giorno. Secondo me porta fortuna. Magari ci sposiamo anche lo stesso giorno. Tutti con le biciclette! Sarà difficile guidare la bici con l'abito da sposa?!

Era incontenibile, e avrebbe continuato per una settimana se sua mamma non l'avesse chiamata per la cena.

— Emma, devo andare se no la mamma mi sgrida. Ci vediamo domani!

Si salutarono.

Emma rimase con il telefono tra le mani. Pensò a Greta. Voleva raccontarle tutto, anche se lei l'avrebbe sgridata. Provò a chiamarla. Non rispose. Sperò che fosse al sicuro. Che i baci potessero davvero portare fortuna, anche a chi quel giorno non li aveva.

Come un cane

Mia dolce bambina,

sono scappato dalla nostra casa quasi un anno fa.

Adesso vivo a Napoli, lavoro in una discoteca e sto attento che le persone si comportino bene. Se non lo fanno non possono rimanere a divertirsi con gli altri. Quelli che si comportano bene.

Ho passato molte notti a osservarli e ho capito che neppure io mi sono comportato molto bene con voi. Per questo me ne sono dovuto andare.

Ti chiedo scusa e chiedo scusa a tua mamma.

Spero che potrete perdonarmi un giorno…

Cara Greta,

anche se non mi hai risposto vorrei continuare a scriverti. Se non vuoi leggere le mie lettere, dimmelo e non te ne manderò più. Oggi alla discoteca ho parlato con un uomo. Anche lui come me non vede sua figlia da molto tempo, la moglie glielo impedisce perché ha fatto delle cose sbagliate e ha paura che le rifaccia. Forse anche tu hai paura di questa cosa. Se è così ti prometto che non ripeterò gli stessi errori. E che vi farò felici…

Figlia mia, oggi compi sette anni.

Come stai? Hai festeggiato? Io sì, ho comprato un cioccolato speciale perché la mamma mi ha detto che ti piace molto. L'ho mangiato da solo in riva al mare e ho pensato a te. Serena mi ha anche detto di non scriverti più e che brucerà tutte le mie lettere. Non mi importa. Io ti scrivo lo stesso. E oggi ti scrivo Tanti auguri…

Greta trascorse tutta la notte a leggere le lettere di suo padre. Prima sul treno regionale da Roma a Napoli, il più economico che aveva trovato. E il più affollato che avesse mai visto. Quasi tre ore seduta davanti alla porta dei gabinetti. L'unico luogo dove fosse rimasto un po' di spazio e un po' di intimità. Era arrivata alla stazione alle nove. Poi aveva chiesto come raggiungere la casa di suo padre.

— A piedi?! — si era scandalizzato il venditore di giornali.

Si guardò in tasca. Aveva speso tutti i suoi soldi per il

biglietto del treno. Quello dell'autobus non poteva comprarselo.

— E tu intanto sali… — consigliò l'uomo.

Roteò la mano in avanti, come a sbrogliare un futuro quanto mai incerto, in cui ogni precauzione era inutile. Quelle mani dicevano che su questa terra ognuno vaga in balia di eventi che non può controllare. Non era molto diverso da casa. Solo che lì non aveva bisogno dell'autobus perché c'era sempre Merlina con lei. Sentì una fitta di nostalgia.

— Grazie — disse senza sorridere.

Raggiunse la fermata dell'autobus e osservò la strada deserta. All'orizzonte il traffico sfavillante della sera. Dell'autobus neppure l'ombra. Tornò a leggere le lettere di papà. Trascorse così un'ora che le sembrò una vita, quella di Maurizio Bianchi lontano da lei. Salì sulla vettura che era notte fonda. Le auto si dispersero progressivamente come uno sciame di moscerini luminosi, svelando la città in abito da sera. Cercò di immaginare suo papà camminare per quelle strade. Si sforzò di disegnare con gli occhi la sua figura alta a passeggio per le vie del centro, rincorrere l'autobus che stava arrivando, salire e sedersi accanto a lei. Non ci riusciva. Nonostante l'impegno. Arrivò in una zona monotona, palazzi e strade rette, all'orizzonte un accenno di mare. Una striscia così sottile che la luna soffriva esiliata in riflessi soffocati. Controllò le fermate e scoprì che ne mancavano ancora molte. Prese le ultime lettere e ricominciò a leggere:

Oggi sei diventata sorella, Greta! È nato Vittorio, sono molto felice. Vorrei che lo conoscessi. Sono sicuro che fareste subito amicizia...

Questa l'aveva scritta più di un anno fa. Parlava anche della sua nuova moglie. Li immaginò ora, con un bambino di sedici mesi per mano. A passeggio nel parco, tra le anatre. Accartocciò il foglio nel pugno e colpì il sedile vuoto accanto a lei. I pochi passeggeri si voltarono a guardarla. Fremeva di rabbia. Guardò fuori dal vetro per non incontrare i loro sguardi. Lo sbuffo delle porte l'avvisò che si stavano fermando. Sulla pensilina c'era scritto il nome antico di quella piazza.

Era arrivata.

Saltò giù dal bus e si trovò sotto un albero di limoni. Ce n'erano altri, allineati lungo il viale. I marciapiedi puliti e le case basse sembravano dare il benvenuto con sorrisi garbati. Alte inferriate circondavano i piccoli condomini, cinte da intrichi di gelsomini profumati. La brezza spirava dal mare lontano rimestando l'aroma aspro degli agrumi e quello dolce dei fiori. Ne ingoiò una boccata e si rimise in cammino.

Due minuti dopo era davanti a un citofono di ottone lucido. Poteva vedere il suo viso riflesso nel metallo. Accanto al neo tondo che le macchiava il mento c'erano due nomi. Uno era di una donna, l'altro era quello di suo padre. Mise il dito sul pulsante e rimase immobile, senza pigiare. Si accorse che era spettinata. Il viso lucido per il sudore.

La felpa nera sgualcita. Non voleva che la vedessero così, non la prima volta. Passò una mano fra i capelli, poi sopra gli zigomi e infine sulla felpa. Non era cambiato molto. Va bene, non importa. In fondo è lui che è scappato. È lui che è in difetto, non io, pensò. Suonò il campanello.

Nessuna risposta.

Riprovò.

Niente.

Provò una terza volta.

Non c'era nessuno in casa.

Rimase immobile davanti allo specchio dorato del citofono. Non capiva. Non l'aveva previsto. Aveva immaginato che lui si sarebbe arrabbiato vedendola. Oppure si sarebbe commosso. Oppure non l'avrebbe neppure riconosciuta. Che l'avrebbe cacciata via o l'avrebbe invitata a cena o chissà cos'altro, ma non questo. Sentì improvvisamente tutto il peso degli ultimi dieci anni di silenzio e assenza piombarle addosso in un solo, inevitabile istante. Si sedette sullo scalino davanti all'ingresso. Era stanca, ma non poteva dormire per strada. Poteva solo aspettare. Come un cane.

Guido chiuse la serranda della ciclofficina e la telefonata con suo figlio con lo stesso gesto rassegnato. Anselmo stava andando da Greta. Non gli aveva spiegato molto, però era abbastanza per capire che era la cosa giusta da fare. Lui avrebbe fatto lo stesso. Si avviò verso casa sentendo la fatica del lavoro di quella giornata pesargli nelle braccia e decise che aveva bisogno di un po' d'aria prima del sonno. Svoltò a destra con l'intento di vagare qualche minuto in più per strada quando incontrò un altro vagabondo. Emiliano.

— Ciao.

— Ciao.

Passò oltre come se avesse fretta, poi si ricordò che non c'era nessuno a casa ad aspettarlo.

— Tutto bene? — domandò al ragazzo.

— Sì — fece lui e rimase a guardarlo con un'espressione che Guido aveva già visto.

— Vai a casa? — gli domandò.

— No. Io... — Non finì la frase. Ma si capiva che avrebbe voluto farlo. Che voleva dirgli qualcosa ma non sapeva come.

— Che c'è? È successo qualcosa?

— Molte cose...

Molto belle come Emma e i suoi baci e molto brutte come la notte che l'aspettava.

— Comincia da quelle belle — indovinò Guido.

— Te le risparmio.

Le parole erano strafottenti ma gli occhi rimanevano gli stessi. Guido finalmente li riconobbe. Stavano chiedendo aiuto.

— Allora dimmi quelle brutte.

— Non so dove andare a dormire stanotte.

Un brusco sollievo rischiarò il suo sguardo.

Guido non ebbe bisogno di chiedere altro. Se quel teppista aveva accettato le regole della ciclofficina, significava che aveva trasgredito quelle del suo quartiere. E ora non ci poteva tornare.

— I tuoi amici sanno che vieni qui?

— Non ancora.

L'uomo lo misurò con un'occhiata severa.

— È la verità?

— Sì.

Lo squadrò indeciso.

— Lo so che non ti fidi di me. Fai bene. Ti ho distrutto il negozio.

Non dava più la colpa ai suoi amici, né a qualcun altro. Gli sembrò un passo importante.

— Non lo rifarò. Tranquillo. E impedirò che qualcuno lo faccia.

E questa suonava come una promessa. Poteva fidarsi?

— Perché?

— Perché adesso ho qualcosa da perdere.

Ecco la cosa bella. L'amore. Arriva e scompagina gli eserciti. Spoglia i guerrieri di armature ormai logore e dona loro la nuda libertà dei baci.

Di questo si poteva fidare.

— Puoi dormire in ciclofficina stanotte. È un po' polverosa ma c'è il divano.

Gli diede anche una coperta. Emiliano sbatté gli occhi incredulo. E riconoscente. Gli avrebbe detto grazie. Ma non lo sapeva fare. Allora si mise addosso un ghigno ironico e rispose:

— Sempre meglio che dormire per strada come un cane.

Un debole cigolio dal fondo della strada. Ritmico e veloce. Greta pensò fosse il canto notturno di un uccello. Ma si avvicinava in fretta. Alzò gli occhi dall'ultima lettera e si rese conto che erano passate due ore. Suo padre non era tornato. Era strano, una famiglia con un figlio piccolo di solito non fa mai troppo tardi. Allora dov'era? Era andato via? Sarebbe tornato il giorno dopo? Fra due giorni? Mai più? E che cosa avrebbe fatto lei nel frattempo? Dove avrebbe dormito quella notte? Ebbe paura. Era sola in un posto che non conosceva e non aveva un soldo in tasca. All'improvviso il cigolio si zittì e dall'oscurità vide emergere qualcuno.

Un uomo.

E una bicicletta.

Era lì.

Era lui. Con il cappello grigio. Anselmo.

Comparve come nelle fiabe dei bambini che si perdono

nel bosco e, quando la notte diventa più scura, incontrano altri bambini, fratelli del loro vagare. Come Hänsel e Gretel, Anselmo e Greta si trovarono accanto nel buio e si afferrarono con la furia dell'imprevisto e si persero nel sollievo di una pelle gemella. Per non lasciarsi mai più.

I fogli scivolarono dalle sue mani e, prima che toccassero terra, lei era già tra le sue braccia.

— Come hai fatto a trovarmi? — domandò con la faccia sprofondata sul suo petto.

Lo sentì ridere.

— Credevi di potertela svignare così?

Rise anche lei.

— Non so se hai capito con chi hai a che fare. Sono un messaggero del cielo io… Posso fare cose impossibili.

Era strano, più vivace del solito e anche un po' più… scemo. Anche lei si sentiva così, come se l'anima oppressa da giorni di troppo dolore, adesso reclamasse il suo sacrosanto diritto a essere scema. Si sentiva scema, ecco e quindi fece una domanda scema: — Hai seguito una scia colorata e hai trovato me?

— Stavolta no.

La baciò sulle labbra. Come la prima volta, quando una scia di luce rossa aveva attraversato il cielo sotto i suoi occhi attoniti per portarlo da Greta Bianchi. Poi le prese il viso tra le mani, improvvisamente serio.

— Ho parlato con tua madre. Mi ha dato lei l'indirizzo.

Greta s'irrigidì.

— Che cosa hai fatto?!

— Dovevo trovarti.

Questo era più importante del cielo, delle sue scie e della sua missione. Improvvisamente. A tutto il resto avrebbe pensato dopo. Adesso c'era solo la felicità di lei, lo guardava come se fosse l'unica luce nel buio.

— Io… è bello che tu sia qui.

Poi abbassò lo sguardo.

— Anche se non sono sicura che siamo nel posto giusto.

— Non è qui che vive tuo padre?

— Al citofono non ha risposto nessuno.

— Forse non è in casa.

— O forse non vive più qui.

Anselmo osservò il palazzo, una finestra che dava sulla scalinata centrale era socchiusa. La strinse, respirò e chiuse gli occhi.

— Adesso vediamo.

Spiccò il volo e la portò davanti all'apertura. Scivolarono sul pianerottolo al secondo e ultimo piano.

— Abbiamo appena commesso un'infrazione — sussurrò Greta.

— Commettiamone subito un'altra!

Le strinse la mano al buio e la tirò con sé. Sbirciarono i nomi sui campanelli davanti alle porte. Maurizio Bianchi abitava al primo piano. Provarono a bussare quando una porta alle loro spalle si aprì. Si affacciò una donna bassa con un muso come un cane da guardia.

— Buonasera — fece subito Anselmo. — Stavamo cercando l'interruttore della luce...

Greta ammirò la prontezza di riflessi e soffocò una risata.

— Eccolo — disse la donna accendendo le lampade sulle scale.

— Grazie, molto gentile. Così va meglio — ringraziò il ragazzo, quindi indicò la porta. — Però sembra che non ci sia nessuno in casa.

— Sono andati in vacanza — spiegò la donna. Poi li squadrò con diffidenza. — Non lo sapevate?

Greta abbassò lo sguardo rabbuiata. E adesso? Come avrebbe fatto a trovare suo papà? Aveva sempre il suo numero di telefono ma non se la sentiva di chiamarlo così, dopo tanti anni di silenzio.

— No, signora. Non lo sapevamo — mentì con aria triste Anselmo. Rimase muto come un attore che si concentra sulla battuta successiva. Prese un respiro profondo.

— Io devo consegnare una cosa al signor Bianchi.

— A quest'ora devi consegnarla?! — replicò la donna.

— Se non riceve questo oggetto entro domani saranno guai.

Così dicendo Anselmo aprì la sua borsa da postino e mostrò una busta giallo scuro.

— Che c'è là dentro? — s'insospettì muso di cane.

— Non lo so. Io sono solo... un postino.

La signora gliela strappò dalle mani.

— E io sono la portinaia. Devo controllare.

— Ma...

Non gli diede il tempo di controbattere, aprì la busta e esaminò il contenuto: una sciarpa a righe con le frange sporche di fango. Quella che aveva trovato accanto al laghetto dell'EUR. Cambiò espressione. Il muso da cane da guardia si trasformò in un sorriso generoso.

— La sciarpa! Mi ha fatto una testa tanta con questa sciarpa. "Non è che l'ha trovata sulle scale?" mi chiedeva. Ma no, non l'avevo trovata...

Anselmo ammutolì. Non poteva essere una coincidenza. Eppure stavolta non aveva seguito una scia per portare l'oggetto perduto al legittimo destinatario nel momento perfetto... aveva seguito Greta.

— Sentite, lasciatela a me. Gliela do quando torna — propose la signora.

— Non possiamo! — si rifiutò Greta.

— E perché?

— Perché... — improvvisò Anselmo. — Questo è il mio lavoro. La consegna andava fatta tre giorni fa. La verità è che avevo perso la busta. Sa, faccio questo mestiere da poco tempo. Poi la mia fidanzata l'ha ritrovata e adesso eccoci qui, a cercare di riparare a un imperdonabile errore. Ma forse è giusto così, perderò il lavoro e sarà giusto così. Ho sbagliato e devo pagare — abbassò la testa sconfitto.

La portinaia scosse la testa intenerita.

— Ma se tu la consegni a me ti licenziano lo stesso?

— Ho bisogno della firma del signor Bianchi... e adesso lui potrebbe essere ovunque.

— No, non è ovunque. È alla casa di Capri — li informò la donna.

Greta e Anselmo si scambiarono un'occhiata complice.

— Credo che tu debba informare il tuo capo dell'errore e spiegargli la situazione — fece Greta con una faccia da ragazza giudiziosa che non le aveva mai visto.

— Eh, la signorina tiene ragione.

— Se non sappiamo l'indirizzo esatto non riusciremo mai a portargli il pacco in tempo — aggiunse severa la signorina. — E adesso andiamo, abbiamo dato fin troppo disturbo.

— Nessun disturbo, signorì — s'affrettò a rassicurarla la donna, — che mi dispiace far passare un guaio a due bravi ragazzi come voi.

— La colpa non è sua — Anselmo fece finta di andare sperando che lei lo trattenesse.

— Aspettate! — li fermò.

Lo fecero.

— Vi do io l'indirizzo. Me l'avevano lasciato per le emergenze.

I due bravi ragazzi si guardarono vittoriosi.

— Grazie, signora. Ci è stata di grande aiuto! — festeggiò Anselmo.

— E prego. Però non fate guai. E tu stai più attento con quelle buste che mica ci può sempre stare la fidanzata a farti ordine!

La salutarono e scesero in strada.

— Non me l'aspettavo — disse Greta con gli occhi come stelle.

— Che cosa?

Che lui avrebbe preso un treno per raggiungerla, che sarebbero entrati nel condominio di suo padre volando, che avrebbero raggirato una portinaia feroce e, soprattutto, che Anselmo un giorno l'avrebbe chiamata: la mia fidanzata.

— Niente di tutto quello che hai fatto e che hai detto negli ultimi venti minuti.

— Sai una cosa? — rispose lui sorpreso. — Neppure io.

— I tuoi dolci olandesi sono sempre buonissimi, Martha — si complimentò la signora Duval ingoiando l'ultimo boccone di dessert ancora caldo. — Solo che non riesco mai a ricordarmi come si chiamano.

Mise una mano fra i capelli, come cercando quel nome tra le onde nuvolose dell'acconciatura. — Hanno un nome così particolare…

— *Stroopwafel*. La ricetta è di mia madre. La nonna di Emma ha una vera passione per questi biscotti. Vero, darling?

Darling, che si stava evidentemente e scortesemente annoiando dall'inizio di questa cena ondeggiò la testa su e giù senza convinzione.

La madre continuò come se la dolce nipotina avesse fatto un commento cortese e partecipe.

— Li farcisce in molti modi diversi, ma io preferisco la versione tradizionale, con sciroppo di zucchero e cannella.

— Le spezie aiutano la digestione — li informò Alessandro, il figlio adolescente dei loro ospiti.

Emma pensò distintamente di sputare il bolo di cannella e zucchero che ruminava annoiata da troppi minuti nel piatto di quel secchione, augurare la buona notte e uscire di scena così, sotto lo sguardo scandalizzato di tutti i presenti. Ma questo avrebbe significato avvicinarsi al ragazzo, anche se per un breve istante, e l'idea le provocava un profondo raccapriccio. Lui invece le sorrideva da quando era arrivato, schiacciando le guance a ridosso degli zigomi con tale violenza che i brufoli che maturavano copiosi sulle sue gote sembravano essere sul punto di scoppiare in un'esplosione di pus. Che cosa aveva da ridere? Uno che ha tutti quei brufoli non può ridere. Dovrebbe invece piangere tutto il giorno e non uscire di casa, e comunque non entrare nella sua per nessuna ragione. E invece rideva e interloquiva con sua madre come se fossero amiche di lunga data. E lei sembrava… lusingata.

— Quali programmi hai per l'anno prossimo, Alessandro? — gli domandò la sua amica Martha. — Hai già preso una decisione per il liceo?

— In realtà partirò fra dieci giorni per la Cina, dove ho deciso di frequentare un trimestre in un istituto privato d'eccellenza di Pechino. Per migliorare la lingua.

— Pare che il cinese diventerà più importante dell'inglese, in futuro — disse svagata la signora Duval.

— È un fatto, mamma — la corresse suo figlio. — E poi mi sarà molto utile alla scuola americana, l'anno prossimo. Stanno sperimentando l'inserimento di questa lingua nel programma di studi. Ma credo che Emma lo sappia già. Vero?

Falso. Non sapeva niente. Che cos'era questa scuola americana? Che cosa aveva a che fare con lei?

— Quale scuola americana?

— Quella che frequenterai l'anno prossimo, darling. Dopo le scuole medie.

Sgranò gli occhi basita. Non aveva ancora pensato a quale scuola frequentare dopo le medie. Ma aveva creduto di poter scegliere lei che cosa fare. All'improvviso capì che non sarebbe andata esattamente così.

— Credo che questo sia solo il primo di molti pasti insieme, dunque — si beò il secchione brufoloso.

Il signore e la signora Duval guardarono il ragazzo con la stessa tenerezza e con lo stesso orgoglio. Sembrava che a loro quella faccia butterata e quell'espressione saccente non dessero alcun fastidio, al contrario li divertisse un po', come un cane cucciolo, che impara a camminare e cade e tutti ridono ma nessuno si aspetta niente di diverso da lui, gli vogliono bene così, per quello che è. Emma non aveva mai ricevuto uno sguardo simile e ne fu invidiosa.

— Dicono che la metropolitana di Pechino sia un incubo e che l'aria sia irrespirabile.

Erano le sue prime parole per il giovane ospite in tutta la serata e non erano affatto cortesi. La madre la guardò con disappunto.

— La nostra Emma è invidiosa, scommetto. Credo che le piacerebbe molto trascorrere qualche mese fuori casa a imparare una lingua nuova come farai tu, Alessandro.

Qui invece non ci azzeccò per niente. Ma probabilmente non intendeva farlo. Emma aveva riconosciuto il sorriso comprensivo e l'inclinazione bonaria della testa. Quando faceva così aveva qualcosa in mente. Qualcosa che di solito a lei non piaceva neanche un po'.

— Potresti venire con me — colse subito Alessandro.

Neanche morta.

— Grazie, ma adoro Roma e credo di aver viaggiato abbastanza nella mia vita.

— Oh, i ragazzi. Per loro la vita è così breve — sorrise mamma Duval.

Che svampita. Non le rispose neppure. Ma la fulminò con uno sguardo di odio spassionato. Il signor Kildare, suo padre, lo riconobbe al volo. E intervenne con la consueta discrezione.

— Vogliamo spostarci in salotto per un amaro? O preferisci un whisky, David?

— Dipende dal whisky…

— Torbato scozzese.

— Il mio preferito.

Il padre gli mise una mano sulla spalla in segno di stima e

tutta l'allegra tavolata migrò lungo l'ampio corridoio. Emma camminava verso i torbati di papà con il passo mesto del condannato a morte, ma venne qualcuno a salvarla. Non l'accompagnò uno squillo di trombe, ma una suoneria tutta nuova che Emma aveva scaricato sul proprio cellulare pochi giorni fa. Era il trillo di un campanello da bicicletta.

— Scusate, una telefonata! — esultò a un passo dal patibolo.

— Sembrava una bicicletta — commentò la loro ospite.

Martha sorrise indulgente: — Mia figlia si sta appassionando al mondo del ciclismo ultimamente. Ma io credo che Roma non sia una città pensata per le due ruote. In Olanda invece...

Sentì le parole di sua madre perdersi alle sue spalle e sospirò sollevata. Poi guardò lo schermo. Era Greta. Finalmente!

— Dove sei? Stai bene?

— Ciao. Sì, bene. Scusa se non ti ho risposto. Non sapevo...

— Non importa. Se lo fai un'altra volta ti ammazzo, ma non importa.

Risero.

— Sono a Napoli. Con Anselmo.

— Meno male. Almeno non sei sola. Senti, tu però la devi smettere di sparire così. Io mi preoccupo.

— Scusa.

— E poi perché sei andata a Napoli?

— Per incontrare mio padre.

Emma sbiancò.

— Ma... io pensavo che tu non sapessi neppure dove vivesse.

— Non lo sapevo infatti, ma l'ho scoperto.

— E sei partita senza dire niente!

— Te lo sto dicendo adesso.

Emma sbuffò inerme.

— E va bene. Allora? L'hai trovato?

— No. È in vacanza a Capri.

— E quando torna?!

— Non lo so.

— Greta, senti. Prendi un treno e vieni a Roma. Questa persona ti ha già fatto male in passato. Perché devi permettergli di fartene ancora?

Silenzio.

— Davvero, guarda che i genitori sono così. Si aspettano che noi cresciamo e impariamo, mentre loro non vogliono imparare niente. Credono di sapere già tutto e non ci ascoltano mai. Sono così e non cambiano. Ti prego, torna a casa.

— No. Prima voglio vederlo.

Inutile provare a farle cambiare idea.

— Quindi vai a Capri?

— C'è un traghetto domani. Ma mi serve il tuo aiuto...

La prima notte

Serena fece scorrere l'unghia viola malva lungo le lettere plastificate della vecchia agenda telefonica. Non l'apriva da parecchio tempo. La rubrica del suo cellulare aveva preso il posto del piccolo quaderno di velluto ormai da molti anni ma mancava un numero. Quello del papà di Greta. Lo trovò sotto la A di amore. Pensò che ora l'avrebbe dovuto archiviare sotto la V di vigliacco. O la Z di zero. Insomma all'ultimo posto. Dove nessuno l'avrebbe cercato mai più. Forse l'avrebbe fatto un giorno, stanotte invece doveva chiamarlo e avvisarlo dell'arrivo di Greta.

Controllò lo schermo, prima di digitare il numero

dell'uomo che era stato suo marito. Nessuna chiamata. Riprovò a chiamare la figlia. Era sempre spento. Tentò un'altra volta sul telefono di Anselmo e, un'altra volta, lui non rispose. Osservò il buio fuori dalla finestra ed ebbe la sensazione di morire. Da quando Greta era nata, era la prima notte senza notizie di lei. Ed era la notte più brutta della sua vita. Neppure il dolore del parto era stato così lacerante. Neppure la notte in cui Maurizio le lasciò da sole così disperata. Chiamarlo in quelle condizioni, dopo tanto tempo, le faceva paura. Ma ancora di più l'idea che la sua bambina si fosse trovata di nuovo davanti a un padre che non la voleva. E non voleva neppure lei. Tutte quelle lettere erano piene di bugie. Se veramente avesse saputo prendersi cura di loro, l'avrebbe fatto quando era il momento. Certe cose non si imparano. Si fanno e basta. Per questa ragione aveva nascosto a sua figlia i messaggi del padre, per non alimentare speranze vane. E nuovi dolori. Adesso però era diventata grande ed era volata via dal nido che lei aveva costruito per loro due. E oggi era rimasta sola.

Prese coraggio e digitò il numero. Una voce registrata la informò che il numero era inesistente. Riprovò. Stessa voce, stesso messaggio. Non poteva fare niente. Sentì l'aria diventare pesante e un affanno crescente nel respiro. La stanza stringersi intorno a lei.

Guardò altrove, fuori dalla finestra una piccola luce brillava nell'ombra. Uscì sul balcone della camera da letto, verso quella luce. Strinse le mani attorno alla ringhiera, cercando di calmarsi nel riflesso placido della casetta illuminata laggiù. Realizzò all'improvviso che quella era la casa del Tazzina, che lui aveva trovato la lettera e che, forse, poteva dirle qualcosa che le avrebbe dato un briciolo di pace. S'infilò la giacca e corse giù per le scale. Attraversò l'androne e poi l'anfiteatro e poi il prato correndo.

Quando arrivò nella radura accanto alla casa si rese conto di essere sudata. Probabilmente impresentabile. Se bussava alla porta in queste condizioni l'avrebbe presa per pazza. Cercò di sistemarsi i capelli con le mani, studiando il paesaggio intorno a sé. Le capre con cui l'uomo condivideva da sempre il proprio prato la osservavano con i loro occhi rossi. Spaventosi. I rumori della città erano lontanissimi e il buio quasi totale. Sentì il sudore raffreddarsi sulla schiena e la minaccia di quel luogo isolato e di quell'uomo solitario farsi sempre più angosciosa. Ma era la sua unica speranza. Fece un passo verso la porta e le capre si misero a belare, tutte insieme, come un allarme vivente. Il Tazzina uscì immediatamente. Serena si nascose dietro un albero. Terrorizzata.

— Che vuoi? — gracchiò la voce dell'uomo.

Non si era mosso dall'ingresso. Non poteva vederla. Rimase in silenzio sperando che rientrasse in casa.

— Ti ho chiesto che vuoi?

Voleva Greta. Lì con lei. E basta. Non le importava di sapere niente della lettera. Niente di come fosse arrivata nelle mani di quell'uomo orribile. Niente di sapere cose che non sapeva. Non voleva la verità, voleva sua figlia. La pace che si trova nella verità è faticosa, quella che si trova nelle menzogne no. E arriva immediatamente. Serena si affacciò immediatamente alla luce e si scusò: — Niente. Ho sbagliato strada, scusi il disturbo.

Voltò le spalle all'unico uomo che avrebbe potuto aiutarla e tornò a casa. Ancora più spaventata. Ancora più sola.

— Emi?

— Emma... — rispose stupito.

— Dormivi?

— No.

Si mise a sedere sul divano rosso ciliegia e rimase in silenzio. Era la prima volta che parlava con lei al telefono. Non sapeva cosa dire.

— Che fai? — improvvisò.

— Sto alla larga da una cena di famiglia. E tu?

— Sto alla larga.

Silenzio.

Il cuore gli batteva fortissimo. Non gli sembrava una cosa normale.

— Dove sei? — domandò lei.

— Su un divano.

Era la prima notte in ciclofficina e non era sicuro che dirlo a Emma sarebbe stata una buona idea. Lei capì che non voleva rispondere. E non chiese altro.

— Senti... ti ricordi quella catenina d'oro che mi hai...

— Me la ricordo.

— Vorrei venderla. Ho bisogno di soldi. Puoi aiutarmi?

Poteva sì, sapeva esattamente che cosa fare. Ma voleva dire rimettersi nel giro da cui era appena uscito.

— Perché hai bisogno di soldi?

— Devo spedirli a Greta. È a Napoli. Mi ha scongiurato di spedirle duecento euro.

— Non puoi chiederli a tuo padre?

— No. Non posso! — rispose offesa.

Poi si pentì. Non era il momento di litigare questo.

— Non voglio — precisò.

— Che cosa è andata a fare a Napoli?

— Quante domande. Voglio solo sapere se mi puoi aiutare. Se non ti va faccio da sola.

— E come fai?

— Vado in un negozio che compra oro. Ne ho visti molti a Roma.

— Quelli ti fregano. Al massimo ci fai cinquanta euro. Sono dei ladri.

— E tu invece che cosa sei?

Non ce l'aveva fatta. Si era arrabbiata e stava litigando. Quel ragazzo aveva la capacità di farla uscire dai gangheri come nessun altro al mondo.

— Uno che dorme su un divano.

— E allora buonanotte!

Fece per chiudere stizzita quando lo sentì ridere divertito.

— Perché ridi?!

— Perché ti immagino. E sei bellissima.

Suo malgrado Emma sorrise. Senza farsi sentire.

— Ci vediamo domani pomeriggio. Ti chiamo per dirti dove. Porta la catenina.

— Ah... va bene...

— Buonanotte, Emma.

Riattaccò prima di sentire la risposta di lei. Si sdraiò sul divano e continuò a ridere scivolando piano in un sonno senza sogni.

— Ti piace qui? — domandò Anselmo indicando una bassa struttura di legno a pochi metri dal mare.

Greta salì due scalini e camminò circospetta sul pavimento di assi schiarite dalla salsedine. Sembravano abbastanza robuste. Un'alta scogliera circondava la casetta su due lati, poi la spiaggia deserta e le onde screziate dal bagliore lunare.

— Sì.

Si sedette al centro del quadrato di legno e si sfilò lo

zaino dalle spalle. Appena toccò il pavimento, il telefono di Anselmo squillò.

— È tua madre.

— Non voglio parlare con lei — disse secca.

La odiava. Per averle nascosto le lettere per tutti quegli anni e averle fatto credere che suo padre l'avesse dimenticata. Non l'aveva fatto invece e aveva continuato a scriverle anche se lei non gli aveva mai risposto. Anselmo spense il telefono senza chiedere altro. Capiva come si sentiva Greta. Non aveva bisogno di spiegazioni. Salì sulla pedana di legno e si sedette accanto a lei in silenzio. Greta abbracciò le proprie gambe. Non aveva voglia di pensare a sua madre, non adesso.

La risacca imperlava la spiaggia di un chiarore intermittente, risucchiando ogni pensiero nel buio dell'acqua fino all'orizzonte. Greta gli affidò il suo e Serena sparì con tutte le sue menzogne tra gli abissi del Golfo di Napoli.

— Tutto bene? — le chiese Anselmo.

— Sì.

Bene. Si sentiva bene. Con lui accanto e il vento tutto intorno.

Avrebbero dormito lì. Da soli. Per la prima notte. Sentì il calore di Anselmo lungo le braccia e le gambe rannicchiate. Se l'avesse guardato negli occhi in questo momento il cuore le sarebbe scoppiato in petto e lei sarebbe esplosa nella notte come la polvere di un astro. Quindi si concentrò sulle stelle.

— Sembrano, non lo so, così vicine — bisbigliò timida.

Anselmo alzò gli occhi al cielo.

— È vero.

— Come se si potessero toccare.

Il rumore del vento, il respiro del mare.

— Io ne ho toccata una, una volta.

Greta si voltò sconcertata verso di lui.

— Davvero?

— No. Ti prendevo in giro.

E la baciò.

— Però ho toccato un neo perfetto — disse, mettendo il dito sul punto scuro al centro del mento di lei.

Il cuore le scoppiò in petto e lei esplose come la polvere di un astro. Lui piegò le dita a cucchiaio e raccolse tutti i frammenti di Greta con una carezza. Lei sentì distintamente il mondo scomparire intorno a loro, un pezzo dopo l'altro. La casetta di legno spazzata via dal vento, il vento ingoiato dal mare, il mare asciugato dalla luna, la luna bombardata dalle stelle, le stelle cancellate dalla sabbia, la sabbia scivolare via, lungo l'imbuto di una clessidra vuota. E nel vuoto lei ci mise un sogno impossibile. E un altro bacio.

Andrà tutto bene

Lucia trangugiò nervosa l'ultimo sorso di latte caldo e la sua colazione terminò un quarto d'ora prima del solito.

— Oggi vado a scuola in bicicletta! — annunciò.

I suoi due fratelli maggiori si scambiarono uno sguardo perplesso. Dato che i genitori uscivano di casa sempre molto presto per aprire la bancarella di frutta a Campo de' Fiori, toccava a loro accompagnare la sorellina a scuola. Facevano a turno e oggi toccava ad Adriano, il vigile.

— Hai chiesto il permesso alla mamma?

— Sì, ieri sera. Mi ha detto che posso, se percorro solo strade sicure.

— E quali sarebbero le strade sicure?

Lucia elencò per filo e per segno il tragitto. Adriano conosceva molto bene la città, dato che la girava a bordo della sua moto blu tutti i giorni, e sembrò soddisfatto.

— Va bene, non dovresti metterci più di dieci minuti.

— Lo so, è quello che ha detto anche la mamma. Poi, quando arrivo, devo mandarle un messaggino.

— Perché, la mamma legge i messaggini? — si stupì Cesare, il fratello minore.

— È diventata grande ormai — confermò Lucia tutta seria. — E anch'io non sono più una bambina.

I fratelli scoppiarono a ridere.

— E va bene, però vengo con te, almeno stamattina, così sto tranquillo.

— Ma... — provò a ribattere lei.

— Niente ma. Sono il fratello maggiore.

Ripeteva questa frase da quando era nata e lei sapeva benissimo che non valeva la pena di contraddirlo.

— Allora andiamo, se no arrivo in ritardo — affermò.

— Buona pedalata, sorella grande — le augurò Cesare con un bacio sulla fronte.

— Grazie! — esclamò lei, prima di trotterellare tutta felice verso il cortile.

— E questa sarebbe una bicicletta?! — si stupì Adriano quando vide la Graziella a pallini e fiorellini di sua sorella. C'erano pure le rose di stoffa sul cestino e alcuni angeli disegnati intorno alla canna ricurva.

— La bicicletta più bella del mondo! — rispose lei un po' scocciata.

— Ma l'hai fatta tu?

Arrossì.

— Alcune cose sì...

— E le altre?

— E le altre le ha fatte... un mio amico.

Il vigile la squadrò stupito.

— E chi sarebbe questo amico?

— Si chiama Corrado. Ma tutti lo chiamano Sciagalle perché è bravo come il pittore Chagall. Anzi, forse di più, dipingere una bici è più difficile che dipingere un quadro.

— Vuoi dire che il tuo amico è un... pittore?!

Adriano raccolse le mani come per pregarla di rispondere di no ma lei fu orgogliosa di dire il contrario: — Sì! Pittura anche le magliette.

— Ma quanti anni ha? Chi sono i suoi genitori? Dove l'hai conosciuto? La mamma lo sa?

Fu investita da una raffica di domande. E decise di non rispondere.

— Sono affari miei. E adesso andiamo se no arrivo tardi.

Lo lasciò impalato davanti alla porta di casa, forse voleva dire qualcos'altro, ma gli mancavano le parole. Aveva un'espressione nuova dipinta in volto. Tra lo scandalizzato e il malinconico. Non gli si levò di dosso fino a quando non furono arrivati a scuola.

— Sei diventata famosa? — scherzò Emma quando la vide arrivare scortata dal fratello in divisa.

— Lasciamo stare...

Si voltò per salutarlo e scese dalla bici, avviandosi verso l'ingresso accanto alla sua amica.

— Devo dirti due cose importanti — le confidò la rossa.

— Spara!

— Ieri sera mi ha chiamato Greta.

— Finalmente! Come sta?

Emma le raccontò quello che si erano dette e della sua decisione di vendere la catenina quel pomeriggio, tramite alcune conoscenze di Emiliano.

— Ma sei sicura che non sia pericoloso?

— Mi fido di lui — ammise Emma.

— Greta ti direbbe che sei pazza!

Probabilmente aveva ragione, ma Emma non stava seguendo la logica. Si muoveva su altri percorsi, del tutto nuovi per lei e fatalmente attraenti.

— Greta non deve sapere niente di tutta questa storia.

— Io non le dirò niente, però tu stai attenta. E tieni sempre il telefono a portata di mano. E...

— Non ti preoccupare. Non mi succederà niente. Lascio la collana, prendo i soldi e vado via.

Aiutò Lucia a legare la bici e la osservò. Le sopracciglia corrucciate avevano la forma di due punti di domanda. Sulle labbra un broncio inconsueto. Sembrava preoccupata per lei.

— E dopo passo in ciclofficina. Così domani vengo anch'io a scuola in bici.

La bocca si aprì in un sorriso ma le sopracciglia rimasero in apprensione.

— Vedrai, andrà tutto bene.

Lucia sperò che, anche questa volta, la sua infallibile amica avesse ragione.

Il negozio era piccolo, una sola vetrina con il vetro coperto da un grande adesivo blu. Una scritta gialla bordata di rosso. ANTICHITÀ.

— Siamo arrivati — arguì Emma.

Emiliano non rispose. Non aveva detto una sola parola da quando si erano visti. Le aveva dato un bacio frettoloso, che l'aveva lasciata appesa al desiderio di un altro e poi aveva messo in moto. Non le aveva chiesto come era andata a scuola. Non le aveva raccontato niente della sua giornata. E anche adesso sembrava nervoso.

— C'è qualcosa che non va? — gli domandò indecisa.

— Dammi la catenina.

Va bene, se non l'aveva ancora capito, il ragazzo non era in vena di chiacchiere. Gli diede ciò che chiedeva.

— Entriamo.

Lo seguì e si trovò in una stanza ombrosa, illuminata dai neon montati dentro le teche di vetro piene di oggetti polverosi. Neppure uno era d'oro. Un uomo alto con una camicia rossa aperta sul petto ampio e glabro stava leggendo una rivista. Alzò lo sguardo. Un paio di sopracciglia scure disegnate a colpi di pinzetta si sollevarono scettiche.

— Non dovresti essere qui — voce gutturale, palpebre socchiuse su occhi gonfi. Brutto. Davvero un brutto uomo, pensò Emma.

— Fra cinque minuti me ne vado — rispose Emiliano.

Emma rimase nella sua ombra, studiando la situazione. L'uomo le diede un'occhiata, poi tornò a guardare lui.

— Che cosa mi hai portato?

Emiliano mise la catenina sul tavolo.

— Se mi tratti bene me ne vado anche prima.

Gli strappò un sorriso. Quando rideva sembrava ancora più brutto. Esaminò l'oggetto con cura.

— Cento — propose lanciando il gioiello sul bancone come fosse uno straccio. Emiliano lo raccolse e gli voltò le spalle.

— Me ne vado subito.

Emma lo imitò spaesata.

— Aspetta. Quanto vuoi?

Tornò indietro.

— Trecento.

— Va bene, vattene.

Lo fece.

— Duecento euro sarebbero ok — gli sussurrò Emma sulla porta.

La fulminò con uno sguardo.

— Vedi, la tua ragazza è molto più saggia di te. Come ti chiami, bella?

— Gloria — rispose lei senza batter ciglio.

— E che ci fai in un posto così, con un tizio così?

— Affari.

— Allora ne hai appena fatto uno.

Prese duecento euro e li mise sul banco.

— Non si origliano le conversazioni degli altri però, non è cortese — lo sgridò Gloria prendendosi i soldi.

Il proprietario aprì la bocca per ribattere, ma lei fu più veloce.

— E neppure andare in giro a raccontare chi entra nel proprio negozio lo è. Conosco persone a cui non piacerebbe.

— E chi sarebbero queste persone?

— Gente che ha molti gioiellini come questo. Così tanti che non si accorge neppure se ne manca uno. Io non vorrei mai che se ne accorgessero. Lei?

— Non se ne accorgeranno — colse l'uomo.

— Allora andrà tutto bene.

Emma gli voltò le spalle e uscì. Emiliano con lei. Furioso.

— Che cazzo ti è venuto in mente?!

— Mi sembrava che fossi in difficoltà.

— Stavo contrattando.

— No, te ne stavi andando.

— Così ti sei fatta fregare.

Parlava come Greta. Non lo sopportava.

— Senti, a me servivano duecento euro e adesso ce li ho.

Le si avvicinò colmo di rabbia.

— Tu non sai che cosa ho rischiato per il solo fatto di essere tornato qui.

— No, non lo so. Non mi hai detto una sola parola da quando ci siamo visti. Come faccio a saperlo?!

Sentì distintamente il desiderio di darle uno schiaffo. Poi qualcosa gli impedì di farlo. Uno scarto violento, come il volo di un rapace davanti a un predatore più grande di lui. La cosa più vicina all'amore. Emma la riconobbe. E le venne da piangere. Anche lui la riconobbe e si girò verso un luogo più sicuro.

— Sali in moto. Ce ne andiamo.

Lo seguì immediatamente. Ma prima che fossero in sella, il gracchiare anacronistico di due motorini entrò prepotente in scena e comparvero due vecchi amici. Traditori di un tempo ancora troppo vicino.

— *Mao* — disse Mao.

— Stavi andando via? — insinuò Spranga con un movimento che Emiliano conosceva bene. La mano sotto il parabrezza dove era nascosto il suo bastone di ferro.

— È bello essere di nuovo a casa — ironizzò il ragazzo che era stato il loro capo.

Non colsero.

— Questa non è più casa tua.

— Il Bambino ti aveva avvisato. Ti ricordi?

Si ricordava tutto molto bene.

— E adesso che gli diciamo?

Come si fa a spiegare a chi resta le ragioni di un viaggio? Emiliano se n'era andato molto prima di essere cacciato. Il giorno in cui aveva visto i capelli rossi di Emma.

— Niente. Non gli dite niente.

La risposta non sembrò di loro gradimento.

— Gli diciamo che sei venuto a cercare soldi — indovinò Spranga. — Ma te ne sei andato via appena ci hai visti.

Prese la spranga per rendere il concetto più chiaro.

— Sì, andiamo via, dai — suggerì Emma.

Strinse le mascelle amareggiato. Stava scappando? Odiava scappare. Ma rimanere in quel deserto di cenere era peggio. Non era il Corviale. Erano loro. E quella strada. Bastava spostarsi un centinaio di metri per vivere in un altro Corviale. Quello di Guido. Bastava scegliere. E, in quel momento, scelse dove stare.

— Addio — li salutò facendo per salire sulla moto.

Spranga glielo impedì, calando il bastone di ferro sulla carena.

Emiliano scattò per fermarlo, ma sentì Emma tremare accanto a lui. Lasciò che i due distruggessero la moto senza battere ciglio. A ogni colpo un pezzo del suo passato andava in frantumi con il parabrezza, si accartocciava nel ferro della carena, sanguinava insieme alla macchia d'olio sempre più ampia sull'asfalto. Quando ebbero finito sentì un insospettabile sollievo carezzargli i pensieri.

— Addio — ricambiò sghignazzando Mao.

Se ne andarono com'erano venuti.

— Mi dispiace — disse Emma.

Lui scosse la testa indifferente.

— Adesso ho una bicicletta — le rispose prendendole una mano.

Mentre il sole infuocato del mezzogiorno ardeva sui tetti del Serpentone, Emma e Emiliano salutarono quella strada per sempre.

Non so come

Buongiorno.

Era la voce di Greta. Si schiuse accanto alle sue guance scaldate dal primo raggio di sole. Una carezza d'onde nelle orecchie e il calore di un bacio sulla fronte. Per quanti messaggi del cielo potesse custodire, per quanti destini spezzati potesse nuovamente allacciare, per quante anime vagabonde potesse eternamente riconciliare, non esisteva momento perfetto che non fosse adesso. Qui. Con lei. Nel dormiveglia immaginò una storia migliore, in cui il cielo non fosse un limite e lui potesse amarla senza perdere la visione.

— Ciao — rispose Anselmo facendo eco al mare.

Si erano addormentati stretti in un abbraccio e adesso avevano le ossa a pezzi. Ma nessuno dei due si lamentò.

— Che ore sono?

— Tardi.

Risero.

Lo schermo del telefono di Greta diceva che era mezzogiorno e che c'erano venti chiamate senza risposta e un messaggio da leggere. Le chiamate erano di sua madre, il messaggio di Emma.

SONO RIUSCITA A TROVARE DUECENTO EURO.
PUOI ANDARE A RITIRARLI IN VIA DUCA D'ORVIETO.
C'È UNA PESCHERIA. CHIEDI DI MARCELLO.
TI PENSO SEMPRE. EMMA

— È incredibile, ci è riuscita — ammise meravigliato Anselmo.

— Io non avevo nessun dubbio.

— Allora andiamo a cercare questo Marcello — scattò Anselmo dirigendosi verso la bici appoggiata alla scogliera.

— Aspetta, prima devo fare una cosa.

EMMA. GRAZIE. SENZA DI TE NON SO COME AVREI FATTO.
GRETA

Emma guardò il messaggio e scoppiò in lacrime.

— Che succede? — le domandò Emiliano.

Non lo sapeva bene neppure lei. Era stata una giornata difficile. Tenere testa a quel rigattiere facendo finta di avere la situazione sotto controllo, affrontare la rabbia di Emiliano facendo finta che non la ferisse, trovarsi faccia a faccia con i due ragazzi che l'avevano aggredita facendo finta di non essere terrorizzata. E adesso, finalmente, qualcuno le diceva grazie. Sciogliendo un nodo che si era stretto sempre più duramente con il passare delle ore.

— Ti sembra che non sia successo niente da quando ci siamo visti?! — protestò.

Lui rimase a guardarla in silenzio.

— Dimmi qualcosa, almeno!

— Che cosa ti devo dire?

— Qualunque cosa. Perché non puoi più tornare a casa? Dove stai dormendo? Sei felice di vedermi? A che cosa stai pensando, adesso?

Era un fiume in piena. Emiliano sollevò le mani per arginarlo.

— Dormo alla ciclofficina. Da una notte. Non posso tornare a casa perché non voglio. L'unica cosa che voglio sei tu.

L'effetto delle sue parole non fu esattamente quello che si aspettava. Emma non si calmò. Lo abbracciò fortissimo e non si calmò. Piangeva di più. Con tutte le guance umide sulla sua pelle. Non aveva mai sentito le lacrime di qualcun altro così vicine. Mise le dita fra i capelli di lei e la accarezzò con dolcezza.

Ecco, così funzionava. Si stava quietando. Respirò sempre

più lentamente. Scostò il volto da quello di lui per guardarlo negli occhi. E scoppiò a ridere.

— E adesso perché ridi?

Non ci stava capendo più niente e aveva tutta la faccia bagnata.

— Sembra che hai pianto anche tu — spiegò Emma continuando a divertirsi.

Gli asciugò le guance con la manica della maglia.

— Adesso va meglio — lo tranquillizzò Emma.

Lui fece la cosa più simile a un sorriso.

— Lo spero, perché non mi sembra tanto normale ridere e piangere così. Tutto insieme.

— Si vede che non conosci le ragazze…

In effetti no, almeno non ragazze come lei.

— Perché non me ne presenti qualcuna?

— Scemo.

Non si arrabbiò. Fece cenno verso la porta della ciclofficina ormai a pochi passi da loro.

— Ci mettiamo a lavorare?

— Sì.

La Delfina. La pescheria di Marcello si chiamava così. Anselmo si chiese perché. Forse Marcello aveva incontrato un delfino per mare un giorno? Poi magari era successo qualcosa d'importante. Ma perché il nome era al femminile? Magari c'era anche di mezzo una donna. Esistono donne di nome Delfina? Si rese conto con sconcerto che le sue domande inutili stavano diventando pensieri romantici. E ne ebbe pudore. Quindi si concentrò su cose più importanti. Come raggiungere il porto di Napoli.

Greta infilò la busta con i soldi che le aveva fatto avere Emma in una tasca dello zaino e lo mise in spalla al rovescio, con la sacca davanti alla pancia. Salì sulla canna della bicicletta e si attaccò al manubrio.

— Sei pronta? — le chiese lui.

Pronta per vedere suo padre? Non esattamente. Aveva molta paura in realtà, ma fece finta di niente.

— Sì!

Scivolarono veloci per le vie della città. Il traffico scostante e chiassoso era anche più impegnativo di quello romano, ma Anselmo sembrava divertirsi. Come prendere parte a una danza di molti ballerini. Ognuno di loro guidato da un ritmo proprio, da una musica singolare. E l'orchestra che suona qualcosa di ancora diverso, con rapidi scarti di tonalità e velocità. E in questo complesso concerto, trovava un'armonia. Ci danzò sopra, sul filo di ruote della sua bicicletta.

Si fermarono a un semaforo rosso, scatenando l'ira di tutti gli automobilisti intorno.

— Non dovevo fermarmi?! — si stupì Anselmo

— Forse dovevi accelerare — fece Greta ridendo. — Qui il traffico è... diverso.

— Io non so come fanno ad essere ancora vivi.

— Neppure io...

— Sto andando troppo forte? — si preoccupò lui.

— No, è bellissimo. Continua.

— Sicura? — le fece cenno con la testa, davanti a loro c'era una discesa mozzafiato e poi il mare. Non le piacevano le discese, si sentiva sempre in pericolo quando la strada andava troppo veloce sotto le ruote. Greta aveva sempre cercato di evitarle a Roma, e se proprio non poteva, le faceva coi freni tirati e i sensi all'erta. Ma oggi no. Guardò la strada diventare piccola a picco sull'acqua e ripeté: — Continua.

Sfrecciarono tra le macchine senza mai frenare. I clacson come palpiti d'ali brevemente suonavano, subito svanivano. Il vento portava via tutto. Il mare affogava il resto. E Greta non aveva paura.

Comprarono i biglietti, uno anche per la bicicletta, e si imbarcarono. In realtà fece tutto Anselmo perché Greta era ancora in uno stato di ebbrezza euforica. La sua prima discesa senza freni era stata indimenticabile e non voleva che quella sensazione l'abbandonasse. Ma bastò lo squillo di un telefono per rovinare l'incanto.

— È tua madre.

Fra tutte le persone con cui non aveva nessuna voglia di parlare ora, la prima era sua madre.

— Posso rispondere? Le dico che stiamo bene e metto giù.

Sapeva che era la cosa migliore da fare. Fu grata che non dovesse essere lei a farla.

— Va bene, rispondi, ma io non ci parlo.

Anselmo obbedì.

— Buongiorno, signora... sì, stiamo bene... su un traghetto, stiamo andando a Capri... In spiaggia... No... D'accordo... Non si preoccupi, mi prenderò cura io di Greta.

Disse altre parole dopo queste ultime. Ma lei non le sentì. Nelle orecchie rimasero solo queste: mi prenderò cura io di Greta. Le davano le vertigini. Come la prima discesa con lui.

Quando entri in ciclofficina non importa da dove vieni, quanto è grande la tua casa, di che marca sono le tue scarpe, quante lingue parli, quanta voglia hai di parlare; l'unica cosa che ti chiederanno è: "Sai pedalare?"

E se anche la risposta fosse no, ci sarà qualcuno che ti insegnerà a farlo. Emma sapeva pedalare, ma non avrebbe mai saputo riparare una bici, fino a qualche settimana prima.

Guardò la sua olandese finalmente pronta e sentì che aveva fatto qualcosa di buono usando le sue mani, qualche consiglio e niente soldi. Era un sentimento del tutto nuovo che la riempiva di una compiuta felicità.

— Bella — commentò Emiliano.

Si scambiarono un sorriso muto.

— Adesso devi collaudarla — consigliò Guido.

Emma voleva fare di più, decise che sarebbe tornata a casa in bici, per la prima volta da sola. Salutò tutti e scivolò lentamente sotto il cielo variegato del tramonto.

Guido sorrise. Il teppista di periferia e la ricca ragazzina straniera. Due destini inconciliabili che si erano intrecciati qui, nella sua bottega. Tra la polvere e il grasso. Lontano dai luoghi dove il denaro e la prepotenza fanno la differenza.

— Continuiamo? — domandò la voce di Emiliano distraendolo dai suoi pensieri.

Continuarono senza interruzioni per molte ore. Con la musica classica di sottofondo e nessuna fretta. Quando finirono l'orologio segnava la mezzanotte passata. Guido fece un passo indietro per guardare la loro opera. Emiliano lo imitò

— Scommetto che quando l'hanno comprata era esattamente così — commentò il ragazzo.

Aveva vinto la scommessa: quando Guido l'aveva comprata era bella come adesso.

— La provo — annunciò il nuovo proprietario.

Poco dopo era in via Gentilini e pedalava sotto le stelle. A ogni colpo di pedivella, qualcosa di nuovo nasceva sul viso del ragazzo: Guido vide il corruccio della fronte distendersi, le spalle rilassarsi verso il basso, le labbra curvarsi verso l'alto. Spinse sempre più veloce, cambiando le marce e inchiodando all'improvviso. E, all'improvviso, anche il volto dell'uomo mutò. Emiliano tornò al suo cospetto euforico.

— È perfetta!

— Lo so.

— Chi l'ha lasciata qui è un pazzo.

Era vero.

— Perché hai scelto questa bici? — gli domandò il pazzo.

Ci pensò su un momento.

— Perché mi hai detto che aveva fatto un incidente.

— E quindi?

— Ne ho fatto uno pure io. In moto. Poco tempo fa. Una rondine mi ha tagliato la strada e ho perso il controllo. Pensavo che gli incidenti fossero solo una cosa brutta. E invece per me non è stato così. Da quel giorno la mia vita è cambiata.

Guido non aveva bisogno di altra spiegazione. Al contrario sentì il desiderio di raccontargli una storia a cui non pensava da troppo tempo.

— Questa bici era mia.

Emiliano non se l'aspettava. Rimase muto. In ascolto.

— Ero con Anselmo quando siamo stati investiti. Lui era un bambino di due anni. E io ero giovane e invincibile.

Le immagini dimenticate di quella sera d'autunno affiorarono dalle loro ombre rabbuiandogli lo sguardo: due fari compaiono nel buio. Lui sterza e cade a terra. Le ruote di un'Audi passano accanto al suo viso e lui vede distintamente il riflesso di sé nei cerchioni metallici. Lo stanno per schiacciare, ma una mano lo afferra. Cinque dita piccolissime, quelle di suo figlio. Si volta e lo vede sospeso a mezz'aria. Come un dipinto antico. Un putto in volo sulle miserie del mondo. Un attimo dopo sono entrambi a terra. Sani e salvi. Ad Anselmo non aveva detto mai niente. Aveva sempre pensato che era giusto che fosse lui stesso a scoprire la propria natura straordinaria. E che se ne fosse venuto a conoscenza troppo presto, si sarebbe spaventato. Gli aveva sempre raccontato che era stato un suo amico a salvarli. Zeno, il proprietario della ciclofficina di Milano.

— Siamo vivi per miracolo — concluse.

Emiliano abbassò lo sguardo.

— Non credo nei miracoli.

— Imparerai.

— Per oggi ho imparato abbastanza.

Era vero. L'uomo mise una mano sul manubrio e disse: — Grazie.

— Di cosa?

— Che hai riparato la mia bicicletta.

Un'altra volta, il ragazzo fu colto in contropiede. Quell'uomo gli aveva dato una bici, un letto e una storia. Nessuno gli aveva mai dato tanto. Era lui che doveva ringraziare. Ma non sapeva come fare. E allora non lo fece.

— Adesso è la mia bicicletta. Se me la rubi ti mando un paio di amici miei.

Risero.

— Non ti preoccupare. Dopo l'incidente non sono più salito sulle due ruote...

Emiliano lo studiò attentamente e trovò il suo modo di ringraziarlo: — Il tempo passa e le persone cambiano...

All'ingresso della villa in riva al mare c'era una targa di porcellana blu. Intorno, una cornice di limoni gialli disegnati con cura. All'interno un numero civico. Greta rimase immobile davanti alla ringhiera ad osservare la stanza illuminata dal faro blu della televisione. L'orologio sopra il tavolo segnava l'una di notte. Non era stato facile trovare l'indirizzo esatto, ma ce l'avevano fatta.

— Se le luci sono accese, significa che non sono ancora andati a dormire — le fece notare Anselmo.

Nessuna risposta.

— Preferisci tornare domani?

Non lo sapeva. Non sapeva che cosa fare. Riusciva a malapena a sostenere lo sguardo. Davanti a lei sedie, divani, tavolo e lampadario sembravano l'arredo di una quinta teatrale dove stava andando in scena uno spettacolo che non riusciva a capire. Un uomo, una donna, un bambino seduti su un divano. Accoccolati gli uni sugli altri. Il bambino dorme tra le braccia della mamma. La mamma sonnecchia tra quelle del papà. Il papà li stringe tutti e due, guardando un film qualunque. Con l'espressione placida di chi ha tutto quello che desidera. All'improvviso qualcosa turba la quiete. La madre si alza, culla il bambino che sta piangendo. Il padre accorre e li bacia. Dà al marmocchio un pupazzo a forma di coniglio. Lui lo lancia lontano, non lo vuole. I genitori sorridono e dicono qualcosa. Poi ridono. Si baciano. Lui spegne la televisione e si fa buio. Una luce si accende in una stanza al piano superiore e la scena continua. Altri baci, altri abbracci. E ninnenanne. E culle. E ancora baci. Tutti quelli che lei non aveva mai ricevuto.

— Greta?

Silenzio.

— Vuoi che torniamo domani?

— Non voglio tornare mai più.

— Che cosa c'è?

— Portami via.

— Adesso? Io non so come...

— Ti ho detto di portarmi via!

Lo urlò con una voce che non le aveva mai sentito.

— D'accordo. Andiamo.

La caricò sulla bici e iniziò a pedalare. Sentiva il suo corpo fremere, scosso da un pianto che non voleva uscire.

— Dove vuoi andare?

Dalle mie amiche. Voglio Emma che mi fa arrabbiare e Lucia che dice tutte quelle cose imbecilli. Voglio Merlina, quella stupida Graziella, e l'olandese color crema. Voglio la ciclofficina e Sciagalle e Guido e il grasso nelle mani e la polvere nei capelli, poi tagliarmi i capelli e stordirmi di chiacchiere, fare le compere e mangiare tantissimo…

— Cioccolato. Portami in uno posto dove ci sia tantissimo cioccolato.

La seconda notte

Pensava a quel divano, alla polvere, al freddo e non riusciva a prendere sonno. Emiliano era là, ora, per la seconda notte. E lei in quel letto comodo, in quella casa smisurata, accerchiata da oggetti inutili e bellissimi pensava che c'era qualcosa di profondamente sbagliato nel mondo. Qualcosa che faceva la differenza fra chi dorme in un letto a baldacchino e chi su un divano recuperato dalla pattumiera. E per qualche ragione misteriosa, quella notte pensò che lei aveva il potere di cancellare quella differenza.

Le venne sete. Un'arsura fastidiosa che non poteva aspettare. Scattò in piedi e attraversò il corridoio buio oltre la porta della sua stanza. Quando arrivò in cucina si accorse di non essere la sola insonne a casa Kildare. Sua madre era ancora sveglia. Strano, le era già successo di svegliarsi assetata nel cuore della notte, ma di solito tutti erano nelle proprie stanze. Martha le dava le spalle e non si era accorta della sua presenza. Sembrava molto impegnata a studiare una pagina web sul suo portatile bianco. Si sporse dallo stipite per spiare che cosa stesse facendo. Vide una scheda scritta in inglese. Nome, cognome, età, residenza, eccetera. Accanto al titolo uno stemma bizzarro. Sembrava un disegno. No. Erano ideogrammi cinesi. Sotto, la traduzione: Università di Pechino. La madre iniziò a digitare il nome di Emma e tutti i suoi dati all'interno delle caselle.

— Che cosa stai facendo?! — le domandò uscendo allo scoperto.

— Emma! Mi hai messo paura — trasalì la donna. — Che cosa ci fai sveglia a quest'ora?

— Ti faccio una domanda, mamma. Che cos'è quello?

Martha non fece una piega.

— Il tuo futuro.

— Mi stai iscrivendo a quello stupido corso di cinese?!

— Pensavo ti interessasse avere qualche informazione più specifica. Tutto qui.

— Se non ti dispiace al mio futuro ci penso io e no, non mi interessa avere nessuna informazione.

— Darling, perché sei così assolutista?

Quando sua madre iniziava a usare parole difficili a lei veniva una grandissima voglia di rispondere in modo volgare.

— Che cazzo vuol dire assolutista?

Le labbra della donna si strinsero in una ruga disgustata.

— Chi ti ha insegnato a parlare così?!

— Ho imparato da sola.

Era troppo.

— Adesso basta — le ordinò la madre. — Siediti, devo parlarti.

— Anche io devo parlarti.

Martha accettò, ma alle sue condizioni.

— Va bene, ti ascolto. Siediti.

Emma si sedette.

— C'è un mio amico che dorme su un divano, in un posto dove nessuno dovrebbe mai passare una notte. Noi abbiamo una casa grandissima. Ho pensato che magari potremmo ospitarlo per un po'...

La ruga di disgusto divenne un solco di pietà. Ma Emma non notò la differenza.

— Tu sei sempre così generosa.

Non le piaceva, questa reazione compassionevole prometteva fiumi di parole difficili. E vuote.

— E ti fidi delle persone. Questa è una dote. Un dono che hai avuto dalla tua famiglia, la magnanimità degli spiriti nobili.

Ecco che partiva.

— Ma è necessario distinguere tra chi ha bisogno di un

aiuto e chi ha bisogno di imparare a raggiungere alcuni traguardi con le proprie forze.

— E tu credi che avere un letto in cui dormire sia un traguardo? Che un ragazzo neppure maggiorenne dovrebbe impegnarsi per avere un letto? Che non sia un suo diritto dormire in una casa? Che sia una specie di sfizio, come una cucina nuova o un massaggio?

— Stiamo parlando di un ragazzo che va in giro con una moto da diecimila euro?

Colpita. Emma sentì tutte le parole che avrebbe voluto dire collassare in un rombo confuso, carico d'ira. Tossico. Come quello della moto di Emiliano.

— Allora è questo il problema? Non ti piacciono i miei nuovi amici e stai cercando un modo per allontanarmi da loro.

— Ascoltami, Emma.

Non l'aveva chiamata darling e le aveva preso una mano.

— Io sono felice che tu abbia stretto delle amicizie in questa nuova città, ma sei tanto giovane e la vita ha ancora molte sorprese per te. Sono solo tre mesi. Passano in fretta. E tornerai dalla Cina con un grande tesoro. E con prospettive migliori.

Non voleva stare lontana da Roma neppure un giorno, tre mesi erano un'eternità.

— E poi, magari, in viaggio incontrerai altri amici. Al college ci sono ragazzi che vengono da tutto il mondo, che hanno viaggiato molto, proprio come te.

Girò il computer verso di lei e le mostrò la foto di ragazzi di tutti i colori con la stessa maglietta rosso scuro e lo stesso sorriso spalancato su un futuro radioso. Alle loro spalle un tripudio di ninfee e pagode incorniciate da stralci di prati all'inglese.

— Io non sono come loro.

La madre indossò un'espressione ingenua e sinceramente curiosa.

— Perché no? Trovo invece che staresti benissimo in questa foto.

Emma sentì un profondo desiderio di prendere il computer e frantumarlo contro la teca di porcellane trafilate in oro.

— Non so se te ne sei accorta, ma io non sto benissimo. L'idea di andare in Cina non mi fa stare benissimo. La prospettiva di tornare fra tre mesi per iniziare la scuola americana non mi fa stare benissimo. L'unica cosa che mi fa stare benissimo sono i miei amici. Ma a te non te ne frega niente.

Fremeva di rabbia.

— So che ti abbiamo costretta a tanti cambiamenti nel corso di questi anni, è normale avere qualche momento di debolezza. E in quei momenti è importante avere accanto le persone giuste. Che ti vogliono bene e sanno come aiutarti.

Ancora quella piega compassionevole e odiosa tra le labbra.

— Credo che tu non abbia la capacità di pensare al tuo futuro ora. Ma non devi preoccuparti. Lo farò io per te.

Questa era esattamente la cosa che la preoccupava di più.

— Mamma, io vorrei soltanto che tu capissi che ora ho trovato degli amici veri. Non voglio andarmene un'altra volta, neppure per tre mesi.

— Io capisco molto bene. È capitato tante volte anche a me di allontanarmi da una città che amavo.

— E che cosa hai fatto? Ti sei fatta un massaggio? Ti sei comprata la cucina nuova?

Non rimase neppure ad ascoltare la risposta. Le voltò le spalle e andò a nascondere la propria frustrazione e le proprie lacrime sotto il cuscino, al buio.

Martha la osservò correre via senza muovere un dito. Tornò a guardare lo schermo e quella bella fotografia. Sorrise ai sorrisi dei ragazzi di tutto il mondo, al tasto d'invio del formulario d'iscrizione e alla sua cucina nuova.

Tortino al cioccolato con cuore fondente. Crostata cioccolato e pere. Bonbon al cioccolato inondati di sciroppo di mirtilli. Tre piattini rotondi giacevano saccheggiati al centro del tavolino. Anselmo osservava le tracce straziate delle creme scure sulla porcellana rosa e quelle sbavate sulle labbra di Greta. Ed era felice. Anche lei sembrava stare meglio. Si fece un appunto mentale per il futuro: mai sottovalutare gli effetti del cioccolato su quella ragazza.

— Adesso va molto meglio — confermò lei. — È stato un miracolo trovare questo posto aperto a quest'ora.

Pensò a quello che aveva appena detto e scoppiò a ridere.

— Che c'è? — chiese lui divertito.

— C'è che sei un angelo.

— Ah, già. Me l'ero scordato.

Risero di più.

Arrivò una cameriera con uno scontrino.

— Ragazzi, stiamo chiudendo.

Notarono in quel momento di essere rimasti soli nel locale.

— Sì, andiamo.

Si alzarono e raggiunsero la cassa. Greta prese un po' di soldi dalla busta e li diede ad Anselmo.

— Ma dove andiamo poi? — gli chiese.

Entro pochi secondi sarebbero stati di nuovo per strada. La seconda notte all'addiaccio.

— Sono venti euro — disse il cassiere.

Anselmo non rispose. Stava fissando un volantino appoggiato sul bancone. Lettere rosa su fondo azzurro. Una culla. C'era scritto: Bed & Brekfast Pulcinella. La maschera napoletana dormiva su un letto di stelle. Diede i soldi e prese il volantino.

— Qui?

— Lo vedi che sei un angelo!

Si presero per mano e attraversarono una manciata di vie male illuminate. Si fermarono davanti a una porta da cui pendeva una maschera nera. Aprì una ragazza vispa, nonostante l'ora tarda, che diede loro una stanza piccola, pulita, economica. Con un letto matrimoniale di legno scuro.

Rimasero a fissarlo imbarazzati come mai nella loro vita.

— Vorrei... farmi una doccia — sviò Anselmo.

— Sì, anche io.

— Allora vai prima tu.

— No, ma se preferisci vai tu.

— Non ti preoccupare, posso aspettare un momento.

Continuavano a parlare senza guardasi negli occhi. Arrossendo a ogni parola.

— Va bene, allora vado — si decise Greta.

Quando la porta si chiuse, Anselmo sentì il suono sordo di qualcosa cadere. Poi un altro. Uguale. Gli anfibi. Quello acuto della zip. Poi niente. All'improvviso lo scroscio dell'acqua. Il cigolio di una porta. Ancora l'acqua ma una tonalità più bassa. E seppe che Greta era nuda, a pochi metri dal loro letto. Si sdraiò con la testa verso il cielo. Un profumo di sapone salì piano verso il suo respiro. Chiuse gli occhi e sognò un prato, un fiore, una farfalla rossa e il soffio pulsante delle sue ali dentro l'ombelico. Un sole ardente al centro della notte che asciuga la pioggia di stagioni lontane. Lo scroscio dell'acqua si zittì. La porta si aprì e lei uscì velata di vapore bianco come una sposa piccola piccola. I capelli pettinati indietro, le guance rosse di tepore, gli occhi come la rugiada sulle foglie.

— Ho finito.

Teneva le braccia conserte su una lunga canottiera nera. E un piede inclinato.

— Allora tocca a me.

Il bagno era ancora umido. I suoi vestiti buttati su un mobile. Gli anfibi riversi al suolo. Si lavò in fretta. E si ricordò di non avere un pigiama. Maglietta e boxer erano l'unica soluzione. Quando tornò in stanza, per fortuna, Greta aveva già spento la luce. Respirava piano, raggomitolata sotto le coperte. Lo sentì scivolare accanto a lei e poi le sue dita planare delicate sulla sua schiena. Il palmo aperto della mano sulla curva dei fianchi e le braccia salire lungo la pancia fino alla conca sottile delle clavicole e lì adagiarsi lieve. Lo strinse forte, prima che volasse via e si girò, guidata dall'odore buono di strada e di vento. Lui vide una nuvola di farfalle rosse venirgli incontro nel buio. Le catturò con un sospiro e tre parole, una era il suo nome. Le altre due erano un bosco: — Ti amo, Greta.

La pelle chiedeva di essere nuda. I respiri di essere uno. La notte di restare in eterno la prima per lei e per lui.

Il tempo cambia

Il mattino dopo Guido si svegliò prima del solito. Erano tre giorni che suo figlio era partito, si erano sentiti qualche volta. Stava bene. Era con Greta. Lei aveva bisogno di lui in questo momento. Lo capiva. E capiva perché Anselmo avesse messo da parte, almeno per questi giorni, i messaggi e le consegne. Quello che non capiva era che cosa sarebbe successo al loro ritorno. E se suo figlio avrebbe avuto ancora bisogno di lui. Abbandonò a fatica le coperte tiepide e andò a preparare la colazione.

Erano anni che non faceva colazione da solo. Osservò lo stagno di tè nella tazza fumante e vide un vecchio. La barba lunga, i capelli brizzolati, le rughe degli occhi e della fronte. Nello specchio ambrato i colori si fondevano in un'unica tonalità che gli fece pensare a una fotografia antica. Bevve la sua immagine per dimenticarla, ma quando si trovò davanti allo specchio del bagno non ebbe scampo. Oggi la sua faccia gli dava fastidio. Non era la sua. Era cambiata e lui non aveva avuto modo di accorgersi che stava succedendo. Era stato troppo impegnato a guardare altre cose: le biciclette, i clienti, suo figlio. Soprattutto suo figlio. Ma in lui non c'era nulla della sua faccia. Era arrivato dal cielo e aveva nel viso i colori delle nuvole. Niente che avesse a che fare con la sua barba ispida e i suoi occhi scuri.

Forse è questo che accade a un padre quando riconosce qualcosa di sé nel volto di un figlio: sente che il tempo cambia secondo un'amorevole armonia.

Lui sentiva solo fastidio. Un prurito alla base del collo. Insopportabile. Aprì un cassetto che non toccava da molto tempo, prese due scatole di legno e un pennello. Aprì la prima, rotonda, sfregò il pennello bagnato sul fondo chiaro. Divenne schiuma. Coprì la barba con quella crema poi aprì la seconda scatola. Prese la lametta e rasò tutta la pelle del viso. Quando ebbe finito il fastidio era ancora lì. Non bastava. Insaponò il petto e le ascelle e le gambe e passò il rasoio. Ascoltò la sua pelle respirare.

Stava dicendo qualcosa. Le obbedì.

Aprì l'armadio e cercò in fondo a un cassetto. Eccola. La sua tuta da ciclista blu con le scritte gialle. La indossò.

Uscì di casa e camminò veloce verso la ciclofficina. L'aria fresca sugli zigomi. Sulle cosce, sui polpacci. A ogni passo l'epidermide iniziava a ricordare il vento. Quando arrivò davanti all'elica della sua bottega la memoria era completa e lui era pronto.

— Che hai fatto?! — si stupì Emiliano ancora mezzo addormentato.

— Il tempo passa e le persone cambiano.

Emiliano sbadigliò.

— L'ho detto prima io.

Non rispose. Andò spedito verso il retro. Tornò con una bicicletta da corsa. Una Bianchi verde acqua.

— Oggi rimani tu qui.

Si mise in sella alla bici, infilò i piedi nei pedali e spinse. Sentì le gambe tremare. Lo stomaco stringersi. Una macchina frenare e un bimbo strillare. Poi sentì l'aria sulle gambe e la seguì.

— Hai studiato storia?

— No.

Emma non apriva un libro da una settimana. Aveva avuto cose più urgenti da fare. Lucia sgranò gli occhi.

— E se la Moretti ti interroga?

Normalmente questa domanda l'avrebbe messa in agitazione. Non molto, solo un poco. Quel tanto che bastava per svegliare l'attenzione. E invece non le faceva nessun effetto.

— Oggi non interroga, me lo sento — rispose guardando il banco vuoto di Greta.

— Sì, ma se ti interroga?

S'innervosì.

— Ti ho detto che non lo farà.

— Va bene, scusa. Ma che è successo? Sei nervosa?

Le rispose con stizza.

— Non sono nervosa! Sono solo sicura che non interrogherà.

E, come sempre, aveva indovinato. La Moretti quel giorno non interrogò, propose invece un compito in classe a sorpresa.

— Compitino di date. Dieci date, dieci eventi storici da descrivere e dieci punti per chi li conosce tutti. Ogni errore tolgo un punto. Siate sintetici.

Nell'aula calò il gelo totale. Emma invece sentì un calore crescente salirle alla testa. Un brutto voto in storia sarebbe stata la fine per lei. Sua madre l'avrebbe chiusa in un trolley di marca e spedita in Cina il pomeriggio stesso. Doveva fare qualsiasi cosa per impedirlo. E fece la prima cosa che le venne in mente.

— Mi scusi, professoressa, ma che senso ha?

La Moretti la guardò come fosse un insetto.

— Come dici, Kildare?

— Una lista di date non è esattamente quello che io intendo per STORIA.

— Interessante. E che cosa intendi tu per STORIA?

Pensava di azzittirla e invece lei alzò la voce.

— Una materia più complessa della sterile sequenza temporale di eventi. Che tenga in considerazione l'evoluzione del pensiero, della società, degli equilibri politici.

La donna rimase a fissarla allibita. L'alunna si sentì in diritto di rincarare la dose.

— Fare questo compito è inutile, a mio avviso.

— E che cosa dovremmo fare stamattina allora, a tuo avviso?

— Qualcosa di utile, per esempio.

Lucia sbiancò.

— Smettila. Che ti prende?! — le sussurrò.

Non lo sapeva neppure lei. Ma non riusciva a fermarsi.

— Vuoi proporre un'attività curriculare da sottoporre al ministero dell'Istruzione? Perché, sai, sono davvero molto sensibili alle richieste degli studenti. Non so se l'hai sentito dire.

— A dire il vero no. Tutto il contrario invece.

— Allora forse potremmo parlarne con il preside. Lui è un'autorità più facilmente raggiungibile.

— Sì, mi sembra una buona idea.

— E di che cosa gli vuoi parlare esattamente? Perché io avrei da sottoporgli un paio di osservazioni sul tuo comportamento.

— E io avrei da sottoporgliene un paio sulla sua preparazione e sui suoi metodi didattici, prof.

Occhei, stava esagerando.

— Emma, basta! Cavoli! — stavolta Lucia le diede anche un pizzicotto sulla gamba per farla ragionare ma non c'era niente da fare. Aveva la faccia arrabbiata di chi cerca vendetta. Anche se Lucia non riusciva davvero a capire perché.

— Kildare, ti avviso. Stai passando il segno. Esigo delle scuse.

Aveva perso il controllo. Non c'era niente che potesse fermarla. Negli occhi la stessa rabbia di ieri notte. E la stessa frustrazione.

— Non ho detto niente di cui mi dovrei scusare. Sono pronta a ripeterlo davanti al preside se è necessario.

— Non solo è necessario, è esattamente quello che faremo. E ci saranno anche i tuoi genitori.

Ecco qualcosa che la fermò.

—Verranno convocati oggi pomeriggio. E domani potrai raccontare questa *storia* davanti a loro. Che ne dici?

Se avesse avuto una camera buia e un cuscino sotto al quale infilare la testa nel raggio di pochi metri, si sarebbe nascosta lì sotto, come la notte prima.

Invece davanti a lei c'era solo il banco vuoto di Greta. E troppi occhi puntati addosso.

Non poteva cedere.

— Ottimo — concluse superba.

Quando Anselmo aprì gli occhi il sole era già alto. Aveva una mano di Greta sul collo. L'altra penzolava giù dal letto. Lei dormiva ancora, con le braccia spalancate come una stella piccina. Appoggiò delicatamente la mano della ragazza sul cuscino, ci mise dentro un bacio e scivolò fuori dal letto. Quando uscì dal bagno si era svegliata, si era vestita e stava rifacendo il letto.

— Buongiorno.

— Buongiorno — rispose senza guardarlo.

La osservò un momento. Sembrava nervosa. Le prese le mani.

— Come... stai?

Non lo sapeva. Un turbine di emozioni ribolliva sotto pelle. Non aveva dormito molto. L'aveva guardato mille volte nella notte. Sdraiato accanto a lei. Respirando piano, senza riuscire a capire che cosa era successo. E tremando per quello che ancora doveva accadere. La loro prima notte, forse, sarebbe stata anche l'ultima. Oggi avrebbe incontrato suo padre e poi sarebbero tornati a Roma. E lui avrebbe ricominciato a dare la caccia alle scie nel cielo.

— Tu... io... ho paura — riuscì a balbettare. — Non voglio perderti un'altra volta.

Gli occhi le si riempirono di lacrime. Le cacciò giù con un respiro.

— Scusa, non dovrei dire queste cose.

— Neppure io voglio perderti. Però non so che cosa devo fare.

Vide gli occhi di lui velarsi e scostò lo sguardo. Il cielo fuori dalla finestra era più cupo. Il tempo stava cambiando.

— Perché non c'è una scia luminosa che ci dice dove andare?

Anselmo seguì lo sguardo di Greta fra le nuvole e strinse più forte le sue mani.

— Oggi sappiamo dove andare.

Tornarono a guardarsi.

— Sì.

— Ogni cosa accade quando è il momento. E questo è il momento di incontrare tuo padre. Io sono qui. Ci andiamo insieme.

Gli diede un bacio con gli occhi chiusi. Quando li aprì non piangevano più.

— Stanotte... io...

Greta non ebbe il coraggio di continuare, lo fece Anselmo per lei.

— Per me era la prima volta — sussurrò.

— Anche per me.

— Nessuno può portarci via stanotte. È per sempre.

Non era una riposta. Ma scese dolce nel petto e sciolse la paura.

Quando chiedi perdono

E adesso che cosa succederà? — le domandò Lucia all'uscita da scuola.

Emma aprì il lucchetto della sua bici. — L'hai sentita. Convocherà i miei genitori.

— E che cosa gli dici quando torni a casa?

Appoggiò la catena su una spalla. Poi la chiuse sul fianco sistemandola a tracolla, come faceva sempre Greta.

— Non torno a casa.

Lucia tremò.

— A me non sembra una buona idea.

Era la prima volta che non accoglieva una delle pensate della sua amica con il consueto entusiasmo.

— A me sembra la migliore idea che abbia mai avuto.

— E dove andrai?

In ciclofficina, per cominciare. Aveva bisogno di vedere Emiliano.

— Vado a fare un giro in bici.

— Vuoi che venga con te? — propose l'altra salendo sulla sua Graziella. — Però prima devo avvisare la mamma. Le ho promesso che l'aiutavo oggi pomeriggio. Non posso venire con te in ciclofficina ma se vuoi ti accompagno per un pezzo e parliamo un po'...

— No. Non ti preoccupare.

Era molto preoccupata, invece. Da stamattina, Emma aveva addosso un'espressione cupa che non le aveva mai visto. Quando aveva litigato con la Moretti poi, il suo sguardo era diventato perfino più inquietante. Doveva essere successo qualcosa. Qualcosa di cui non aveva nessuna voglia di parlare.

— Emma?

— *Mm*?

— Io volevo dirti che... insomma quando avevo qualche problema te l'ho sempre detto e tu mi hai aiutato. Adesso, se vuoi, possiamo fare il contrario.

— Io... grazie. Ma non mi va.

Esistono persone che si aggrappano tenacemente ai problemi degli altri per non abbracciare mai le loro paure. Emma, in questo momento, voleva un solo abbraccio e andò a prenderselo.

— Ci vediamo domani.

Salì in bici e scivolò via.

— Va bene, se cambi idea sono qui — disse Lucia al vento.

Mezz'ora dopo Emma frenò nel bel mezzo di via Gentilini.

— Funzionano bene i freni. Brava — le sorrise un ciclista tagliandole la strada.

Aveva abiti da gara, una tuta blu con le scritte gialle, il viso arrossato per le fatica e un sorriso sfolgorante.

— Non mi riconosci?

— Guido! — realizzò.

— Sì, sono io. Sono tornato.

S'infilò nella propria bottega e salutò Emiliano.

— Puoi andare, qui ci penso io. Devo riparare alcune cose.

— D'accordo, capo. Se vuoi ti do una mano.

— Non credo che ne avrai il tempo oggi pomeriggio...

Emma entrò annunciata da un cenno complice del capo.

— Che ci fai qui? — l'accolse lui sorpreso.

Si avvicinò a lui e lo strinse. — Sono scappata di casa — sussurrò.

— Anche tu?

Fece il primo sorriso della giornata.

— Sai, le mie nuove amicizie hanno un pessimo influsso su di me. Non te n'eri accorto?

— No. Mi sembravi felice.

Infatti lo era. Come mai nella sua vita.

— Dillo a mia madre.

Aveva un'idea migliore. — Facciamo un giro?

Emma guardò lo schermo del telefono. Era l'una. Fra una decina di minuti la madre l'avrebbe chiamata per sapere che fine avesse fatto. Pigiò un tasto rosso e lo schermo le chiese se volesse spegnere il cellulare.

— Ok.

A pochi isolati dalla casa di suo padre, Greta si fermò in mezzo alla strada senza riuscire a muovere un altro passo.

— Che c'è? — le chiese Anselmo.

— Aspetta.

Le ubbidì.

— Vuoi che parliamo ancora un po'?

— No... io... — tentennò la ragazza presa da un momento di panico puro.

Lui rimase lì a guardarla con occhi placidi come certi laghi di montagna.

— ... Io voglio presentarti un lupo — inventò Greta.

Lui la guardò stranito. Poi lesse nel suo sguardo una specie di supplica. Quella di una bambina spaventata.

— Va bene.

Greta mise la mano nello zaino e gli mostrò un pupazzo di pezza.

— Come si chiama?

— Lupo.

Sorrise.

— È buono o cattivo?

— È cattivo.

— Anche se ha il pelo bianco come una pecorella?

— Se lo dici un'altra volta ti morde.

— Scusa, Lupo.

— Lupo non vuole andare in quella casa. Vuole andare al mare. Non ci è mai stato. È curioso.

— Secondo me non gli piace. Fa troppo caldo.

— Però lui ci vuole andare lo stesso.

Silenzio.

— Perché Lupo non vuole andare in quella casa? — azzardò Anselmo.

— Perché lì c'è mio padre.

— Lo conosce?

— Sì, è stato lui a regalarmi Lupo.

— Non lo sapevo.

— Non te l'avevo detto.

— Mi avevi detto che era andato via quando sei nata.

— È quello che avrei voluto. Non ne parlo mai, ma quando mi è capitato ho detto sempre così. Ma non è la verità. L'ultima volta che l'ho visto io avevo tre anni e lui aveva questo regalo in mano.

Anselmo osservò il pupazzo. Era buffo. Non sembrava per niente feroce. Ma Greta non doveva saperlo.

— Allora portiamo anche Lupo. Così se tuo papà è ancora

cattivo lo morde e ci salva. Se invece è buono, lo morde e lo punisce per essere stato cattivo.

Greta scoppiò a ridere.

— Tu che dici, Lupo?

Greta lo mosse su e giù.

— È un sì?

— Sì.

Rimise il pupazzo nello zaino e lo zaino sulle spalle e gli rivolse uno sguardo rischiarato.

— Lupo dice che sei simpatico.

Maurizio Bianchi versò tre cucchiaini di zucchero nella caffettiera e mescolò velocemente. Miscelare lo zucchero direttamente nella moka era un'abitudine che aveva preso a Napoli. «Altrimenti lo raffreddi e il caffè freddo è triste» diceva sempre sua moglie. Non era vero, ma le donne gli avevano insegnato quanto fosse pericolosa la verità, e i napoletani quanto fosse importante il caffè. Adesso aveva una moglie napoletana.

— Grazie, amore.

La donna prese la tazzina bollente e bevve un sorso. Inspirò soddisfatta. Gli diede un bacio.

— Papà? — lo chiamò suo figlio.

— No, Vittorio. Tu non lo puoi bere.

Il piccolo batté una manina sul tavolo di plastica del seggiolone. Ma non stava fissando ostinatamente la tazzina, come faceva tutte le volte che sentiva odore di caffè nell'aria. Gli occhi verdi erano puntati verso un luogo lontano, oltre la finestra.

— *Guahdaaa.*

C'era qualcuno fuori dal cancello. Due ragazzi. Il campanello suonò.

— Chi è? — domandò Vittorio.

Mamma e papà si scambiarono uno sguardo perplesso.

— Aspetti qualcuno?

— No.

— Din, don. Chi è? — ripeté il bimbo.

Il padre si affacciò. Il ragazzo alzò la mano in cenno di saluto. La ragazza rimase immobile. Andò al citofono.

— Sì?

Rispose la voce della ragazza.

— Sono Greta.

La tazzina gli cadde dalle mani e andò in briciole. Il bambino scoppiò in lacrime e la mamma lo prese subito tra le braccia.

— Maurizio, che cosa succede?

— È… mia figlia.

Una gioia incredula allagò i suoi occhi neri. La donna raccolse una lacrima con un dito.

— Papà piange?

— Sì, piange perché è felice.

Il bambino li guardò perplesso.

— Vedi, ci sono due persone che sono venute a trovarlo.

Sua moglie gli fece una carezza.

— Adesso papà va a fare una passeggiata con gli amici. Guarda che bella giornata…

Il bambino si calmò.

— *Ittoio?*

— Vittorio aspetta qui con la mamma. Facciamo un bel disegno per papà.

Il bimbo afferrò una ciocca di capelli neri della mamma.

— *Amo bau?*

— Certo. Disegniamo un bel cagnolino.

Sorrise a suo marito e schiacciò il pulsante per aprire il cancello.

— Vai. Ti aspetta.

L'uomo uscì dalla porta tremando. Si avvicinò a passi piccoli e incerti. Aprì il cancello lentamente, svelando piano la figura piccola della sua bambina.

— Sei qui. Tu sei qui.

Allungò le mani verso il suo viso, voleva accarezzarla per sapere che era vero. Che il giorno che aspettava da dieci anni era arrivato.

— Piccina.

Era alto, davvero. Come aveva detto la mamma. E aveva i capelli biondi, come lei. Il resto era confuso dalla pulsazione violenta del suo cuore. Greta si scostò. Non voleva quella carezza. Era troppo presto. Il padre abbassò la mano comprensivo, ma gli occhi continuarono a brillare di gioia.

— Vi porto al mare.

Era proprio una frase da papà. Da domenica pomeriggio con papà. Suonava bellissima e inaudita.

— Forse preferite rimanere soli... — suggerì Anselmo.

— No — lo implorò lei.

— Vieni anche tu. Mi fa piacere. Come ti chiami?

Disse il suo nome. Disse altre cose. Anche Maurizio parlò. La strada scorreva sotto i loro piedi. La spiaggia si avvicinava. Le onde brillavano sotto il sole sempre più prossime ai loro passi. Si trovò seduta su un tronco accanto al bagnasciuga senza sapere come. Poi la voce di suo padre le chiese: — Come hai fatto a trovarmi?

Osservò il mare e il suo moto indifferente. Cercò di rilassarsi nel viavai dell'acqua.

— Ho trovato le tue lettere.

Non riuscì ad andare oltre. Anselmo raccontò il resto del viaggio per arrivare da lui.

— E come va la vita a Roma? Vai a scuola?

Greta sentì la risacca del mare trascinarla via e lasciare un vuoto. Certo che andava a scuola, tutte le ragazze della sua età vanno a scuola. Che domanda era?

— Sì.

— E ti piace?

Un'altra domanda di niente. Aveva fatto tutta questa strada per far presente a suo padre il proprio parere sulle giornate scolastiche? Questa conversazione iniziava a diventare insopportabile. Nel vuoto comparve un abisso. Dall'abisso emerse un'ombra rabbiosa.

— Perché? T'importa qualcosa?

Maurizio abbassò gli occhi.

— M'importa molto. Ci penso ogni giorno da quando me ne sono andato.

Greta guardò il cielo e l'ombra disse: non è vero. Altrimenti sarebbe tornato. Se gli mancavi così tanto sarebbe tornato. E invece no. Sa solo parlare.

Il padre continuò a parlare.

— Ci sono giorni in cui mi sembra che farti domande così banali sia l'unica cosa che m'importa. Altri giorni in cui faccio finta che ci sono cose più importanti e poi mi rendo conto che non è vero. Ma i peggiori sono quei giorni in cui mi ricordo che tutto questo succede per colpa mia. E vorrei chiederti perdono. Ma tu non ci sei.

Non è vero. È lui che non c'è. È molto diverso. È lui che se n'è andato. È molto diverso. Disse l'ombra.

— Se t'importava rimanevi.

Greta fece una fatica enorme per dirlo. Come spostare tutto il mare con il fiato di una sola frase.

— Avrei potuto. Ma non sono stato capace.

Lo guardò come per ucciderlo. Lui si difese deponendo le armi.

— Quando tu sei nata ho avuto paura. Eri una cosa così piccola e insieme sterminata. Come le onde. Vedi, sono piccole, quando sono lontane, e poi diventano sempre più grandi. Ti ho visto arrivare e ho avuto paura che sarei stato travolto da un'onda troppo grande. Che avrebbe distrutto la mia vita. E sono scappato.

L'ombra diventò grande come Greta. La sentì infilarsi sotto la sua pelle. Millimetro dopo millimetro fino agli occhi. E oscurare il cielo. Si voltò verso il padre.

— E invece la mia vita l'ho distrutta andandomene. Ma questo l'ho capito molti anni dopo, quando sono rimasto veramente solo. Mi vergogno di quello che ho fatto. Io spero che tu possa perdonarmi — sussurrò lui.

Allungò una mano cercando quella della figlia. Trovò un pugno.

— Non mi toccare.

Il braccio scattò e cacciò la mano di suo padre con un un gesto rapido del polso. Avrebbe voluto abbracciarlo. Davvero. E non pensare mai più agli anni passati. Al loro dolore. Alle loro ombre. Avrebbe voluto, ma non ci riuscì. Come si abbraccia un papà? Non lo sapeva. Non se lo ricordava. Allora fece quello che sapeva fare. Il pugno partì dritto come un proiettile verso la pancia del padre. Prima che lo colpisse qualcosa la fermò. Anselmo, alle sue spalle.

— Calmati.

Sentì il soffio del suo respiro caldo.

— Lasciami!

— No.

— Vattene. Non ti voglio più vedere.

— Non me ne vado.

Il ventre si strinse in un nodo che la spezzò in due. Una era lei. Una era l'ombra. Arrivò un'onda enorme e portò via il nero della sua rabbia. Rimase a fremere di freddo spogliata della sua armatura.

Anselmo la adagiò piano sul tronco. Aprì lo zaino e prese il suo lupo. Lo mise sulle ginocchia di lei.

— Adesso me ne vado. Ma torno fra poco.

Salutò il padre di Greta e si allontanò sulla spiaggia, senza perderli di vista neppure un istante.

— Il cane bianco. Ce l'hai ancora. Doveva fare la guardia al tuo letto. È stato bravo?

— Non è un cane è un lupo.

— Allora sarà stato bravissimo.

— Lui sì.

— Io no.

— No.

— Avevo ventitré anni quando ti ho regalato questo... lupo. Quando sei nata ne avevo venti. Ho provato ad essere un bravo papà, ci ho provato per tre anni. Ma non ci sono riuscito. Ero un ragazzino egoista e spaventato. Non sapevo prendermi cura di me. E quindi neppure di una donna e di una figlia. Non ho neppure avuto il coraggio di lasciarla, tua madre. Un giorno mi hanno offerto un lavoro a Napoli e me ne sono andato senza dire niente. Ho passato un anno a cercare di convincermi che avevo fatto la cosa giusta. Che tanto non sarei mai stato un buon padre. Che era meglio così anche per te e per Serena. Poi ho capito che erano tutte bugie. Che mi mancavate da morire. Allora ho chiamato tua madre per chiederle perdono. Per dirle che non avevo smesso di amarla e che pensavo sempre a lei. E a te.

— E lei che cosa ha detto?

— Ha detto: il pensiero non basta. Ha detto di non chiamare mai più. E allora ho iniziato a scriverti.

— Potevi venire lo stesso. Potevi chiedere scusa per davvero.

— Quando chiedi perdono chiedi fiducia. E io non avevo dimostrato di meritarmela.

— Potevi riprovarci. Potevi fare di più.

— Lei non voleva. Ti stava proteggendo.

— No. Mi stava nascondendo la verità. E le tue lettere.

— Se non avesse voluto fartele leggere, un giorno, le avrebbe bruciate. E invece le ha conservate. È stata più saggia di me. Sapeva che non era ancora il momento. Che tu eri troppo piccola per comprendere una verità così dura. E ha aspettato il momento giusto.

— Il momento perfetto...

— Che cosa?

— Niente. Non ti riguarda.

— Tre anni fa il destino mi ha dato un'altra possibilità. Ho incontrato mia moglie e mi sono sentito pronto per avere un figlio. Ma non ti ho dimenticata. Ho sempre sperato di rivederti un giorno. Oggi è quel giorno. E io ci sono.

— Ti odio.

— Vuoi tirarmi un pugno?

— Sì.

— Me lo merito. Colpiscimi.

Greta valutò la cosa. Poi si morse un labbro.

— No.

— Allora ascoltami, anche se non me lo merito. Se hai avuto il coraggio di fare questo lungo viaggio per essere qui, significa che anche tu sei pronta. Che il tuo cuore vuole sapere, può comprendere, saprà perdonare. Succede così. Io lo so.

— Tu non sai niente di me.

— Allora raccontami la tua storia. Non ti chiedo altro.

— Io... non...

— Quando vorrai tu. Abbiamo tutto il tempo che ti serve. Io non scappo. Non scapperò mai più.

— Come faccio a sapere che non è un'altra bugia?

— Chiedilo al tuo lupo. Lui non ti mentirebbe mai.

Le onde andarono e tornarono sulla spiaggia dieci volte. All'undicesima Greta guardò suo padre dritto negli occhi.

— Prendi il mio lupo e dallo a tuo figlio. Così sarò certa che non te ne andrai perché ci sarà lui a fare la guardia.

E tu saprai che tornerò per riprendermelo quando sarà il momento giusto.

— Greta… grazie.

Il mare e tutte le sue onde si sciolsero dentro al petto con una cascata celeste. Pianse. Rise.

— Mio figlio voleva un cane, ma un lupo è meglio.

— Molto meglio.

— Forse… potresti darglielo tu?

— Io? Non credo…

— Non importa. Io però ti prometto che non scapperò mai più. Ho troppa paura del lupo.

— Fai bene, papà.

Tramonto lungo un chilometro. Nuvole sfrangiate e cemento. Sulle finestre del Corviale un riflesso porpora. Emma ed Emiliano pedalavano nella direzione opposta da qualche ora.

Roma sembra non finire mai quando sei in bicicletta e, a tratti, non sembra neanche Roma. Alcune vie con le case basse, i gatti pigri e i rampicanti fioriti fanno credere di trovarsi in un borgo di provincia, poi finisci su una salita a quattro corsie e ti ricordi di essere nel traffico della capitale, ma all'improvviso si apre la campagna e prati a perdita d'occhio e orti abusivi tra i tralicci dell'alta tensione e di nuovo sei altrove, fino a quando i bar e i locali non cominciano a bordare le strade con la languida morbidezza dei tavolini coperti dalle tovaglie gonfiate dal vento e allora immagini il lungomare dove scorre un fiume di turisti. Attraversarono tutte queste città e le ore pomeridiane fino a quando fu notte.

— Non voglio tornare a casa — confessò Emma.

— Vuoi dirmi perché? — domandò Emiliano.

— No, preferirei di no.

— Preferiresti un divano?

Sorrise.

— Credo di sì.

Un'ora dopo erano sul divano rosso ciliegia della ciclofficina.

— Ho le gambe a pezzi — si lamentò lei.

— Siediti.

Emiliano le prese le caviglie tra le mani e le appoggiò sulle ginocchia.

— Rilassati adesso.

Sfilò le ballerine azzurro confetto e raccolse il suo piede destro tra le mani. Era bianchissimo. E punteggiato di piccole macchie brune sul collo.

— Hai le lentiggini anche sui piedi...

— Lo so — sbuffò lei.

— Io invece non lo sapevo.

Sentì i pollici salire lungo l'arco del piede.

— Mi fai il solletico.

— *Shhh.*

Poi intorno ai talloni e lungo le caviglie fino alla base dei polpacci. E poi su, raggiungendo il ginocchio. I muscoli stanchi iniziarono a sciogliersi sotto le dita. Non rideva più. Socchiuse gli occhi come un gatto. E fece un respiro profondo.

— Come va?

— *Shhh.* Non smettere.

Sorrisero. Continuò.

Prese l'altro piede e cominciò a massaggiarlo. Scalò le caviglie con brevi passi profondi degli indici e raggiunse la cima, al confine dei calzoncini di lino rosa. Sentì un brivido percorrere la pelle pallida di lei. Sollevò le mani a pochi centimetri dal suo volto.

— Finito.

Emma aprì gli occhi. Ne voleva ancora, ma fece finta di no. Lo baciò sulle mani.

— Grazie.

Lui le afferrò il viso con una mano. Con l'altra i fianchi. L'attirò verso di sé con gentilezza. La baciò sulle labbra. Sentì le sue dita salire lungo la schiena, sotto la maglietta a righe orizzontali. Giocare un poco con l'elastico del reggiseno per poi arrampicarsi lungo le vertebre fino al collo e chiudersi intorno alla nuca come i petali intorno alla corolla. Ed Emma non sentì più le sue dita ma un dolore lacerante. Sul collo. Dove era stata la collanina d'oro. Lo stesso di quel giorno. Il primo, in cui vide Emiliano e lui la derubò.

— Fermati! — gli intimò all'improvviso.

Si allontanò subito.

— Che cosa c'è?

— Scusa. Io… non lo so.

Non era vero. Lo sapeva. Ma non voleva parlarne più.

— Non devi scusarti. È colpa mia. Lo so.

Rimasero fissi l'uno negli occhi dell'altra. Le ultime settimane scorsero sulle iridi immobili come fotogrammi di un film. Emiliano vide se stesso strappare quella catenina e Emma tremare di paura. Abbassò gli occhi e si allontanò rispettoso.

— Sono io che ti chiedo perdono.

Vide la testa rossa poggiarsi sul suo petto come un pettirosso nell'incavo di un tronco. L'accolse fra le mani e si stese sul divano, tenendola con delicatezza. Poi spense la luce. Ascoltò il respiro di lei quietarsi e rallentare. Si addormentarono così.

Quello che so

Gheta?

— Dimmi, Vittorio.

— Lupo è *sohella?*

Greta osservò il bambino rannicchiato fra le braccia della madre. La guardava serio, come se la domanda fosse di capitale importanza. Poi guardò il pupazzo bianco ancora fra le proprie mani. Non sapeva che cosa rispondere.

— No, amore — le venne in soccorso la donna. — Tua sorella è Greta.

Tese le braccia piccine verso di lei e, all'improvviso, Greta se lo trovò appeso al collo. Quel bambino era morbido e profumato. Faceva pensare a una pagnotta appena uscita dal forno. Rimase impietrita, non aveva idea di che cosa fare con quel fagotto. Fu il piccolo a prendere in mano la situazione: fece una carezza al pelo candido del lupo e poi una a sua sorella.

— Lupo è *sohella*. *Gheta* anche è *sohella*.

Aveva deciso così. Erano tutte e due sorelle. Che avessero il naso come un bottone o no. Non faceva differenza. Questo gioco nuovo che si chiamava sorella gli piaceva lo stesso. E infatti si fece una risata profonda, assoluta, come solo i bambini sanno. Greta arrossì, per l'imbarazzo e l'emozione.

— *Gochamo?*

— Adesso Greta deve andare a casa, ma torna presto. E potrete giocare tante volte — spiegò la mamma.

— Nooo — si rabbuiò il fratellino.

Ma Greta sapeva finalmente che cosa dire.

— Ti lascio il lupo.

Glielo mise fra le mani.

— Devi fargli tante carezze, tutti i giorni. E raccontargli le storie più belle che conosci. Così lui è un lupo felice.

Lui abbracciò l'animaletto e chiuse gli occhi.

— Felice.

Sentì un'altra carezza piovere dal cielo sulla sua fronte. Alzò gli occhi e vide suo papà.

— Molto felice — aggiunse il babbo. E le diede un bacio sulla fronte.

— Forse dobbiamo andare adesso. L'ultimo traghetto è

fra mezz'ora — disse lei prima che il cuore le scoppiasse per tutte quelle carezze.

— Vi accompagno al porto. Possiamo caricare la bici di Anselmo in macchina.

— Aspettate — lo fermò Anselmo. — Mi ero dimenticato di questa. È sua?

Prese la sciarpa a righe dalla borsa e la mostrò al padre. Lui la osservò incredulo.

— Sì, l'avevo persa. Ma come... dove l'avete trovata?

— A Roma. Davanti al laghetto dell'EUR.

Lui la prese tra le mani e la studiò senza sapere che cosa pensare.

— Sono stato lì un paio di mesi fa. Era ancora inverno. Speravo di incontrarti, Greta. Ti avevo anche scritto una lettera...

La figlia ricordava quella lettera. Era stato Anselmo a trovarla. Come la sciarpa.

— Io... non so. C'è qualcosa di... insomma se è una coincidenza è davvero... meravigliosa — rimuginò il padre.

Greta e Anselmo non si guardarono ma entrambi sentirono il cuore dell'altro perdere un colpo.

— Tienila tu — propose Maurizio a sua figlia. — Una sciarpa per un lupo.

Lei accettò.

— Grazie.

— *Gassie*, papà — si unì il piccolo. E tornò fra le sue braccia.

Greta lo accompagnò con un'occhiata malinconica mentre passava nell'abbraccio della mamma. Il bimbo e il lupo rimanevano lì, bianchi come una nuvola. Lei partiva. Sentì la mano di Anselmo stringersi alla propria. Adesso era lui la sua nuvola.

— Torna quando vuoi. Ti aspettiamo — la salutò la moglie. — Fate buon viaggio.

Uscirono nella notte appena iniziata. Caricarono la bici in auto. Corsero verso il molo. Il traghetto brillava sulle onde scure, inghiottendo una sparuta coda di macchine nella sua pancia. Anselmo entrò pedalando.

— Ti aspetto sul ponte.

Greta e suo papà rimasero soli ancora un momento.

— Chiamami quando arrivi a casa. E anche dopo. Quando vuoi, io ci sono.

— Ti... scrivo una lettera — rise.

Lui invece si fece serio.

— Tu sei arrivata due volte nella mia vita. La prima volta non ero pronto. Adesso sì. Grazie di essere tornata.

Si strinsero. Nelle sue braccia lei sentì che era vero. Che era tutto diverso, adesso. Il tempo aveva portato a termine la sua opera e lei aveva saputo intendere le incomprensibili trame del suo disegno. E tornare.

Guardò suo padre. Era alto. Ma oggi anche lei si sentiva alta, fino alle stelle.

— Come stai? — le chiese Anselmo quando la vide emergere dalla scaletta del pontile.

— Molto bene.

Si sedette al suo fianco e vide qualcosa che non vedeva da troppo tempo. Il diario. Anselmo lo teneva chiuso tra le mani, un dito nascosto fra le pagine.

— Hai una penna? — chiese al ragazzo.

Gliela diede.

— Devo scrivere una cosa...

— Scrivi qui.

Le porse il diario.

Tentennò. Come se l'intimità di quelle pagine la mettesse in soggezione. Lui le lasciò il libro sulle ginocchia e si alzò in piedi. Si affacciò al parapetto e osservò l'isola di Capri allontanarsi piano piano. Le finestre delle case diventare stelle piccole sospese come un incantesimo in mezzo al mare. Quando furono scomparse, tornò da lei. Il diario era chiuso sulla panchina al suo fianco, sul posto dove prima sedeva lui.

— Puoi leggere se vuoi.

Sfogliò emozionato le pagine fino all'ultima. Quei fogli erano il luogo più intimo della sua anima. Averle divise con Greta gli sembrò naturale e insieme miracoloso. Lì poche lettere lievi dicevano:

Non so che cosa c'è scritto nel cielo, non so che cosa porterà il vento, quello che so è che nel cuore di tutti noi c'è scritta una parola felice. Nascosta come una cosa preziosa. Si vede raramente. Solo quando è arrivato il tempo. E io so vedere quel momento e aspettarlo.

Le lettere fecero eco con qualcosa che era scritto nel cuore di Anselmo. Il riverbero della loro voce spumeggiò come vento dentro alle sue vene. Ammirò la sua compagna di viaggio con una pazza speranza negli occhi.

Uscirono dalla ciclofficina molto presto. L'aria del mattino, mossa da un vento fresco, li svegliò adagio, al ritmo lento dei colpi di pedale. Arrivarono davanti alla scuola con i capelli spettinati e un rossore quieto sulla pelle, ma quando Emma vide i suoi genitori davanti all'ingresso quella quiete mattutina sparì e il cuore prese a battere come un martello.

— Te ne devi andare — ordinò nel panico a Emiliano.

Lui afferrò la situazione al volo.

— Sei sicura? Se vuoi resto.

— No. Meglio di no. Ti chiamo dopo.

Fece inversione. Non era sicuro fosse la cosa giusta da fare, ma era quello che lei voleva. E gli bastò. Emma respirò a fondo cercando di calmarsi. Legò la bicicletta e andò incontro al suo destino.

— Ciao.

Sua madre la zittì con un'occhiata gelida.

— Parleremo di quello che hai fatto più tardi.

Voltò lo sguardo verso la schiera di studenti attorno a loro. Non era il caso di dare spettacolo davanti a tutta quella gente.

— Fra mezz'ora abbiamo appuntamento con la professoressa Moretti. Ti ho portato qualcosa di pulito. Andiamo. C'è un bar qui all'angolo.

Le diede un sacchetto con abiti freschi di bucato e s'incamminò verso il locale. Emma guardò suo padre senza muovere un passo. Lui le restituì uno sguardo indecifrabile e prese la direzione di sua moglie. La figlia abbassò la testa sconfitta e seguì i genitori. Si sedettero a un tavolo defilato e ordinarono due caffè e una spremuta d'arancia, ma Emma non riuscì a berla. Quando tornò dal bagno suo padre era barricato dietro l'alta muraglia del quotidiano, concentrato sui problemi del mondo, e sua madre aveva estratto dalla borsetta un piccolo flacone trasparente.

— Tieni, darling.

— Mamma, io devo dirti…

— Tu non devi dire niente. Ci penserà tuo padre. Adesso metti un po' di profumo. C'è puzza… di polvere.

Obbedì. Sentì l'odore di quella notte soffocare nel tanfo melenso della colonia di sua madre. Le si chiuse lo stomaco.

— Bene.

Il muro di carta di giornale si piegò all'improvviso con un fruscio.

— C'è qualcosa che dobbiamo sapere a proposito di questa notte?

Emma sentì il sangue farsi ghiaccio.

— Ho dormito da amici e poi sono venuta a scuola.

— Ne riparleremo a casa. Con calma — intervenne Martha. — Siamo sicuri che saprai spiegarci le tue ragioni.

— E che questa sarà l'ultima volta che vedrai quelle persone — commentò il signor Kildare.

Guardò l'orologio. Appoggiò il giornale sul tavolo insieme a una banconota. Si alzò. Uscì dal bar. Mamma e figlia lo seguirono in silenzio.

Nessuno disse altro fino a quando non incontrarono la professoressa Moretti. Gli adulti si salutarono, si strinsero la mano, si sedettero a un tavolo. Emma li osservava da una distanza irreale, prendendo posto con loro.

— Signori Kildare — esordì la prof. — Ho voluto parlare con voi perché ho l'impressione che Emma sia particolarmente nervosa nelle ultime settimane. Il suo rendimento come sempre è ottimo ma mi sembra che ci sia qualcosa che la disturbi. L'alunna è distratta e, se ripresa, risponde in maniera decisamente inappropriata.

Sembrava che la donna stesse leggendo le frasi da un libro. Come se le lettere fossero stampate nell'aria tra lei e i genitori. Emma non esisteva, parlavano di lei e nessuno l'aveva guardata neppure una volta.

— Che cosa intende per inappropriata? — domandò il padre.

— Intendo presuntuosa, signor Kildare. Emma pretende di decidere che cosa abbia rilevanza all'interno di un programma didattico approvato dal ministero e sperimentato in tanti anni di insegnamento.

— Lei crede che la scuola debba scoraggiare una mentalità critica nell'educazione dei ragazzi?

— Io credo che ai ragazzi debbano essere dati gli strumenti per sviluppare una mentalità critica. Prima gli strumenti, poi la critica. Non so se mi spiego.

— Perfettamente. Lei crede che Emma non abbia gli strumenti?

La donna osservò il padre di Emma con la stessa espressione che aveva poco prima di interrogare qualcuno.

— Se li avesse già sarebbe inutile per lei venire a scuola. Non crede?

— O forse sarebbe inutile venire in questa scuola.

Emma vide un muscolo scattare sul lato della guancia della professoressa.

— È un'ipotesi. Ma fino a quando sarà una mia allieva è mio preciso dovere assicurarmi che sua figlia abbia la possibilità di imparare quanto previsto dal programma didattico.

Fece una pausa.

— Ma questa è una piccola parte del mio lavoro. Io educo le nuove generazioni. Qui vivono in una piccola società che si chiama classe, fuori di qui vivranno in una grande società che si chiama mondo. Quello che so del mondo è che ci sono regole che vanno rispettate se si vuole arrivare da qualche parte.

L'uomo sollevò le sopracciglia e inspirò come davanti al discorso confuso di un bambino particolarmente ingenuo.

— Il problema non si pone, signora. Mia figlia partirà presto per un viaggio di studio e quando tornerà verrà immediatamente iscritta a una scuola privata.

Emma sentì queste parole attraversarle timpani come lame.

— Papà? — sussurrò sconvolta.

Nessuno le diede retta.

— Io e mia moglie siamo certi che lei abbia fatto un ottimo lavoro. Ma adesso può bastare.

Si alzò, le strinse la mano e se ne andò seguito dalla sua famiglia. Silvia Moretti rimase in piedi davanti a un tavolo vuoto. La chioma rossa di Emma ondeggiava sempre più lontana, diretta verso posti dove il rispetto delle regole non porta da nessuna parte e gli uomini decidono quando una discussione è finita senza interpellare il loro interlocutore. Poi all'improvviso la vide voltarsi. Tornò indietro con due fiamme negli occhi.

— Professoressa. Io... — deglutì e prese coraggio — le chiedo scusa per quello che ho detto in classe. E le chiedo scusa per quello che ha detto mio padre.

Se ne andò senza aggiungere altro.

La donna sentì una specie di gioia vibrare nell'aria.

— Corrado, dobbiamo inventarci qualcosa!

L'aveva chiamato con il suo nome, la cosa doveva essere grave.

Sciagalle assunse l'espressione più seria che aveva. Non era un gran che, ma tanto al telefono non si vedeva.

— Sono un artista, Lucia. Inventarmi qualcosa è la mia missione.

— Dovevi sentirla. Era disperata. Piangeva tantissimo. Ma la sua mamma non si sente male a vederla così triste? Alla mia si spezzerebbe il cuore.

— Sono d'accordo con te.

— Poi proprio in Cina dovevano mandarla?! Io capisco a Londra. Magari potevamo anche andare a trovarla, ma così come si fa?

— Non si fa. Ma lei ha provato a dire che non ci vuole andare?

— Certo! Ma loro sono irremuov... irremobili, no irremovolibili...

— Irremovibili?

— Sì. La madre di Emma usa sempre parole difficili quando è arrabbiata... — Lucia era furibonda.

— Guarda, ha ragione mio papà.

— Cioè?

— Mio papà ha detto che con tutti i cinesi che ci sono a Roma poteva farla qui la scuola.

Sciagalle ridacchiò.

— Non c'è niente da ridere!

— Scusa...

— Le amiche non ridono mai quando un'amica piange.

— Scusa, non lo sapevo.

— Adesso lo sai.

— Va bene, non rido più.

— Lo so che è più amica mia che tua, però è uguale. Non si ride.

— Infatti. Mi sono distratto. Scusa.

Seguì un breve silenzio punitivo.

— Che poi quando uno è triste deve stare con gli amici, con la famiglia, non dall'altra parte del mondo in mezzo a gente sconosciuta che parla una lingua difficile, no?

— Sì! — esultò lui.

— Sì, cosa?

— Ho avuto un'idea!

— Che cosa vuoi fare?

— Quello che so fare meglio!

— E sarebbe?

— Non te lo dico, dobbiamo vederci.

Era una scusa per vederla, naturalmente, ma lei ci cascò volentieri.

— Sì ma... quando?

— Presto! Anche subito.

— Subito non posso.

Non l'ascoltava più, preso dal fervore della creazione.

— Porta sei magliette. Una azzurra, una grigia, una bianca, una rosa, una nera, una rossa, una gialla che ringiovanisce.

— Che c'entra?

— Ti spiego tutto dopo.

— E va bene, vado alla bancarella qui accanto.

— Ottimo. Ci vediamo in ciclofficina oggi pomeriggio alle cinque. Va bene.

Accettò. Sciagalle chiuse la telefonata e aprì il suo armadio preferito. Quello con i pennelli e i colori.

— Smetterai di piangere, Emma Kildare. È una promessa!

Riempì un borsone con tutto quello che trovò e sfrecciò euforico sulla sua bici da cross.

I ciclisti ottimisti

L'ultima volta che Serena era andata in bicicletta era ancora una ragazza. Aveva la pelle abbronzata e una bottiglia d'acqua nel cestino. I suoi genitori prendevano in affitto lo stesso appartamento ogni anno. Nel cortile c'era sempre la stessa bicicletta, ogni anno più piccola per le sue gambe che continuavano ad allungarsi. Ci volevano dieci minuti per arrivare in spiaggia pedalando. Lei ce ne metteva sette. E non se ne andava fino a quando il sole non era tramontato e il segno del costume non era un poco più netto del giorno prima. Era una bici da donna. Molto diversa da quella di sua figlia. Osservò il telaio azzurro con la stessa fretta che aveva da ragazza, quando voleva raggiungere il sole al più presto, per non perdersi neppure un raggio. Cercò di calmarsi, senza troppo successo.

— Arrivo domani alle nove alla stazione Termini — le aveva detto Greta.

Non sentiva la sua voce da tre giorni che le sembravano tre anni. L'orologio con i bruchi appeso in cucina segnava le otto. Tra un'ora l'avrebbe rivista. Doveva muoversi.

— Mi fa male tutto — esordì Greta con uno sbadiglio.

Avevano preso un treno notturno da Napoli. Seconda classe con sedili reclinabili. La piattaforma di legno su cui aveva trascorso la prima notte con Anselmo le sembrò un giaciglio da favola. Realizzò che era la terza volta che si svegliava tra le sue braccia e un benessere improvviso cancellò tutto il resto.

— Ciao.

— Ciao.

Bacio del buongiorno. La felicità è questa piccola cosa.

— Siamo quasi arrivati.

Una nuvola passò sui loro volti. Fra poco avrebbe rivisto sua madre. Fra poco sarebbe tornato ai messaggi, alle scie, al vento.

— E adesso che cosa succederà? — domandò Greta a bassa voce guardando Roma accoglierli con un inchino di oleandri.

— Adesso saremo ottimisti.

Suonava male. Mancava qualcosa. Forse un po' di coraggio

o solo un pizzico di senso della realtà. Ma era tutto quello che avevano e se lo fecero bastare. La locomotiva rallentò e loro camminarono mano nella mano lungo il corridoio, in senso inverso alla marcia del treno, verso la bicicletta di Anselmo legata nell'ultimo vagone.

Greta guardò fuori dalla finestra.

Camminavano ma erano fermi. Il moto del treno in una direzione annullava il loro movimento in quella opposta. Sembrava che il mondo intorno si fosse fermato, mentre loro due potevano continuare a camminare, mano nella mano lungo un viaggio infinito. Per sempre insieme.

E invece il treno finì. E si fermò alla stazione.

Greta atterrò sulla banchina ed ebbe la sensazione di essere un'astronauta che approda sulla luna, di avere movimenti troppo lenti, innaturali, mentre tutto si muoveva veloce e incomprensibile come l'universo buio intorno alun satellite. Nel caos, vide sua mamma andarle incontro. Poi correre. Poi rallentare a pochi metri da lei, come a chiedere il permesso di abbracciarla.

— Ci sentiamo più tardi? — le domandò la voce di Anselmo.

— Sì.

Anselmo salutò Serena con la mano e scivolò via con la sua bicicletta.

— Greta. Mi hai fatto morire di paura.

La donna le prese le mani. Non la stava sgridando. Era solo felice di vederla.

— Non sei arrabbiata?

— Solo un po'. Ma mi è già passata. Tu sei qui. Stai bene. Il resto… — Si commosse. — Il resto l'aggiustiamo.

Detto così sembrava facile. Ma non lo era.

— Ci sono tante, troppe cose che non mi hai detto.

— Sei arrabbiata?

— Sì.

Serena accusò il colpo ma non si arrese. Rilanciò.

— Io lo so che cosa si fa quando Greta è arrabbiata. Sono la sua mamma io. Se non lo so io chi lo deve sapere…

La guardò stranita. Si comportava in maniera diversa. Più dolce e meno sciocca.

— … vieni, c'è una sorpresa.

Greta la seguì lungo il binario, circospetta.

Fuori dal lungo corridoio d'ingresso c'era un palo. Al palo c'era legata Merlina.

— Ma… sei venuta in bici?!

— Sì.

La osservò incredula. Sua madre che pedala. Non riusciva a immaginarlo. Nella sua testa era impossibile.

— È stato divertente… Cioè, all'inizio credevo di morire a ogni discesa, poi è andata meglio. Mi piace, sai?

Impossibile.

— Sono tre giorni che non pedali e ho pensato che dopo tutto quello che è successo, ne avessi un gran bisogno.

Era vero. E lei l'aveva capito. Aveva capito di che cosa aveva bisogno e l'aveva fatto.

— Sei contenta?

Fece sì con la testa e soffocò un sorriso. Serena lo vide e non disse nulla, le diede le chiavi della catena e la salutò.

— Ti aspetto a casa. Ti racconterò tutto quello che vuoi. Se vuoi.

Fece per andarsene.

— Mamma!

— Che c'è?

Voleva dire grazie e invece disse: — Corri! Vediamo chi arriva prima!

Scattò sulla bici e sfrecciò euforica in strada.

— No, aspetta, vai piano! — sentì gridare alle sue spalle.

La voce della mamma, la sua preoccupazione, i suoi rimproveri e Roma un'altra volta sotto i pedali. Queste cose le sembrarono belle come non erano mai state. Le abitudini sono meravigliose, anche se nessuno lo dice mai.

Aspettare. Era una cosa che odiava. Prese una bicicletta, la più malmessa, e la smontò completamente. I pezzi in ordine intorno a lui gli diedero l'impressione di avere la situazione sotto controllo. Non ce l'aveva. Il silenzio di Emma gli ricordava che stava succedendo qualcosa. Non sapeva cosa. Poteva solo aspettare. Ed Emiliano odiava aspettare. Prese allora a lavorare sulle riparazioni con accuratezza. Quella era una cosa che poteva fare. E stava imparando molto bene.

— Però, sei bravo — si complimentò Guido.

Continuò a pulire una vecchia catena. L'uomo lo osservò lavorare in silenzio.

— Oggi Anselmo è tornato. Fra qualche ora sarà qui in ciclofficina e ricomincerà a lavorare. Non ci sarà più molto da fare per te...

— Mi stai dicendo che devo andarmene?

Capì in quel momento che gli sarebbe dispiaciuto molto lasciare quel posto. E si sentì stupido.

— Ti sto offrendo un lavoro. Qui non ce ne sarà per tutti, ma vorrei presentarti a un mio amico. Fa il meccanico.

Non aveva mai lavorato prima di arrivare alla ciclofficina. I soldi li faceva parlando con le persone giuste. Obbedendo a quelle forti e comandando su quelle deboli. Fine.

— Macchine?

— Moto.

Avrebbe avuto un lavoro. E uno che gli piaceva per giunta. Gli sembrava una cosa troppo bella per fidarsi.

— Quando?

— Anche adesso.

Decisamente troppo bello.

— Non hai paura che chiami i miei amici e gli ripulisca l'officina? — lo provocò.

— Perché, tu hai ancora degli amici?

Colpito. Ma non faceva male. Perché a dirglielo era un amico vero. Sorrise di nascosto.

— Va bene — disse il ragazzo. — Andiamo.

— Dove andate? Non potete andarvene adesso!

Sciagalle arrancò nella stanza trascinando un pesante borsone, chino sulla propria bicicletta.

— Che ti sei portato? — lo interrogò Guido.

— Una montagna di roba.

— Vedo.

— È un'emergenza. Nessuno va da nessuna parte. Dobbiamo unire le forze.

Appoggiò il sacco su un tavolo, aprì la cerniera ed estrasse una ventina di flaconi di colore, pennelli di ogni grandezza, un ferro da stiro e un armamentario di scatolette misteriose.

— Hai deciso di salvare il mondo con un pennello? — ironizzò Emiliano.

— Mi accontento di salvare un'amica.

— È successo qualcosa a Lucia? — si preoccupò Guido.

— No, a Emma.

Emiliano smise di armeggiare con gli attrezzi.

— I suoi genitori vogliono mandarla tre mesi in Cina per imparare la lingua del futuro e quando tornerà la iscriveranno a una scuola privata. Probabilmente le impediranno anche di tornare alla ciclofficina. Non gli stiamo molto simpatici, credo...

Ecco perché non l'aveva chiamato. Ecco perché, dopo la prima volta, non aveva più voluto che lui l'accompagnasse a casa. E perché questa mattina gli aveva chiesto di andarsene. Perché non era simpatico a mamma e papà. Doveva aspettarselo. Uno come lui va bene per divertirsi un po', ma per il futuro si va all'estero o nelle scuole private, dove ci sono i ragazzi giusti.

— Ma noi gli faremo cambiare idea! — esclamò Sciagalle brandendo un pennello.

— La gente come loro se ne frega — lo zittì Emiliano.

— Che vuol dire la gente come loro?

— La gente coi soldi. Loro non cambiano idea, decidono quanto vale la tua. E poi, se gli piace, se la comprano.

— Gli piacerà, vedrai! Ma non potranno comprarsela.. .— rise soddisfatto l'artista, come davanti al più astuto dei dispetti.

— Forse tu non hai capito. Sono ricchi. Ricchi sfondati.

— E va bene loro sono ricchi — sbuffò. — E noi siamo... ciclisti.

— Eh, vabbè...

— Ciclisti Ottimisti!

Sgranò gli occhi entusiasta.

— È perfetto! Capisci?!

Emiliano lo osservò inerme.

No, non capiva.

Non riusciva a spiegarsi come quel ragazzino cicciotto potesse pensare di avere una qualche influenza sulle decisioni di due adulti abituati a dare ordini alla segretaria, alla donna delle pulizie e alla propria figlia con la stessa confidenza e con lo stesso risultato: l'obbedienza assoluta. Ma Sciagalle sembrava impermeabile alla realtà. Il mondo era quello che lui poteva dipingere con i propri pennelli, il resto non esisteva.

— No. Non capisco.

— Adesso ti spiego. Però dobbiamo aspettare Lucia. Deve portarci un elemento fondamentale per la sorpresa.

— Quale sorpresa? — intervenne Guido.

— Lo vedrai presto.

Emiliano non voleva vederlo invece. Tutto questo entusiasmo gli sembrava inutile e iniziava a infastidirlo profondamente. Emma non aveva bisogno di loro, dato che non l'aveva neppure chiamato. Se Sciagalle voleva giocare a fare l'artista che salva l'umanità con la sua opera poteva continuare da solo. Lui aveva altro da fare, e voleva andarsene da lì.

— Non dovevamo andare da quel tuo amico? — domandò a Guido.

Sciagalle li guardò deluso.

— Proprio adesso?

— Tanto Lucia è in ritardo, no?

Non seppe che cosa rispondere.

— Torniamo subito — assicurò Guido. — Tu dai un'occhiata a quella bici.

Lasciarono i pezzi smontati a terra nelle mani dell'artista e uscirono. Emiliano voltò le spalle a quel posto e al divano rosso ciliegia, sperando di non rivederli mai più.

Ode alla bicicletta. Con lei ho aperto le onde delle pozzanghere, ho cambiato l'acqua in sudore, ho guarito le giornate storte, ho moltiplicato i pensieri e i sorrisi e ho risuscitato qualche autista morto di noia.

Eccone uno. Le aveva tagliato la strada senza nemmeno accorgersene. Avrebbe avuto bisogno di un vero miracolo per svegliarsi dalla marcia sonnambula del traffico. Greta aveva solo una trombetta viola montata sul manubrio della sua bici. La suonò.

— Che vuoi? — protestò lui frenando.

Niente. Non voleva niente. Solo pedalare lentamente per la sua città. Guardare le strade che conosceva a memoria e ritrovare quello che si aspettava. Aveva cercato di scappare da qualcosa per tutta la sua piccola vita, poi una delle sue fughe l'aveva condotta al punto di partenza. Suo padre. E adesso che c'era lui, non c'era più nulla da lasciarsi alle spalle, niente da dimenticare. Lo strappo stava iniziando a ricucirsi con i punti brevi di tutti i suoi passi. Ne sarebbero venuti altri. Aveva voglia di farli. Aveva voglia di godersi il viaggio. Sorrise sul grugno imbruttito dell'automobilista e alzò la voce come un canto di gioia verso l'universo: — Sono qui, mi vedi?

Lui la guardò stupito. Lei non cambiò espressione. Lui sì. Sorrise a sua volta. Miracolo.

La lasciò passare e pensò: "Magari domani la prendo pure io la bici". Non lo fece, forse. Ma l'avrebbe fatto al prossimo sorriso, Greta ne era certa. Questo pensiero la sorprese. Non era da lei. Forse Lucia, forse Emma in un momento di distrazione avrebbero potuto pensare una cosa così. Di sicuro Anselmo che aveva deciso di essere ottimista. Ma lei no. Sentì Roma frusciare quieta tra i vicoli antichi, sussurrare parole d'amore. Rispose col suono breve e costante dei pedali che scorrevano verso casa, fino al muro di cemento dove l'aspettava sua madre. Ma prima di arrivare vide un'altra bicicletta e un altro miracolo.

Una vecchia mountain bike che aveva visto in ciclofficina. Qualcuno l'aveva rimessa a nuovo e aveva fatto un ottimo lavoro. Il proprietario comparve poco dopo. Emiliano! Aveva una bici! E... una tuta da lavoro! Osservava un uomo più vecchio chino su una moto. Erano inginocchiati davanti a un garage, l'uno accanto all'altro. L'uomo gli stava spiegando qualcosa. Lui l'ascoltava e annuiva. C'era una quiete inconsueta nella postura di Emiliano. Sembrava un ragazzo normale, che stava imparando un lavoro normale. Com'era successo? Che cosa era accaduto negli ultimi giorni? Stava valutando l'ipotesi di fermarsi per domandarlo direttamente a lui quando sentì il telefono vibrare in tasca. Deviò prima di essere vista e si rintanò in una via laterale per rispondere.

Era Lucia.

— Ciao, sei tornata? Come stai? Tutto bene?

— Sì, sono arrivata a Roma da mezz'ora. Sto bene.

— Meno male! Mi devi raccontare tutto. Però prima ti devo raccontare io una cosa.

Era bello sentire la sua voce allegra.

— Che cosa?

— No, devi venire qui. È una sorpresa. Devi aiutarci.

— Adesso non posso…

— Perché?

— Devo… ecco, voglio fare due chiacchiere con mia mamma.

— Ah, certo. È giusto. Dopo la mamma allora?

Dopo la mamma avrebbe potuto fare qualsiasi cosa. L'aspettava una conversazione molto difficile, di quelle che, dopo, c'è bisogno di un'amica.

— Credo di sì ma…

— Allora ti aspetto — tagliò corto Lucia. — Fai presto. Non vedo l'ora! Vedrai che cosa stiamo architettando…

Moriva dalla voglia di dirle tutto, ma evidentemente qualcuno le aveva chiesto di tenere il segreto.

— Stiamo? Chi c'è lì con te?

— Non te lo posso dire. Però tu non ti preoccupare. Sono sicura che ti piacerà…

Ne era sicura anche lei. Salutò l'amica e tornò in strada. Qualche centinaio di colpi di pedale, sette piani a piedi e gli occhi felici di sua mamma.

— Ho vinto! — l'accolse trionfante la donna.

— Già — appoggiò Merlina al muro e si sedette al tavolo davanti a sua madre.

— Come stai?

— Stanca.

— Hai fame?

— Sì.

La donna prese un supplì e due filetti di baccalà dal frigo. Due minuti nel forno a microonde. Due minuti di silenzio e sorrisi imbarazzati.

— Buon appetito.

— Grazie.

Respiro profondo.

— Io… non so da che parte cominciare — esordì Serena. — In questi giorni ho avuto del tempo per pensare a come spiegarti tante cose. Mi sono fatta una marea di discorsi nella mia testa, ma… adesso non mi ricordo più niente. Non lo so, vuoi farmi delle domande?

Greta deglutì un boccone.

— Una sola.

— Coraggio, sono pronta.

Anche Greta lo era. Il tempo era arrivato e lei sapeva riconoscerlo.

— Tu… lo amavi?

Di tutte le domande, questa era la più difficile.

— Sì. Tantissimo.

Rimase a guardare la mamma in silenzio.

— Anche quando se n'è andato. Tu lo amavi ancora?

— L'amore non è una cosa che spegni come una lampadina.

No. Non quando è per davvero.

— E allora perché non l'hai fatto tornare quando hai ricevuto le sue lettere?

— La vita doveva andare avanti — rispose sua madre.

— Mi vuoi dire che l'hai fatto per me?

— No, Greta.

— E allora perché?! Poteva tornare. Potevamo tornare insieme. Noi tre. Come una famiglia.

Non voleva piangere. Aveva promesso a se stessa di non piangere. Ma non ci riuscì.

Serena prese la sua testa e la cullò su una spalla.

— Queste sono cose complicate da spiegare, a volte la vita ci costringe a prendere decisioni difficili. Dicono di seguire quello che suggerisce il cuore, ma il cuore quando soffre parla troppo forte. Troppo forte. Ho sognato tante volte che tuo papà era tornato e che noi eravamo finalmente felici. Ci sono stati momenti in cui ho pensato di lasciare tutto e portarti da lui.

— Dovevi farlo.

— Ho deciso di non farlo, invece, e di non dirti niente delle lettere. Lui non era pronto e non era cambiato, sarebbe tornato, forse, ma poi sarebbe scappato di nuovo e io dovevo impedirglielo. Era troppo doloroso per te e per me. Potevo solo aspettare e sperare che un giorno... forse...

Trattenne un dolore antichissimo. Quello di tutte le donne che hanno aspettato e in silenzio sperato. Che hanno visto il deserto al limitare della vita e l'hanno attraversato. In una marcia solitaria, lasciando un po' di paura dietro ogni passo. E si sono liberate dal pianto. E hanno moltiplicato la gioia nella vita oltre il deserto. Per amore di domani.

Serena non pianse, cullava il viso di sua figlia e sembrava invece molto felice: — Ora quel giorno è arrivato. Tu sei diventata forte e coraggiosa. Più coraggiosa di me. E hai dato una risposta alle mie speranze.

Greta cercò di trovare un senso a quelle parole. Era difficile. Proprio come diceva sua mamma. L'amore le sembrava ingiusto. Un rischio troppo grande per una sola vita. Più simile al sole, che non si spegne mai. Solo, ogni giorno, tramonta.

— Brutte notizie — sbuffò Lucia chiudendo la telefonata.

Sciagalle appoggiò il ferro da stiro rovente e si passò una mano sulla fronte sudata.

— Non viene?

— No, dice che vuole stare con sua mamma stasera.

— Greta?!?! — si stupì il ragazzo. — Dev'essere successo qualcosa di terribile...

— Io penso tutto il contrario — indovinò l'amica. — Comunque verrà domani. Dice che porta una torta fatta in casa.

— Sì, decisamente terribile.

— C'è di peggio. Emma non risponde più al telefono. Greta ha provato a chiamarla a casa. La madre le ha detto che è in punizione. Niente cellulare per una settimana. Quella donna sta davvero esagerando.

— E noi esagereremo di più!

— Sì! A che punto sei?

— Ho appena finito di fissare i colori con il ferro da stiro.

Lei lo osservò emozionata.

— Voglio vederle tutte insieme!

— Eccole!

L'artista sollevò una maglietta appena stirata e la appese insieme alle altre cinque sull'ultima gruccia rimasta vuota. Su ciascuna aveva dipinto una bicicletta diversa copiandole fedelmente dai modelli guidati dai suoi amici. Sulla grigia aveva dipinto la bici di Anselmo, su quella verde la Merlina, sulla nera la mountain bike di Emiliano, sulla gialla la Bianchi verde acqua di Guido, quella rossa l'aveva tenuta per la sua bici da cross, quella rosa per la Graziella e l'ultima, la bianca, era per Emma e per la sua olandese color crema. Su tutte faceva capolino un cerchio azzurro come il cielo. Sopra c'era scritto: CICLISTA OTTIMISTA.

— Sono bellissime! Però la mia è la più bella.

Gongolò.

— Davvero ti piacciono?

— Sì, e pure tu!

Per l'euforia gli diede un bacio. Lui avvampò.

— Adesso dobbiamo pensare alla fase B del nostro piano.

— B come bacio?

Il primo l'aveva evidentemente rimbambito. Il secondo avrebbe solo peggiorato la situazione.

— No, stupido — civettò lei. — B come... non lo so come! È un modo dire. Emma lo dice sempre.

— Peccato — si rassegnò il povero Sciagalle.

Prese posto accanto al ferro da stiro e ascoltò la sua dolce Lucia ordire astute trame per la liberazione dell'infelice prigioniera di casa Kildare...

Resisto e spingo. I pedali contro la salita,
il fiato contro il vento. Ci vuole allenamento.
Gambe forti per viaggiare. Ci vuole molta strada
sotto le ruote e una nuvola dentro il cuore
per cambiare.

La terza notte

Appuntamento a Campo de' Fiori. Il giorno dopo, ore otto di sera. Tutti in bici. Anselmo, Greta, Emiliano, Sciagalle e Lucia arrivarono puntuali. Le magliette colorate e le biciclette misteriosamente munite di manici di scopa fissati ai telai. Nel cestino di Lucia una sacca rigonfia. Sul portapacchi di Greta una scatola di cartone.

— Tutti pronti?

Probabilmente nessuno di loro lo era. Erano passati alcuni giorni da quando si erano visti tutti insieme e c'erano cose importanti da raccontare, ma non si poteva. Non senza Emma.

— Seguitemi! — li esortò Lucia mettendosi in testa alla fila.

Il faro della Graziella puntato nella notte e la pedalata decisa di una vera condottiera. Tutti le andarono dietro e Greta pensò che era un po' come qualche mese fa, quando si erano incontrate davanti al Colosseo per la loro prima critical mass. Pensò a tutte le cose che erano successe dopo quel giorno. E soprattutto dopo quella notte, quando Anselmo l'aveva quasi baciata e le scie nel cielo erano svanite ai suoi occhi per la prima volta. Fu un po' felice e un po' triste. Come certe nuvole che il vento cambia di forma.

Guardò il ragazzo che amava. Anche lui la stava guardando. Riconobbe nei suoi occhi lo stesso pensiero. Rallentarono per rimanere soli.

— Tua mamma si è arrabbiata? — le domandò lui.

— No… lei… mi ha raccontato tutto.

Incrociarono un sorriso e tornarono a guardare la strada.

— All'inizio mi sono arrabbiata. Poi… ho capito.

— Sembra un lieto fine…

— Sì. Sembra di sì. — Gli occhi al cielo dove le prime stelle iniziavano a comparire nella notte limpida. Poi ancora verso di lui.

— E tu?

Continuò a pedalare ma il suo viso si fece più incerto.

— Io devo parlarti. Dopo, se vuoi.

Un denso motivo di pensieri ansiosi calò sulla sua anima all'improvviso. Le lasciò appena il fiato per rispondere: — Va bene.

Il resto delle forze le usò per raggiungere il gruppo, lasciando Anselmo poco più indietro.

— Emiliano! — bisbigliò Lucia nascosta dietro l'angolo dello spiazzo davanti a casa Kildare.

— Eccomi.

La ragazza aprì la sacca e porse al ragazzo un amplificatore a batterie. Era di suo fratello maggiore. Ma stanotte era dei Ciclisti Ottimisti. Sciagalle ci attaccò il suo lettore MP3 e le indicò il tasto d'accensione. Lei invece dispose i nuovi ordini consegnando a ciascuno un rotolo di nastro adesivo marrone: — Preparate i bastoni. Come alla prova generale.

Tutti issarono i manici di scopa sui loro telai con il nastro adesivo.

Quando ebbero finito, Lucia estrasse l'ultimo, fondamentale elemento.

— Ti aiuto — accorse Sciagalle.

Presero un lungo telone e lo fissarono ai manici di legno con altri pezzi di scotch. Ora era steso sopra le loro teste, a lettere cubitali.

— Al mio tre muoversi in formazione verso il portone. Poi musica.

La squadra saltò in sella e obbedì.

— Che cos'è questo frastuono? — si indispettì il signor Kildare.

Si erano appena seduti a tavola e lui aveva l'emicrania. Giornata lunga, decisioni difficili, la moglie che parla troppo, la figlia che non parla affatto. Da due giorni. E adesso questo chiasso infernale.

— Credo sia musica... — ipotizzò Martha. — Magari qualche automobile parcheggiata qui sotto.

— C'è il divieto di sosta.

— Un musicista di strada?

Bastò uno sguardo per farla tacere. Il volume invece si alzò. Le note arroganti di una sinfonia travolgente insorsero dalla strada scardinando la quiete glaciale di casa Kildare con le voci di un coro in festa. E un ricordo sgorgò dalle labbra di Emma senza che lei potesse trattenerlo.

— Questo bacio vada al mondo intero — sillabò guardando suo padre dritto negli occhi.

Erano le prime parole che gli rivolgeva da quando erano stati a scuola. E lui non le capì.

Vide sua figlia scattare in piedi e correre verso la finestra.

— Darling... — la chiamò invano la madre.

Spalancò i vetri e fu investita da una gioia esuberante. Onde di suoni da scaraventare i più ostinati silenzi dall'altra parte del cielo e la cosa più bella che avesse mai visto sbocciare ai suoi piedi come un fiore selvatico. C'erano tutti. I suoi amici erano tutti lì, per lei. Reggevano uno striscione e l'aspettavano come si aspetta l'onda più grande in riva al mare. Quando arrivò urlarono e scoppiarono a ridere e agitarono lo striscione e suonarono i campanelli delle bici e urlarono e risero più forte. Gioia, gioia, gioia. Quella del tuffo nell'onda più attesa.

— A-RI-DA-TE-CI EM-MA. Con otto punti esclamativi — scandì il signor Kildare leggendo lo striscione.

— Chi sono? — domandò la madre.

La figlia si voltò. Stava ridendo e piangendo insieme.

— Loro sono i miei amici!

— Stanno facendo troppo rumore — le fece notare il padre.

— Sììì! — rispose lei euforica e orgogliosa.

Voleva scendere e abbracciarli uno per uno. Ma non poteva e lassù con lei c'erano solo i suoi genitori, allora abbracciò loro, uno dopo l'altro. E poi tutte e due insieme. A suo padre diede perfino un bacio sulla fronte.

— Che cosa sta succedendo, Emma? — fece lui completamente disorientato.

— Qualcosa di meraviglioso — disse la madre toccata da un'emozione dimenticata.

Anche lei era partita molte volte e aveva lasciato alle spalle amici e città, ma nessuno le aveva mai chiesto di restare. Non con otto punti esclamativi.

— C'è un messaggio per Emma Kildare! — urlò la voce di Greta da basso.

— Credo che tu debba dire loro di andarsene — consigliò il padre guardandosi intorno.

Le finestre del loro palazzo si stavano accendendo una dopo l'altra e i condomini si affacciavano infastiditi.

— No, io voglio dire una cosa a voi due invece — disobbedì la figlia. — Ci ho pensato molto in questi giorni e ho deciso che andrò in Cina e anche a quella scuola americana, ma voi dovete promettermi che non mi impedirete di vedere i miei amici.

— Nessuno ti sta impedendo... — provò a replicare suo padre.

— Smettila. Sai anche tu che non è vero — lo zittì Emma. — A voi non piacciono, lo so. Ma a me sì. E molto. E anche loro mi vogliono bene.

— Scendi, Emma! — confermò la timida voce di Lucia. — Dobbiamo darti una cosa!

— E se non mi promettete di non intromettervi mai più nella nostra amicizia mi metto a strillare pure io!

— Ora stai esagerando — la redarguì suo padre preoccupato. Ormai avevano gli occhi dell'intero palazzo puntati contro.

— Posso fare di peggio — lo sfidò lei.

— Basta, falli smettere.

— Prometti.

— Emma, tu non capisci che noi stiamo cercando soltanto di tenerti lontano dai guai. E gente così porta solo guai.

— Non è vero.

— Lo decido io che cosa è vero — scattò il padre e fece per afferrarla per un braccio. Stavolta fu la moglie a gelarlo con un solo sguardo.

— Vai dai tuoi amici, darling.

Darling spalancò gli occhi incredula. Aveva vinto lei. Anzi no. Avevano vinto loro. Lei e i suoi amici. E sua mamma l'aveva capito.

— Grazie, mamma.

Una specie di sincera commozione baluginò sul volto di Martha.

— E di' loro di spegnere la radio — aggiunse con un sorriso.

La videro correre in casa e, pochi secondi più tardi, uscire dal portone. I suoi amici le andarono incontro con un girotondo di braccia tese. In quelle di Greta c'era un regalo: una maglietta bianca con una bicicletta color crema, con una scritta dentro un cerchio azzurro. CICLISTI OTTIMISTI. Qualcuno alla finestra applaudì come a teatro, quando tutti vissero felici e contenti. Poi la musica si spense e con lei le luci alle finestre.

— Che cosa sarebbero questi Ciclisti Ottimisti? — s'incuriosì Emma infilandosi il suo regalo.

— Saremmo noi! — spiegò Lucia. — Volevamo dirti che in qualunque posto andrai noi ci saremo sempre. Giusto, Greta?

Greta scattò sull'attenti. Toccava a lei. Corse verso Merlina e slegò la scatola di cartone dal portapacchi. Dentro c'era una torta ricoperta di glassa di tutti i colori. Fiori, cuoricini, faccette sorridenti e lettere paffute che disegnavano la scritta: AMICI PER SEMPRE.

— È bellissima! Ma... l'hai fatta tu, Greta?

— Un pezzo. Quello che non si vede, l'altro sopra l'ha fatto mia madre. È brava con i colori, sta sempre a dipingersi le unghie...

Emma rise.

— Infatti mi sembrava un po' troppo… colorata.

— Voi sapete che io parlerei per ore e ore di colori e decorazioni — intervenne Sciagalle — però forse ce la potremmo pure mangiare, no?

— Ma… qui?

— Volevamo farti una festa a sorpresa in ciclofficina ma tu non potevi uscire di casa.

Emma si guardò intorno indecisa.

— Ho portato anche i tovaglioli con i cuoricini! — la incoraggiò Lucia.

Davanti ai cuoricini non ebbe il coraggio di obiettare. Si appoggiarono alle bici e mangiarono la loro fetta di torta sotto le stelle. Emma le guardò estasiata, erano davvero il tetto migliore che potesse sognare per quella festa improvvisata. Quando abbassò lo sguardo si accorse che Emiliano le si era avvicinato. Rimasero a scrutarsi qualche istante.

— Sei sparita, principessa.

— Ho un castello grande e due guardiani cattivi.

— Più cattivi di me?

— Tu non sei cattivo.

Lucia notò che la situazione si stava facendo intima.

— Dobbiamo lasciarli soli — annunciò a Greta.

— Ma è una fissazione!

— Dai, non vedi. Hanno bisogno di parlare…

Vedeva. E anche lei aveva un discorso da affrontare.

— Sì, andiamo.

Si salutarono lasciandoli all'ombra di un balcone, dirigendosi a due a due verso casa.

— Anche io ho un regalo per te — Emiliano le mise un foglietto ripiegato tra le mani.

— Che cos'è?

— Guarda.

Dentro c'era un altro foglio con una foto. Raffigurava una catenina d'oro in una vetrina.

— Fra tre mesi tornerai a Roma e ti darò quella vera.

Lo scrutò senza capire.

— Ho un lavoro, ora. Riparo le moto. Devo mettere da parte lo stipendio, ma riavrai la tua catenina.

— Vuol dire che… mi aspetterai?

— Ti ho aspettato diciassette anni. Tre mesi non sono niente.

Lo baciò senza lasciargli dire altro.

— Dove andiamo?

— In un posto che non hai mai visto.

La volta celeste nera e sterminata sopra di loro. Una marea di stelle aveva inondato la notte. Greta puntò un piede a terra e uno sul pedale. Lo osservò circondato dai lumi fissi delle stelle. La prima notte in riva al mare, la seconda in un letto di legno scuro, la terza in viaggio e ora dove?

— Ti seguo — annuì.

Sapeva dove stavano andando: nel luogo del loro addio. Sarebbe dovuto succedere quel giorno in cui precipitarono dalle nuvole. Ma lei era scappata. Per l'ultima volta. Ora non aveva più scampo. Come quelle stelle immobili nel cielo per ragione di attrazioni e repulsioni universali, anche lei doveva stare lì, accanto a lui. Anselmo partì con un colpo indeciso. Lei l'affiancò, con gli occhi alle stelle. Seguirono alcuni minuti di silenzio. Le pedalate a scandire il tempo inesorabile di quel piccolo viaggio verso la fine. Poi all'improvviso qualcosa precipitò, trasgredendo il momento e le sue ragioni. Una stella cadente. La scia bianca del suo declino disegnò una strada che nessuno di loro aveva mai percorso.

— L'hai vista anche tu?

— Sì!

Lo stesso pensiero inutile li catturò nello stesso frammento di cielo.

— È l'unica scia che possiamo vedere insieme — disse Greta triste.

Lui frenò.

— Siamo arrivati.

Erano davanti alla ciclofficina. Il luogo in cui tutto era iniziato.

— Non capisco — disse Greta, stranita. — Questo sarebbe il posto che non ho mai visto?

Lui voltò le spalle alle stelle e al vento per guardare solo lei.

— No.

Prese le chiavi, aprì la saracinesca. Lasciarono le bici nella grande stanza degli attrezzi e andarono verso il piccolo cortile sul retro. Con un'altra chiave, più piccola, fece scattare il lucchetto di una porta di metallo che Greta non aveva mai visto. Dietro c'era il magazzino dei messaggi. Non ci era mai stata, in effetti, ma Emma e Lucia si erano intrufolate di nascosto tra gli scaffali alcune settimane prima e le avevano raccontato tutto.

Anselmo spinse la porta.

— Eccolo.

Accese la luce e le alte pareti rigate dagli scaffali s'illuminarono con una festa di pacchi e pacchetti. Su ognuno il nome di un vento. Era proprio come l'aveva immaginato.

— Puoi fare una cosa per me? — chiese Anselmo.

Tutto quello che vuoi.

— Che cosa?

— Scegline uno.

Greta si avvicinò lentamente ai messaggi perduti. S'inginocchiò e prese una cartolina in bianco e nero. Il paesaggio di un luogo abbagliato dal sole dove piccole case di pietra si arrampicavano l'una sull'altra in una geometria precisa.

— Ora tienila fra le mani e chiudi gli occhi.

Non capiva che senso avesse, ma lo fece. Sentì la carta un po' umida sotto le dita e vide il buio sotto le palpebre.

— Respira e osserva l'oscurità.

Greta si concentrò sulla sua voce e sul silenzio della stanza segreta. Lentamente qualcosa baluginò come volute di fumo di un incendio quasi spento. Le tracce brumose presero forma incidendo il buio con tre segni netti. Tre numeri. Greta spalancò gli occhi incredula.

— Che cosa hai visto?

Gli disse le tre cifre. Poi vide tutte le stelle dell'universo là fuori deflagrare negli occhi di Anselmo e diventare lacrime.

— Lo sapevo. Lo speravo. Sei tu.

Le prese la testa fra le mani e la baciò sulla fronte.

— Ti ho trovata.

— Io... Che cosa succede, Anselmo?

— Quando quella donna ha riconosciuto la sciarpa davanti a casa di tuo padre ho pensato che qualcosa stava cambiando. Era evidente che io dovevo essere lì, in quel preciso istante, perché lei potesse vedere quel messaggio. Però non ci ero arrivato seguendo una scia. Avevo seguito te.

Fece una pausa. Greta continuò a guardarlo senza riuscire a intendere la traiettoria del suo pensiero.

— Poi tuo padre ha detto quella cosa, quando gli abbiamo dato la sciarpa.

— Che era una coincidenza meravigliosa.

— Sì. E dopo, sul traghetto, tu hai scritto quelle parole...

Continuava a non comprendere. Anselmo invece aveva una luce nuova nel viso. Che si chiama speranza.

— Amore, non capisci?

— No.

— Quello che so è che nel cuore di tutti noi c'è scritta una parola felice. Nascosta come una cosa preziosa. Si vede raramente. Solo quando è arrivato il tempo. E io so vedere quel momento e aspettarlo — recitò Anselmo a memoria.

Erano le frasi che Greta aveva scritto sul suo diario. Le aveva lette molte volte da allora, sperando che fossero vere. E stanotte aveva capito che era così.

— Da quando ho scelto il cielo, ho ricominciato a vedere le scie, ma non posso più vedere i numeri. E senza quelli non riesco a consegnare i messaggi, perché servono per sapere quando il momento perfetto potrà compiersi. Prima che tu arrivassi, io chiudevo gli occhi e vedevo tre cifre. Ma da quando ti ho incontrato, non posso chiudere gli occhi senza incontrare il tuo viso.

Neppure lei poteva farlo.

— Io posso leggere il cielo. Ma solo tu puoi sapere quando il tempo è arrivato.

— Ma io non sono… un angelo.

— Neppure io, Greta.

— Che cosa sei, allora?

— Un messaggero. Vivo a metà fra il cielo e la terra ed è così che posso leggere il vento. La lettera di tuo padre, la sciarpa, il tuo lupo. Sono i sospiri con cui il vento ha scritto la nostra storia. Il cielo respira con noi e ci ha portati qui. Insieme. Io e te.

— Io e te — sussurrò lei come il ritornello di una canzone semplice.

— Io sono la metà di un mistero, Greta. L'altra metà sei tu.

E riconoscersi prima di precipitare. Spazzare il vento che non smette mai di viaggiare con un colpo d'ali. Guardarlo volare altrove e rimanere dove si tace l'ultimo addio.

Greta allacciò un dito intorno al suo.

— Pensavo di averti perso per sempre. Che stanotte te ne saresti andato via e…

— E invece stavo venendo da te.

Chiuse la mano intorno a quella di lei. Le afferrò l'altra e la sollevò. Raggiunsero la porta ancora aperta sospesi nei loro sguardi. Poi scivolarono fuori, nella notte, e un poco più in alto. Oltre il cortile angusto e i terrazzi sui tetti di Roma. Ondeggiando piano fino a sentire il mondo slacciarsi da sotto e le parole, tutte le parole di questa storia, svanire lontano lontano lontano. Ne rimasero solo due, che Greta non aveva detto mai.

— Ti amo.

Fine

Indice